El SECRETO de PANDORA

LOS | IMPERDIBLES

SUSAN STOKES-CHAPMAN

El
SECRETO
de
PANDORA

Traducción de Antonio-Prometeo Moya

DUOMO EDICIONES
Barcelona, 2023

Título original: *Pandora*

© 2022, Retter Enterprises Ltd.
© de la traducción, 2023 por Antonio-Prometeo Moya Valle
© de esta edición, 2023 por Antonio Vallardi Editore S.u.r.l., Milán

Todos los derechos reservados

Primera edición: marzo de 2023

Duomo ediciones es un sello de Antonio Vallardi Editore S.u.r.l.
Av. de la Riera de Cassoles, 20. 3.º B. Barcelona, 08012 (España)
www.duomoediciones.com

Gruppo Editoriale Mauri Spagnol S.p.A.
www.maurispagnol.it

ISBN: 978-84-18538-19-3
Código IBIC: FA
DL B-12.770-2022

Ilustraciones: decoración © Bridgeman Images;
Vaso griego © Getty Images

Diseño de interiores:
Agustí Estruga

Composición:
Grafime Digital, S. L.

Impresión:
Grafica Veneta S.p.A. di Trebaseleghe (PD)

Impreso en Italia

Para J

¡Pues quien por fin ha embarcado sin duda encuentra
un cielo sombrío, tormentas negras y vientos coléricos!
¡Cuidados, temores y angustia que acechan en la costa
y restos de desdichados cuya insensatez hizo naufragar!

SAMUEL GARTH (Dedicatoria a Richard,
conde de Burlington, en su traducción
de *Arte de amar*, de Ovidio, de 1709)

Samson (islas Sorlingas)
Diciembre de 1798

No ha tenido en cuenta el peso. Ha previsto el frío y también ha pensado en el manso empuje de las aguas. ¿La oscuridad? La linterna da suficiente luz y su memoria compensa las insuficiencias de lo que ve. Pero el peso... eso es otra cosa.

La linterna es fácil de manejar. La lleva atada a la muñeca con un bramante resistente, lo que le permite mover ambas manos, pero le tira incómodamente del brazo y las rozaduras de la piel le escuecen en contacto con el agua salada. Las cuerdas que se ha enrollado en las axilas (una para lo que rescate, otra para volver a subir) son engorrosas, pero lo ayudan a mantener el equilibrio mientras desciende. Y puede soportar el lastre de buceo, aunque es voluminoso.

El problema es la escafandra, hecha de fuertes láminas de hojalata. Aunque abombada y espaciosa en la cabeza, por abajo le oprime el torso como un despiadado corsé. En cubierta no parecía tan pesada. Bajo la superficie, sin embargo, el ceñido traje de cuero, el armazón circular de hierro que se le clava, más la presión del agua y las corrientes de invierno... Pedirá más dinero cuando termine el trabajo.

Hasta el momento, la suerte lo ha acompañado esa noche. La negra cúpula del cielo aparece tachonada de estrellas y hay luna llena. Durante la tormenta tuvo cuidado de fijarse bien a su alrededor: el barco quedó encallado en los bajíos de dos pequeñas islas separadas por un istmo y con el interior sembrado de ruinas de piedra. Las ruinas resplandecen a la luz de la luna, como si fueran un faro para su pequeño velero y, a pesar de las borrascas de diciembre, la punta del mástil que sobresale por estribor sigue siendo visible sobre las olas. No, no ha sido difícil encontrar el naufragio.

Entonces, ¿por qué tiene la sensación de que lo han conducido hasta aquel lugar?

Por suerte, los restos del barco están en aguas someras, poco profundas. No ha utilizado nunca este equipo de buceo y no se aventurará a descender a más profundidad de lo debido. Seis metros bajo la superficie. «Allí no hay peligro», piensa. Y sabe exactamente dónde mirar. Siguiendo instrucciones precisas, el objeto que busca estaba escondido bajo la amura de estribor, lejos de las demás mercancías apretujadas en la bodega, pero el barco se había partido por culpa de la tormenta; esperaba que su suerte continuara, que la caja no se hubiera alejado mucho del fondo del mar, que nadie más la hubiera encontrado.

El agua helada le aguijonea las piernas y los brazos. Embutido en el pesado traje, desciende un poco más, jadeando por el esfuerzo y lamiendo la ardiente aspereza del metal. Los tubos de aire que van desde la escafandra hasta la superficie son largos y los imagina detrás de sí como la cuerda de un ahorcado. Sostiene la linterna delante de él, mira a través de los oculares de la campana de inmersión y suspira al ver la sombra de las cuadernas del barco. Desciende otro poco, busca, observa la oscuridad entornando los ojos. Le parece oír un ruido debajo de él, algo apagado y lastimero. Vuelve la cabeza, se le taponan los oídos y sigue adelante.

Toca fondo con los pies. Bajo ellos, tierra suelta. Inclina la cabeza hacia abajo. Pero con cuidado. Le han advertido de que un movimiento demasiado brusco podía inundar de agua la escafandra. Lentamente, sí, lentamente. Ahí está. La punta de algo. Vuelve hacia la corriente impulsándose con el pie. Luego vuelve a hundirse hasta pisar el fondo marino y levanta la linterna a la altura de los ojos. A un par de metros de los restos del barco consigue distinguir las esquinas oscuras de una caja. La sangre le golpea con fuerza en los oídos. Es eso, seguro. Se acerca despacio, avanzando una pierna, luego otra, cortando el agua con los pies. Da un respingo al notar que algo le roza las espinillas y, al bajar la linterna, ve algas que bailan alrededor de sus piernas.

La caja se balancea precariamente sobre un pedrusco. Se acerca poco a poco y vuelve a levantar la linterna. La X que trazó en un costado cuando el barco zarpó de Palermo se ve claramente incluso en aquella intensa oscuridad acuática. Durante un momento se maravilla por lo fácil que ha sido todo, pero entonces la linterna parpadea y se apaga un instante antes de volver a brillar. Sabe que no puede perder tiempo.

Se suelta el bramante de la muñeca, encaja la linterna entre dos maderos para que la corriente no le dé la vuelta, luego desenrolla una de las cuerdas que tiene alrededor de la axila y da comienzo a la penosa tarea de atar la caja. Tiene que ir con cuidado –no puede permitirse errores–, y eso que el pedrusco ha sido un golpe de suerte, porque sin él habría tenido que levantar la caja del fondo marino. Mientras trabaja, los pececillos circulan como flechas a su alrededor. En un momento dado se detiene y se esfuerza por escuchar desde dentro de las láminas metálicas de la escafandra. ¿Es un cántico? No, es la locura acuática, tiene que serlo. ¿No le habían dicho que estar bajo el agua demasiado tiempo puede ser mortal?

Pero ¿tan pronto?

Ahora trabaja más rápido, tan rápido como le permite el pesado casco. Rodea la caja con la cuerda cuatro veces y, aunque tiene los dedos entumecidos de frío, hace nudos tan fuertes que después habrá que cortar la cuerda. Una vez satisfecho, tira con fuerza de ella (una, dos veces) para enviar una señal a la superficie. La cuerda se ondula, se estira, se tensa. Entonces, con expresión de victoria, ve que la caja asciende en medio de una nube de arena en movimiento. Oye el crujido sordo de la madera, el ruido del agua agitada y, tan ahogado que cree haberlo imaginado, también el suspiro débil e inquietante de una mujer.

Londres
Enero de 1799

PRIMERA PARTE

El espíritu es en sí mismo su propia morada, puede hacer del cielo un infierno y del infierno un cielo.

JOHN MILTON
El paraíso perdido (1667)

CAPÍTULO UNO

Dora Blake lleva desde el amanecer inclinada sobre su escritorio. El taburete en el que está sentada es demasiado alto, pero se ha acostumbrado a su extraña altura. De vez en cuando deja las pinzas, se quita las gafas y se pellizca el puente de la nariz. A menudo se masajea los nudos que nota en el cuello y estira la espalda hasta que siente el placentero crujido de las vértebras.

El cuarto del desván da al norte y tiene poca luz. Para contrarrestar esa circunstancia, ha puesto el escritorio y el taburete bajo la pequeña ventana, pues el trabajo que debe hacer es complejo y la única vela de que dispone apenas da luz. Se mueve incómoda sobre el duro asiento, vuelve a ponerse las gafas y reanuda la labor, esforzándose por no hacer caso del frío. La ventana está abierta de par en par, a pesar de las temperaturas de Año Nuevo. Espera que Hermes vuelva en cualquier momento con un nuevo tesoro, algo para rematar esta última creación suya, y por ese motivo ha dejado abierta la puerta de la jaula. Los restos de su desayuno están diseminados bajo el posadero, para recompensar lo que ella espera que sea una fructífera caza matutina.

Se chupa el labio inferior apretándolo con los dientes y orienta las pinzas con el pulgar.

Imitar las filigranas de los orfebres era muy ambicioso, pero Dora es optimista. Alguien podría llamar a este optimismo mera tozudez, pero ella cree que su ambición está justificada. Sabe, sí, sabe que tiene un don y está convencida de que algún día será reconocido y de que sus diseños se verán por toda la ciudad. Quizá por toda Europa, piensa, mientras la comisura de la boca le tiembla al colocar en su sitio un alambre especialmente diminuto. Pero entonces sacude la cabeza, intenta arrancar sus elevados sueños de las vigas carcomidas que tiene justo encima y se concentra. No servirá de nada distraerse y echar a perder horas de trabajo en el último momento.

Corta otro trozo de alambre del ovillo que pende de un clavo de la pared.

La belleza de la filigrana radica en que reproduce la delicadeza del encaje. Ha visto juegos de joyas a la venta en Rundell & Bridge y se ha maravillado ante sus complicados diseños: un juego de collar, pendientes, pulsera, broche y diadema puede suponer meses de trabajo. Dora consideró brevemente la posibilidad de crear unos pendientes a juego a partir de su boceto, pero terminó por admitir a regañadientes que era mejor emplear el tiempo en otra cosa. Al fin y al cabo, este collar solo es un ejemplo, una forma de poner a prueba su habilidad.

–¡Ya está! –exclama, cortando el alambre sobrante con unas tijeras.

El cierre le ha estado dando guerra toda la mañana, era muy complicado, pero ya está hecho. Ha merecido la pena empezar de madrugada, sentir el dolor de espalda y el entumecimiento de las nalgas. Deja a un lado las tijeras, se sopla las manos y las frota con fuerza en el mismo momento en que una ráfaga blanca y negra baja del techo con un graznido furtivo.

Dora se echa hacia atrás y sonríe.

–Buenos días, cariño.

La urraca entra volando por la ventana y se posa suavemente en la cama. Del cuello del pájaro cuelga la pequeña bolsa de piel que le ha cosido Dora. Hermes tiene el cuello inclinado… lo que significa que lleva peso.

Ha encontrado algo.

–Vamos, ven –dice Dora, cerrando la ventana con fuerza para detener el frío invernal–. Enséñame lo que tienes.

Hermes grazna e inclina la cabeza. La bolsa se le desliza por el cuello y el pájaro retrocede sacudiendo el cuerpo. Cuando cae la bolsa, Dora alarga la mano para cogerla y palpa excitada el contenido de la desgastada piel.

Un cascajo de alfarería, una cuenta metálica, un alfiler de acero.

Todos esos objetos pueden servirle para algo; Hermes nunca la decepciona. Pero encima de la cama hay algo que atrae su atención. Lo coge y lo levanta hacia la luz.

–*Ach nai* –dice Dora–. Sí, Hermes. Es perfecto.

Es una piedra de cristal, plana y ovalada, del tamaño de un huevo pequeño. Despide, contra el cielo gris de la ciudad, un brillo azul pálido, casi lechoso. En los diseños de orfebrería, las amatistas son las piedras preferidas: el rico matiz morado resalta entre el oro, aumentando la intensidad del amarillo. Pero la piedra que más le gusta a Dora es la aguamarina. Le recuerda el cielo del Mediterráneo, la calidez de su infancia. Esta suave pieza de cristal le va a venir muy bien. Cierra la mano y nota en la palma la superficie lisa y dura. Le hace una señal a la urraca. El pájaro parpadea y salta a su puño.

–Creo que esto se merece un buen desayuno, ¿verdad?

La introduce en la jaula y la urraca barre con el pico el suelo de madera en busca de las migas de pan que su dueña le ha dejado antes. Dora le acaricia con suavidad las plumas sedosas y admira su brillo irisado.

–Tesoro mío –canturrea–. Debes de estar cansado. ¿Mejor así?

Enfrascado en la comida, Hermes no le hace caso y Dora vuelve a su mesa. Mira el collar y contempla lo que ha hecho.

Ha de confesar que no está satisfecha del todo. Su diseño, tan bellamente imaginado sobre el papel, le ha salido mediocre en la práctica. Lo que deberían ser hebras de oro en espiral son, en realidad, alambres de un gris apagado retorcidos en volutas diminutas. Lo que deberían ser perlas brillantes solo son toscos pedazos de porcelana rota.

Pero Dora tampoco había esperado que fuera exactamente como su dibujo. Le faltan las herramientas y los materiales apropiados, la técnica exacta. Pero, al menos, es un comienzo; una señal de que hay belleza en su trabajo, porque a pesar de los materiales burdos, las formas que ha ideado son elegantes. No, Dora no está satisfecha, pero sí complacida. Espera que funcione. Seguro que con aquella piedra como pieza central...

Oye un golpe, el tintineo lejano de una campana.

–¡Dora!

La voz que la llama desde tres pisos más abajo es imperiosa, crispada e impaciente. Hermes grazna en su jaula, irritado.

–Dora –exclama de nuevo la voz–. Baja y ocúpate de la tienda. Tengo cosas urgentes que hacer en el muelle.

Después del comentario se oye el golpe sordo de una puerta al cerrarse, luego otro portazo más lejos. Finalmente, silencio.

Dora suspira, tapa el collar con un pedazo de lino y deja las gafas al lado. Tendrá que añadir la piedra de cristal más tarde, cuando su tío se haya ido a dormir. La apoya en el candelero con pesar, donde oscila brevemente antes de quedar inmóvil.

El Bazar de Antigüedades Exóticas de Hezekiah Blake destaca entre el café y la mercería que lo flanquean. El escaparate, grande y rematado por un arco, sale al paso de los peatones, que a menudo se sienten obligados a detenerse debido a su gran tamaño. Pero la mayoría se queda en la calle, ya que en los últimos tiempos son pocos los que entran cuando muchos son los que se dan cuenta de que el escaparate con el marco descascarillado no tiene nada más exótico que un armario del siglo anterior y una pintura, un paisaje que recuerda a Gainsborough. Antaño establecimiento de primera, ahora solo vende imitaciones y curiosidades cubiertas de polvo que no tienen ningún atractivo para el público, y mucho menos para el coleccionista entendido. Por qué su tío tiene necesidad de hacer bajar a Dora es algo que a ella se le escapa; podría transcurrir toda la mañana sin que entrara un solo cliente.

Cuando vivía su padre, el negocio iba bien. Ella solo era una niña en aquellos años dorados, pero recuerda la clase de clientela que entraba en la tienda de los Blake. Los vizcondes corrían a Ludgate Street a solicitar que decorasen sus mansiones de Berkeley Square con un estilo que recordara las bellezas traídas de los Grand Tour. Los comerciantes prominentes no se privaban de encargar allí algún objeto llamativo para ponerlo en sus tiendas. Los coleccionistas privados pagaban generosamente para que el padre de Dora, Elijah, y su esposa hicieran excavaciones en las ruinas de ultramar. Pero ¿ahora?

Dora cierra la puerta que separa la vivienda de la tienda. La campanilla tintinea con un caluroso saludo cuando la puerta gira sobre sus bisagras, pero ella sigue con los labios apretados. Sus idas y venidas están controladas y si no es Lottie Norris, que no le quita los ojos de encima, es la dichosa campanilla que instaló Hezekiah.

Pasa a la tienda ciñéndose el chal que le cubre los hombros. Está atestada de muebles, feos objetos dispuestos sin orden ni concierto y estanterías llenas hasta arriba de libros que no ven la luz del día desde hace diez años. Hay aparadores macizos, pegados unos a otros, con la superficie mate llena de baratijas mediocres. Pero pese al desorden, siempre queda un amplio pasillo entre las mercancías, pues al fondo de la tienda están las grandes puertas que llevan al sótano.

El refugio privado de Hezekiah.

El sótano había sido en otros tiempos el dominio de sus padres, su despacho, el lugar donde trazaban mapas de las excavaciones y restauraban objetos rotos. Pero cuando Hezekiah se mudó desde su diminuta habitación del Soho para encargarse de la tienda, lo cambió por completo y borró toda huella de sus padres hasta que de ellos solo quedaron los fugaces recuerdos de Dora. El Bazar de Blake ya no es lo que fue en otros tiempos; el negocio se ha hundido y, junto con él, su reputación.

Dora pasa una página del libro de contabilidad (solo dos transacciones la víspera) y garabatea la fecha en el margen.

Alguna venta hacen, desde luego. El dinero entra despacio a lo largo del mes, pero sin pausa, como el agua de las goteras del techo. Aun así, cada venta se basa en mentiras, en engaños del vendedor. Hezekiah aporta toda clase de historias fantásticas a sus artículos. El cofre de madera que supuestamente utilizó en 1504 un esclavista para traer a dos niños desde América lo fabricó, en realidad, un carpintero de Deptford apenas una semana atrás; los recargados candelabros que al parecer habían pertenecido a Thomas Culpeper, un personaje de los tiempos de Enrique VIII, son obra de un orfebre de Cheapside. En una ocasión, Hezekiah le vendió al dueño de un burdel un sofá de terciopelo verde asegurando que había sido propiedad de un conde francés durante la guerra de los Treinta Años, y que había sido rescatado de su «magnífico» *château* cuando este ardió hasta los cimientos. El supuesto conde era, en realidad, una viuda desesperada que se lo había vendido a Hezekiah por tres guineas para poder pagar las deudas de su difunto marido. Incluso ha amueblado las habitaciones superiores de un prostíbulo masculino con seis biombos japoneses, supuestamente del periodo Heian, aunque, en verdad, los pintó él mismo en el sótano de la tienda. Si los clientes se atrevieran a cuestionar la autenticidad de todos esos objetos, hace mucho que Hezekiah habría sentido el duro y frío suelo del tribunal de Old Bailey bajo las rodillas. Pero no la cuestionan. La calidad moral de esos clientes, así como sus conocimientos sobre arte y antigüedades, dejan mucho que desear.

Las falsificaciones, por lo que ha descubierto Dora con los años, no son desconocidas en los círculos de anticuarios. Es más, muchos con dinero de sobra encargan copias de objetos que han visto en el Museo Británico o han admirado en el extranjero. Pero Hezekiah… Hezekiah no admite sus imposturas y es aquí donde reside el peligro. Dora sabe cuál es el castigo por ese delito: una multa elevada, la exhibición en la picota, varios meses de prisión. El corazón le da un vuelco al pensarlo. Habría podido denunciarlo, por supuesto, pero ella depende de él: su tío y la tienda son lo único que tiene, y mientras no pueda abrirse camino en la vida por sí sola, debe quedarse, ver cómo el negocio se va hundiendo año tras año y el apellido Blake va perdiendo valor hasta desaparecer.

No todo lo que está a la venta es falso, eso lo reconoce. Las baratijas que Hezekiah ha acumulado con los años (de las cuales ella roba material a hurtadillas de vez en cuando) dan para tener unos ingresos pequeños pero constantes: botones de cristal, pipas de arcilla, diminutas polillas atrapadas en cristal soplado, soldaditos de juguete, tazas de porcelana, miniaturas pintadas… Dora vuelve a repasar el libro de contabilidad. Sí, hay ventas. Pero el dinero que entra llega justo para pagar el sueldo de Lottie y para comer, aunque Dora no sabe de dónde saca Hezekiah las monedas para financiar sus pequeños caprichos, ni tampoco quiere saberlo. Ya es bastante que haya mancillado la forma de vida que su padre les legó. Ya es bastante que el edificio se caiga en pedazos, que apenas quede nada para pagar las reparaciones. Si el lugar fuera suyo… Dora mueve la cabeza de un lado a otro para ahuyentar la melancolía, pasa un dedo por el mostrador y frunce los labios cuando ve que la yema se le ha quedado negra. ¿Es que Lottie no limpia nunca?

Como si la hubiera oído, la campanilla tintinea otra vez. Dora se vuelve y ve el rostro de la anciana por la rendija de la puerta.

—Ah, ya se ha levantado, señorita. ¿Va a desayunar? ¿O se lo ha preparado usted misma?

Dora mira con desdén al ama de llaves de Hezekiah, una mujer regordeta de labios suaves, ojos pequeños y pelo color paja. Por fuera da la sensación de encajar perfectamente en el papel, pero Lottie Norris está tan lejos de destacar en los trabajos domésticos como el tío de Dora de ser un atleta. Lottie, en opinión de Dora, es una holgazana llena de prejuicios y, como el alquitrán en el ala de una gaviota, perniciosa y difícil de sacar. Además, es toda una experta en artimañas.

–No tengo hambre.

La verdad es que sí tiene hambre. El pan se lo ha comido hace tres horas, aunque sabe que, si pide más, Lottie le irá a Hezekiah con el cuento de que ha estado robando en la despensa, y Dora no soporta los discursos hipócritas de su tío.

El ama de llaves entra en la tienda y la mira con las cejas enarcadas.

–¿No tiene hambre? Si apenas comió nada anoche, en la cena.

Dora no hace caso y levanta un dedo para enseñarle que está negro.

–¿No debería estar limpiando?

Lottie frunce el entrecejo.

–¿Aquí?

–¿A qué otro sitio podría referirme?

El ama de llaves adopta un aire burlón y agita el gordezuelo brazo como si fuera un abanico.

–Es una tienda de antigüedades, ¿no? Se supone que tienen que estar polvorientas. Ese es su encanto.

Dora vuelve la cara y frunce los labios al oír el tono de Lottie. Siempre ha tratado a Dora así, como si fuera una sirvienta y no la hija de dos respetables anticuarios y sobrina del último propietario. Detrás del mostrador, Dora pone recto el libro de contabilidad, comienza a afilar el lápiz hasta sacarle una buena punta y se traga las amargas palabras que querría pronunciar: Lottie Norris no merece el aliento que gastaría en reñirla, ni serviría de nada que lo hiciera.

–¿Está segura de que no quiere nada?

–Estoy segura –dice Dora con aire cortante.

–Pues allá usted.

La puerta empieza a cerrarse. Dora deja el lápiz.

–¿Lottie? –La puerta se detiene–. ¿Qué hay en el muelle para que mi tío me haya dejado al frente de la tienda?

El ama de llaves vacila y se rasca la nariz.

–¿Cómo voy a saberlo? –dice, pero mientras la puerta se cierra tras ella y la campanilla infernal tintinea, Dora cree que Lottie lo sabe muy bien.

CAPÍTULO DOS

Creed Lane está abarrotada, es como una herida cubierta de gusanos.

El tráfico parece haber desbordado el hinchado estómago de Ludgate Street para desparramarse por las calles laterales con la violencia de una riada. El olor característico de la ciudad parece más punzante en los barrios cercanos: hollín y hortalizas mustias, pescado que se pudre. El hombre lleva un pañuelo pegado con firmeza a la boca y la nariz. Cuando por fin sale a la cuesta de Puddle Dock Hill, relativamente más tranquila, Hezekiah Blake echa a andar a toda la velocidad que le permite su corpulencia.

La carta (arrugada después de haberla leído tantas veces) había llegado más de dos semanas atrás, y habiendo calculado el tiempo que podrían tardar en recorrer esa distancia, esperaba que los Coombe hubieran llegado ya; la paciencia de Hezekiah estaba disminuyendo peligrosamente.

Reduciendo la velocidad, aparta el pañuelo y trata de recuperar el aliento. Su inclinación a la pereza se nota en el fofo volumen de su cuerpo, aunque a los cincuenta y dos años le parece algo muy normal: es lógico esperar que un hombre con una trayectoria comercial tan larga como la suya disfrute de lo cosechado en el trabajo. Se tira de la peluca, ladea el ala del último sombrero que ha comprado y pasa la mano por el chaleco de muselina que le aprieta la redonda barriga. Desde luego, lamenta no tener más libertad para mimarse (¡los lujos que podría permitirse!), pero pronto, piensa con una sonrisa, pronto

27

será libre para regalarse todo lo que le gusta. Ha tenido que esperar y sufrir los últimos doce años. En breve habrá terminado la espera.

Al acercarse a Puddle Dock, vuelve a llevarse el pañuelo a la boca. Utiliza este muelle concreto para sus operaciones más turbias. Es donde el mal olor alcanza su punto culminante. Básicamente es el vertedero de toda la basura de las calles de Londres, por lo que es poco probable que se controlen los cargamentos que se desembarcan aquí. Da gracias porque esta transacción en particular vaya a realizarse en lo más crudo del invierno, porque en los meses de verano los vapores de la porquería ascienden e impregnan todo lo que tocan: los pelillos de la nariz y las pestañas, la ropa, los cargamentos grandes y pequeños. Lo último que quiere para su objeto más preciado es que el hedor lo contamine. «No –piensa–, no estaría bien».

El muelle es pequeño y estrecho, como todos los muelles, y se encuentra encajado entre dos edificios altos cuyas ventanas están tapiadas con tablones de madera. Hezekiah tiene que pegar la espalda a las sucias paredes para pasar entre los estibadores: trata inútilmente de no fijarse en los hombres que vacían los carros de excrementos humanos y de no oír los desagradables chasquidos y chapoteos de los cubos llenos hasta los topes al golpear los adoquines. Pisa algo resbaladizo (se niega a imaginar qué puede ser) y cae sobre la espalda de un chino que lleva un cubo, cuyo asqueroso contenido amenaza con derramarse a causa del empujón. Hezekiah se apoya en la pared para recuperar el equilibrio y lo mira ofendido, pero no hay disculpas ni el menor indicio de que el chino se haya percatado siquiera de su presencia. De hecho, se aleja antes de que Hezekiah pueda decir nada. Con lágrimas en los ojos y el pañuelo todavía pegado a la nariz, traga aire a bocanadas y sigue andando entre titubeos por la pendiente que llega hasta el borde del río.

El capataz, que dirige desde las barcazas el vertido nocturno para que lo lleven río abajo, está de espaldas a Hezekiah, y es tal la barahúnda que este tiene que gritar para hacerse oír.

–¡Señor Tibb, por favor! ¡Señor Tibb!

Jonas Tibb vuelve a medias la cabeza para ver quién lo llama, luego se gira de nuevo hacia las barcazas y, haciendo un gesto hacia el río, dice algo que Hezekiah no puede oír. El capataz se vuelve del todo y sube los escalones del muelle hasta la inclinada orilla, donde Hezekiah espera impaciente.

–¿Otra vez, señor Blake? –Tibb engancha los sucios pulgares en la cintura de los pantalones y vuelve los ojos al río. El clima, aunque frío, sigue siendo seco y radiante; el agua está tan tranquila como un estanque de patos, lisa como el cristal–. Ayer le dije que no había el menor rastro. La cosa no ha cambiado desde que el sol se ha puesto y ha salido.

Hezekiah deja caer los hombros. Siente agitarse el fastidio en la barriga, el duro puñetazo de una nueva decepción. Al ver la cara que pone, Tibb suspira, se quita el gorro de lana y se frota la calva.

–Señor, ya me dijo que sus hombres no vendrán por el camino más rápido, que es la carretera. Hay casi ochocientos kilómetros desde Samson y, con las mareas de invierno, siempre hay que calcular un par de días de retraso. ¿Por qué sigue viniendo cuando le dije que le mandaría un aviso?

Normalmente Hezekiah no consiente que le hablen así. Después de todo, es un respetable comerciante y aquel hombre pasaría desapercibido para él en cualquier otra ocasión, pero Jonas Tibb no ha preguntado ni una sola vez por qué Hezekiah quiere llevar sus negocios de esa forma y la discreción del capataz siempre ha sido total.

–Por todos los diablos, Tibb. No tiene ni idea de su importancia. He pagado una buena suma por ese cargamento.

«Una buena suma –piensa ahora con inquietud–, que apenas puedo permitirme».

Tibb levanta los hombros con toda la intención de encogerlos, aunque parece pensárselo mejor. Entorna los ojos grises y acuosos mientras esboza una media sonrisa.

–Estoy seguro de que los hermanos Coombe no le dejarán tirado. Nunca lo han hecho, ¿verdad?

Hezekiah se anima.

–No, desde luego que no, por supuesto.

Tibb asiente con brusquedad, se pone el gorro y Hezekiah gruñe, enfadado consigo mismo por haber dado muestras de debilidad delante de un hombre de orígenes tan humildes.

–Bueno, bien –dice–. Esperaré a tener noticias suyas a su debido tiempo. Espero que me envíe una nota en cuanto vea llegar el barco, ¿lo ha entendido?

–Sí, señor.

–Muy bien.

Así pues, Hezekiah, con el pañuelo de nuevo en la nariz, rehace el desagradable camino que ha seguido desde Puddle Dock Hill, a través de la atestada cloaca de Creed Lane, y vuelve al bullicioso ajetreo de Ludgate Street. A pesar de las palabras del capataz, está confuso y se siente agraviado.

¿Dónde están los hombres? ¿Dónde está su cargamento, su trofeo más anhelado? Quizá haya pasado algo; una emboscada, o quizá los Coombe han huido, o... –y aquí Hezekiah suelta una carcajada que llama la atención de una lechera, que lo mira con extrañeza y se tira del canesú– ¡o quizá hayan naufragado! No, la idea es demasiado horrible, demasiado irónica y divertida como para tenerla en cuenta. «¡Rápido –piensa– rápido!». Necesita algo que calme su agitación.

Hezekiah fija ahora su atención en los escaparates, y sus ojos corren hacia los objetos como bolas de billar cuando el taco las golpea. ¿Otra caja de rapé? No, ya tiene dos. ¿Otra peluca? Se acaricia el suave rizo de la oreja, el sedoso cabello humano elegido cuidadosamente. Mejor no, la que lleva le salió bastante cara. ¿Un alfiler de corbata, quizá? Pero entonces su mirada se fija en otro objeto y sonríe, siente el familiar impulso de *desear*, la satisfacción de saber que un objeto está pensado exactamente para él. Entra en la tienda y, concedido el crédito, el intercambio se hace en unos momentos.

Al volver a la calle se acaricia el pecho, apretando con la palma el pequeño paquete que ha guardado cómodamente en el bolsillo interior del redingote. Sonriendo con ganas, se ajusta el sombrero y sigue andando.

CAPÍTULO TRES

La cena es un momento penoso. A diferencia del resto de la casa, el pequeño comedor, con su rico papel de pared granate y el fuego que arde alegremente en la chimenea, es acogedor y cálido, y sería agradable sentarse en ese rincón si la compañía fuera otra. Pero Dora y Hezekiah nunca han sido dados a conversaciones placenteras, sobre todo en las últimas semanas. La Navidad pasó sin dejar un momento divertido, ya que Hezekiah estaba de pésimo humor y no dejaba de rezongar, lo que hizo que fuera una amarga experiencia. Ese estado de ánimo continuó (algo inaudito, al parecer) al empezar el nuevo año: Dora se había esforzado todo lo posible por evitar la lengua afilada de Hezekiah, la irritación que parecía emanar de él como la niebla del Támesis. En ese momento, Dora aprieta la servilleta con los dedos. Preferiría pasar la velada en su húmedo y frío dormitorio, engastando la piedra en el collar, sin más compañía que la de Hermes. Desde luego, tiene conversaciones mucho más productivas con la urraca que con ningún otro ser, aunque solo sea un pájaro.

Dora mira a su tío con aire pensativo. Hezekiah está más distraído de lo habitual; come despacio y no aparta la mirada del gran mapa del mundo que cuelga de la pared, detrás de ella, mientras se acaricia con aire ausente la cicatriz –una fina raya blanca– que le recorre toda la mejilla. Tose y se mueve inquieto, golpetea la copa de vino con el pulgar, y el tintineo se hace tedioso durante la velada. De vez en cuando acaricia con la otra mano el brillante reloj de bolsillo que le cuelga del chaleco; la cadena resplandece a la luz de las velas.

Dora observa fijamente el reloj cuando Hezekiah lo acaricia por sexta vez e intenta recordar si lo ha visto antes. ¿Pertenecía el reloj a su padre? No, lo recordaría. «Entonces es una nueva adquisición», piensa Dora, pero se muerde la lengua. La última vez que le preguntó a Hezekiah cómo podía permitirse comprar tales adornos, el hombre se puso de un alarmante color rojo y la riñó con tanta vehemencia que a la joven le estuvieron pitando los oídos hasta la mañana siguiente. Cuando su tío vuelve a toser, haciendo temblar peligrosamente un redondo pedazo de cordero que ha ensartado con el tenedor, Dora se dice que ya no aguanta más.

–Tío, ¿está usted enfermo?

Hezekiah se sobresalta y la mira por primera vez en todo el día. Durante unos momentos, en sus ojos aparece un nerviosismo que ella no ha visto antes, pero lo disimula de inmediato.

–Vaya idea. –Se lleva el tenedor a la boca y mastica con la boca abierta, como una vaca. Dora mira con asco la carne triturada que se le ve encima de la lengua. Una gota de salsa aterriza en su barbilla–. Estaba pensando en el futuro de la tienda. Creo…

Dora se endereza en la silla. ¿Por fin va a hablar de la dirección de la tienda con ella? ¡Porque tiene ideas, ideas maravillosas! En primer lugar, se desharía del peso muerto y volvería a llenar el local con artículos buenos y auténticos suministrados por los antiguos contactos de su padre. Segundo, ganaría el suficiente dinero para contratar hombres que hicieran excavaciones en ultramar y emplearía a artistas y grabadores para catalogar sus descubrimientos. Podrían volver a entrar en el directorio de Christie's, ser refugio de estudiosos y coleccionistas privados, alojar un pequeño museo, una pequeña biblioteca. Quizás, en relación con el aspecto más frívolo del negocio, ofrecer servicios para las caprichosas veladas temáticas de los aristócratas. Recuperar la antigua gloria de la tienda. Comenzar de nuevo.

–¿Sí?

Hezekiah engulle el bocado y toma un largo trago de vino.

–Acabamos de empezar otro año y creo que ha llegado el momento de vender. Estoy cansado del comercio. Hay otras cosas mucho más placenteras por ahí, otros negocios en los que invertir mi dinero.

Su voz es brusca, casi fría, y Dora mira a su tío desde el otro lado de la mesa.

–¿Quiere vender la tienda de mi padre?

Hezekiah la mira con indiferencia.

–No es su tienda. Pasó a mis manos cuando murió. ¿Pone Elijah en la puerta o pone Hezekiah?

–No puede venderla –susurra Dora–. Es que no puede.

Hezekiah hace un gesto de desdén con el brazo, como si estuviera espantando una mosca.

–Los tiempos cambian. Las antigüedades ya no están *à la mode*. El dinero de la venta sería suficiente para comprar una buena casa en una parte de la ciudad con mejor reputación. Para mí sería un agradable cambio. –Se limpia las comisuras de la boca con una servilleta–. Se podría conseguir un buen precio por el edificio, al igual que por su contenido, estoy seguro.

Dora está conmocionada. ¿Vender la tienda? ¿El hogar de su infancia?

Respira con dificultad.

–Pero sería una pena, tío; debería pensárselo mejor.

–Vamos, Dora. La tienda ya no es lo que era…

–¿Y de quién es la culpa?

Hezekiah resopla por la nariz, pero hace caso omiso de la pregunta.

–Yo pensaba que te alegraría cambiar de aires, mudarte a un entorno más… en fin, liberador. ¿No es eso lo que deseas?

–Ya sabe lo que deseo.

–Ya –dice con desprecio–. Esos dibujitos tuyos. Te iría mucho mejor si encontraras a alguien que te regalara joyas en lugar de hacerlas tú misma.

Dora deja en la mesa el cuchillo y el tenedor.

–¿Y dónde las luciría, tío?

–Bueno, en fin… –Hezekiah vacila y suelta una risita con un matiz que Dora no puede descifrar–. ¿Quién sabe dónde nos llevará la fortuna? No querrás quedarte aquí para siempre, ¿verdad?

Dora aparta el plato, ya sin apetito (nunca abundante por culpa de la mediocre cocina de Lottie).

–Tío, prefiero pensar en empeños más prácticos que en fantasías sin sentido.

–¿Y diseñar joyas es un empeño práctico o una fantasía? –Dora desvía la mirada–. Lo he pensado mucho –añade Hezekiah en tono aún más desdeñoso–. Ningún orfebre aceptaría diseños de una mujer, ya lo sabes, te lo he dicho un montón de veces, pero no escuchas. Malgastas los cuadernos de dibujo que te compro. ¿Tú sabes cuánto cuesta el papel?

En ese momento Lottie aparece para recoger los platos. Menos mal, porque Dora está al borde de las lágrimas. Cuando el ama de llaves desliza el plato de su señor por el mantel, Dora agacha la cabeza. Prefiere morir antes que permitir que la vean llorar.

—Yo no quiero trabajar para un orfebre.

—¿Qué has dicho?

Ha hablado en voz muy baja, lo sabe. Respira hondo y levanta la cabeza para mirar abiertamente a su tío.

—No quiero trabajar para un orfebre —repite—. Quiero abrir mi propio establecimiento, trabajar sin depender de nadie.

Hezekiah la mira fijamente un momento. Lottie también la mira con un plato vacío en la mano; una gota de salsa amenaza con caer al suelo.

—¿Quieres decir hacer las joyas tú sola?

La voz de su tío tiene ahora un tono alegre, de burla, y eso hace que Dora se ruborice.

—Me gustaría llegar a ser una artesana respetada, y que un joyero haga los diseños en mi nombre. El amigo de mi madre, el señor Clements quizá.

Se hace el silencio. Dora no esperaba que Hezekiah apoyara la idea (sería esperar demasiado) y cuando la burla brota de los labios de su tío en forma de risa cruel y caótica, a la que se unen la risita y los bufidos de Lottie Norris, el pecho se le encoge de angustia.

—Oh, Dios bendito. —Hezekiah llora de risa y suspira, mientras se seca los ojos con los gordos pulgares—. Es lo más gracioso que he oído en semanas. ¿Has oído, Lottie? ¡Qué chiste más bueno!

Dora aprieta la servilleta que tiene en la mano, concentrando toda su frustración en los dedos.

—Le aseguro, señor, que hablo totalmente en serio —dice con gravedad.

—Y ahí es donde está la gracia —grazna Hezekiah—. ¡Empeños prácticos, nada menos! No tienes ni la educación ni el capital necesarios para sacar algo así adelante. Nadie en su sano juicio se tomaría en serio a una huérfana medio extranjera como tú. Se reirían de ti y te echarían sin contemplaciones, antes incluso de que

34

comenzaras. –Se recuesta en la silla con expresión más sobria–. Es cierto que tienes el talento creativo de tu madre. Pero al igual que tu madre, le das demasiada importancia. Estaba convencida de que junto a tu padre, mi querido hermano que Dios tenga en su gloria, podían hacer fortuna con las antigüedades, que serían reconocidos en el mundo entero por sus, ejem, hallazgos exclusivos. Pero mira adónde los llevó la ambición...

Dora guarda silencio. Se ha acostumbrado al desinterés de su tío, aunque durante los primeros años le resultó doloroso. Sus ataques de rabia son llevaderos. Pero ese desprecio cruel... es algo nuevo y se le hace insoportable. Aspira con avidez un aire que le duele al entrar en los pulmones y empieza a echar la silla hacia atrás, cuando Hezekiah levanta la mano.

–Siéntate. Aún no hemos terminado.

«Pero yo sí». Las palabras se le quedan pegadas a la lengua, no llegan a salir mientras hace lo que le mandan, pero Dora fulmina con la mirada el plato desechado y recita el alfabeto griego en su interior para calmarse.

«Alfa, beta, gamma, delta...».

–Lottie –oye decir a Hezekiah–, ¿quieres servir el té?

El ama de llaves es toda risitas y reverencias. Cuando la puerta se cierra detrás de Lottie, Hezekiah se vuelve hacia Dora y también ríe, pero sin humor.

–Al menos puedo admirar tus aspiraciones, aunque sean exageradas y poco realistas. Dibuja si quieres. Te mantendrá entretenida en los próximos meses. Yo incluso seguiré regalándote el papel.

Hay algo extraño en su voz. Dora frunce el entrecejo. Levanta la mirada.

–¿Tío?

Hezekiah se está acariciando la cicatriz con aire perezoso.

–En este último año te has convertido en una preciosa mujer. Te pareces mucho a tu madre... –Un tronco crepita en la chimenea–. Tienes veintiún años –continúa él, apoyando todo el peso del cuerpo en los codos–. Una mujer. Eres ya demasiado mayor para seguir viviendo bajo el mismo techo que yo.

Dora se queda un momento en silencio, asimilando la importancia de aquella afirmación. Traga saliva con esfuerzo.

–Quiere usted librarse de mí.

Él abre las manos.

–¿Y tú no quieres librarte de mí?

Ella vacila, no puede discutírselo.

–¿Adónde piensa mandarme? –pregunta.

Hezekiah, sin embargo, se limita a encogerse de hombros y sonríe.

A Dora se le ha formado una bola en el estómago que no deja de dar vueltas. No entiende el significado de la sonrisa, pero conoce lo bastante bien a su tío para comprender que en ella no puede haber nada bueno.

Se abre la puerta a sus espaldas. Dora se acuerda de respirar y Lottie coloca la bandeja con el té en el aparador. Las tazas de porcelana tintinean.

–Aquí está, señor –dice con vivacidad–. Y he traído las ciruelas confitadas que encargó, recién hechas esta mañana.

Lottie enseña una caja de forma hexagonal.

–Ofrécele una a Dora, Lottie.

El ama de llaves vacila y entorna los ojos, pero hace lo que le manda Hezekiah. Dora observa fijamente la caja y las golosinas que contiene. Desplaza la mirada lentamente hacia su tío, que la observa con las manos unidas bajo la barbilla.

–¿Qué es? –pregunta la muchacha con recelo. No puede evitarlo.

–Ciruelas confitadas, como ha dicho Lottie. Un manjar exquisito.

Lottie pone la caja bajo la nariz de Dora. Esta capta el aroma del azúcar. Titubea.

–Adelante –insiste Hezekiah–. ¿Por qué no pruebas una?

Con cautela, elige una ciruela de la capa superior y le da un mordisco, hundiendo los dientes en la gelatina. Durante un segundo, Dora saborea este dulce e inesperado regalo. El sabor le explota en la lengua. Vainilla, especias, un toque de naranja y nueces... No se parece a nada que haya probado en su vida, pero entonces ve a Hezekiah observándola desde el otro lado de la mesa. Está mirando a Dora como no la había mirado nunca.

Como un gato que mira a un ingenuo pajarillo. Hambriento, calculador.

CAPÍTULO CUATRO

Sentado en el banco de ventana que ocupa el pequeño hueco, Edward Lawrence observa cómo el mes de enero juega con sus armas crueles y amargas. La mañana es tan fría como la mesa de una funeraria; el viento ha arreciado y bate la terraza de Somerset House con ráfagas de hielo cortante. Los sicomoros que flanquean el elegante camino de acceso se inclinan, azotados por el viento, y los nidos vacíos de los pájaros se aferran desesperadamente a sus ramas peladas igual que un mendigo a un mendrugo de pan. El agua de la fuente está helada, los paseos son peligrosamente resbaladizos y, al otro lado de la terraza, las barcazas se balancean con furia en el Támesis.

Edward no sabe cuánto tiempo lleva esperando. Hay un reloj al final del larguísimo pasillo, encima de las grandes puertas tras las que se está decidiendo su futuro, pero necesita que le den cuerda. Le duele la espalda de estar encajado en un espacio tan pequeño; el asiento de la ventana es incómodo y duro. Se ha estado mordisqueando las uñas sin parar desde que ha llegado, ha contado los frescos del techo dos veces. Ha recitado el lema de la sociedad (*Non extinguetur*) tantas veces que ha perdido la cuenta. «No se extinguirá». Pues eso. Puede que lleve esperando una hora. Puede que lleve esperando solo unos minutos.

En las rodillas tiene una copia del estudio que ha presentado al comité. Las tapas son sencillas y el papel, el más barato que existe, pero es su querido trabajo, la hazaña de la que más orgulloso se siente a sus veintiséis años. Edward espera, además, que sea su

37

salvoconducto para entrar en la Sociedad de Anticuarios. *Estudio del Monumento al Pastor de Shugborough Hall*. Todo depende de la votación (la «papeleta azul»); necesita un mínimo de cinco votos.

Cuando por fin se abren las puertas, Edward se pone en pie y aprieta el *Estudio* contra su pecho. Cornelius Ashmole, su más viejo (y único) amigo, se acerca a él, haciendo crujir con sus pisadas el suelo de taracea. Edward aventura una sonrisa esperanzada, pero puede ver en el rostro de Cornelius que no trae buenas noticias. Cuando llega a su lado, Cornelius niega con la cabeza con aire de disculpa.

–Solo dos votos.

Edward, abatido, se deja caer en el asiento de la ventana y se pone el *Estudio* entre las rodillas.

–Mi tercer intento, Cornelius. He sido tan concienzudo…

–Ya sabes cómo son los métodos de Gough. Te lo advertí. Algo menos críptico, más basado en la erudición anticuaria.

–¡Cuando los hechos no están ahí, Cornelius, a veces la conjetura es lo único que hay! –dice Edward, mientras levanta el trabajo y lo agita ante el rostro de su amigo–. Pensé que esto sería suficiente. De veras que sí. Lo he hecho con gran detalle. Mis dibujos…

–«Aficionado» es la palabra que han usado, me temo –responde Cornelius con una mueca–. Están muy mal acostumbrados por culpa de Stukeley. Si te sirve de consuelo, han dicho que prometes mucho. La profundidad de tus descripciones es realmente impresionante.

–Ya.

Cornelius, que es muy alto, se pone en cuclillas.

–Son muchos los que no consiguen entrar en la Sociedad hasta mucho más tarde. Algunos lo hacen cuando ya son casi ancianos –dice con amabilidad.

Edward fulmina a su amigo con la mirada.

–¿Crees que eso me hace sentir mejor? ¡Tú tienes treinta años!

–Yo he vivido las alegrías del Grand Tour. Pasé el verano profanando tumbas italianas y cuando volví, pude dedicar libremente todo mi tiempo a intereses académicos. Además, mi padre está en la junta directiva. –Viendo la expresión alicaída de Edward, le apoya una mano compasiva en el hombro–. No quiero restregarte mi buena suerte por la cara, pero es un hecho que estas cosas influyen mucho. Piensa que te sentirás mucho mejor si consigues entrar por méritos propios. Sin atajos, puro temple.

Pero Edward menea la cabeza.

—Qué fácil es para los que tienen dinero conseguir lo que está fuera del alcance de quienes no lo tienen.

—Ahora te estás poniendo melodramático.

—Dice el hombre que siempre ha sido rico.

Cornelius no tiene respuesta para esto y los dos comparten un momento de silencio, mientras escuchan el viento que golpea con fuerza la ventana. Al cabo de un momento, Cornelius clava el codo en la rodilla de Edward.

—¿Recuerdas cuando éramos niños y yo fanfarroneaba con que podía nadar hasta el templete y volver sin detenerme?

Edward sonríe al recordarlo.

—Llegaste hasta la mitad, empezaste a enredarte entre los juncos y casi te ahogaste.

—Y tú estabas sentado allí mismo, en la barca, y me decías que siguiera avanzando, que no me rindiera, aunque ambos sabíamos que intentarlo era una completa estupidez.

Siempre había sido así entre ellos; uno apoyando al otro por la única razón de que les complacía hacerlo, aunque los dos fueran tan diferentes como el agua y el vino. Cornelius era rico y Edward, pobre; uno tenía educación mundana y el otro, no; uno era moreno y el otro, rubio. Edward era indeciso y Cornelius desenvuelto; Edward bajo y el otro alto; uno tenía mala suerte y el otro era afortunado. Vaya pareja hacían entonces, vaya pareja hacen ahora, y se ríen al recordar el pasado, aunque la risa de Edward es más contenida. La sonrisa de Cornelius se ensancha y a continuación se desvanece. Vuelven a caer en un silencio momentáneo.

—De veras que lo siento, Edward. No sé qué más decir.

—No hay nada que decir.

—Excepto que... no te rindas. Aunque supongo que estos tópicos no te servirán de nada en esta tesitura.

—Supones bien.

Una pausa.

—Tienes que perseverar. Te apoyaré en lo que pueda, por mucho que cueste, necesites lo que necesites. Sabes que lo haré.

—¿Aunque intentarlo me convierta en un completo idiota?

—Por supuesto.

Edward no dice nada; dada su amargura, las palabras de Cornelius parecen vacías. ¿Cuánto dinero ha invertido ya en ayudarlo? ¿Cuántas veces le ha permitido ausentarse del taller de encuadernación? El pensamiento le produce frustración y vergüenza.

–Tengo que irme –dice Edward, mientras se pone en pie y se pasa la mano por el pelo.

Cornelius también se levanta.

–El trabajo puede esperar, ya lo sabes.

–No puedo. Tengo que... –Edward suspira, sacude la cabeza y lo invade una fuerte oleada de humillación, como si fuera un estigma–. Tengo que irme.

Da media vuelta y se aleja apresuradamente por el pasillo, hacia la antesala, mientras Cornelius va tras él. Al llegar al final de la escalinata, Cornelius deja de seguirlo como un perro y, mientras baja, Edward siente la mirada compasiva de su amigo en la espalda, que se le clava como una daga. Ansioso por liberarse de ella, acelera el paso, sale a toda prisa por la puerta principal de Somerset House, camina entre el viento y se refugia en las bulliciosas calles de Londres y el reconfortante flujo del tráfico.

El *Estudio* se dobla a causa del viento. Edward piensa por un instante en tirarlo por la alcantarilla más cercana, pero su amor por el trabajo vence en el forcejeo y, tras guardarse los papeles en el abrigo, cruza los brazos y los aprieta contra su pecho como si fuera un escudo. Y sigue andando por el Strand, con la cabeza gacha y la barbilla oculta entre los pliegues del pañuelo del cuello. Deja la mente en blanco y se centra en poner un pie delante del otro. Cuando cruza el arco de Temple Bar, se alegra de dejar atrás el ajetreo del Strand.

Cansado ya, tanto de las malas noticias como de batallar contra el viento, entra en un café de Fleet Street, no por el rico aroma que despierta su deseo (aunque preferiría perderse en un gran vaso de cerveza), sino por el calor del establecimiento: tiene los dedos de los pies helados y, francamente, no le habría sorprendido que se le hubieran caído, que más tarde, al quitarse las botas en su alojamiento, encontrara piernas rematadas por muñones en vez de pies.

Se desata el pañuelo del cuello, encuentra un rincón acogedor al lado del fuego y pide una taza de café. Sigue con el *Estudio* guardado en el abrigo. Bebe un sorbito, pero está demasiado caliente, así que coge la taza con la mano y, mientras mira la chimenea sin verla, se conforma con el reconfortante olor de la aromática semilla.

Todo ese tiempo perdido. Otra vez.

Cuando hizo el primer intento, no esperaba triunfar: presentó un ensayo que resumía sus ideas sobre las publicaciones que había leído (prestadas por Cornelius y el padre de Cornelius); los primeros estudios de Monmouth y Lambarde, de Stow y Camden, los últimos trabajos de Wanley, Stukeley y Gough. Su conocimiento del latín, aunque deficiente en ciertas áreas, era adecuado y su interés por el tema resultaba evidente. Pero no: su formación presentaba lagunas, no tenía suficientes conocimientos, carecía de ideas originales propias. Así que siguió estudiando, optó por centrar sus esfuerzos en esculturas de las iglesias de Londres, porque las había en abundancia. En el segundo intento tuvo esperanzas. Pero le respondieron que, aunque el trabajo estaba muy bien escrito, de nuevo quedaba claro que no aportaba nada original, así que eligió otra táctica.

Cuando Edward y Cornelius eran niños, a menudo exploraban el campo de Staffordshire, en los alrededores de Sandbourne, la finca rural de Ashmole. La finca vecina, Shugborough Hall (a menos de diez kilómetros, cinco por el río), era a menudo una fuente de aventuras para ellos. Edward recordaba un día en que se habían colado en la propiedad y habían descubierto un monumento oculto en el bosque. Era algo espectacular: un arco grande e imponente con dos cabezas talladas que sobresalían de la piedra como adustos centinelas. En el interior había un panel rectangular con un relieve de cuatro figuras apiñadas alrededor de una cripta. Era una copia de un cuadro de Poussin, según sabría más tarde, pero con modificaciones: un sarcófago más y una inscripción que se refería a «Arcadia». Pero lo que había fascinado totalmente a Edward, incluso de niño, eran las ocho letras grabadas en la limpia franja de piedra que había al pie de la escultura: O U O S V A V V, encima y entre las letras D y M. En las tumbas romanas, las letras D y M significaban por lo general *Dis Manibus*: «A los dioses manes». Pero aquella no era una tumba romana. Un enigma, entonces. Qué espécimen tan perfecto para hacer un estudio; ¿qué mejor forma de conseguir la entrada en la Sociedad que tantos años había ansiado? Y así, con una carta de presentación de Cornelius y una buena cantidad de dinero en la cartera, a Edward se le dio permiso para entrar en el edificio y tener acceso al terreno.

Sopesó toda clase de teorías: una carta de amor en clave y dirigida a una esposa fallecida, un acrónimo de una frase en latín, o simples grabados añadidos tras la construcción del monumento y que no eran sino las iniciales del actual propietario (un tal señor George Adams), de su mujer y de sus amigos (aunque el señor Adams se negó a hacer comentarios sobre el tema). Basándose en la historia naval de la finca de Shugborough, Edward incluso pensó que las letras podían ser las coordenadas de un tesoro enterrado en el mar.

Tardó cuatro meses en completar sus descubrimientos, que aclaraban las diferentes teorías, y dos meses más en compilarlas. Nadie salvo Josiah Wedgwood se había molestado en tomar notas al respecto, pero eso había sido más de diez años antes y se conservaban pocos registros, por no decir ninguno. Y a pesar de que los dibujos de Edward que acompañaban el estudio eran «de un aficionado» (como Cornelius había sentenciado tristemente), el texto sobrepasaba cualquier estudio anterior sobre el monumento. Solo por eso, Edward se había convencido de que tendría éxito.

Pero no había sido suficiente. No había sido suficiente.

–Vamos, caballero, no puede ser tan grave, ¿verdad?

Interrumpida la fantasía, Edward levanta los ojos y ve a la persona que acaba de pronunciar aquellas palabras. En un sillón que tiene delante está sentado un viejo caballero, vestido con un apagado traje de lana peinada. Lleva el pelo y la barba demasiado largos para la última moda. Sin pretenderlo siquiera, Edward deja escapar una amarga risa y, sacudiendo la cabeza, levanta su taza de café. Toma un sorbo y hace una mueca. Está frío. ¿Cuánto tiempo ha estado sentado allí, medio aletargado?

El hombre levanta dos dedos en el aire y llama a una sirvienta.

–Otra cafetera, por favor. ¿Quiere acompañarme? –dice, dirigiéndose a Edward.

–No creo que mi compañía le resulte grata.

–Tonterías. Insisto.

Edward vacila y, al fin, transige. No quería mostrarse maleducado, pero la decepción le ha hecho responder con cierta hostilidad. «El caballero –piensa Edward– solo quiere ser amable».

–Gracias, señor.

La cafetera llega en su momento. El anciano sirve el café.

–Y bien –dice–. ¿Por qué tiene usted ese aspecto tan alicaído?

Posee una voz fuerte que no deja traslucir su edad. ¿Cuántos años tendrá? ¿Setenta? ¿Ochenta? Edward lo mira confuso. ¿Debería confiarse a un extraño? En cuanto lo piensa, se siente empujado a dejarse de precauciones; ahora ya no importa mucho.

–Han rechazado mi tercera y última solicitud para ingresar en la Sociedad de Anticuarios –explica. Edward se abre el abrigo y deja caer el *Estudio* sobre la mesa de madera, entre los dos, con un impacto sordo. Las páginas revolotean–. Ahí lo tiene. Mi último fracaso.

El anciano sigue con los ojos, de un sorprendente matiz azul, la curva de la bandeja de cobre. Enarca las cejas.

–¿De verdad? Un contratiempo, quizás, pero no es el fin del mundo, eso seguro. ¿Por qué ha dicho «último»?

–Porque no puedo dedicarme a intentarlo por cuarta vez.

–¿Qué se lo impide?

–El dinero, señor. Y el tiempo.

–Ah.

Se produce una pausa. Edward siente que se le pide más.

–Trabajo de encuadernador. Es una vida modesta y poco atractiva. No me emociona. –Niega con la cabeza al oír la autocompasión en su propia voz, pero ya ha empezado y no puede parar–. Crecí en las tierras de una gran mansión, pasé la infancia haciendo agujeros y coleccionando baratijas. Mi amigo y yo pasábamos horas excavando el terreno, fingiendo que éramos grandes exploradores como Colón y Raleigh.

El caballero asiente con comprensión.

–¿Y qué pasó?

–Mi amigo se fue a Oxford a estudiar y yo vine a Londres a encuadernar libros.

Edward toma un rápido sorbo de café para que el recuerdo no se dilate por su cuenta. Vuelve a dejar la taza en el platillo. El caballero lo mira en silencio. Al cabo de un momento, Edward dice:

–Mi amigo me aconseja que no desista.

–Yo lo tendría en cuenta.

–Caridad –resopla Edward.

Por muy agradecido que le esté a Cornelius, no acepta tener que depender de otra persona. Se siente menos hombre, más como un chiquillo, el hijo del mozo de cuadra todavía.

El anciano inclina la cabeza, como si meditara sobre la amarga réplica de Edward.

–Si él es feliz dando, ¿por qué despreciar su oferta? Muchos venderían su alma por tener un benefactor así.

–Lo sé, pero...

–Hiere su orgullo.

–Sí.

Otra pausa, un repentino silencio. Como si el café se hubiera congelado en el tiempo.

«Hiere mi orgullo». Edward es consciente del gran alivio que le causa escuchar esas palabras en voz alta, pero no por ello se siente mejor. ¡Ah, qué estúpido ha sido, comportándose como un niño enfurruñado! Tiene que disculparse con Cornelius, tiene que enmendarlo. Una conducta así no es propia de un caballero, mucho menos de un miembro de la sociedad. Espera que Cornelius no le eche en cara su momento de estupidez.

El café respira de nuevo. El anciano lo mira como si hubiera oído cada uno de sus pensamientos. Edward se ruboriza y se obliga a dedicarle una sonrisa abochornada.

–Ha topado conmigo en un mal momento, señor. Disculpe mi irritación. Es que estaba muy ilusionado.

–¿Podría hacerle una sugerencia?

–Por supuesto.

El desconocido toma un sorbo de café, con los labios fruncidos sobre el borde de la taza. Se limpia la boca y deja la taza en la mesa con gran cuidado. Luego se inclina, como si fuera a contarle un secreto muy bien guardado.

–En Ludgate Street hay una tienda. Pertenecía a un intrépido matrimonio apellidado Blake. Eran comerciantes de antigüedades y se ganaban la vida excavando tumbas en el sudeste de Europa, en Grecia concretamente. Entiendo que el gusto por las antigüedades ahora se decanta más por los hallazgos británicos, pero se puede ganar dinero en el mundo antiguo; aún sigue despertando curiosidad. Lamento decir que el matrimonio falleció hace tiempo, puede que unos doce o trece años atrás, y que la tienda... ya no es lo que era. El hermano de Elijah Blake, Hezekiah –dice el anciano, al tiempo que curva los labios–, casi ha dilapidado su fortuna, pero puede que usted tenga la suerte de conversar con la hija.

–¿La hija?

–Pandora Blake. Solo tenía ocho años cuando sus padres murieron, pero los acompañaba a todos los yacimientos que iban, y mostraba mucho interés. El tío, que antes era cartógrafo, cuidó de la niña cuando se quedó huérfana y se mudó a la tienda con ella. Si la joven se parece a sus padres, seguro que será excepcional.

–¿Los conoció usted bien?

El desconocido vacila.

–Para mí era primordial conocer a los comerciantes de antigüedades.

–Entonces, ¿es usted coleccionista?

–Podríamos decirlo así.

No añade nada más. Se produce otra pausa, durante la cual entra en el café otro cliente que trae consigo el aire frío y crudo de Fleet Street, y Edward ya no está seguro de cómo proseguir la conversación. Los dos están en silencio. El anciano levanta la taza, que ha dejado un cerco de humedad sobre la mesa.

–¿Cómo murieron? –pregunta Edward al fin.

El hombre toma otro sorbo de café.

–Una tragedia. Estaban excavando en unas ruinas griegas cuando las paredes se derrumbaron. Enterrados vivos.

–¿Y Pandora?

–Ella se salvó, gracias a Dios.

Edward sacude la cabeza.

–¡Qué horror!

–Desde luego.

Las campanas de la iglesia del Temple dan la hora. «Es el momento», piensa Edward, y rebusca en el bolsillo del abrigo; cambia el *Estudio* por una moneda.

–Le estoy muy agradecido, señor. Su amabilidad...

El caballero le indica con la mano que guarde silencio.

–No es nada –dice apaciblemente, como si de veras no fuera nada, por mucho que a Edward se le antoje una intervención calculada en extremo–. Ha sido un placer.

Cuando Edward se levanta, el anciano lo mira con sus penetrantes ojos azules: contienen un mundo. Le tiende la mano.

–Quizá podríamos volver a vernos, señor Lawrence.

–Sí –dice Edward, estrechándosela. La piel es tan fina que parece papel, o un guante raído, pero el apretón es sorprendentemente firme–. Sí, quizá.

Solo más tarde, cuando calienta al fuego las botas y los calceti-nes, se le ocurre a Edward pensar que no le ha preguntado el nom-bre al anciano, ni este se lo ha dicho. Es más, Edward tampoco ha mencionado el suyo.

CAPÍTULO CINCO

Hezekiah la ha dejado otra vez a cargo de la tienda. La llegada de un muchacho harapiento con una carta lo ha hecho marcharse a toda prisa; su tío ha dejado el desayuno a medias y ha salido del comedor como una liebre antes de que la joven tuviera tiempo de parpadear. Tras mirar el reloj (las ocho y veinte), se ha preguntado qué asunto tan urgente podía tener Hezekiah tan temprano con un muchacho que apestaba horriblemente a algo que Dora no se atreve ni a nombrar.

Ya en la tienda, Dora se sienta en un taburete (no es menos incómodo que el que tiene en el desván), y mueve las piernas con aburrimiento. Aunque sabe que hay un montón de cosas para entretenerse (si Lottie no piensa limpiar, bien podría hacerlo ella), Dora no es capaz de concentrarse en nada; su mente está tan tranquila como el mar en plena borrasca. Bajo el mostrador tiene el cuaderno de dibujo y el bolso, a mano, para poder escaparse lo más rápidamente posible en cuanto Hezekiah regrese.

Hoy es el día en que todo va a cambiar.

El dibujo de la filigrana está terminado. Lo único que necesita es un «sí», la confirmación de que su trabajo merece formar parte de esas hermosas joyas pensadas para que las luzcan miembros de la alta sociedad. Solo necesita empezar vendiendo un artículo, solo uno, a alguna mujer importante. Una señora, quizás una baronesa. O una duquesa. Por supuesto, piensa que es poco probable que a alguien de tan alto copete le gusten sus dibujos, pero si hiciera una

47

venta, Dora obtendría una parte de su valor y recibiría encargos. Ese sería el principio. Se ganaría su independencia. Sería libre.

«¿Y la tienda? –susurra una vocecita en su cabeza–. ¿Qué le pasará si tú no estás?».

Dora deja de mover las piernas. La tienda es todo lo que conoce. Es su hogar. Abandonarla le rompería el corazón. Y si Hezekiah la vende, el legado de sus padres –o lo que quedaba de él– estará tan muerto como ellos. Aunque las paredes están carcomidas y las vigas han empezado a debilitarse como hojas secas, albergan su propia esencia, el recuerdo de lo que una vez fue.

Le vienen a la memoria unas Navidades que celebraron aquí. Los tenderos y los clientes se reunieron para brindar por la ocasión, para celebrar un año de comercio próspero. El Bazar de Blake era cálido y acogedor en aquella época, el suelo de roble se había pulimentado hasta alcanzar brillo, las vigas estaban libres de telarañas, y Dora recuerda haberse quedado hechizada por las luces de las velas que se reflejaban en los limpios e intactos cristales de las ventanas. Su padre la llevaba a cuestas y, aunque ella no entendía lo que decían, la incluían en conversaciones sobre expansión, cargamentos de la India o nuevos lotes para Christie's. Se suponía que Hezekiah tenía que honrar ese recuerdo. Si es capaz de despreciar su lealtad tan fácilmente, ¿qué será de ella cuando llegue el momento de vender? Vuelve a pensar en lo que le dijo a la hora de la cena: «Eres ya demasiado mayor para seguir viviendo bajo el mismo techo que yo».

Dora traga saliva con esfuerzo. Desde el principio, Hezekiah la ha tratado como una molestia. Aparte de buscarle una escuela dominical para que estudiara, su tío no demostró ningún interés en continuar la educación clásica que habían comenzado sus padres; cuando ella le pidió que le enseñara algo sobre el comercio de antigüedades, él se echó a reír y dijo que no había necesidad de llenarle la cabeza con esas cosas, aunque no tenía inconveniente en dejarla tras el mostrador, al cuidado de la tienda. Así que todo lo que Dora sabe procede de los recuerdos y de su aguda observación. ¿Dónde habría acabado de no ser por él?

Aunque negligente, Hezekiah nunca ha sido cruel con ella (después de todo, los cuadernos de dibujo los paga él), pero tampoco hay amor entre ellos. La tarde que su tío trajo a Lottie, pensó que las cosas cambiarían entre ellos. Dora recuerda el momento en que vio por primera vez a la mujer, en la estrecha escalera de la casa (menos de seis meses después de la muerte de sus padres), el día en que Hezekiah anunció que Lottie iba a vivir con ellos. Supuso que la mujer, vestida de un rojo que no le sentaba nada bien, sería como una madre para ella, que Hezekiah trataría a Dora con un poco más de cariño, pero se llevó un gran desengaño. No tardó en ser expulsada del confortable dormitorio de la segunda planta y enviada al frío y lóbrego desván. Así que se desde entonces se sintió aún más sola, si es que eso era posible.

¿Y adónde iba a ir? El pensamiento le produce un escalofrío en la espalda. No tiene más familia que Hezekiah. Sus abuelos paternos murieron hace tiempo y su madre creció en un orfanato de Grecia. Hasta que pueda ganarse la vida por sí misma, no puede irse, no puede librarse de él. Sus únicas opciones –el asilo de los indigentes, las calles, los burdeles–, bueno, lo cierto es que no son opciones.

Los burdeles.

Piensa con inquietud en la forma en que Hezekiah la miró. «Yo pensaba que te alegraría cambiar de aires, mudarte a un entorno más… en fin, liberador. ¿No es eso lo que deseas?».

Sus macabros pensamientos se ven interrumpidos por el tintineo de la campanilla. Dora mira la puerta de la tienda, pero no, no es un cliente; solo Lottie, que ha llegado por la puerta de atrás.

–Señorita.

Dora resopla y pone recto el libro de contabilidad en blanco que tiene delante. Lottie cruza los brazos y mira a Dora con aire calculador.

–Está usted muy pálida. ¿Por qué no sale a dar un paseo? Ya me encargo yo de esto. –El ama de llaves vacila–. Un par de horas.

Dora mira el rostro redondo de Lottie con recelo.

–¿Usted?

Lottie enarca las cejas.

–¿Por qué no?

La propuesta es curiosa. Lottie nunca se ha ofrecido a encargarse de la tienda, ni se ha preocupado por la salud de Dora. Pero estos breves momentos de libertad son preciosos, así que Dora coge el cuaderno de dibujo que tiene bajo el mostrador.

No necesita que se lo digan dos veces.

El establecimiento de Clements & Co, joyero y orfebre de la más eminente reputación, está en la esquina noroeste del patio de la catedral de San Pablo. Se accede tras bajar cuatro peldaños empinados y estrechos: Dora lleva bajo un brazo su cuaderno de dibujo de cubiertas de piel y, con la otra mano, se aferra a la barandilla de hierro, descendiendo con cuidado de no pisar un agujero invisible a causa de su falda.

Tira de la campanilla y espera hasta que le franquea la entrada un empleado de rostro resplandeciente. En el interior, la temperatura es agradable, y el olor a velas de cera de abeja es bienvenido después del pútrido aire que reina en las calles. Las paredes están llenas hasta el techo de vitrinas de cristal, decoradas con relieves y elementos dorados, y repletas de objetos maravillosos. Las vitrinas que están al lado de la entrada tienen los objetos más cotidianos: copas macizas, grandes bandejas de servicio, cubiertos de plata cuyos mangos tallados de marfil representan perros de presa y jabalíes. Son bonitos, seguro, pero los objetos que están al lado del mostrador son los que aceleran los latidos del corazón de Dora.

Collares, pendientes, pulseras, anillos. Rubíes, zafiros, esmeraldas y diamantes. Vasos opalinos, perlas, acero tallado, una bandeja Wedgwood de cuarzo. Broches de mariposa, joyas abigarradas. Y allí, justo delante de ella, hay una nueva pieza, demasiado espectacular como para que se quede guardada bajo llave.

Es una diadema apoyada en una almohadilla. Trabajo de filigrana, con diamantes en forma de pera y talla rosa, y en el centro una flor cuyos pétalos brotan del pistilo como los rayos del sol. Acerca la cabeza, se pone de puntillas, trata de mirarla desde un ángulo diferente. Remates dobles de plata. Al moverse Dora, los diamantes brillan y bailan. Son realmente exquisitos. Dora aprieta la cara contra el cristal. Si mira atentamente, puede ver su reflejo en todas las diminutas facetas.

–Precioso –susurra.

–Desde luego, precioso.

El señor Clements sale de la trastienda con una bandeja de anillos. Es un hombre delgado y con gafas, que se sujeta con una cinta la espesa cabellera castaña salpicada de mechas grises; a Dora le recuerda a una aplicada nutria. Siempre viste ropas de color tierra, se anuda el corbatón con demasiada fuerza y parece embutido en la casaca. Es uno de los pocos caballeros del círculo de amistades de sus padres con quien Dora ha mantenido contacto regular; de él ha heredado su pasión por la joyería.

Hubo un año en concreto en que la madre de Dora, Helen, la llevaba a Clements & Co cada semana para admirar los escaparates y, mientras tomaban té y dulces, el joyero (con el fin de documentar sus hallazgos) le explicaba a la madre de Dora la diferencia entre piedras preciosas y bisutería, el mejor sitio para conseguir turquesas o cómo llegaba a formarse el ópalo. Mientras hablaban, el señor Clements le daba a Dora una caja con abalorios para que jugara. Fue él quien le enseñó a fijar un cierre y a rizar un alambre, y el que le regaló el juego de pinzas y tijeras.

Todas las joyas de su madre las había confeccionado el señor Clements. Dora acaricia suavemente el broche camafeo que lleva al cuello, la única pieza de la colección de su madre que sobrevivió (el resto lo vendió Hezekiah antes de que Dora se diera cuenta). El señor Clements había hecho el camafeo con una concha marina que Dora había encontrado en la playa de Pafos. Sencillo pero elegante, representa el majestuoso perfil de una mujer que lleva una corona de uvas que le caen sobre los hombros. Su madre siempre había dejado a Dora jugar con el broche antes de acostarse; solía girarlo una y otra vez, admirando el trabajo, sintiendo la frescura del objeto en las palmas. Su madre lo llevaba puesto cuando falleció.

—Señor Clements.

—Señorita Blake. ¿Cómo está usted, hija mía?

—Bien, señor. —Dora le alarga el cuaderno con las dos manos—. He traído más dibujos.

El joyero deja la bandeja de los anillos. A ella le parece ver un gesto circunspecto en el rostro del hombre, pero se inclina tras el mostrador, cambia la bandeja de anillos por un trozo de terciopelo negro y, cuando la vuelve a mirar, su expresión es abierta, afable.

—Pues vamos a verlos.

Dora pone el cuaderno sobre el mostrador de cristal y abre el bolso de red. Con mucho cuidado, una a una, va sacando las piezas. Tres pares de pendientes (unos colgantes, otros en forma de pez torpedo, otros redondos), hechos, respectivamente, con alambre y semillas, madera tallada y una canica. Una pulsera con granates de imitación hecha con cordones y cuentas de cristal; dos broches al estilo del cristal de Vauxhall, conseguido con los trozos rotos de un espejo; un collar atado con una cinta de botones de porcelana que ha pintado imitando ágatas.

Deja el collar de filigrana para el final. Bajo la luz dorada de las velas, se fija en lo bonita que se ve la piedra de cristal en el nuevo engaste. Dos noches ha trabajado en ese colgante, dos noches de dolores de espalda en el alto e incómodo taburete, pero Dora está muy orgullosa de él. Con un cuidado minucioso consiguió doblar el alambre para que formara veinte florecillas espirales, la misma cantidad a ambos lados. Parece elegante, majestuoso. Es la mejor pieza que ha hecho hasta ahora.

Mientras Dora los enseña, el orfebre mira las piezas con detenimiento, por encima del borde de las gafas, se fija en los detalles, las deposita cuidadosamente sobre el terciopelo, murmura, suspira. Ella está encantada de verlo tan fascinado, pero todavía no ha terminado.

–Sé que son burdos en comparación con lo que se hace en su tienda –dice Dora abriendo el cuaderno de dibujo–. Pero puede advertir en mis dibujos lo que estaba tratando de conseguir. Mire esto –añade, volviendo a la filigrana–. Oro y aguamarina. Quedaría bien tanto en su forma pura como en bisutería, mientras el color sea el adecuado… –En vista de que el señor Clements no responde, Dora empieza a hablar más deprisa–: Será un placer dejarme guiar por su experiencia, por supuesto. Añada más adornos si quiere. Las flores irían bien, quizá también plumas si quisiera recortar el…

–Señorita Blake… –la interrumpe el señor Clements, acompañando sus palabras de un largo suspiro.

A Dora se le hace un nudo en el estómago. Las páginas le tiemblan en los dedos.

–No le gustan.

–No es eso. Hija mía… –Guarda silencio y parece incómodo–. ¿Cómo puedo decírselo con delicadeza? La atiendo por la memoria de sus padres, Dios bendiga sus almas inmortales. Pero… –dice, tratando de esbozar una sonrisa amable–, sus dibujos son, se lo digo sinceramente, muy bonitos en sí, pero bonitos es todo lo que puedo decir de ellos.

–Pero... –Dora se interrumpe, decepcionada, y lo intenta de nuevo–. Me hizo una promesa.

El señor Clements se quita las gafas y las deja con cuidado sobre el mostrador.

–Yo no prometí nada. Solo dije que lo tendría en cuenta para mi colección.

Dora lo mira fijamente. Luego, muy despacio, pone las manos en el mostrador y se apoya en ellas.

–Señor Clements, me sugirió que rellenara un cuaderno con dibujos y realizara algunos para demostrar su viabilidad. Puede que no dijera exactamente que los aceptaría, pero si creía que mis dibujos no tenían ningún valor, si solo los consideraba el bonito entretenimiento de una simple mujer, ¿por qué me animó, dándome falsas esperanzas?

El joyero levanta las manos para aplacarla, pero nada puede acallar la decepción y la frustración de Dora.

–Me ha hecho perder el tiempo, señor Clements. El mío y el suyo.

El orfebre lanza otro suspiro.

–Señorita Blake. Dora. No quería ofenderla. Estos dibujos –dice, al tiempo que acerca la mano a las piezas colocadas sobre el terciopelo y la detiene sobre la piedra azul lechoso del collar estilo filigrana– son realmente muy bon...

–Señor Clements, si vuelve calificar mi trabajo de «bonito»...

–Encantador, entonces.

–¿No es lo mismo?

El hombre frunce los labios.

–Tiene mucha habilidad, eso se lo concedo. Lo que ha hecho con los materiales más burdos es realmente sorprendente. Pero no hay nada de excepcional en ellos, nada que diferencie su trabajo del de los hombres que trabajan para mí. Hoy en día, las modas cambian tan deprisa como los catarros y estas piezas que me ha dado... bien, no sirven. Este mes se habla del estilo griego, pero el mes que viene podría hablarse del estilo oriental. Lo siento, señorita Blake, pero mi respuesta es no.

Dora parpadea.

–¿Griego?

El señor Clements parece hundirse al reconocer su error.

–Sí... –dice, arrastrando las letras.

—¿Y si hiciera algo de ese estilo?

—Señorita Blake...

—Por favor, señor, déjeme hablar. Ya conoce mi linaje, es consciente de la materia en que se especializaron mis padres. Si me permitiera hacer otros dibujos para que los considerara... No hay nada de malo en eso, ¿verdad? Solo una pequeña selección, y si, después de eso, siguen sin gustarle, cesaré en mis esfuerzos. No puede ser tan cruel como para negarme una última oportunidad de demostrar lo que valgo, ¿verdad?

—Yo...

El joyero parece afligido y Dora, al verlo flaquear, juega su última baza. Se toca el camafeo que lleva al cuello.

—*Se iketévo.* Por favor. Por el recuerdo de mi madre.

Se hace el silencio. A Dora le late la sangre en los oídos. El señor Clements suspira.

—Señorita Blake, es usted muy insistente. —El orfebre suaviza la expresión y, derrotado, sacude la cabeza—. Muy bien. Pero no le prometo nada —advierte—. Nada, ¿está claro?

—Lo está —responde Dora, mientras recoge el cuaderno y lo cierra de golpe—. Pero yo sí le prometo algo, señor. No lo decepcionaré.

CAPÍTULO SEIS

En ese preciso momento, Hezekiah está echando chispas. Los tres hermanos Coombe (que tan dóciles habían sido hasta la fecha, cuando había dinero por medio), dirigidos por el mayor, no quieren renunciar a su trofeo más preciado, que está (tan tentadoramente cerca que podría tocarlo) atado en un carro, con el caballo listo para llevarlo a su casa. Listo si no fuera porque Matthew Coombe ha puesto pegas.

–Sabéis lo mucho que esto significa para mí –dice Hezekiah, incapaz de evitar el tono quejumbroso de su voz–. No hay derecho, después de todo este tiempo. Ya lo he perdido dos veces, ¿vais a despojarme de él otra vez?

Matthew se mueve pesadamente, con las botas enterradas en el barro de Puddle Dock, pero no responde y a Hezekiah se le empieza a calentar la garganta; tendría que aflojarse el corbatón.

–No iréis a quedároslo vosotros, ¿no?

–No lo queremos para nosotros –interrumpe Samuel, el más joven de los tres.

Hezekiah no da crédito a sus oídos.

–¿Queréis decir que tenéis otro comprador?

¿Cómo se atrevían a traicionar su confianza?

–No, señor, no es eso.

Aquello es demasiado. Hezekiah aprieta los puños y pierde la poca paciencia que le queda.

–Entonces, ¿a qué demonios estáis jugando?

Ante aquel arrebato, el caballo relincha y su aliento parece humo en el aire matutino. A Hezekiah se le han hinchado las venas de las sienes. Debe de tener ya la cara morada, porque en ese momento Matthew se encoge de miedo.

—Está maldito.

Hezekiah lo mira fijamente. Esto no se lo esperaba. El comentario es tan descabellado que su furia se volatiliza.

—Vaya tontería.

—Se lo aseguro, hay algo raro. Esa cosa no debería estar aquí.

Matthew se rasca la muñeca. Hezekiah advierte con disgusto que tiene una mancha rojiza en el puño de la camisa.

—Tonterías —repite—. La falta de sueño te ha aturdido, eso es todo.

—Puede que tenga razón en lo de la falta de sueño. No hemos pegado ojo desde que lo sacamos.

Desde luego, los hermanos parecen cansados: tienen los labios apretados como peras secas y la piel gris como el cieno, pero eso a Hezekiah no le importa, porque es consciente de que tiene público detrás. El muelle está paralizado: Tibb y sus trabajadores han formado un pequeño semicírculo, los hombres que recogen excrementos están apoyados en sus palas humeantes. Hezekiah ve que dos de ellos (uno es el chino de la víspera, está seguro) intercambian un comentario y se ríen por lo bajo. Molesto y avergonzado, se acerca a Matthew y pone la mano en el fuerte antebrazo del hombre. Percibe el crudo hedor de la piel sin lavar, un olor acre y salobre a pescado y algas. Se mezcla con el apestoso olor de los excrementos y la basura del Támesis y Hezekiah tiene que hacer uso de todo su dominio para no vomitar en sus propios zapatos.

—Ahora escúchame —susurra—. No voy a permitir que me estropees esto.

—No seremos nosotros los que lo estropeemos. Va a ser esa cosa. —Matthew señala tras de sí—. Algo le pasa. Algo le pasa.

—Repito que son tonterías.

—Señor, lo que ha hecho esa cosa... El pobre Charlie no ha dicho una palabra en días...

—Basta, Coombe. Ni tú ni tus hermanos vais a conseguir nada.

—No, señor Blake —responde Matthew con actitud inflexible—. Queremos más dinero. El esfuerzo que requirió sacarlo, el viaje que hemos hecho para traerlo aquí. El peligro en que me puso, por no decir más. Le digo que vale el doble de lo que acordamos.

—No vas a conseguir nada de eso —resopla Hezekiah, aunque aseguraría que el asunto se le está yendo de las manos—. El precio que estipulé es más que adecuado.

—Pues entonces cargamos otra vez esta maldita cosa, la llevamos mar adentro y la tiramos por la borda, donde debe estar.

Pero cuando Matthew va a dar media vuelta, Hezekiah le aprieta el brazo con más fuerza.

—¡No! Por favor, yo...

A Hezekiah se le seca la boca y los ojos se le salen de las órbitas. No puede perderlo ahora, no puede. Los hermanos Coombe lo miran con ojos agotados. Hezekiah sonríe y le suelta el brazo al otro hombre.

—Os pagaré lo acordado ahora, el resto cuando haya completado el negocio. No os podré pagar antes.

A Matthew le tiembla un músculo de la mandíbula. Los tres hermanos se miran y asienten con la cabeza.

—Muy bien —dice Matthew. Hace un gesto con la barbilla y los otros hermanos se acercan al carro—. Pero si no recibimos el pago antes de que acabe el mes, llamaremos a su puerta.

Hezekiah se enfurece.

—¿Mi palabra no te parece suficiente? ¿Alguna vez os he fallado?

—No —concede Matthew, cogiendo las riendas del caballo—. Pero nunca ha tenido nada parecido a esto.

CAPÍTULO SIETE

Otra vez tiene que esperar. Tiene que seguir sufriendo bajo el techo de Hezekiah. Pero Dora es una criatura tenaz y su imaginación ya se ha puesto en marcha.

Pues muy bien. Sus creaciones no están a la moda. «No importa», piensa mientras regresa de la catedral. En pocos años volverán a estarlo y ella hará que sus piezas estén a la venta para entonces. Pero Dora no es tonta. Sabe que el orfebre solo quiere darle largas. Sabe que lo más probable es que vuelva a decirle que no. Pero ¿quién mejor que ella para diseñar semejantes joyas? Su madre era griega. Dora pasó su infancia en excavaciones griegas. Lo lleva en la sangre.

–*Agáli-agáli gínetai i agourída méli*. «Poco a poco, la uva agria se vuelve miel» –murmura entre dientes.

Toma tiempo volverse más importante o mejor.

Cada mañana después del desayuno y antes de que sus padres fueran a la excavación, a Dora le enseñaban el idioma local, sus refranes, las viejas historias de la patria de su madre. Sé paciente, quería decir aquel refrán. Pero ¿no había sido ya bastante paciente?

Cuando Dora sale al ajetreo de Ludgate Street, cruza al lado derecho, donde la acera es más ancha, para evitar los carruajes que pasan, el ir y venir de la sofocante multitud de Londres. Una nevada caída la noche anterior ha depositado finas láminas de hielo negro en las calles; caminar por allí requiere cierto tacto, cierta habilidad para apoyar ligeramente el pie y al mismo tiempo inclinar el cuerpo con el fin de eludir los empujones de los demás. Una acera resbaladiza se convierte en un ejercicio traicionero. Dora está entre un librero y una sastrería cuando, detrás de ella, las campanas de San Pablo dan las once y delante se produce un aparatoso accidente. El relincho de un caballo perfora el aire.

Dora consigue abrirse camino entre la creciente multitud, tratando de mantener la cabeza gacha, pues accidentes como aquel ocurren a menudo y casi todos son horribles (no merecen las pesadillas que luego se tienen por haber mirado), pero entonces oye el inconfundible chillido de Lottie Norris. Dora levanta la cabeza a tiempo de ver al ama de llaves corriendo desde la tienda en mitad de un revuelo de faldas. Dora se recoge las suyas y también echa a correr.

Delante de la tienda hay un carro volcado. El caballo, aunque caído de lado, parece no haber sufrido daños. Pero bajo su flanco... Hezekiah tiene la pierna atrapada y arma un escándalo con sus gritos de dolor. A su lado hay tres hombres que Dora no reconoce. Uno estruja una gorra raída con las manos.

–¡Ya lo ha visto! –grita–. ¿Lo ha visto? ¡Enloquece las cosas!

Dora los mira. Hombres corpulentos y musculosos, con el mismo pelo cobrizo, la misma palidez, los mismos ojos con venillas rojas. «Y todos con aire enfermizo», piensa, fijándose en sus rostros grises. Al acercarse percibe el olor salobre del mar.

–¡Ese maldito animal ha resbalado en el hielo, nada más! –dice Hezekiah, prácticamente escupiendo las palabras–. Ha estropeado mi tesoro. ¡Que alguien le pegue un tiro! Esa infernal criatura pagará por esto, recordad lo que digo.

–Vamos, vamos –dice Lottie a su lado, dándole la mano–. Quizá no haya que lamentar daños...

–Pues claro que sí –espeta Hezekiah, tratando en vano de sacar la pierna de debajo del caballo–. ¿Cómo es posible que no haya daños? Matthew, dime si es grave.

Dora, picada por la curiosidad, se acerca al hombre más corpulento que está en la parte trasera del carro. Una rueda gira sobre su eje, el carro está hecho astillas, pero la carga... Sobre los adoquines hay una enorme caja de madera atada con una cuerda. La madera está combada en las esquinas y las tablas tienen manchas de verdín. Hay moluscos firmemente adheridos a los lados. En uno de los laterales alguien ha pintado una burda cruz. Lentamente, el hombre le da la vuelta a la caja. Dora advierte que se ha roto una esquina y el hombre acerca la cara al negro agujero. Se produce un silencio interrumpido solo por la charla impaciente de los curiosos.

–¿Y bien? –dice Hezekiah, apoyándose en los codos–. Tengo razón, ¿no? –gruñe–. Está roto, totalmente destrozado. ¡Ese caballo infernal!

Levanta un puño hacia el caballo, que se aparta de él con un relincho.

Hezekiah está tan irritado que no ha visto la mirada que los tres hombres («hermanos», piensa Dora) intercambian. Pero ella sí se ha dado cuenta. Esa mirada no era de asombro ni de desconcierto. No: era de resignación, como si ya se lo esperaran, como si lo hubieran sabido desde el principio…

El que se llama Matthew carraspea.

–Está intacto, señor. Estoy seguro.

Hezekiah lanza una carcajada y acerca la mano al rostro de Lottie, a quien planta un húmedo beso en la mejilla.

–¡La suerte me acompaña, después de todo! Ahora, que alguien me libre de este animal.

Hay un gran esfuerzo, tirones, empujones. Hezekiah se pone en pie y, con un gesto de dolor, se arranca un clavo oxidado del muslo. La punta tiene un color rojo.

–¡Mirad esto! –grita, tirando el clavo a la calzada, donde aterriza con un tintineo metálico. Se apoya en Lottie, que se vence bajo su peso, aunque no parece importarle.

Un anciano de largo cabello blanco sale de entre la multitud y le ofrece un brazo a Hezekiah.

–Vamos, señor, permita que lo ayude a entrar. ¿Puede andar?

–¡Pues sí, aunque es un milagro! ¿Ha visto? Podía haberme roto la pierna.

–Desde luego que sí –murmura el caballero–. Pero como ha dicho, parece que la suerte le acompaña. Solo es una pequeña herida. ¿Vamos?

Hezekiah se apoya en el brazo ofrecido y, con el anciano a un lado y Lottie al otro, entra cojeando en la tienda. En el umbral, vuelve la cabeza para dirigirse a los tres hombres pelirrojos.

–Llevadlo al sótano –les dice–. Lottie os abrirá la puerta.

De debajo de la camisa saca una cadena de la que cuelga una pequeña llave metálica y, en ese momento, Dora ya no puede seguir callada.

–¿Puedo ayudar?

Hezekiah se sobresalta. La cadena le cuelga entre los dedos. Está claro que no se había dado cuenta de su presencia.

–Dora. –Mira a Lottie de reojo, bajando la voz hasta un murmullo–. No tenía que estar aquí.

Lottie arrastra los pies bajo el peso de su amo.

–No estaba.

¡Así que por eso quería librarse Lottie de ella!

–Tío –dice Dora con impaciencia–. ¿Qué es esto? ¿Qué ha comprado? –dice, mientras le parece ver los pensamientos de Hezekiah retorciéndose como peces en una nasa.

–Entra –dice.

–¿Por qué?

La expresión del hombre es de pánico, pero antes de que Dora pueda seguir presionándolo, el anciano de cabello blanco interviene en nombre de Hezekiah:

–Señorita Blake, su tío sufre mucho dolor y en la calle hace frío. ¿No sería mejor –dice, señalando a la multitud de curiosos con un leve gesto de la cabeza– continuar esta conversación en el interior?

Dora abre la boca y la vuelve a cerrar. Antes de que pueda articular palabra, Hezekiah, que se niega a mirarla directamente, consigue entrar en la tienda. Detrás de ella oye un gruñido y un crujido de madera. Dora se vuelve y ve a los hermanos levantando la caja entre los tres.

Se hace a un lado para dejarlos pasar, con los ojos entornados.

CAPÍTULO OCHO

Es la atención al detalle lo que a él le gusta, la concentración que requiere. Le ayuda a olvidar.

El taller de encuadernación está situado en un extremo de Russel Street, en la esquina donde la calle gira bruscamente hacia Drury Lane, y el estudio privado de Edward da al callejón que se encuentra detrás de la tienda. La minúscula ventana está muy arriba en la pared y le proporciona muy poca luz para su trabajo, pero al menos allí no le molesta la gente que golpea los cristales ni los extraños que miran indiscretamente hacia el interior. Así pues, cuando trabaja, llena el cuarto de velas. Un gasto que el encargado, Tobias Fingle, considera del todo innecesario.

Y lo es, reconoce Edward. Podría arreglárselas con la mitad; los dibujos que graba en la piel de los libros no están hechos con la delicadeza de sus dedos, sino con simples sellos…: lo único que necesita es estamparlos en el sitio adecuado.

Pero a Edward no le gusta la oscuridad.

Y Fingle lo entiende. Y se muerde la lengua. Edward y él son los únicos que quedan de la plantilla inicial, los únicos que saben cómo era antes el negocio. Antes, cuando no había tiempo para descansar ni sitio para respirar. Ni tiempo para curarse.

Edward aprieta la tira contra el cuero, pasa el disco de metal caliente por el lomo, deja un limpio ribete doble sobre la superficie. Su trabajo consiste en dar los últimos pasos en la producción del libro. Dar color a las cubiertas cuando las páginas ya se han cosido, embellecer el cuero con formas y surcos delicados. Es un trabajo fácil que solo requiere una mano firme y mucha atención al detalle. Puede que sea un dibujante «aficionado», pero crear hermosas cubiertas de libros... en este aspecto podría superar a cualquiera del gremio. Carrow se encargó de que así fuera.

Apretando la mandíbula, levanta el lomo y lo deja a un lado. Coge una paleta de la pequeña estufa que hay en un rincón, la que utiliza para calentar las herramientas. Vuelve la paleta para comprobar el dibujo (hiedra retorcida, husos afiligranados) y se dedica a trabajar los márgenes.

«Concéntrate. Olvida».

Gracias a Cornelius, Edward es ahora libre de hacer aquí lo que quiera. Podría haberse ido, por supuesto. Pero ¿qué hubiera hecho en ese caso?, preguntó Edward cuando Cornelius se lo sugirió. ¿Adónde iba a ir? Él, a diferencia de Cornelius, que tiene dinero para gastar y libertad para dar y vender, tiene que ganarse la vida. No sabe hacer otra cosa. Y en consecuencia se quedó, haciendo lo que le habían enseñado a hacer mejor, en un cómodo silencio dentro de un cuarto lleno de velas encendidas para ahuyentar la oscuridad.

«Qué extraño», piensa, que ahora se sienta totalmente a salvo en un lugar que antes temía.

Por supuesto, los otros empleados no tienen ni idea. Cornelius los trajo cuando se hizo cargo del lugar: sangre nueva de Staffordshire, campesinos enviados a la ciudad para ejercer el oficio, como Edward en otros tiempos. Pero Edward sabe que le tienen envidia. Sienten envidia de lo que ellos juzgan un privilegio, de la protección que recibe de los fondos de Ashmole. Envidia de sus frecuentes ausencias, de cuyo objeto ellos no saben nada. Tras su estancia en Shugborough, no podían creer que Edward se instalara de nuevo en el cuarto trasero como si no hubiera pasado nada en absoluto.

También contienen la lengua. Les pagan demasiado bien para quejarse (Cornelius siempre ha sido muy generoso con su dinero) y Fingle se asegura de mantenerlos tranquilos, aunque a Edward le importa bien poco lo que piensen. Para él el taller de encuadernación es solo algo pasajero, un lugar en el que aguardar el momento oportuno. Ser admitido en la Sociedad es lo único que le importa. Sería su pasaporte para viajar por el mundo, para pasar el tiempo haciendo lo que le gusta: qué cosa tan magnífica, que le pagaran por sumergirse en el estudio, por ver y tocar realmente las cosas sobre las que ha leído durante tantos años en multitud de libros...

Llaman a la puerta. Levanta la paleta del cuero y mira hacia la entrada. Al otro lado del sucio panel de cristal ve la forma borrosa de un hombre que resulta ser Fingle. Vuelve a bajar la mirada, gira el libro un cuarto de ángulo y aprieta la paleta contra el cuero.

La puerta se abre. Fingle se apoya en la manija y entorna los ojos para que no lo deslumbre la luz de las velas.

—Vamos a ir a la taberna después del trabajo. ¿Le gustaría venir con nosotros?

Fingle siempre pregunta. Edward siempre responde lo mismo.

—No, gracias —dice sin levantar la cabeza.

Su habitual respuesta negativa, sin embargo, no lo libra de Fingle, que sigue en la puerta.

—La vida es algo más que estar inclinado sobre un escritorio, ¿sabe? He pensado que podríamos ver juntos la llegada del año nuevo, comenzar de cero.

Edward levanta los ojos al oír aquello. Bajo la luz tenue del umbral, Fingle parece estar ensayando una sonrisa amable. Edward también se obliga a sonreír.

—Esta noche iré a ver al señor Ashmole.

Fingle vacila, parece que va a replicar algo y luego se lo piensa mejor.

—¿Está seguro? —dice al fin—. Los chicos han quedado también para cenar. Sería una pena que no viniera con nosotros.

Edward continúa estampando.

—Dudo que me echen de menos.

—Yo sí. Por... —dice, pero se interrumpe—. Por los viejos tiempos. Creo que sería bueno para usted.

Edward no le responde y se concentra en el trabajo. Cuando el metal caliente se hunde en el cuero se eleva una voluta de humo. Siempre le ha gustado ese olor.

Fingle tarda un momento en cerrar la puerta para dejar a Edward solo.

Edward sigue trabajando.

Cuando las lejanas campanas de la catedral de San Pablo dan por fin las cinco, recoge sus cosas, ahoga la estufa y apaga las velas de un soplido. Al salir, siente sobre él los ojos de los otros trabajadores como si fueran mosquitos. Agacha la cabeza y pasa entre ellos sin decir palabra.

La mansión que tiene Ashmole en Mayfair encaja a la perfección con su dueño: brillante, cálida y al mismo tiempo ostentosa. Cornelius (incluso con el corbatón flojo, la camisa a medio abotonar y en calcetines) está majestuoso y saluda a Edward con un fuerte apretón de manos. En su atractivo rostro aparece una expresión de afecto.

–Estaba preocupado por ti –dice mientras Edward lo sigue a la biblioteca–. Había decidido ir anoche a tu alojamiento, pero pensé que preferirías estar solo.

–También yo pensé en venir, pero cambié de idea. –Edward habla con aire de disculpa–. Cornelius, yo...

Cornelius levanta la mano y le lanza una cómica mirada de reproche.

–No. Lo entiendo perfectamente.

–Ya lo sé –dice Edward, avergonzado–, pero aun así quiero disculparme. Fui un completo idiota y me comporté como un niño malhumorado. Lo siento, Cornelius.

Su amigo sonríe y se acerca al aparador con una gracia que hace que Edward se sienta horriblemente torpe.

–No te disculpes nunca conmigo, no hace falta.

Cornelius le sirve una copa de brandi y se la ofrece junto con un pequeño cuenco de nueces. Edward coge el cuenco y mira el contenido; las nueces parecen pequeñas vértebras arrugadas. Cornelius se deja caer en un sillón y le indica a su amigo que se siente en el sillón de enfrente, al lado del fuego.

–Tienes permiso para disgustarte de vez en cuando.

Edward hace una mueca al sentarse en el mullido sillón.

–Me permites demasiados caprichos.

Cornelius levanta la copa de la mesa que tiene al lado y sonríe ligeramente por encima del borde.

–Quizá. Pero ciertamente no te envidio por ello.

–Llegará un momento, ¿sabes?, en que no podrás protegerme. De hecho, estoy seguro de que el momento ha llegado y se ha ido. Ya has hecho por mí mucho más de lo que deberías.

Edward suspira, gira la copa en la mano y su amigo entorna los ojos; a la luz del fuego, sus pupilas casi parecen negras.

—No es nada.

—Pero...

—Mira, no te compliques. Me estás estropeando la sorpresa.

—¿Sorpresa?

La expresión de Cornelius se convierte en una sonrisa perezosa y de la mesita que tiene al lado saca una cajita negra. Se inclina sobre la alfombra (la piel de un tigre, con la magnífica cabeza aún intacta) y se la entrega. El cuello de la camisa se le abre y deja ver un pecho fuerte y liso. Edward coge la caja de manos de Cornelius.

—¿Qué has hecho ahora?

—No preguntes —responde Cornelius volviendo a sentarse. Coge una nuez de su cuenco, se la introduce en la boca y la muerde enseñando los dientes—. Ábrela.

Y Edward obedece con un cabeceo de resignación, porque Cornelius hace cosas así a menudo: si no le mete dinero a escondidas en el abrigo, le envía a su casa paquetes de comida de su ama de llaves, la señora Howe, o...

Edward expulsa el aire que retenía.

—Cornelius, de veras.

En la caja, sobre un fondo de seda de color crema, hay un par de gemelos. De forma circular, hechos de oro (a Edward no le hace falta preguntar si su suposición es correcta, Cornelius no elegiría otra cosa) con una sencilla esmeralda engastada en el centro. Del tamaño de un botón. Sobrios, pero elegantes. Las joyas brillan como ojos diminutos.

—¿Te gustan? —pregunta Cornelius en voz baja.

—Bueno, sí, claro, pero...

—Alto —lo interrumpe su amigo, ahora con brusquedad—. Quería animarte.

Edward quiere reñir a su amigo, pero Cornelius no lo está mirando. Está examinando una nuez que tiene entre el índice y el pulgar. Edward sabe, por la expresión de su amigo, que discutir no va a servir de nada y que un «gracias» será desechado con un ademán, como si fuera un niño molesto.

Cornelius. En otra época se había autodenominado ángel guardián de Edward con una risa irónica, pero el término no estaba muy alejado de la verdad. Si no hubiera sido por él, Edward no estaría sentado ahora allí. «Caridad», piensa de nuevo, antes de aplastar la palabra. Sin embargo, le deja un sabor amargo en la boca. ¿Alguna vez se librará de ella?

–Ayer, después de dejarte, conocí a un caballero en un café –dice Edward para cambiar de conversación, mientras cierra la caja de los gemelos y la deja cuidadosamente en la mesa que tiene al lado del sillón–. Me sugirió algo.

Cornelius levanta los ojos de la nuez.

–Ah, ¿sí?

Edward toma un sorbo de brandi. El sabor es fuerte, casi caliente; le raspa la garganta y le produce un ligero escalofrío.

–¿Qué sabes de la familia Blake?

–¿Quiénes?

–Los Blake –repite Edward, irguiéndose en el sillón–. Elijah Blake y su esposa llevaban una tienda de antigüedades en Ludgate Strteet, hace unos doce años más o menos.

Cornelius se burla.

–Oh, Edward, hace doce años estábamos… –Guarda silencio, como si quisiera recobrar la calma, y mira a otro lado–. Bueno, ¿cómo voy a saber nada de algo tan alejado en el tiempo?

–Pero seguro que habrás oído hablar de ellos en algún momento. Eran anticuarios muy respetados. Al parecer, fallecieron trágicamente en una excavación. Dejaron una tienda que ahora dirige el hermano de Elijah, creo que se llama Hezekiah.

Cornelius está mirando la copa con el entrecejo fruncido, con una expresión que Edward conoce bien. Una débil arruga se le ha formado entre las cejas y se frota el labio superior con el borde de la copa de brandi. Algo le ha tocado una fibra.

–Se habían especializado en antigüedades griegas –añade Edward con esperanza.

Cornelius asiente lentamente con la cabeza.

–Ahora que lo dices, eso me suena. Blake… Recuerdo haber oído hablar de una artista, creo que se llamaba Helen, a la que William Hamilton empleaba a veces para hacer dibujos de su colección de vasos griegos, cuando Tischbein no estaba disponible. –Cornelius toma un sorbo de brandi y paladea el licor antes de tragarlo–. Quizá se trate de ellos. ¿Por qué lo preguntas?

–Bueno, pues la cuestión es que este caballero –dice Edward, pero enseguida hace una pausa y se ruboriza– me preguntó por qué estaba tan abatido. Le expliqué lo que había pasado y me aconsejó que buscara a la hija de los Blake, Pandora, en la tienda de antigüedades de Ludgate Street. Insinuó que allí podía encontrar lo que andaba buscando, algo que la Sociedad consideraría muy favorable.

Cornelius lo mira fijamente.

–Oh, por el amor de Dios, Edward, ¿de verdad vas a tener en cuenta algo que te dijo un completo extraño en un café?

El fuego chisporrotea con fuerza, como si quisiera acompañar la indignación del señor de la casa. Edward se irrita. No puede evitarlo.

–Ya sé que suena a locura, pero ese hombre tenía algo. No puedo explicarlo.

–No puedes fiarte del consejo de un extraño.

–Escéptico como siempre.

–¡Bueno, pues sí!

Cornelius cuelga la pierna en el brazo del sillón, orienta hacia la chimenea el pie enfundado en el calcetín y flexiona el tobillo. Repantigado como está, a medio vestir y con un rizo negro cayéndole sobre la frente, a Edward le recuerda los cuadros del Renacimiento, un auténtico Miguel Ángel. Cornelius le señala con su copa.

–Un hombre que no conoces te dice que busques el consejo de una muchacha, cuyos padres muertos se habían especializado en cerámica griega. Sabes que la Sociedad ya no está interesada en el arte mediterráneo. Gough ha dicho claramente que la Sociedad tiene que centrar sus esfuerzos en la historia británica. El mundo antiguo se ha exagerado.

–Pero aun así, no carece de mérito.

–Claro que no –dice Cornelius arrugando el entrecejo–, pero...

–Piensa en las últimas excavaciones de Pompeya, por ejemplo.

–Sí, pero allí se han hecho descubrimientos sustanciales. La Sociedad no va a pasar por alto un descubrimiento tan monumental como ese.

–Cornelius –dice Edward con paciencia–, espero que esa chica tenga algo de valor, algo que merezca la pena estudiarse.

Su amigo gruñe por toda respuesta.

—¡Los chismes griegos ya no son lo que eran, Edward! Si haces eso, prepárate para otro fracaso.

—Eso si decido hacer algo al respecto. Todavía no he hablado con ella.

—Pero ¿tienes intención de hacerlo?

—Tengo la sensación de que ahora que se me ha metido la idea en la cabeza, no me queda más remedio.

Por enésima vez aquel día, Edward piensa en el encuentro con el anciano, en lo fortuito que había resultado que el hombre se le acercara de la forma en que lo hizo. ¿Y cómo es que conocía el nombre de Edward...?

Cornelius suspira, levanta la pierna del brazo del sillón y apoya los pies a ambos lados de la cabeza del tigre.

—Creo que es un error —advierte—. Tu lógica se basa totalmente en un encuentro casual. Céntrate en otra cosa, algo concreto, por el amor de Dios.

Edward deja la copa sobre la mesa con un pronunciado tintineo.

—Me niego a creer que fuera un encuentro casual.

Edward se da cuenta de la determinación de su voz y por un momento se siente culpable, como si hubiera hablado cuando no le correspondía. Cornelius, sin embargo, ha suavizado la expresión y en ese momento está sacudiendo la cabeza con un gesto de resignación, más que de contrariedad.

—Siempre has sido un soñador. No permita el cielo que intente detenerte. —Toma un largo trago de brandi y la nuez se le mueve bruscamente. La mirada que dirige a Edward es de afecto, aunque está entreverada de algo que Edward no consigue identificar—. Es que no quiero que te lleves otra decepción.

—Sé lo que estoy haciendo —responde Edward con suavidad.

Durante un maravilloso momento se lo cree, se siente inexplicablemente seguro de sí mismo. Pero Cornelius deja la copa sobre las rodillas y se humedece el labio superior con la punta de la lengua.

—A veces, Edward, no estoy muy seguro de que lo sepas.

CAPÍTULO NUEVE

Ha empezado a nevar. Los tejados de Londres están moteados de blanco y las gaviotas se quejan gritando a las nubes. Dora está en la cama de su cuarto del desván; se ha envuelto con las mantas y está sentada sobre las rodillas. Estira los dedos para combatir el frío, sujeta el lápiz con más fuerza. Mientras ella dibuja, Hermes va de un lado a otro del cabecero de la cama, arañando la madera con las garras. La llama de la vela oscila a causa de la ligera brisa que se cuela por el marco de la ventana, que necesita urgentemente una reparación, y proyecta sombras que bailan en el techo. Desperdigados por las baldosas del suelo están los restos de los intentos previos de Dora: papeles arrugados en bolas compactas que se corresponden perfectamente con el tamaño de su puño.

No se puede concentrar.

En este momento traza una serie de garabatos que parecen hechos por un niño. Una greca, cuyas líneas angulosas han atravesado el papel porque ha apretado el lápiz con demasiada fuerza. Abanicos delicados que son una sucesión de plumas. Olas repetidas. Serpientes retorcidas. Mandalas florales. Todos recuerdan las formas griegas, pero ninguno de sus dibujos se parece remotamente a las figuras que tiene en la imaginación. Cada bosquejo lleva escrita su frustración, son recuerdos a medio formar que no debería haber olvidado.

Suspira. Dibujar algo así debería ser fácil, debería ser su segunda naturaleza, pero no, esta noche no es capaz de aplicarse. Su mente sigue vagando por las entrañas del sótano, donde está el misterioso cargamento de Hezekiah.

Las vigas de la casa crujen, la casa gime.

Su tío no estuvo en la cena. Lottie le sirvió a Dora una sopa aguada y salió del comedor sin haber dicho ni una palabra, y Dora no les vio el pelo a ninguno de los dos en toda la noche.

¿Por qué Hezekiah le cuenta sus planes precisamente a Lottie, pero excluye a su propia sobrina? ¿Qué contiene esa caja? ¿Por qué Hezekiah se asustó tanto cuando Dora le preguntó? ¿Y quiénes eran los hombres que la transportaban?

Si pudiera abrir la puerta del sótano con una ganzúa...

Oh, pero ¿de qué servía especular? ¿De qué le sirve a ella? «Detente –se dice–, o te volverás loca».

Intenta evocar el recuerdo de una excavación en Delos. Dora era muy joven entonces (menos de cinco años, está segura de eso), pero recuerda una tarde en particular en que su padre pasó horas desenterrando un mosaico. Mientras él quitaba la tierra con un cepillo, Dora estaba sentada allí mismo, fascinada por las formas que iban apareciendo: un follaje intrincado, olas que se curvaban, triángulos escalonados. Recuerda que su padre le hablaba de las figuras con su voz potente y cálida: rosetas, palmetas retorcidas. ¿No había una cabeza de toro rodeada de follaje?

No sirve de nada. Aparta la hoja de papel con un gruñido. Lo único que ha conseguido dibujar en los últimos cinco minutos es una parra en una esquina de la página. Hace una pelota con el papel, la tira y va a parar al suelo con las demás. Ninguno de sus garabatos se puede convertir en collar, en pendientes ni en nada que pueda lucir un miembro de la alta sociedad.

–¡Ay, Hermes! –Suspira. La urraca pía y vuela a su regazo. Dora le acaricia la cabeza con el dorso de la mano y el pájaro le picotea suavemente los dedos–. Puede que sea una idiota. ¿Qué voy a hacer?

Aunque Dora sabe que es imposible que la urraca la entienda, Hermes ha inclinado la cabeza y la mira con sus ojos negros, con tanta intensidad que está segura de que comprende sus palabras. Pero entonces la urraca extiende las alas y comienza a picotearse entre las plumas; Dora se recuesta en las almohadas. Se lleva el lápiz a la boca. Es obvio que no va a conseguir la inspiración encerrada en el cuarto. Intenta recordar si hay algo en la tienda que le sirva

71

de inspiración. ¿No había un armario al fondo con fragmentos de aquellos viejos mosaicos?

«Dos pájaros...».

–Hermes, muévete –dice con decisión, sacando las piernas de entre las mantas y apartando al pájaro de su regazo–. Vamos a explorar.

Dora se pone unos calcetines de lana y se envuelve en el viejo batín de su padre. Coge la vela y se da unos golpecitos en el hombro. Con un suave graznido, Hermes se posa allí y se aferra con las garras a la seda, añadiendo agujeros a los que ya tiene la prenda. Dora levanta el pestillo de la puerta, conteniendo la respiración mientras espera el chirrido. No se oye nada. Expulsa el aire.

Cuatro tramos de escalones exigen cuidado. Baja de puntillas, poco a poco. Ha memorizado las grietas, los puntos flojos, la forma en que la madera podrida se comba. Al llegar al final, se muerde el labio. La campanilla. En la oscuridad de la escalera se pregunta cómo hacerlo. Impaciente por su falta de movimiento, Hermes emite un ligero graznido.

–¡*Isychia*! –Dora le aprieta el pico con los dedos. La vela tiembla en el candelero–. No me falles ahora.

Por toda respuesta, la urraca sacude la cabeza y le roza el pelo con las plumas. Dora le suelta el pico y mira la puerta al tiempo que arruga la frente con fuerza.

Lo único que puede hacer es intentarlo.

Apoya la palma en la puerta y empuja lentamente para abrirla; la puerta es pesada y emite un crujido sordo. La muchacha se estremece, trata de calcular la distancia que separa el marco de la campanilla. No puede ser mucha. Al cabo de un momento percibe que la madera toca el metal, oye el ligerísimo arañazo del badajo contra el broncíneo borde, y se detiene antes de que la campanilla emita otro sonido. Observa la rendija que ha abierto.

Hay espacio suficiente para pasar.

Es curioso lo diferente que parece en la oscuridad algo que conocemos.

La nieve que cae fuera se acumula en el alféizar de la ventana.

Las risas ahogadas del café se filtran a través del fino cristal. La luz de la ventana solo sirve para perfilar los altos armarios. Dora parpadea en la semioscuridad y alarga el brazo con la vela por delante: apenas distingue en los estantes los falsos cuencos de porcelana de la dinastía Shang.

Lo primero es lo primero.

El armario en el que está pensando se encuentra al fondo de la tienda y Dora se dirige hacia él de memoria, gracias a que Hezekiah ha formado un ancho pasillo pegado a la pared trasera.

Aun así, avanza con mucho cuidado. La luz de la vela es débil y aunque se le han acostumbrado los ojos a la oscuridad, los armarios que flanquean el pasillo bloquean la luz de la calle. Extiende una mano ante sí y va contando los pasos que da.

–*Énas, dýo, tría, téssera...*

Roza la madera con las yemas de los dedos. Dobla a la derecha.

–*Októ, ennéa, déka.*

La luz se vuelve más compacta a medida que se va adentrando. Al dar el decimoquinto paso, toca la fría pared encalada y se da cuenta de que ha llegado a las puertas del sótano. «De nuevo a la derecha», piensa, pero vacila un momento. ¿Estará Hezekiah allí abajo? Escucha con atención, pero no oye absolutamente nada.

Debe contenerse para vencer la tentación y sigue avanzando con cautela hacia el fondo de la tienda. Ahí está, en el rincón más alejado: un pequeño aparador cuadrado, con patas en forma de garras. Apenas le llega a la cadera. Recuerda haber jugado delante de él, con las puertas abiertas y los tesoros esparcidos por el suelo, mientras sus padres informaban a los clientes sobre sus últimas excavaciones. Dora deja la vela sobre la superficie sin pulir del aparador. En su hombro, Hermes inclina la cabeza.

Se pone de rodillas. Las puertas van muy duras. Empuja la bisagra para hacer palanca y cuando tira de las puertas para abrirlas, la vela se mueve peligrosamente. Dora la mira alarmada.

«No te caigas, por favor, no te caigas».

La vela se queda quieta. Hermes grazna. Dora lanza un suspiro de alivio.

El interior no es tan profundo como recordaba. No hay mucho sitio y parece que han introducido los objetos sin ton ni son. Dora los saca con cuidado. Un cáliz de cobre mellado, un reloj de sol de bolsillo, un juego de cucharas de peltre, una pipa... Levanta esta última para verla mejor y observa la forma. Un corazón en relieve. No le sirve. Mete la mano de nuevo, saca una caja de rapé, una miniatura de una anciana con peluca, dos candeleros de bronce idénticos. Al introducir los dedos hasta el fondo del aparador, da con algo pequeño, frío y duro. Lo saca y lo inclina ante la luz de la vela.

Lo mira largo rato. Había olvidado completamente su existencia.

En la mano tiene una extraña llave dorada del tamaño de su dedo pulgar: el tubo cilíndrico, ahora sin brillo por el tiempo y la falta de uso, tiene unos preciosos dibujos de filigrana. La cabeza es un disco ovalado, giratorio, de azabache. En el disco hay un relieve. Un rostro barbudo.

Recuerda vagamente haber jugado con la llave cuando era muy pequeña, por el único motivo de que le gustaba girar el disco, una y otra vez. ¿Alguna vez supo qué abría aquella llave? No lo recuerda. Vuelve a meter la mano en el interior. Se pregunta si la llave pertecerá a un joyero: no lo recuerda, pero no hay nada parecido oculto en las entrañas del aparador. Vuelve a mirar la llave y se muerde el labio. ¿Puede darle alguna utilidad? Es bonita, eso seguro, pero no tiene nada que ver con los diseños griegos que está buscando. Por el momento no le sirve para nada. Se encoge de hombros y la deja a un lado para seguir buscando en unas bolsas que no contienen más que trozos de cuero y raso, totalmente inútiles.

Finalmente se rinde. No hay mosaicos. Ni fragmentos de cerámica ni monedas. Dora estaba segura de que había un pequeño busto de Atenea con la nariz y la cimera del casco desportilladas. Pero no, no hay nada. Nada que pueda usar. Admite la decepción. Aunque los objetos que recuerda estaban rotos o en malas condiciones, al menos eran auténticos. Puede que los quisiera alguien. Puede que se hayan vendido.

Bueno. Solo queda un lugar y será la segunda búsqueda de la noche.

El sótano.

Dora nunca ha estado allí, nunca ha ido más allá de las puertas, ni siquiera ha pisado jamás el primer escalón. Nunca ha tenido necesidad de hacerlo, ni siquiera cuando vivían sus padres: aquel era su espacio privado y a ella la habían enseñado a respetarlo. Cuando murieron, Dora era demasiado joven para catalogar todo lo que habían dejado, así que se encargó Hezekiah. Una vez despejado el sótano, su tío instaló allí su despacho y su taller. Dora nunca había sentido la necesidad de cuestionarlo… hasta el presente. Porque esta noche hay una caja allí guardada, un cargamento que él no quiere que ella vea. Y si hay un cargamento que él no quiere que ella vea, ¿qué más puede haber allí? ¿Qué más cosas le oculta?

Vuelve a guardar todos los objetos en el aparador. Recoge la vela y regresa sobre sus pasos.

Las altas puertas del sótano se elevan ante ella. Hermes, en su hombro, sacude las plumas.

Mira el candado y trata de calcular lo fácil o difícil que será abrirlo con una ganzúa. Pero en cuanto alarga la mano para tocarlo, oye un suave lamento. La mano se le queda congelada en el aire. Abre mucho los ojos y Hermes le clava las garras en la hombrera del batín. Pero entonces oye otro ruido que le resulta mucho más familiar y, en parte aliviada, en parte contrariada, baja el brazo.

La voz de Hezekiah sube por la escalera. Dora pega la oreja a la puerta. Hezekiah habla para sí, como hace a menudo cuando se encierra en el sótano. Dora vuelve a mirar el candado y ve que el pasador no está cerrado del todo y que la cadena solo está enganchada en una de las manijas de la puerta y no en las dos. Pues claro que su tío está en el sótano; tendría que haberlo imaginado. Y por lo que parece, Lottie también.

Bueno, ya está. La aventura nocturna ha terminado. Dora emprende la retirada y sube lentamente la escalera del desván. A medio camino, al corregir un paso mal dado en la escalera, Dora oye un ronquido en la habitación del ama de llaves. Su antigua habitación. Así que Lottie está en la cama, después de todo.

Sigue subiendo con el entrecejo arrugado. Y cuando se mete en su cama y se tapa con las mantas hasta la barbilla, se pregunta cómo es posible que su tío haya emitido un sonido que a Dora le ha parecido más bien el llanto de una mujer.

CAPÍTULO DIEZ

No se abre.

Por el cielo que lo ha intentado –durante horas, por lo que parece–, pero la cosa sigue firmemente cerrada. Claro que podría romperla, pero entonces la segunda parte de su plan fracasaría y todo el asunto habría sido en vano. ¡El tiempo, los años que habría malgastado! ¡El dinero que perdería! No, no lo soporta.

Se suponía que iba a ser su salvación. Que iba a resolver todos sus problemas.

Hezekiah frunce el entrecejo. La pierna le palpita.

Pasa un dedo por el cierre. Tiene que haber un mecanismo, un resorte miserablemente astuto que todavía no ha descubierto. Susurra con aire distraído, golpea los laterales con los nudillos, busca una parte más débil en la estructura, una forma de acceder al interior...

CAPÍTULO ONCE

A pesar de los recelos de Cornelius, Edward decide visitar el establecimiento de los Blake para al menos saciar su curiosidad.

La nevada de la noche anterior ya se ha convertido en fango. La nieve tiene un color ocre y los coches han dejado sobre ella surcos húmedos. Aun así, el aire es tan cortante como la hoja de un cuchillo y Edward se levanta el cuello del redingote y hunde la barbilla bajo el pañuelo. Cuando llega al principio de Ludgate Street tiene los dedos entumecidos.

No tarda mucho en ver la tienda, pues el escaparate rematado en arco sobresale de la fachada. Se detiene un momento a observarla: la pintura blanca del marco se cae en pedazos y hay una grieta en uno de los paneles de cristal. El rótulo de encima de la puerta está desgastado y el espacio que separa las palabras no se corresponde con su tamaño. Edward entorna los ojos para verlo mejor. Ah, sí. Alguien ha insertado torpemente el nombre «Hezekiah» entre el borde del rótulo y el apellido «Blake». Debajo, medio borrado, se ve aún el nombre «Elijah». El caballero de pelo blanco tenía razón: la tienda ya no es lo que era.

Un empujón inesperado le hace perder el equilibrio y tiene que asirse al marco del escaparate para no caer.

—¡*Quitadenmedio*! —ladra una voz áspera.

Edward se frota el hombro y se vuelve para ver al hombre que lo ha empujado al pasar.

—Usted disculpe... —empieza a decir, pero le está hablando a una multitud desconocida y cambiante de cuerpos muy parecidos entre sí.

–En estas calles uno no puede dejar de moverse –dice otra voz, esta mucho más amable. Edward se vuelve y ve a una joven apoyada en el quicio de la puerta de la tienda–. Si se queda quieto, lo arrollarán.

Edward se la queda mirando.

Esta debe de ser Pandora Blake... y es totalmente distinta de las mujeres que ha visto hasta entonces. Alta (soprepasa la estatura de Edward por media cabeza), con la piel un tono más pálido que las nueces que Cornelius y él comieron la noche anterior. Lleva un vestido sencillo, de un sufrido color azul y, aunque Edward está poco familiarizado con la moda femenina, le parece que pasó de moda hace años. Unas gafas poco favorecedoras le enmarcan los ojos, cuyo color, en la sombra del umbral, no puede distinguir. El pelo es tan oscuro como la melaza y lo lleva recogido sobre la cabeza; una cinta de color rosa mantiene unos cuantos rizos rebeldes en su sitio. Y lo más extraño, lleva en el hombro una urraca que lo mira con unos ojitos negros que parecen saber perfectamente por qué está Edward allí.

Edward lleva tanto rato observando a la joven que la sonrisa irónica de esta ha desaparecido y ha apoyado el peso del cuerpo en el otro pie. La urraca grazna. Edward sacude la cabeza para soltar la lengua.

–Sí, sí, tiene usted razón, por supuesto... –dice, al tiempo que nota cómo se le enrojecen las mejillas–. No era mi intención...

–¿Puedo hacer algo por usted, señor?

Edward intenta recuperar la compostura.

–¡Sí! Por supuesto que sí –dice, señalando la tienda–. Estoy buscando...

Dora asiente y entra en el establecimiento. Edward, parpadeando torpemente mientras contempla el espacio vacío que la muchacha ha dejado tras ella, lo único que puede hacer es seguirla.

Cuando los ojos se le acostumbran a la penumbra de la tienda, Edward ve a la joven detrás de un pequeño mostrador encajado en un rincón lleno de objetos. Un hombre corpulento, embutido en un chaleco demasiado estrecho, se dirige cojeando hacia él y le tiende una mano fornida.

—Hezekiah Blake, distinguido señor —dice el hombre, sacudiendo la mano de Edward con tanta fuerza que a este le parece sentir un tirón en un tendón de la muñeca. El hombre tiene la mano sudorosa y, cuando suelta la suya, Edward se la seca disimuladamente en la pernera del pantalón—. ¡Vaya, tiene los dedos helados! Dora, ve a buscar a Lottie, por favor. Ofreceremos a nuestro invitado un buen caldo caliente.

—Verá, señor, no hace falta…

—Tonterías, tonterías —dice el señor Blake, guiándolo hacia un par de ornamentadas sillas doradas, tapizadas en terciopelo verde—. Insisto. Me gusta que mis clientes se sientan aquí como en su casa. ¿Le importa si nos sentamos? —dice, al tiempo que se señala la pierna derecha—. Un pequeño accidente ayer.

—Nada serio, espero.

Suena el tintineo de una campanilla y se abre una puerta que hay detrás del mostrador, la misma por la que Pandora (no, el señor Blake la ha llamado Dora) ha desaparecido.

El señor Blake hace una mueca al sentarse en la silla acolchada.

—Solo un rasguño —dice, señalándose el muslo—. Se curará muy pronto. Pero duele, ¿sabe?

—Por supuesto.

El hombre corpulento lo mira fijamente. Edward lo mira a su vez. El señor Blake tiene en la mejilla una fina cicatriz, de un blanco pálido que destaca en su tez rojiza.

—Bien, entonces, ¿señor…?

—Lawrence.

—Lawrence. ¿Qué puedo hacer por usted? —Ante la vacilación de Edward, el señor Blake hace un gesto con el brazo, señalando la tienda—. Como puede ver usted, tenemos muchos tesoros aquí. ¿Le gustaría echar un vistazo?

Edward, que es incapaz de ser maleducado, acepta.

—Excelente, excelente. ¿No le importaría esperar a que vuelva mi sobrina? Sí, sí, sentado aquí. No hace falta que haga ningún esfuerzo.

Hay una pausa. En algún lugar se oye el tictac de un reloj desajustado. Edward se obliga a sonreír.

–¿Hace mucho que se dedica a este sector?

–Oh –dice el señor Blake estirándose el puño de la camisa, como si el asunto fuera baladí–. Muchos años. –Lo repite–. Un establecimiento familiar, ya ve. ¿Conoce el negocio de las antigüedades?

Edward se pregunta por un momento si debe ser sincero, pero algo en aquel hombre le hace sentir que su seguridad depende del engaño, así que dice:

–No, señor, no lo conozco en absoluto.

–¡Ah! –El caballero sonríe y se inclina hacia él con un gesto de complicidad. Edward percibe un débil olor a café en su aliento rancio–. Mi querido hermano fallecido me dejó la tienda. He convertido en el trabajo de mi vida mantener su eminente reputación tan alta como lo estuvo en su día.

Pomposo. Un toque de presunción.

–Desde luego –dice Edward torpemente.

Los dos se quedan en silencio. Los relojes dan chasquidos en sus cajas y el señor Blake lo mira fijamente, como un zorro que busca la debilidad de su presa. Cuando la señorita Blake regresa, Edward está a punto de dar media vuelta y salir corriendo.

La señorita Blake le ofrece una taza pequeña. Lo mira y luego mira a otro lado, como si se sintiera culpable. Edward coge la taza con ambas manos. Le calienta los dedos de inmediato, y siente que la sangre le corre agradablemente por las venas.

–Gracias.

La señorita Blake asiente con la cabeza. La urraca que lleva al hombro lanza un graznido.

–Dora… –El señor Blake, cuya voz ha adoptado un dejo de cansancio, le dirige a Edward una mirada reticente–. ¿Tienes que empeñarte en meter ese sucio pajarraco en la tienda? Ya sabes que no me gusta que lo hagas.

Edward ve un tic en la mandíbula de la señorita Blake y sospecha que lo sabe muy bien. Sopla el vapor del caldo.

–No hace ningún daño, tío. Pero –dice antes de que el señor Blake proteste– lo pondré en un rincón para que no moleste, si lo prefiere.

–Bueno. –El señor Blake parece sonreír forzadamente y Dora deja el pájaro en una estantería que hay detrás del mostrador, donde la urraca comienza inmediatamente a acicalarse. El vendedor mira el pájaro con malestar–. Supongo que al estar allí arriba seré capaz de mirarlo como si estuviera disecado. ¡Incluso podría venderlo! Señor Lawrence, ¿lo compraría usted?

El señor Blake celebra su desafortunada broma con una carcajada ruidosa y ofensiva que hace que Edward se mueva incómodo en su silla. La señorita Blake entorna los ojos. Edward toma un sorbo de caldo.

Está fuerte. Demasiado salado.

Cuando su regocijo se ha disipado, el señor Blake vuelve a fijar su atención en Edward y lo ve relamerse el caldo grasiento de los labios.

–¿Está mejor?

–Mucho mejor, señor –miente.

–Bien, señor Lawrence, he de dejarlo con su caldo y su exploración. –Se aprieta la nariz con un dedo y, al sonreír, entorna los ojos inyectados en sangre de un modo que él quizá considere jovial, pero que a Edward le parece más propio de un depredador–. Lo estaré observando atentamente, señor, listo para ofrecerle mi ayuda.

Se levanta y va hacia el mostrador, apoyándose en la pierna sana. Edward apura el caldo, que ya ha empezado a quedarse frío en el fondo de la taza, y trata de no fijarse en la señorita Blake, inclinada sobre un papel en el que dibuja con un lápiz, ni en el hecho de que parece rehuir a su tío, que se mueve muy cerca de ella, por detrás. Edward mira los armarios y las vitrinas que llegan hasta un techo que tiene manchas de goteras. Deja la taza en el suelo polvoriento y se pone en pie.

Por lo que le dijo el anciano de pelo blanco, Edward no esperaba encontrar nada de valor allí. Aun así, no estaba preparado para lo que ve. Edward no es un novato; aunque carece de educación formal, su infancia en Sandbourne le proporcionó los suficientes conocimientos para distinguir a una edad muy temprana una auténtica antigüedad de una falsificación. Gracias a la formación autodidacta que le ha dispensado la generosidad de los Ashmole, Edward posee el ojo exigente de un coleccionista y puede decir, sin sombra de duda, que en todo el Bazar de Antigüedades Exóticas de Hezekiah Blake no hay ni un solo objeto que pueda pasar por auténtico.

El primer armario que inspecciona está lleno de objetos orientales. Edward se concentra en una bandeja y se fija en la mezcla de cerezos en flor japoneses y dragones chinos, que no estarían juntos si la bandeja fuera auténtica. A continuación, ve un pequeño cuenco de cerámica. Lo coge y le da la vuelta. Pretende ser de la dinastía Ming, pero las marcas del reinado son claramente obra de alguien con poco o ningún conocimiento de la caligrafía del país. El símbolo «Da», por ejemplo. Representa a un hombre de pie con brazos y piernas, pero la pierna no debería empezar por encima del brazo como pasa aquí. Cornelius, cuya especialidad es el arte oriental, palidecería de horror. Por el rabillo del ojo, Edward advierte que el señor Blake parece estar a punto de dirigirse hacia él, y vuelve a dejar rápidamente el cuenco en su sitio.

El señor Blake se queda quieto en el mostrador.

Edward sigue andando.

El armario siguiente es una colección de baratijas y objetos de cristal que podrían encontrarse fácilmente languideciendo en la cesta de un viajero que vendiera sus mercancías en las puertas de Newgate. Se detiene a leer una pequeña etiqueta de cartón («Curiosidades del siglo XVI») y se esfuerza para no lanzar un bufido.

Pasa a los armarios del otro lado, va lentamente de aquí para allá, maravillado ante la colección de basura que llena cada estante. Cornelius no sería capaz de contener la cólera. Es más, ni siquiera se esforzaría por contenerla. Si la Sociedad pidiera alguna vez a alguien que escribiera un informe sobre falsificaciones en el comercio de antigüedades, piensa Edward con ironía, solo necesitaría pasar una tarde en aquel establecimiento y obtendría la entrada en la Sociedad de Anticuarios sin parpadear. Finalmente se detiene ante un armario lleno de fruslerías. Se acerca más y ve un burdo alfiler de corbata colocado en el centro de una placa envuelta en seda.

Incapaz de doblegar su impaciencia más tiempo, el señor Blake se planta a su lado inmediatamente.

–¡Ah, una auténtica belleza! Perla y cobre –dice. En menos de un segundo, saca la pieza del armario para que Edward la vea más de cerca–. Del periodo de los Estuardo, si no recuerdo mal. –El señor Blake lo levanta ante Edward como si fuera un cáliz–. Diez chelines, por ser para usted.

Edward gira el alfiler con la mano, siente el peso, la rugosidad de la perla. De fabricación reciente, posiblemente se haya tardado menos de una hora en hacerlo.

–No lo creo –dice Edward, dando media vuelta.

El señor Blake pone una pesada mano en el hombro de Edward y le da un apretón.

–Las perlas están muy de moda actualmente. He oído que al príncipe le gustan mucho. Por favor señor, considérelo. ¿Ocho chelines, quizá?

Edward intenta no amilanarse bajo aquella presión. Por un momento se siente empujado a una habitación oscura por la mano cruel de otra persona, y parpadea para alejar el doloroso recuerdo.

–Esto no es… –comienza, pero el señor Blake sacude un dedo.

–Hay que pagar las facturas, entiéndame –dice con fingida jovialidad–. No puedo desprenderme de esta preciosidad por menos de cinco chelines. ¡Prácticamente regalada, señor!

Edward sabe muy bien que lo que ve no es una perla, sino vidrio tintado, si no se equivoca, y que el alfiler ni siquiera es de bronce, sino de acero pintado para que lo parezca. No, el objeto no vale ni con mucho la suma que el señor Blake pide por él, pero el recuerdo de antes lo ha distraído, ha vacilado demasiado y, cuando se da cuenta, está ante el mostrador despidiéndose del jornal de un día, el señor Blake está contando las monedas y su sobrina está envolviendo el alfiler de corbata con mucho cuidado en un trozo de tela. Y Edward ni siquiera está seguro de cómo ha sucedido.

–Permítame –exclama de repente el señor Blake, mirando fijamente las muñecas de Edward–. Lleva usted unos gemelos magníficos. ¿Puedo preguntarle dónde los ha comprado?

La señorita Blake deja inmóviles sus delicadas manos. Edward la mira a la cara, pero esta es tan inexpresiva como si fuera de porcelana.

–Yo… –Edward vacila y mira los discos dorados con esmeraldas incrustadas–. Son un regalo. Creo que se los compraron a un orfebre del Soho.

–¿Y sabría decirme el nombre del orfebre?

Con un movimiento casi imperceptible de la cabeza, Dora continúa envolviendo el alfiler. Edward se encoge de hombros.

–Yo diría que los compraron en Romilly's. –Es la tienda favorita de Cornelius.

Al señor Blake le tiembla el labio superior. A pesar del frío de la tienda, una gota de sudor le brilla en el centro del labio superior.

–Gracias, señor Lawrence –dice el señor Blake. Guarda las monedas en el bolsillo y le regala una sonrisa llena de dientes que parecen lápidas–. Le quedo muy agradecido. –Se dirige a su sobrina–. No te importará encargarte de la tienda, ¿verdad, querida? –No espera su respuesta y ya tiene los brazos en las mangas de su redingote–. Señor Lawrence, ¿le importaría acompañarme?

Edward carraspea y fuerza una sonrisa. No quiere salir tan pronto de la tienda; tiene que hablar a solas con Pandora Blake.

–Lo lamento, pero no puedo.

–Una pena. No importa. –Vuelve a estrecharle la mano a Edward y este intenta reprimir una mueca, pues la mano del hombre está más sudorosa ahora, si es eso es posible–. Un placer hacer negocios con usted, señor.

–Desde luego.

Pero la respuesta de Edward se pierde, pues el señor Blake ya sale por la puerta, cojeando y agitando los faldones del redingote. Deja la puerta abierta y la señorita Blake, con un suspiro, se aleja del mostrador para cerrarla. Cuando vuelve, cruza los dedos (con nerviosismo, piensa Edward) y le sonríe sin despegar los labios.

–Lo siento, señor Lawrence.

–¿Lo siente?

Dora vuelve a su puesto tras el mostrador.

–Me temo que le han engañado, como a todo el que se aventura a cruzar esa puerta.

La señorita Blake le da el alfiler de corbata envuelto y Edward lo coge y lo mueve delante de él.

–Ya me he dado cuenta.

Dora asiente con la cabeza.

–Lo sospechaba. Se fija usted mucho en los objetos.

–Sí. –Como la joven no dice nada, Edward añade–: Pero ¿por qué se toma la molestia de decírmelo? Seguro que querrá ganar algún dinero… ¿No es también suya la tienda?

Algo centellea en los ojos de la muchacha (del color del caramelo de especias, ahora lo ve con claridad) y a Edward le da un ligero vuelco el estómago.

–No sé por qué se lo he dicho. Quizá tenga remordimientos. Y no. La tienda no es mía.

Un fuerte graznido les hace dar un respingo a los dos. Edward se había olvidado de la urraca, que estaba en el rincón. La señorita

Blake levanta la mano al tiempo que dice dos palabras con suavidad («*Éla, edó*», cree oír el joven: ¿griego quizás?) y con un revuelo de plumas irisadas, el pájaro corre hacia ella. La señorita Blake se lo coloca en el hombro sonriendo y desde allí el ave mira a Edward de la misma forma que en la calle. El joven aprieta con fuerza el paquete y se aclara la garganta, mientras trata de ignorar los insistentes ojos del pájaro.

–Tengo una confesión que hacerle, señorita Blake.

–¿Sí?

–He venido para verla a usted.

Dora deja inmóviles los dedos con los que estaba acariciando el blanco pecho de la urraca.

–¿A mí?

Entorna los ojos, confusa, y Edward levanta una mano para calmarla.

La urraca se lanza.

El pesado aleteo y los agudos graznidos del pájaro rasgan el silencio de la tienda. El alfiler de corbata cae al suelo, Edward grita y la señorita Blake ahoga una exclamación al tiempo que atrapa a Hermes con las manos.

–¡Hermes, no! ¡Alto!

Edward se retira hacia la silla ornamentada. Golpea la taza vacía de caldo, que rueda por el suelo. Edward se lame la piel que hay entre el dedo índice y el pulgar, y nota en la lengua el cálido sabor metálico de la sangre.

–¡Oh, señor Lawrence, lo siento muchísimo!

La señorita Blake corre hacia él con un paño en la mano. Edward se arriesga a mirar hacia arriba y ve que la urraca está otra vez en la estantería del rincón. Dora se sienta en la otra silla y le coge la mano sin preguntar. Su tacto es suave, pero firme. La joven inspecciona la herida, con la oscura cabeza inclinada sobre su mano, y aunque el corte le escuece bastante, Edward encuentra mucho más interesantes los rizos de la coronilla femenina, la gruesa cuerda que es su trenza brillante y oscura.

–Es solo un rasguño –murmura.

–No lo es –responde Dora, apartando la cabeza para que pueda verlo.

El «rasguño» se parece más a una herida triangular y Edward

parpadea sorprendido al verla. El pájaro se le ha llevado un trozo de piel.

La señorita Blake suspira y aprieta la herida con el paño.

–¿No le duele? –pregunta, y como Edward niega con la cabeza, porque extrañamente a él le sigue pareciendo un rasguño, ella sacude la cabeza–. Le dolerá dentro de un par de horas. Créame, lo sé –dice, girando la mano que sujeta la del joven. Edward le ve en la muñeca una cicatriz en forma de media luna–. Cometí el error de limpiar su jaula con él dentro. –La señorita Blake sonríe, de nuevo con ironía–. Hermes es muy protector. Si cree que algo le pertenece, se obstinará en guardarlo.

Afloja la presión y vuelve a mirar.

–Se lo vendaré para que no siga sangrando.

Edward mira mientras la muchacha le venda fuertemente la mano con una tira de tela.

–Qué raro –dice– que tenga que protegerla un pájaro.

–No es tan extraño.

La señorita Blake termina con un nudo y le suelta la mano. Durante un momento Edward tiene la sensación de que le han privado de algo.

–Lo encontré en el tejado hace unos cuatro años, al lado de la ventana de mi dormitorio. Creo que se había caído del nido. Al principio lo dejé allí, pensando que quizá los padres lo encontrarían, pero no fue así y, bueno, no soportaba dejar al pobre animal tan indefenso. Así que lo cogí y lo crie yo misma. Las urracas son inteligentes. Recuerdan quién se porta bien con ellas.

Durante un momento se quedan los dos mirando al pájaro, que ahora está haciendo equilibrios sobre una pata mientras se limpia la otra. Entonces la señorita Blake se vuelve hacia él.

–Y bien, señor –dice–. ¿De qué deseaba hablar conmigo?

CAPÍTULO DOCE

Dora ha escuchado la petición del señor Lawrence (porque sin duda eso es lo que era) en silencio y no sin simpatía. Aquel hombre pálido y rubio la mira inquieto mientras espera su respuesta y a Dora se le parte el corazón (entiende muy bien lo que significa querer algo que parece desbaratarse en cada paso del camino), así que se entristece al contestar.

–No puedo ayudarlo.

–¿No puede? –dice el señor Lawrence, abatido.

Dora se pone en pie y mueve el brazo de un modo que da a entender su malestar.

–Mire, señor, fíjese en este sitio. Mire –dice, señalando ahora el paquete con el alfiler de corbata que sigue en el suelo– la baratija en la que ha gastado su dinero ganado con tanto esfuerzo. Sabe tan bien como yo que esta es una tienda de baratijas y meras fruslerías.

El señor Lawrence la observa desde su silla.

–Eso no puedo negarlo. Pero creo que debe de tener algo aquí que sirva a mis fines. Si no, no me la habrían recomendado.

–¿Recomendado?

–Me dijeron que viniera aquí. A hablar con usted.

–¿Quién?

–Un caballero que conocí en un café. Parecía conocerla...

–Bueno –dice Dora, al tiempo que se encoge de hombros–, mis padres eran muy conocidos; su reputación sobrepasaba a la de muchos otros comerciantes. Pero el Bazar de Blake hace muchos años que no vende objetos de valor histórico y, desde luego, ninguno de origen mediterráneo. Todos los objetos que encontraron mis padres han desaparecido. –Dora cierra los ojos; su frustración y su dolor son recientes y antiguos a la vez. Al abrirlos, ve al señor Lawrence a través de un mar de puntos negros–. Yo también he buscado algo de valor aquí. Anoche, sin ir más lejos, intenté buscar algunas de las viejas mercancías de mi padre y me llevé una gran decepción.

–¿Para qué las quería?

Dora vacila.

–Tiene que prometer que no se burlará de mí.

El señor Lawrence se pone en pie.

–Señorita Blake, no podría. No lo haría, después de haberse dignado usted a escuchar mis ruegos.

Hermes grazna al otro lado del mostrador. Dora suspira y se frota la frente hasta que los puntos negros de los ojos desaparecen.

–Diseño joyas. Es decir, espero llegar a hacerlo. –Se detiene a mirarlo, pero solo ve un rostro franco y unos ojos ansiosos–. Estos últimos meses he estado preparando un cuaderno de bocetos, con la esperanza de abrir mi propio establecimiento algún día. El orfebre al que se los llevé los ha rechazado basándose en que el estilo griego es el que está ahora de moda. Y pensé...

–Pensó en utilizar las piezas de sus padres para inspirarse.

–Sí. –Dora extiende las manos–. Pero he buscado y no he encontrado nada.

El señor Lawrence da un paso al frente.

–Entonces, ¿de veras no hay nada? ¿Nada de nada? Estaba tan seguro...

–Su caballero debió de equivocarse. Como he dicho, señor Lawrence, ya puede ver la clase de cosas que vendemos aquí y el poco valor que tienen. –Se mueve inquieta–. Ya se habrá dado usted cuenta del tipo de hombre que es mi tío y... solo me queda una carta que jugar.

–¿Y cuál es?

No tiene respuesta para esa pregunta. Mira al señor Lawrence un momento y se fija en la solemne expresión de su rostro recién afeitado. ¿Debería contárselo? ¿Debería decírselo? No le parece que sea un hombre deshonesto. No, desde luego: ve en él un espíritu afín, un soñador (por eso se ha sentido impulsada a confesarle que Hezekiah lo ha engañado), así que Dora, sintiéndose imprudente, señala el sótano.

—Al otro lado de esas puertas está el taller de mi tío. No sé con seguridad qué guarda en él, pero tengo sospechas de que hay algo más de lo que creía yo al principio. Podría haber algo ahí.

—¿Y si no lo hay?

Hermes vuelve a graznar a sus espaldas.

—Entonces tendré que volver a pensar.

El señor Lawrence mira al otro lado de la habitación.

—Esas puertas están cerradas —dice al ver el candado—. ¿Tiene la llave?

—No. La única llave que hay la tiene mi tío. Pero tengo un plan.

—¿Sí?

Ahora ha revelado demasiado. ¿En qué estaba pensando? ¿Por qué se ha confiado a un hombre al que conoce desde hace apenas una hora?

—Señor Lawrence —dice Dora con una voz más firme—, ya me ha robado usted bastante tiempo. Estoy muy ocupada.

Edward parpadea, pero Dora sabe que no es por el cambio de su voz, sino por la mentira. Lo ve mirar a su alrededor —la tienda vacía, el polvo que cubre los estantes— y se ruboriza.

—Por favor, señor. Es mejor que se vaya. Mi tío...

El señor Lawrence la mira fijamente. La decepción que Dora ve en sus ojos hace que el estómago le dé un vuelco.

—Muy bien —dice finalmente el señor Lawrence—. Haré lo que me pide. Pero...

Rebusca en su redingote y saca una pequeña tarjeta rectangular. La joven la mira.

ENCUADERNACIONES ASHMOLE
Russel Street, 6
Covent Garden Market

Las palabras están grabadas en el interior de un precioso rectángulo afiligranado, con bonitos dibujos de libros. El Bazar de Blake tenía tarjetas como aquella en otra época.

—Si encuentra algo —dice el propietario de la tarjeta—, si cree que puede ayudarme, le suplico que me busque. Encontraré la manera de devolverle el favor. Tiene que haber algo que pueda hacer por usted.

–Lo dudo, señor Lawrence.

Él le dedica una breve sonrisa.

–¿Qué es la duda, sino un hecho no confirmado aún?

Dora no puede responder a eso. Recoge la tarjeta con la mano y los bordes se le clavan en la palma. Sus miradas se cruzan. Entonces él recoge del suelo el paquete con el alfiler de corbata y desaparece en la bulliciosa calle, mientras la campanilla se despide con un tintineo metálico.

Ya avanzada la tarde, cuando Hezekiah luce unos gemelos nuevos idénticos a los del señor Lawrence, solo que las piedras de estos son azules en lugar de verdes, Dora empieza a tender su trampa. Para llevar a cabo su plan, solo necesita ginebra y dos personas dispuestas a dejarse arrastrar por la euforia del alcohol.

Sentada a la mesa del comedor, observa a su tío desde detrás del abanico de sus pestañas. Él no ha mencionado la caja en ningún momento, incluso ha intentado fingir que todo va bien y ha tratado de aplacar a su sobrina con halagos mal dirigidos que solo han servido para ponerla furiosa.

–Qué formas tan bonitas –le había murmurado al oído en la tienda, mientras el señor Lawrence comprobaba las imitaciones de sus estantes y ella dibujaba laureles en el papel–. Realmente, tienes el talento de tu madre para el dibujo.

Hezekiah sabe que ella tiene sospechas a propósito de la caja. Dora se ha dado cuenta por la forma en que la observa cuando cree que no está mirándolo. Mueve los ojos de un lado a otro, se humedece los labios con la lengua. Está claro, por la forma cautelosa en que camina a su alrededor, que Hezekiah se pregunta por qué Dora no se ha interesado por la caja, pero la muchacha no tiene paciencia para los juegos. A lo largo de los años, a menudo le ha hecho preguntas que solo han obtenido respuestas desganadas o descaradas mentiras. ¿Por qué vendían falsificaciones, si sus padres no lo habían hecho jamás? ¿Cómo había aprendido a hacerlas? ¿Y por qué no gastar el dinero de las ventas en reparaciones para la tienda, en lugar de invertir en baratijas para sí mismo? Nunca ha recibido una respuesta directa. No, Dora ha de descubrir la verdad de otra forma.

La solución se le ocurre fácilmente.

Uno de los primeros diseños que hizo para un broche requirió un duplicado. La primera pieza la había tallado burdamente con un pequeño trozo de madera, pero Dora no tenía energías para tallar otra, así que creó un molde de cera. Ahora puede aplicar el mismo principio. Lo único que necesita es la llave que cuelga de la cadena que Hezekiah lleva al cuello.

Aunque llegar hasta ella no va a ser fácil, ni siquiera con ginebra…

Hezekiah se mueve pesadamente en la silla y golpea el plato con el codo. Dora lo ve estirar la pierna debajo de la mesa y frotarse la parte carnosa del muslo.

—¿Le duele, tío?

—Pues claro que sí —responde él. La frente le brilla. Se le desliza la peluca—. El dolor no cesa.

—Pero si solo fue un arañazo, ¿no? —dice con paciencia burlona—. El descanso le sentará bien.

Hezekiah ríe por lo bajo, es como un fuelle que expulsa aire.

—¡Descansar! Dora, no puedo descansar.

Sus palabras llevan consigo un eco de desesperación. Hay un breve silencio entre ellos y Dora toma una decisión. Aparta la sosa codorniz (otro fracaso de Lottie en el campo de la cocina elegante) y se levanta de la mesa. Con gran esfuerzo, se acerca al otro extremo y se sienta en la silla más cercana a él. El hombre parpadea, sorprendido. Ella pone la mano sobre la mesa, cerca de la suya, pues quiere parecer una sobrina diligente y bondadosa.

—Pues claro que puede —dice Dora con voz dulce y tranquilizadora—. Descanse, tío. Guarde cama un par de días. ¿No es el amo aquí? Yo puedo ocuparme de la tienda. ¿Acaso no lo hago a menudo?

Los ojos de Hezekiah parecen húmedos a la luz de las velas. Vacila, como si estuviera a punto de decir algo importante, pero entonces vuelve a moverse en la silla, pone una mano sudorosa sobre la de Dora y se la acaricia torpemente. Dora hace un esfuerzo hercúleo para no retirarla.

—Creo que un poco de ginebra —añade ella para convencerlo— le sentará bien. ¿Tenemos?

Tienen, ya se ha ocupado ella de eso cuando Lottie estaba comprando judías en la tienda de al lado. Tres botellas de licor, ocultas tras una talega de grano.

–Me parece excelente. ¿Por qué no tocas la campanilla?

Dora cruza el comedor a toda velocidad.

Hezekiah no tarda en sucumbir a los efectos del enebro gracias a que Lottie, que ha insistido en acompañarlos, ha facilitado la operación. Que el ama de llaves rellene continuamente el vaso del hombre significa que lo único que tiene que hacer Dora es esperar.

–¿Se le ha calmado el dolor, tío?

Dora habla bajito, con una voz que es una caricia inocente. Desde tan cerca, puede ver la diminuta red de venillas rojas que le surcan la nariz.

–Sí –dice Hezekiah–, aunque estoy seguro de que me encontraré mucho mejor si Lottie me toca como ella sabe...

Lottie, a quien se le estaban empezando a cerrar los párpados, se anima al oírlo. Pone sobre el muslo de Hezekiah un pie enfundado en una media y se lo frota ligeramente con los dedos. Hezekiah deja escapar un hondo suspiro. El ama de llaves lanza a Dora una mirada recelosa con sus ojos empañados.

–¿Por qué está aquí, señorita?

–¿Por qué no iba a estar? –responde Dora, apretando con fuerza su vaso–. Soy su sobrina. Después de todo, tengo más derecho que usted a sentarme a esta mesa.

Durante un momento, Lottie parece conmocionada, herida casi, y Dora siente un pinchazo de culpa por lo que sabe que ha sido una grosería impropia de ella. Pero entonces Lottie aprieta las mandíbulas y en sus ojos brilla una chispa de desdén; la sensación de culpabilidad de Dora se desvanece tan rápidamente como ha aparecido.

–Vamos, vamos, Dora –dice Hezekiah, con el rostro encarnado y una voz carente de su ira habitual–. No hay necesidad de hablar así. Y tú también, Lottie. ¿No podemos tomar una copita en paz todos juntos?

Lottie frunce los labios.

–Solo quiero saber qué está tramando. –Sus palabras han brotado con lentitud–. Nunca había bebido con nosotros. ¿Por qué ahora?

Dora enarca las cejas.

–Tenía ganas de probar este brebaje.

–Vaya cuento. Apenas lo ha probado.

–¿Y cómo, si se lo han bebido casi todo entre los dos?

Lottie no responde y se sirve torpemente otro vaso de ginebra. Dora mira la botella. Es la tercera. ¿Cuánto más tiene que esperar? Oculta su frustración acercando el vaso para que se lo rellenen.

–¿No se me permite cambiar de actitud y pasar un poco de tiempo con mi tío?

Lottie lanza un bufido, pero llena el vaso de Dora. La ginebra rebasa el borde y le moja los dedos a la joven.

–No ha cambiado usted de actitud, Pandora Blake. Es tan engreída como su madre.

–¿Cómo lo sabe?

–Alto las dos –dice Hezekiah arrastrando las palabras, al tiempo que levanta un brazo en un gesto conciliador.

Busca su vaso y lo empuja hacia el ama de llaves. Lottie lo llena hasta el borde, él lo vacía de un trago y vuelve a acercarlo hacia la mujer.

Al oír mencionar a su madre, Dora siente el consabido dolor sordo en la boca del estómago. No bebe (nunca ha tenido ocasión) y es consciente de que con unos pocos sorbos, la ginebra empezará a hacerle efecto. Su atrevimiento ha aumentado y por esta razón pregunta:

–¿Cómo era mi madre?

Hezekiah parpadea, medio aturdido.

–Seguro que la recuerdas.

Dora vacila. Ha pasado mucho tiempo. Ella tenía ocho años cuando sus padres murieron y ahora, a los veintiuno, los recuerdos que tiene de la infancia están fragmentados, los percibe como si mirase de soslayo un espejo roto. Recuerda el tiempo que pasaba en Londres (las reuniones navideñas en la tienda de su padre, las visitas semanales con su madre al señor Clements, que tanto habían significado). Y luego, en Grecia, recuerda haber repasado el alfabeto y los números griegos cada mañana, recuerda cuentos a la hora de dormir, cuando su madre le hablaba de su amor por la historia y los mitos griegos. Recuerda mirar las estrellas desde la cumbre de las montañas, y cómo sus padres le enseñaban a identificar las constelaciones: Orión, el Centauro, la Lira, la Osa Mayor y la Osa Menor.

Traga saliva. Recuerda la excavación aquel día fatídico y al hombre que la salvó del desastre, el mismo que más tarde le daría el camafeo de su madre con los bordes manchados de barro. Esos son los fragmentos más largos. Pero los más breves… son más fugaces, más difíciles de retener. Recuerda cenas al aire libre al anochecer, la risa de sus padres cuando paseaban por llanuras soleadas cogidos de la mano. Recuerda el camafeo, más recientemente la llave. Le cuesta imaginar el rostro de su padre, pero el de su madre es más vívido: piel olivácea, ojos vivos, una sonrisa rápida y fácil. «Olía a azahar», piensa Dora.

—Recuerdo algunas cosas —dice en voz baja—. Pero solo la conocía como mi madre, no como mujer. No como la amiga que habría sido algún día.

No puede evitar el tono de nostalgia en su voz. Lottie resopla en su vaso.

Hezekiah exhala un profundo y letárgico suspiro.

—Tu madre era la mujer más atractiva que he conocido nunca. Tan elegante y con tanto talento… Sabía dibujar, sabía cantar. Y aun así no tenía empacho en ponerse unos pantalones masculinos y revolcarse en el polvo cuando le apetecía…

La voz de su tío se entrecorta, se pierde. Hezekiah se queda mirando el mapa colgado de la pared y Dora se pregunta qué recuerdo baileteará en su cabeza. Pero entonces Lottie carraspea, se desata la parte superior del corpiño y empieza a abanicarse con la peluca de Hezekiah, que posa de inmediato su atención en las cremosas y blandas curvas de los pechos femeninos, que sobresalen insinuantes del corsé.

—Por qué pensar en ella cuando yo estoy aquí —murmura, y continúa frotando la pantorrilla de Hezekiah con los dedos del pie.

La relación entre Lottie Norris y su tío nunca ha sido un secreto. Dora no tardó mucho en entender dónde la había encontrado Hezekiah; Lottie apenas llevaba con ellos una semana cuando quedó claro que no sabía cocinar ni limpiar. Esas tareas no le resultaban naturales, las fue aprendiendo con el paso de los años. No, Dora sabe qué profesión tenía Lottie antes de vivir allí, pero hasta ahora nunca había tenido que ver la prueba. Hace una mueca y mira a otro lado. Como está sentada cerca de él, oye el momento en que a Hezekiah se le entrecorta la respiración. Por el rabillo del ojo ve a Lottie levantarse las faldas. Hezekiah la abraza y Lottie ríe cuando se sienta en las rodillas del hombre.

–Qué fogoso estás –le susurra al oído, jugueteando con el corbatón. Después se vuelve, busca la ginebra y llena hasta el borde su vaso y el de Hezekiah.

Dora vuelve a mirar la botella. Queda la mitad.

Con lentitud, aparta la silla de la mesa. La pareja no se da cuenta. Lottie inclina su vaso y deja que la ginebra le caiga por el pecho. Hezekiah entierra allí la cabeza. El ama de llaves se ríe.

Si se está muy quieta y en silencio, piensa Dora, se olvidarán de que está allí.

Entonces se fija en un armario alto y estrecho situado en un rincón del comedor. Sobre un estante, tras una puerta de cristal, hay un pequeño globo terráqueo. Hezekiah lo llevó a la casa, junto con el mapa de la pared, cuando se instaló en la tienda. Al principio lo puso en una mesa octogonal del recibidor. A Dora le fascinaba la superficie de color ocre oscuro, el intrincado detallismo con que se diferenciaba la tierra del mar, y se había acostumbrado a girarlo con fuerza sobre su eje hasta que Hezekiah la pilló un día y le prohibió que volviera a tocarlo. Entonces fue relegado al armario, donde quedó fuera del alcance de sus «entrometidas manos».

Oye un suspiro, un gemido. Dora cierra los ojos y trata con todas sus fuerzas de ignorar lo que no puede ignorar, de concentrarse en su propia respiración y contar desde cien hasta cero. Finalmente, cuando cree que ya no puede soportarlo más, oye el ruido sordo de un vaso vacío que cae en la alfombra. Dora abre los ojos. El vaso de Hezekiah también está a punto de caer. Lottie duerme, con la cabeza apoyada en el pecho masculino. Hezekiah levanta el vaso con mano temblorosa.

–¿Todavía no está cansado, tío? –dice Dora suavemente.

El hombre gruñe, vuelve la cabeza hacia ella y, por un momento, la mira como si no supiera quién es.

–Siempre fuiste difícil.

Su aliento agita un rizo de Lottie.

–¿Difícil?

–¿Por qué nunca me has escuchado? –dice, humedeciéndose los labios–. Lo único que tenías que hacer era escuchar...

Hezekiah deja caer la barbilla sobre el pecho y, para alivio de Dora, empieza a roncar.

Por fin. Se acabó.

Dora se levanta de la silla titubeando. Se tambalea ligeramente al ponerse en pie y, asqueada por lo que acaba de ver, coge la botella casi vacía de ginebra y apura el contenido con cuatro largos tragos.

Le lloran los ojos. Tose.

A trabajar.

Mira la cabeza de Lottie apoyada en el pecho de Hezekiah, mientras se pregunta hasta dónde llegará la cadena y si la mujer se despertará cuando la coja. Gracias a Lottie, ahora el corbatón de su tío está flojo. Dora desliza los dedos entre la seda y la piel húmeda de sudor. Introduce la mano entre los pliegues de su cuello y roza con los dedos las carnosas arrugas. Cuando nota el áspero tacto del vello, cierra los ojos en un gesto de asco. Hezekiah resopla, vuelve la cara y, durante un tortuoso momento, Dora cree que la ha sorprendido, pero entonces mueve los dedos y roza con ellos los duros eslabones de la cadena. Empieza a tirar.

La cadena sube lentamente, pero sube, y el roce de los eslabones contra la carne le parece demasiado ruidoso. Lottie se agita y vuelve a quedar inmóvil. Luego, cuando Dora ya ha sacado la cadena, comienza el doloroso proceso de girarla hasta que la llave le quede en la palma de la mano. Es una llave sencilla: pequeña, de bronce, con manchas oscuras y mugrientas del sudor de Hezekiah. Con mucha suavidad, Dora la cuelga del respaldo de la silla y la cadena se balancea lentamente como un péndulo.

Saca una caja vacía del bolsillo. Luego, una por una, retira las velas de los candeleros y vierte cera derretida en el improvisado molde, hasta tener la suficiente para aplicar la llave. Se muerde el labio. La cera ya ha empezado a enfriarse. Tiene que darse prisa.

Presiona con mucho cuidado la llave en la cera. La mantiene allí, cuenta hasta veinte. Cuando la saca, la llave sale con un chasquido.

Vuelve a meter la llave bajo la camisa de Hezekiah y le pone bien el corbatón en el cuello. Se aprieta la caja contra el pecho. Entonces, con el máximo sigilo, sale de la habitación. Los ronquidos de Hezekiah y Lottie la acompañan hasta las escaleras.

CAPÍTULO TRECE

La luz ya empieza a desvanecerse cuando Dora consigue salir de la tienda. Aunque admite que ha sido culpa suya (Hezekiah y Lottie no salieron del sopor de la ginebra hasta que las campanas de la iglesia dieron las doce), la impaciencia que la corroía por dentro ha hecho la espera mucho más difícil. Ha atendido a tres clientes, ha limpiado el polvo de las estanterías, ha barrido el suelo y ha reordenado el armario de las curiosidades. Se ha acercado a las puertas del sótano en un par de ocasiones, ha cogido el candado con la mano y ha tirado inútilmente de la cadena. Casi tres horas después, cuando Hezekiah por fin entra cojeando en la tienda con la peluca torcida, Dora se va derecha a la puerta con una excusa en los labios.

Hay tres kilómetros hasta Piccadilly, donde está la cerrajería Bramah & Co, pero la impaciencia le da alas. Joseph Bramah era otro de los antiguos conocidos de sus padres y les había instalado una caja fuerte en el sótano. Dora recuerda vagamente al cerrajero y a sus padres sentados juntos a la mesa del comedor, con papeles llenos de líneas y números entre ellas; y también recuerda que, al ver la caja terminada y arrastrada por el suelo de la tienda tras una de sus visitas semanales al señor Clements, Dora había pensado que organizaban mucho alboroto por algo tan poco notable.

Ahora, al pasar por delante de la alta iglesia de Santa María, en el Strand, en quien piensa es en el señor Lawrence.

Atractivo, aunque bajo de estatura, iba bien vestido, con ropa a la moda. Tenía el aspecto de un caballero, aunque no parecía serlo.

97

No es que no pareciera un caballero, pero había algo en sus modales que no correspondía al prototipo. Y su edad... Dora llega a la conclusión de que no debe de haber mucha diferencia entre ellos, aunque algo en su semblante, tal vez cierta angustia en sus ojos, lo hace parecer mucho mayor.

Lawrence. Un apellido inglés. Pero su voz tenía un acento desconocido, algo que no es capaz de identificar pero que recuerda mucho al *cockney*. Hablaba subrayando mucho las ges, de un modo que transmitía calidez.

«Debe de tener algo aquí que sirva a mis fines».

Ojalá lo tuviera. Claro que también es posible que lo tenga.

Se pregunta por esa Sociedad de Anticuarios a la que desea pertenecer y si sus propios padres (si no su madre, al menos su padre) fueron miembros de ella. Dora no recuerda nada parecido. Aun así, imagina el privilegio que sería pertenecer a una sociedad como esa. Esa clase de personas habrían dado credibilidad a la tienda, si Hezekiah hubiera administrado el legado de sus padres con el respeto que merecía.

Tan perdida anda en sus pensamientos que deja atrás la cerrajería y no se da cuenta hasta que un caballo que relincha le hace dar un respingo; parpadea en la creciente oscuridad y se percata de lo que ha hecho. Riñéndose entre dientes, da media vuelta, agacha la cabeza para pasar bajo el dintel de la entrada y empuja la puerta para abrirla.

La tienda es pequeña y oscura, y está iluminada solo por unas cuantas velas que arden en los candeleros. En un extremo, encaramado tras el mostrador de cristal a un taburete muy parecido al que ella soporta diariamente, hay un hombre delgado que parece un tritón con atuendo de clérigo.

−Desearía hablar con el señor Bramah −dice Dora con voz aguda.

El hombre deja la pluma de ave y la mira de arriba abajo con un suspiro.

−¿Ha concertado cita?

−No, yo... −Dora guarda silencio. No había pensado en eso.

El hombre vuelve a suspirar y continúa cuadrando cuentas.

−Entonces me temo que tendrá que concertarla −dice de manera concluyente−. Vuelva otro día.

−¡No puedo!

Al oír el tono desesperado de Dora, el hombre le lanza una mirada de reproche al tiempo que sacude la pluma sobre los papeles. Una bulbosa gota negra de tinta amenaza con desprenderse de la punta. La joven trata de recuperar la compostura.

–Señor, por favor. ¿Tendría la bondad de decirle al señor Bramah que la hija de Elijah Blake, el anticuario, desea verlo por un asunto urgente?

–Jovencita, no puede irrumpir con exigencias en un establecimiento respetable.

–Me llamo Pandora Blake. Por favor. Mencione el apellido Blake y seguro que el señor Bramah querrá verme. Por favor.

Dora mira fijamente al hombre por encima del mostrador y este se deja mirar sin inmutarse. Pero cuando queda claro que Dora no piensa moverse hasta que le hagan caso, el hombre suspira y deja la pluma. La gota de tinta cae por fin sobre el papel como una flor abriéndose al sol.

–Muy bien.

Baja del taburete y desaparece tras una cortina en la parte trasera. Dora oye murmullos, una conversación en susurros. Tamborilea con los dedos sobre el mostrador, en un gesto de impaciencia. Se produce un momento de silencio y luego oye pasos que se acercan; la cortina oscura se aparta con un tintineo de las anillas de metal. Sale un hombre.

–¿Señorita… Blake?

El señor Bramah es un hombre alto, bien vestido (al menos, debajo del delantal manchado de aceite que lleva atado a la cintura) y con el pelo de color gris acero, aunque Dora recuerda que en otro tiempo era tan oscuro como las alas de Hermes. Parpadea como un búho a la luz anaranjada de las velas, esperando a que Dora hable. El adusto empleado vuelve a subirse al taburete y frunce los labios al ver la tinta que ha manchado el papel.

–Señor Bramah, señor –comienza Dora, mientras el rubor se le va extendiendo por las frías mejillas–. Hace muchos años mi padre, Elijah Blake, le encargó una caja fuerte. Yo solo era una niña entonces, pero lo recuerdo con claridad. Como está usted especializado en cerraduras, esperaba…

El hilo de su voz se extingue. No sabe cómo poner en palabras su petición. Oírse vacilar hace que se sienta avergonzada, confusa.

El señor Bramah hace una mueca. Parece compadecerse de ella, porque dice:

–Una pequeña caja fuerte a prueba de fuego, de un tamaño lo bastante grande para que pudiera entrar en ella un hombre adulto. Para papeles, libros de contabilidad. Cierre cilíndrico estándar, con clavijas y pasadores de acero en plata dorada, cierre automático. Sí, recuerdo bien el encargo. –Guarda silencio para coger aliento–. Un trabajo complejo. Llaves doradas y negras. Tardé un año en terminarla. Sentí mucho el fallecimiento de sus padres, señorita Blake. Una gran pena. ¿Y cómo puedo ayudarla ahora?

Dora saca la caja de la cera. Consternada, se da cuenta de que le tiemblan las manos.

–Esperaba que pudiera hacerme una llave. –Al ver que el señor Bramah frunce el entrecejo al oírla, continúa hablando más deprisa–: Entiendo que es poco habitual, pero es muy urgente, de veras. Solo tengo esta impresión con la que trabajar. ¿Servirá?

El hombre coge la caja y le da vueltas para verla bien. El empleado, que está cerca de él, cabecea como si lamentara los caprichos femeninos.

–Bueno –dice el señor Bramah–, el molde es lo bastante profundo. Es una llave sencilla, por lo que parece. No puedo garantizar que sea perfecta, pero las líneas parecen estar bien definidas... –Deja la caja en el mostrador–. Puedo tenerla para mañana por la tar...

–Perdóneme señor, pero la necesito hoy, ahora mismo.

Dora sabe que su petición no es razonable. Ir a una tienda y exigir servicio inmediato es una arrogancia, una descortesía, pero la idea se le ha metido en la cabeza y quiere, mejor dicho, necesita saber qué hay en el sótano. Deposita un monedero lleno sobre el mostrador y trata de no morirse de vergüenza al recordar cómo lo ha cogido del bolsillo del abrigo de su tío esa misma mañana. La deshonestidad nunca ha ido con ella. Pero se da ánimos cuando empieza a sentir un remolino en la barriga. Después de todo, ¿cómo ha conseguido ese dinero su tío?

El señor Bramah mira un momento a Dora antes de deslizar la bolsa sobre el cristal. Desata el cordel y echa un vistazo al interior. Vacila.

–Tiene razón, señorita Blake, «poco habitual» es la expresión exacta. Y ha venido muy tarde... –Dora no puede hacer otra cosa que mirarlo con aire suplicante. El señor Bramah coge la caja–. Tardaré una hora –dice.

Dora suspira de alivio y junta las manos.

–Esperaré.

Dora está en la cama totalmente vestida. Hermes se encuentra en el alféizar de la ventana. La luz de la luna proyecta su perfil en las tablas del suelo y, si no fuera por la suave brisa que se cuela por entre la madera podrida del marco y le agita las sedosas plumas, Dora podría creer que el pájaro es una silueta, un retrato en sombras.

No está segura de cuánto tiempo ha esperado, de cuánto hace que Hezekiah y Lottie se han ido a dormir. Durante la cena se ha excusado en un dolor de cabeza para retirarse a su habitación. Una vez allí, se ha metido en la cama para no hacer crujir las tablas del suelo paseando de un lado a otro. A su lado tiene el cuaderno, abierto y en blanco, el lápiz caído sobre las hojas. Da vueltas entre los dedos a la nueva llave, la repasa desde el ojo hasta el paletón, desde el paletón hasta el ojo, con giros metódicos del bronce que le roza los nudillos con golpes sordos e indoloros.

En la calle ha empezado a llover y las gotas forman bordados en el cristal. El sonido es reconfortante y la impaciencia de Dora, áspera como la sal, se mitiga un poco con el tamborileo. Pero ni aun así puede dejar de pensar en lo que habrá debajo de la tienda, en lo que dejará al descubierto aquella llave. Objetos de origen griego, espera, para inspirar más dibujos. Pero saber lo que hay dentro del cajón, qué más esconde allí su tío... Eso es lo que más la preocupa ahora.

Por fin oye el crujido de la barandilla, la risa tonta de Lottie, el murmullo de Hezekiah en el hueco de la escalera, el golpe de una puerta al cerrarse. Se incorpora sobre los codos y nota un escalofrío de excitación en el pecho, pero cuando empieza el abominable chirrido de los muelles del camastro, resopla y aprieta con fuerza la llave. Un chillido, un gemido, un gruñido. Trata en vano de cerrar los oídos a aquel fragor y, con los ojos apretados, se da la vuelta, levanta las rodillas hasta el pecho y espera a que paren.

Tardan más tiempo del que esperaba. Se produce una pausa en

el apareamiento (uno de los dos ha pedido un descanso o quizá simplemente han empezado de nuevo), pero cuando por fin cesa el intercambio carnal, Dora se siente agotada y con náuseas, como si alguien le hubiera vaciado el estómago y se lo hubiera llenado de gusanos vivos.

Cuenta un minuto hacia atrás. Luego otro y otro. Cuando ya ha contado diez, baja de la cama y se acerca de puntillas a la puerta. En el pequeño rellano se pone a escuchar con atención, orientando los oídos hacia el piso de abajo. Y entonces lo oye: el inconfundible ronquido de Lottie en el dormitorio de Hezekiah. Cuando su tío la imita, menos de un segundo después, Dora vuelve rápidamente a la cama, coge el cuaderno de diseños y saca el cabo de vela del candelero. Hermes se lanza desde el alféizar de la ventana y se pone en el hombro de Dora, picoteándole ligeramente la oreja. Dora siente las plumas frías contra la mejilla.

No pierde el tiempo. Aunque es muy cuidadosa, su impaciencia ha aumentado y no está en su ánimo ir con lentitud. Baja la estrecha escalera, esquivando los peldaños más frágiles. Al llegar abajo, abre la puerta como hizo el día anterior y la empuja usando esta vez el grotesco pez de hierro que Hezekiah compró a un vendedor en el Strand. Solo cuando llega a las puertas del sótano se da cuenta de que está tiritando. Deja en el suelo el cuaderno de dibujo y la vela.

–Bueno, adelante –murmura a Hermes–. Vamos a ver si esto funciona.

Con gran cuidado, coge el candado con la mano abierta. Está frío al tacto y, mordiéndose el labio inferior, introduce la llave en el ojo de la cerradura. «Por favor –se dice–, por favor, que encaje», y casi grita cuando la llave gira fácilmente sin hacer el menor ruido.

El candado se abre con un ligero chasquido y la cadena resbala por las manijas al quedar suelta. Dora la coge con la mano y la sostiene para que caiga al suelo en silencio, dejando luego el candado junto a ella. Hermes le tira del pelo.

Durante un largo momento permanece inmóvil. Ahora que ha llegado la hora, ahora que nada impide su avance, se siente inexplicablemente asustada por lo que pueda encontrar. Y aun así... el impulso de abrir las puertas del sótano es tan instintivo como respirar. Las empuja con mucho cuidado.

No chirrían; Dora expulsa con un largo y silencioso soplido el aire que ha estado conteniendo. Recoge del suelo la vela y el cuaderno de dibujo, y avanza hasta el primer peldaño.

No ve nada. Es como si delante solo tuviese una cuba llena de tinta, insondable, más oscura que la oscuridad. El vello de la nuca se le eriza; siente en la mejilla el susurro del aire frío, semejante a un suspiro. Las garras de Hermes, aferradas a su hombro, traspasan la tela del vestido y se le clavan en la piel. Dora hace una mueca de dolor.

–Hermes, para –susurra y, para su sorpresa, el pájaro silba a modo de respuesta–. Hermes, ¿qué...?

De repente, la urraca echa a volar hacia el sótano y el rumor de sus alas la sobresalta. Instintivamente, cubre la vela para proteger la llama del movimiento de las plumas.

–Hermes –llama en voz baja–. ¿Dónde estás?

Pero no le llega ninguna respuesta en forma de graznido o gorjeo. En cambio, sí capta un zumbido extraño y bajo.

Se detiene en la escalera, parpadeando ciegamente ante la oscuridad.

–¡Hermes!

Silencio. No oye nada o, por lo menos, nada que se parezca a un pájaro. Con un suspiro, adelanta la mano que sostiene la vela y pisa lentamente el siguiente peldaño, que cruje bajo sus pies. Conforme desciende, los ojos se le empiezan a acostumbrar a la oscuridad y ve con alivio los dedos huesudos de un candelabro colocado sobre una pequeña caja de madera, al final de la escalera.

Deja sobre la caja el cuaderno de dibujo y enciende las altas velas con el cabo de la suya. La habitación resplandece unos momentos y la llama parpadea hasta teñirlo todo de un suave color ocre. Acostumbrados ya los ojos, lo mira todo con la boca abierta.

El sótano es más grande de lo que esperaba. Una de las paredes está llena de estanterías profundas, repletas de un gran número de objetos que no puede distinguir entre las sombras. Contra la pared del fondo hay varias cajas de madera apiladas de las que sobresalen puñados de paja. Detrás de ella, más allá de la escalera, el sótano se extiende hacia el fondo y Dora se pregunta qué ocultará esa oscuridad. En un rincón está la caja fuerte de Bramah, cuya cerradura dorada y negra brilla a la luz de las velas. En la otra pared hay más estanterías, todas repletas de rollos de papel. Debajo hay un escritorio y, al lado, los cuatro laterales de una caja grande. Entorna los ojos y ve el verdín, los moluscos pegados a la madera sucia. Hermes se ha posado en la silla que está frente al escritorio, inquieto, con unos ojos que parecen cuentas de azabache. Y allí, en mitad de la habitación, hay una vasija que no se parece a nada que Dora haya visto antes.

Es alta y ancha, tan alta que le llegaría al pecho si se colocara al lado. Y es muy grande, con una base estrecha que se ensancha a media altura y vuelve a reducirse en el cuello. Tiene una tapa abombada, con dos asas en forma de serpientes. Bajo el brillo dorado de las velas, presenta un color terroso. Y a los lados... incluso desde la distancia Dora puede ver una serie de imágenes grabadas. Extasiada, da un paso adelante y la llama de su vela oscila.

«Pandora».

Ha sido un susurro, un lamento. Hermes grazna y bate las alas. Dora lanza un grito ahogado y se da la vuelta, temerosa de que su tío o Lottie estén en la escalera, temerosa de que la hayan descubierto.

Pero no hay nada. No hay nadie.

La luz de las velas adquiere intensidad.

Gira sobre sus talones, muy despacio, y posa una mirada desconcertada en la vasija. El aire parece crujir, es como un agudo zumbido de energía que le calienta los oídos y le hace cosquillas en la clavícula.

No puede ser, piensa. Está cansada, eso es todo.

«Hermes también lo ha oído»

Dora traga saliva. No puede ser. Se estremece mientras cruza el sótano.

Se detiene a mirar la vasija. Aprieta el candelabro con más fuerza, pero, además de inquieta, se siente emocionada al descubrir, grabadas en la tapa, una serie de figuras indudablemente griegas: el todopoderoso Zeus, el traidor Prometeo, el cojo Hefesto y la hermosa Atenea. Dora sonríe.

Ha encontrado su inspiración. Acerca la mano libre a la vasija.

De repente oye un suspiro, un lamento, un aleteo. No viene de detrás, sino de delante de ella, del interior de la vasija. Dora escucha de repente su canto de sirena, su ruego misterioso. Es el susurro del viento, el murmullo de las olas, la música del dolor. No puede evitarlo, no puede resistirse.

Levanta la tapa.

SEGUNDA PARTE

En efecto, antes vivían sobre la tierra
las tribus de hombres libres de males,
y exentas de la dura fatiga y
las enfermedades que acarrean la muerte a los hombres,
pues en la desdicha los hombres envejecen pronto.
Pero aquella mujer, al quitar con sus manos la enorme tapa
de la jarra los dejó diseminarse y
causaron a los hombres lamentables inquietudes.
Solo la esperanza quedó dentro.

HESÍODO, *Trabajos y días*
(Trad. de A. Pérez Jiménez, Bibl. Clásica Gredos, 1978)

CAPÍTULO CATORCE

El aire comprimido sale con un susurro. Dora da un respingo, suelta la tapa y el ruido que produce al tocar el suelo retumba sordamente en las paredes. El olor de la tierra podrida es caliente y acre. Le recuerda a tumbas oscuras y habitaciones mohosas, lugares que le resultan familiares y al mismo tiempo no. Los recuerdos le llegan fragmentados, como si los hubieran pasado por un tamiz.

Pero no hay ninguna voz. Nada que explique el susurro de su nombre ni los gemidos que ha oído antes y después. La habitación está ahora en un silencio total.

Dora se siente decepcionada. ¿Qué esperaba? ¿Qué quería que ocurriera?

—Estúpida —murmura.

Hermes ladea la cabeza y emite un débil graznido a modo de respuesta, como si estuviera de acuerdo con ella.

Dora levanta el candelabro, se pone de puntillas y mira por el borde de la vasija. Quiere ver si hay algo dentro, pero es demasiado grande y no ve nada, así que introduce la mano para palpar el borde en el interior. La vasija es áspera al tacto y en el silencio del sótano se oye claramente el rumor de la terracota rugosa al rozar la piel suave de la palma.

Hermes, en el respaldo de la silla, está cada vez más inquieto. Grazna, agita las plumas. Luego abre las alas, revolotea hasta el suelo y comienza a picotear la tapa como si estuviera muerto de hambre. Dora lo observa y nota con vaga satisfacción que la tapa no se ha roto. Ni siquiera una grieta. Después se encoge de hombros y vuelve a concentrarse en la vasija.

Los relieves son espectaculares. Las paredes de la vasija están llenas de franjas que se entrelazan para formar una imagen perfecta, separadas por las grecas y los diseños griegos que Dora ha intentado, sin éxito, reproducir en sus bocetos. Se inclina para mirar de cerca la escena superior.

Zeus, padre de los dioses del Olimpo, está sentado majestuosamente en su magnífico trono. A sus pies hay abundancia de frutas, vino y miel. Dora empieza a dar la vuelta a la vasija, lentamente. Un poblado de seres humanos. Unos parecen prostrados, como si estuvieran enfermos o muertos. Otra figura masculina, esta vez Prometeo, sujeta un tallo de hinojo encendido. Otra vez el poblado. Esta vez los hombres están en pie, celebrando algo alrededor de una gran hoguera. Otra vez Zeus. El gran dios amenaza con el puño levantado al impenitente Prometeo.

Dora ha vuelto al mismo sitio y se fija en la siguiente cenefa.

Ahí están de nuevo Prometeo y Zeus, viajando por las estribaciones de una montaña. Más allá, Prometeo atado a una roca. Luego, dos águilas posadas sobre el pecho del titán. Ahora solo las águilas, transformadas en buitres. Lo devoran sin cesar.

La cenefa inferior muestra a Zeus con otro personaje que atiende una fragua: el herrero del Olimpo, Hefesto. Da otra vuelta alrededor de la vasija, ve la transformación de la ingobernable arcilla en una figura de mujer a la que se insufla vida. Y luego la última escena, la de la diosa Atenea bendiciendo esta nueva creación con todos los maravillosos dones que pueden encontrarse en el mundo.

Dora conoce la historia, por supuesto. Su madre le contó muchas veces esa leyenda a la hora de irse a dormir, mientras ella estaba arropada y calentita en su cama. La vasija describe la creación de su tocaya, la primera mortal, la mujer cuya curiosidad liberó las desgracias que cayeron sobre la humanidad como una plaga.

—La caja de Pandora.

Lo pronuncia en un susurro, pero entre las paredes del sótano las palabras parecen más altas y retumban casi como si tuvieran su propio poder. Y, de repente, Hermes parece cansarse: Dora oye el agudo chillido de la urraca, el ruido de sus garras al rascar el suelo de piedra y se vuelve justo a tiempo de ver que el pájaro echa a volar escaleras arriba y cruza la puerta. Sus plumas negras y blancas forman una silueta borrosa que se recorta contra la débil luz de la tienda.

Dora se queda mirando. Hermes nunca se había comportado de una forma tan extraña. El ataque al señor Lawrence era su manera de protegerla, eso lo sabe. Pero esto es más difícil de entender. Suspira y sacude la cabeza. Lo encontrará en su jaula, sin duda, profundamente dormido con la cabecita escondida entre las alas. Ya se ocupará de él más tarde. Pero antes...

Deja el candelabro en el suelo y se sienta con las piernas cruzadas delante de la vasija. Coge la tapa y le da la vuelta entre las manos. Es un objeto pesado, con un profundo surco en la parte interior del borde. Está decorada con un uróboro –la serpiente que se muerde la cola, el símbolo de la eternidad–, que se repite como un elegante motivo decorativo. Aparte de eso, no hay nada notable en ella. Al menos nada que hubiera podido fascinar a Hermes durante tanto rato.

Se encoge ligeramente de hombros y deja la tapa boca abajo, al lado de la vasija. Luego, con dedos temblorosos, coge el cuaderno de dibujo y se pone a trabajar.

Horas después, cuando el sol ya ha salido y empieza a ocultarse rápidamente tras una sábana de nubes grises, Dora sale de su habitación del desván y afronta la compañía de su tío. Hezekiah ya está sentado a la mesa del desayuno, adelantando una taza de cerámica para que Lottie le sirva de una tetera humeante. Ambos levantan la cabeza cuando entra Dora y, por la expresión de reserva que de repente aparece en el rostro de ambos, la muchacha está convencida de que ha interrumpido una conversación que no tenía que oír.

–Hoy te has levantado tarde –dice Hezekiah, retrepándose en la silla.

Dora, cuyo corazón golpea furiosamente la cárcel de su pecho, no dice nada. Se limita a apartar su silla y sentarse. Lottie va al otro lado de la mesa, deja la tetera delante de Dora y se vuelve inmediatamente hacia el aparador.

Dora tiene la cabeza gacha, no es capaz de mirar a ninguno de los dos. Teme que, al encontrarse sus miradas, descubran de algún modo su falsedad y sepan exactamente lo que ha hecho.

–¿Estás enferma? –pregunta su tío.

Evita mirarlo y se concentra en servirse el té.

–No he dormido mucho esta noche.

Después de todo, es la verdad. Cuando por fin volvió a su cama eran más de las tres de la madrugada.

Hezekiah gruñe. En el aparador, Lottie destapa una sopera. El aroma a pescado salado invade el comedor inmediatamente y Dora traga saliva, tratando de no marearse. El ama de llaves sirve primero a Hezekiah y luego deja el plato de Dora delante de ella, sin ceremonias. La joven contempla los ojos ciegos y sin vida de dos arenques cuyas escamas flotan en mantequilla derretida. Levanta la cola de uno de los peces con la punta del tenedor y luego la suelta; cae con un chapoteo en el plato.

–Gracias, Lottie –dice débilmente.

El ama de llaves se sorbe la nariz y le ofrece a Hezekiah un cuenco con huevos de pato cocidos; el hombre se sirve dos con la mano. Cuando Lottie le pasa el cuenco a Dora, la muchacha niega con la cabeza.

–Pues aquí los dejo –dice Lottie, depositando el cuenco en el centro de la mesa. A la cruda luz de la mañana los huevos parecen piedras blanqueadas–. Será mejor que siga con mis cosas.

Hezekiah la mira con un trozo de cáscara de huevo en la mano.

–Te acordarás de cambiar las sábanas, ¿verdad, Lottie? Mi mejor colcha azul. La de damasco.

–Por supuesto, señor –responde Lottie, que saluda con la cabeza antes de cerrar la puerta tras ella.

Dora vuelve a fijarse en el pescado. Hay una cosa que tiene que admitir en lo que se refiere a Lottie Norris: nunca escatima nada a la hora de complacer a Hezekiah. Puede que el ama de llaves sea una cocinera mediocre, pero gracias a su diligencia toda la casa está impecable, exceptuando el suelo de la tienda y la habitación de Dora. Incluso los nudos y grietas de la escalera lucen como si Hermes los hubiera limpiado con el pico.

Corta un trozo de arenque; la carne plateada se desprende con facilidad –demasiada facilidad– bajo su cuchillo. Al otro lado de la mesa Hezekiah come ruidosamente, resuella con pesadez, y Dora se distrae pensando en la vasija.

Es auténtica, de eso no le cabe duda. Seguro que vale un dineral. Entonces, ¿por qué no exponerla en la tienda? ¿Qué tiene de especial para que su tío quiera guardarla bajo llave?

«¿Qué está tramando?».

Antes de salir del sótano, Dora había inspeccionado rápidamente las cajas del suelo y las que se amontonaban en las estanterías, y todas ellas, según descubrió con gran emoción y sorpresa, contenían cerámica con dibujos griegos. Luego había echado un vistazo al escritorio, pero solo había encontrado los libros de contabilidad de la tienda. Los rollos de papel de los estantes superiores solo eran mapas; recuerdos, supuso, de los años de Hezekiah como cartógrafo. Finalmente, había intentado abrir la caja fuerte de Bramah, pero se había llevado una decepción al ver que su llave no encajaba en la cerradura ni, cuando se le ocurrió comprobarlo, tampoco la llave dorada y negra que había encontrado en el aparador de la tienda.

Al otro lado de la mesa, Hezekiah emite un gruñido que parece más bien un graznido. Dora baja el tenedor y ve a su tío hacer una mueca.

–¿Cómo está su pierna, tío?

El hombre vacila, parece darle vueltas a algo en la cabeza.

–Al igual que tú –gruñe–, he dormido mal. La herida… está supurando.

Dora parpadea.

–Entonces debería ir a ver al médico.

–¿Y pagar una fortuna para que me toquetee la herida y no haga nada más?

–Pues a un boticario, entonces.

Hezekiah da un manotazo al aire.

–Brujos, son todos unos brujos.

–Pues entonces no digo nada, tío.

–Eso sería lo mejor, digo yo.

Su tono es cortante; Dora sabe cuándo tiene que dejarlo. Comen en silencio, aparte del ocasional ruido de succión que hace Hezekiah cuando tiene que quitarse una espina de la lengua.

Dora hace un verdadero esfuerzo para terminarse un arenque y, tras coger la taza de té, bebe un largo trago y se enjuaga la boca con el líquido para quitarse el sabor a sal. Está terminando de cortar el segundo pescado cuando Hezekiah pregunta:

—¿Has visto mi monedero?

Dora se queda paralizada, con el tenedor delante de la boca. La mantequilla gotea hasta el plato, produciendo un ruido ligero.

—No, tío. ¿Dónde lo vio por última vez?

—Hum. En el bolsillo del redingote. La bolsa negra con las costuras de satén. Estaba ahí el otro día, estoy seguro.

Dora se alegra de llevar un vestido de cuello alto que esconde el rubor delator de su piel. Sacude ligeramente la cabeza de un modo que no significa nada concreto. Hezekiah se muerde la mejilla por dentro. Dora completa la trayectoria del tenedor.

A su tío no se le ocurrirá que ella es la responsable de la desaparición de la bolsa, piensa Dora, dado que siempre ha sido una buena chica. Un monedero es un objeto fácil de perder, tanto si ella ha tenido algo que ver como si no. Y él se merece perderlo, ¿verdad?

Dora mastica pensativa, jugueteando con una espina entre los incisivos y la lengua.

No cree que sus bosquejos de la vasija estén terminados. Solo llegó a copiar la primera escena (Zeus y el fuego), luego empezaron a dolerle los dedos y a escocerle el roce de las gafas. Si quiere cerciorarse de que hay suficientes motivos de inspiración para los diseños de joyas, sabe que tiene que volver al sótano, y más de una vez, sin duda: debe acabar todas las figuras antes de que Hezekiah la pille o, peor aún, cambie la vasija de sitio. ¿Tendrá tiempo de explorar el resto del sótano y de examinar minuciosamente las cajas llenas de paja?

Dora se muerde el labio inferior, golpea el tenedor con la yema del dedo. Quizá…

—¿Tío?

—¿Sí?

—¿Le importa si salgo unas horas?

—¿A la calle? —La voz de su tío es cortante. Hace rodar el segundo huevo por la mesa con la mano izquierda y la cáscara se rompe bajo la presión—. ¿Para qué?

Dora no quiere que la vea suplicar, pero aun así le sale sin querer un tono lastimero.

—Para dibujar. Este sitio es muy oscuro y lóbrego, me gustaría escaparme un rato.

–A todos nos gustaría. –Hezekiah la mira durante un rato antes de seguir pelando el huevo–. Supongo que puedo prescindir de ti. Lottie se ocupará de la tienda.

La joven oye las palabras que él no dice («Te quiero fuera de aquí») y empuña con fuerza los cubiertos.

–Gracias, tío.

A la propia Dora le sorprende lo tranquilas que suenan sus palabras. Por dentro, tiene el corazón en un puño.

CAPÍTULO QUINCE

Apretando con fuerza la tarjeta de visita del encuadernador, Dora recorre los embarrados adoquines de Russel Street, buscando en la penumbra el número seis. Cuando lo encuentra, en la esquina donde la calle gira bruscamente hacia Drury Lane, tiene ya el dobladillo de la falda lleno de salpicaduras de barro.

Se detiene a observar el edificio. A pesar del lugar donde se alza (las tiendas de las callejuelas laterales son, como de costumbre, bastante cuestionables), posee una extraña elegancia. Dora se fija en que la pintura de la fachada es homogénea y bastante reciente: ladrillo rojo con friso negro y letras doradas perfectamente ordenadas en el centro de este. Por un momento piensa en la fachada de su tienda. Tiempo atrás, se parecía mucho a la que tiene justo delante. Cuidada. En este negocio se había gastado una buena cantidad de dinero y su calidad parece tristemente fuera de lugar; la decoración es más propia de comercios situados en Fleet Street o en el Strand, y no en esta zona desolada de Covent Garden donde las putas y los cortabolsas abundan tanto como las pulgas.

Dora se guarda la tarjeta en el bolso de red y aprieta con más fuerza el cuaderno de dibujo. No esperaba verlo tan pronto, en absoluto, pero bien podrían ayudarse el uno al otro; la evidente capacidad del señor Lawrence para reconocer una falsificación demuestra que, en su momento, sabría reconocer piezas de valor, mientras que los conocimientos de ella se limitan a recuerdos infantiles. Pero él... bueno, él tiene experiencia y estudios. Y es su experiencia lo que Dora necesita.

Empuja la puerta. Dentro está iluminado y la atmósfera desprende una calidez que huele a cuero con un leve toque de miel. Los relucientes mostradores son de caoba y en todas partes se ven los mismos detalles negros y dorados. Una llamativa alfombra india recorre la tienda de punta a punta. En una de las paredes hay una estantería que llega hasta el techo, llena de hermosos libros cuyos lomos de cuero brillan a la luz de las velas. Un cactus enorme se yergue en una maceta al lado del mostrador principal y, detrás, hay armarios de cristal llenos de libros impresos y portadas con intrincados detalles.

Dora no puede dejar de mirar. Nunca había estado dentro de un taller de encuadernación y le parece que jamás había visto algo tan hermoso. La tienda del señor Clements... Bueno, siempre le gustará el brillo del diamante blanco, el verde bosque de la esmeralda, el azul oscuro del zafiro tallado, pero esta es una belleza muy diferente; es espléndida, decorativa. Sigue mirando con los ojos abiertos como platos cuando un hombre de piel oscura que no había visto sale de detrás de uno de los mostradores de cristal; lleva una torre de libros en los brazos.

–¿Desea algo, señorita?

Su voz es suave, cálida, con una cadencia en el tono que no es capaz de reconocer.

–Oh, yo... –Dora vacila; se siente inexplicablemente avergonzada–. Esta tienda es tan... –Sonríe tímidamente–. Es...

El hombre –alto, con el rostro surcado de arrugas y una peluca gris bien peinada aunque vulgar–, agacha la cabeza.

–Le doy las gracias, señorita. Estamos muy orgullosos de la casa Ashmole.

–¿Es usted el señor Ashmole?

El hombre parpadea.

–Soy el señor Fingle, el encargado.

–Ya veo –dice Dora, aunque no es así.

–¿Necesita algo? –vuelve a preguntar el señor Fingle.

Dora respira hondo, imprime cierta autoridad a su voz.

–He venido a ver al señor Edward Lawrence. –Saca la tarjeta de su bolso una vez más y se la enseña–. Un asunto comercial. –El señor Fingle mira la tarjeta, pero no la coge. En realidad no puede, piensa Dora, al fijarse en los libros que el hombre lleva en los brazos. Le tiembla la mano–. ¿Está aquí?

—Está aquí, señorita. —El hombre guarda silencio y le dirige una sonrisa amable, aunque algo confusa—. Si va hacia la parte trasera, lo encontrará allí, detrás de la puerta de cristales.

—Ah, sí, muy bien. Gracias.

El señor Fingle asiente con la cabeza. Dora no percibe ningún reproche. No, más bien parece totalmente sorprendido, lo cual a su vez es sorprendente. Puede que el señor Lawrence no reciba visitas. Dora, nerviosa, dobla la rodilla para hacer una reverencia innecesaria y desaparece por la puerta arqueada que el hombre le ha señalado con la barbilla.

Entra en un estrecho pasillo, bastante menos suntuoso que la tienda, pero aun así limpio y acogedor. A cada lado del corredor hay una puerta abierta y, mientras avanza, Dora echa un vistazo al interior.

Se trata de talleres con grandes mesas en el centro, aunque cada uno parece tener una finalidad diferente. En uno hay láminas de papel (algunas sobre las mesas, otras colgando del techo), bobinas de hilo, montones de botes y pinceles, martillos y herramientas metálicas. En un extremo hay tres enormes máquinas de madera que Dora no tiene ni idea de para qué sirven. El otro taller está lleno de rollos de cuero, más herramientas metálicas y lo que a Dora le parece una guillotina. Y en ambos talleres hay niños y jóvenes con delantal que han dejado de trabajar y la están mirando con una mezcla casi cómica de sorpresa y curiosidad. Dora se da cuenta de que se ha ruborizado y sigue andando hasta el final del pasillo, pero oye un ruido a su espalda y sabe que se han acercado al umbral para mirarla.

Se detiene poco antes de llegar a la puerta de cristales. El pasillo gira en ángulo recto a su izquierda. Oscuridad sin ventanas, sin velas a la vista. Durante un momento se pregunta qué será ese espacio oscuro, pero se recompone y llama suavemente a la puerta con los nudillos.

No hay respuesta. Percibe un resplandeciente brillo dorado tras el cristal. Le parece ver al señor Lawrence sentado ante su escritorio, pero no se ha movido. Llama con más fuerza, pero tampoco esta vez hay respuesta.

Dora frunce el entrecejo.

—¿Señor Lawrence? Soy Dora Blake.

Oye murmullos a su espalda, risas furtivas. No hace caso, porque tras el cristal capta movimiento. Alguien corre a la puerta, que se abre de par en par, y el señor Lawrence la mira, casi sin respiración. Tiene la corbata a medio anudar y el cabello rubio caído sobre la frente. Una mancha de color marrón rojizo destaca en su mejilla.

–¡Señorita Blake!

Durante unos instantes parece contento. Pero entonces se fija en el público que hay tras ella. Dora mira por encima del hombro y ve al señor Fingle delante del grupo, tan curioso como los demás.

–Me temo, señor Lawrence –susurra Dora con aire de disculpa–, que he causado cierto revuelo.

El señor Lawrence arruga la frente. No parece propio de él.

–Por favor –dice, cogiéndola amablemente por el codo–. Pase.

Cierra la puerta tras ellos y Dora parpadea ante la brillante luz que reina en el lugar; el cuarto está lleno de velas. El señor Lawrence se adelanta y empieza a despejar el escritorio a toda prisa.

–No esperaba verla. Es decir –añade nervioso, frotándose la marca de la mejilla–, esperaba volver a verla, pero no creía que fuera a ser tan pronto.

–Yo tampoco –dice Dora–. Oh, por favor, no hace falta que ordene por mí.

El señor Lawrence se detiene con dos pequeñas y extrañas herramientas en las manos. Ella aprovecha ese momento para observar el cuarto, mientras se esfuerza por adaptar los ojos a la luz.

–Cuántas velas…

–Sí.

Él parece desaparecer dentro de sí mismo y Dora, instintivamente, lamenta sus palabras. Sonríe para distraerlo.

–Quería enseñarle mi cuaderno de dibujo. Anoche bajé al sótano, ¿sabe?

–¿Encontró algo?

Percibe esperanza tanto en la voz como en la expresión del señor Lawrence.

–Podría ser. Pero necesito su ayuda.

Dora oye ruido de pasos y murmullos ahogados tras ella. Vuelve su atención a la puerta, a las sombras distorsionadas que acechan tras los cristales, a las risas y susurros.

El señor Lawrence carraspea.

–Vayamos a dar un paseo.

El señor Lawrence la guía entre el bullicioso gentío que abarrota el mercado de Covent Garden y la retiene a su lado, muy cerca. Aunque es tomarse demasiadas libertades, a Dora no parece importarle. Después de todo, no conoce esta parte de Londres. El mercado es un torrente de ruido y conmoción y a Dora le resultaría difícil encontrar, por no decir mantener, la orientación si fuera sola.

Pasan ante un vendedor de fruta, cubierto con un gorro sucio de polvo; un pescadero vende anguilas fritas y unos asquerosos bichos gelatinosos; al lado hay un panadero de rostro redondo y rojo, con el delantal salpicado de harina, que suda copiosamente a pesar del frío que hace esta mañana de enero. Luego están los vendedores ambulantes, las mujeres con cestas y las floristas, todos bregando por hacerse un sitio entre los pequeños puestos, las carretillas y los carros tirados por asnos. El olor a verdura se mezcla con el hedor casi dulzón del estiércol de caballo y la paja mojada, y cuando llegan a un vendedor de carne, Dora tiene que volver la cara porque, aunque el aire es helado, las moscas revolotean en torno a la cabeza de un cerdo. Una de ellas se cuela en una oreja que parece un zapato mojado puesto a secar al sol. En el mostrador se amontonan las piezas de carne rosada y reluciente, una imagen cruda de nervios y grasa. El rubicundo carnicero los mira cuando pasan ante él. Tiene una mancha de sangre en el delantal. El señor Lawrence la protege, la guía por King Street y desembocan en New.

–Lo siento –dice, ofreciéndole el brazo–, debería haber buscado una ruta más apropiada.

–No importa. –Dora se coge del brazo del señor Lawrence, fingiendo despreocupación, aunque aún tiene el estómago revuelto–. En realidad, es una revelación.

Y es cierto: nunca ha tenido que ir al mercado, pues siempre es Lottie quien se ocupa de eso. A pesar de lo mucho que le disgusta el ama de llaves, Dora descubre en su interior una pequeña chispa de respeto hacia ella.

Pasean juntos en silencio. Ella es media cabeza más alta que él. Dora lo mira con disimulo.

–¿No le importará al señor Fingle?

–¿Importarle?

–Que se haya ausentado.

Se produce un momento de silencio. Al señor Lawrence se le tensa un músculo de la mandíbula.

–No.

–Entiendo. –Otro silencio. Obviamente, se trata de un tema que al señor Lawrence no le hace gracia–. ¿Quién es el señor Ashmole? –pregunta–. Cuando el señor Fingle me ha saludado, pensaba que era él, pero…

Dora calla y esta vez el señor Lawrence no deja que se haga el silencio.

–El señor Ashmole es mi amigo. Él compró el taller de encuadernación hace unos años, cuando yo… –Se detiene, esquiva un tramo de hielo negro y ayuda a Dora a saltarlo–. Al igual que la tienda de usted, entonces no era lo que es ahora, aunque Cornelius lo restauró generosamente y mantuvo a Fingle en su puesto, ya que sabía cómo funcionaba el negocio y no era… –El señor Lawrence parece que habla sin respirar, como si tuviera miedo de las palabras. Se muerde el labio inferior–. Perdóneme. –La mira con una débil sonrisa que a Dora le parece forzada–. La historia no es importante. Pero ahora trabajo allí y puedo ir y venir a mi antojo. Podríamos decir que soy un terminador. Me ocupo del acabado de todas las encuadernaciones.

–¿Por eso tiene tantas velas?

–Sí –dice tras una vacilación–. Ayuda mucho.

Dora nota que hay algo que no le dice y ella no se atreve a indagar, así que deja de insistir. Siguen caminando.

–¿Adónde vamos? –pregunta cuando pasan uno detrás de otro por un pequeño callejón.

–A Leicester Fields –responde él con voz despreocupada, como la que adoptó cuando se conocieron. Cuando salen del callejón, el señor Lawrence vuelve a ofrecerle el brazo–. A menudo me siento allí para pensar. Llegaremos enseguida.

Poco después el señor Lawrence entra en una plaza, con parterres de césped y anchos senderos llenos de bancos. En medio hay una estatua impresionante (Jorge I a caballo) y el señor Lawrence está a punto de cruzar las puertas de hierro cuando Dora tira de él.

–¡Eh, espere un momento!

El señor Lawrence se detiene educadamente y Dora se vuelve hacia un acebo que ha visto asomando entre los barrotes de una casa particular. La muchacha le tiende el cuaderno de dibujo.

Turbado, el señor Lawrence lo coge.

—Las bayas —dice Dora, mientras se ruboriza y saca un pañuelo del bolso de red—. Para Hermes. Me gusta hacerle regalos cuando puedo.

—¿No es suficiente regalo la carne humana?

—¡Oh, por favor, no me lo recuerde! —dice Dora. Se vuelve a mirarlo con aire culpable, pero entonces ve la sonrisa del hombre y sonríe también—. Anoche se dejó llevar por el pánico —explica, arrancando las pequeñas bayas de color rubí de la rama del árbol—. Espero que esto lo tranquilice.

—¿Pánico? —pregunta el señor Lawrence.

Dora dobla el pañuelo lleno de bayas; el algodón ya se ha teñido de un débil color rosado.

—Sí. Sentémonos y se lo explicaré.

El señor Lawrence la conduce a un banco de la plaza. La muchacha le hace un nudo al pañuelo y lo guarda con cuidado en el bolso. Aunque él espera a que termine, Dora nota su impaciencia en el aire que los envuelve, como si fuera el presagio de una tormenta en primavera. Respira hondo mientras recoge el cuaderno de dibujo.

—Como le dije, mi tío tiene la única llave del sótano. Pero conseguí que me hicieran un duplicado y anoche lo utilicé.

El señor Lawrence se endereza con el rostro iluminado.

—¿Y?

—Encontré varias cajas llenas de cerámica griega. Y también una vasija del mismo período. Creo que todo es auténtico. Pero —añade Dora, mirándolo— no lo sé con seguridad.

El señor Lawrence enarca las cejas.

—¿No lo sabe?

—No se sorprenda tanto, señor Lawrence. En la tienda, sé lo que es una falsificación porque conozco la clase de lugares en los que mi tío consigue la mercancía. Algunos de esos objetos incluso los crea él mismo. Pero yo solo era una niña cuando mis padres murieron. No soy una anticuaria y no puedo saber con seguridad si la vasija es auténtica. Usted, sin embargo…

El señor Lawrence muda la expresión y su entusiasmo desaparece.

–Señorita Blake, por el momento solo se me puede considerar un encuadernador y nada más.

–No lo creo –responde ella–. Usted entiende de esos temas, ciertamente más que yo. Reconoció al instante que las mercancías de la tienda de mi tío no eran auténticas. –Dora respira hondo–. Señor Lawrence, hay objetos en ese sótano que creo que tienen valor, y si es así, no entiendo por qué mi tío los tiene escondidos. No hay una razón lógica para ello. Pero usted podría decirme con seguridad si lo que guarda es auténtico o se trata tan solo de meras baratijas de mercachifles.

El señor Lawrence se queda mirando la plaza con expresión pensativa.

–Sí –suspira–, quizá. Pero he de confesar… señorita Blake, he sido estudiante de antigüedades, por decirlo de alguna manera, toda mi vida. Tiene razón, puedo reconocer una falsificación, pero mi conocimiento de algunas cosas no es lo que yo desearía que fuera. No puedo garantizar la autenticidad de una pieza. Me temo que podría decepcionarla.

Dora, tras algún titubeo, le pone la mano enguantada en el brazo. Él se encoge y la mira como si fuera algo antinatural. Cuando está a punto de ablandarse, la joven aparta la mano y vuelve a apoyarla en su regazo.

–Entiéndame –dice amablemente, para que no sospeche lo mucho que confía en la disposición del hombre–, necesito terminar el dibujo de la vasija. Es la inspiración de mis futuros diseños. Señor, ¿puedo hablarle con claridad?

El señor Lawrence la mira. El labio le tiembla.

–¿No lo está haciendo ya?

Su voz tiene un tono alegre y Dora lo mira fijamente. El señor Lawrence carraspea como si creyera que a la muchacha se le está acabando la paciencia, pero en realidad ella está asombrada de lo inconstante que es. Reservado y nervioso un momento, tentador y emocionado al siguiente.

–Por supuesto –dice él, ya con tono serio–. Por favor, continúe.

Dora extiende las manos sobre el cuaderno de dibujo.

–Señor Lawrence, mi principal objetivo es dibujar la vasija con todos sus detalles, para reproducir esas formas en mis joyas. No sé durante cuánto tiempo tendré acceso a la vasija: quién sabe qué estará haciendo mi tío con ella mientras usted y yo hablamos. Por lo que yo sé, ya podría habérsela quitado de encima. Así que necesito dibujarla todas las noches, después de que él y el ama de llaves se hayan ido a la cama. No tengo tiempo para mirar el resto de las cajas. Así que esto es lo que le propongo.

El señor Lawrence está medio vuelto en el banco. Su expresión es meditabunda, pero está absorto y Dora sabe que la escucha con atención.

–Mientras yo dibujo, usted puede revisar todo lo que mi tío tiene almacenado en el sótano y decirme si esconde algo auténtico. Y, por supuesto, podrá utilizar cualquier objeto que encuentre allí abajo, incluida la vasija, para su propia investigación. –Dora se toca el paladar con la punta de la lengua–. Entiendo que no sacará ningún provecho si los objetos no tienen ningún valor, pero usted me pidió ayuda. Esto es lo que yo llamo una oferta.

El señor Lawrence se mordisquea la mejilla por dentro.

–Si descubro que los objetos son falsos, ¿qué hará con esa información?

Dora suspira. Un perro le ladra a una ardilla al otro lado de la plaza y tira de la correa con que lo sujeta su dueño. Antes de contestar, la joven ve al animal más pequeño salir corriendo y subirse a un árbol.

–Si los objetos son falsificaciones, no haré nada.

Una pausa.

–Perdóneme, señorita Blake, pero ¿por qué?

Dora trata de contener una risa amarga. No lo consigue y el joven la mira sorprendido.

–Porque, señor Lawrence, no puedo hacer nada. Dependo completamente de la generosidad de mi tío. Si lo denunciara, arriesgaría mi medio de vida tanto como el suyo, y hasta que no tenga recursos para librarme de él, he de guardar silencio. Puede –prosigue– que mi tío guarde allí esos objetos simplemente porque no está listo para colocarlos en la tienda. Al menos, si puede confirmar que son falsificaciones, yo lo sabré para mi propia paz espiritual. Pero... –Dora calla y se frota el puente de la nariz–. No puedo dejar de pensar que hay algo más. Últimamente se ha estado comportando de forma extraña.

El señor Lawrence respira despacio.

–¿Y si son auténticos?

–Yo...

Dora aprieta el cuaderno con los dedos. Desde que la tienda está bajo su jurisdicción, Hezekiah no ha vendido ni un solo artículo legítimo, aparte de los que había en el establecimiento cuando lo heredó. Y si ha vendido alguno, desde luego ella no se ha percatado. Si la vasija es auténtica, ¿por qué la tiene él?

Quizá haya una explicación inocente. Más aún, es posible que esté intentando restaurar la tienda, como ella siempre había esperado. Pero no... ¿acaso no había insinuado que iba a venderla? Dora está tan concentrada en el problema que cuando el señor Lawrence vuelve a hablar, tiene que pedirle que repita sus palabras.

–¿Y si ya los está vendiendo?

Dora frunce el entrecejo.

–¿Qué quiere decir?

El señor Lawrence se ajusta el pañuelo que lleva al cuello.

–Si los objetos son auténticos –dice con cautela, como si temiera pronunciar esas palabras–, entonces, basándonos en su actual comportamiento, es posible que esté vendiéndolos ya en el mercado negro.

Durante un terrible momento, las palabras flotan entre ellos y a Dora se le encoge el estómago al pensar en esa posibilidad. No, no, eso ni siquiera se le había ocurrido. Se siente completamente estúpida por haber sido tan ingenua. Una cosa son las falsificaciones. Son ilegales, es cierto, pero inofensivas para quienes no se preocupan por esas cosas. Pero si Hezekiah ha estado vendiendo de contrabando todo este tiempo, y nada menos que desde la tienda... eso cambia las cosas.

Para él.

Para ella.

Dora se lleva la mano al cuello. Casi siente la cuerda apretándoselo. Se vuelve hacia el señor Lawrence, que la mira con aire compasivo.

–Señorita Blake, ¿se encuentra bien?

A Dora le faltan las palabras. Quiere llorar, decirle al señor Lawrence que su tío jamás osaría hacer algo así (¿por qué iba a arriesgarse tanto?), pero ahora que la idea se le ha metido en la cabeza, no puede negarla.

–Puede que no haya nada por lo que preocuparse –dice el señor Lawrence rápidamente–. Seguro que estoy equivocado. Pero para estar seguro tengo que verlo en persona.

–¿Vendrá entonces?

Dora no puede evitar el miedo que late en sus palabras. Se ha acercado a él con esperanza, pensando solo en sus diseños de joyas, su medio de escapar. Y ahora... ahora, parece que nada menos que su vida podría depender de lo que el señor Lawrence pueda decir. Si Hezekiah está traficando con mercancías robadas y lo descubren, Dora se enfrentará con él a la horca, porque ¿quién iba a creer que ella no sabía nada de esas transacciones cuando la habían visto vendiendo falsificaciones en la tienda durante años?

–Sí –responde amablemente–. Iré.

–¿Vendrá esta noche?

–Esta noche.

–Gracias.

Él le sonríe. Dora se fija en que tiene los ojos grises.

–¿Podría... podría ver sus dibujos, señorita Blake?

–Por supuesto.

Al menos es una distracción. Con dedos temblorosos, Dora abre el cuaderno y busca los primeros dibujos de la vasija.

–Mire –dice, intentando ser estoica–. Es una representación escénica del mito de Pandora. Este –explica, mientras recorre con el dedo el dibujo de Zeus y Prometeo– describe cómo el hombre recibió el regalo del fuego. –Señala otro boceto, un poco más abajo–. Y aquí hay un bosquejo rápido de la vasija. Me llega hasta los hombros. ¿Cree que podría datarlo?

Tienen los dos la cabeza inclinada sobre el cuaderno. Dora oye su respiración regular, huele el denso aroma a cuero que desprenden sus ropas.

–Sus dibujos... son extraordinarios. –El hombre levanta la cabeza. Tienen el rostro tan cerca que casi se rozan la nariz–. Tiene usted un don. Si viera los míos... –añade, torciendo ligeramente los labios–. Bueno, los míos no son nada en comparación.

–Gracias, señor Lawrence.

–De nada, señorita Blake.

Durante un momento no dicen nada, solo se miran, hasta que el señor Lawrence parece recomponerse y Dora desvía la mirada ruborizándose. Se levantan del banco a la vez. El aire frío que pasa entre ellos es como un nuevo aliento.

–¿Y Hermes? –pregunta él de repente.

El cambio en el tema de conversación hace parpadear a Dora.

–¿Qué quiere saber?

–Dijo usted que había sufrido un ataque de pánico.

Dora vacila.

–Fue muy extraño, totalmente inusual en él. En cuanto puse la llave en la cerradura pareció inquieto, agitado. Y cuando empecé a examinar la vasija… –Ahora que lo piensa, aún no comprende a qué se debió ese cambio en el comportamiento del pájaro. Sacude la cabeza–. Bueno, salió volando del sótano, como si lo persiguiera un gato. Pero cuando volví a mi cuarto, allí estaba, profundamente dormido.

–Qué extraño.

–Sí que lo fue, mucho.

–¿Y dónde está ahora la llave?

–En mi escritorio.

–¿Está segura de que allí está a salvo?

Dora asiente.

–Mi tío no ha puesto el pie en mi dormitorio desde que tengo memoria.

–Aun así –dice el señor Lawrence, pasándose el dedo pulgar por la costra que se le ha formado en la mano, donde Hermes le dio un picotazo–. De todas formas, yo estaría en guardia.

CAPÍTULO DIECISÉIS

Hezekiah se pregunta a menudo por qué su destino tiene que estar sujeto a la corrupción y suciedad de las podridas entrañas de Londres, por qué los vientos de la suerte insisten en eludirlo siempre.

Él se merecía algo más, algo más que introducir su corpulento cuerpo vestido de raso por los oscuros y húmedos callejones que huelen a orina de rata y a sucio populacho. Merecía algo más que esquivar charcos llenos de fango o vaya usted a saber qué (¡sus pobres zapatos!), mientras se aprieta la nariz con los dedos. «Más, más, más», pero aquí está, obligado por culpa del trabajo (si es que se puede llamar así a sufrir por cascajos antiguos) a degradarse en compañía de aquel maldito Matthew Coombe.

«Qué descaro», piensa Hezekiah, apretando en la mano la nota apenas legible del patán. ¡Exigir que él, Hezekiah Blake, fuera a ver a ese descerebrado lacayo costanero! Entorpecido por la pierna herida, sortea unas cajas abandonadas llenas de peras mohosas y abiertas, mientras intenta no pensar en que los hermanos Coombe tienen derecho a su dinero, que les prometió una pequeña fortuna (a ellos al menos) que todavía no ha entregado. Intenta no pensar que Matthew tiene el puño tan grande como su cabeza y que podría partirle la crisma igual que si fuera una ramita, y todo eso sin el más mínimo parpadeo de sus ojos de color azul lechoso. No, piensa Hezekiah al subir los peldaños de madera podrida del domicilio de los Coombe, tiene que dejar atrás esos pensamientos. Aquí el que manda es él y hay otras muchas maneras de desollar un gato.

El domicilio en cuestión, una habitación que da a los muelles de Pickle Herring Stairs, en la orilla sur del río, huele que apesta a descomposición. Hezekiah arruga la nariz al cruzar el umbral y su anfitrión deja la puerta abierta, algo que Hezekiah no sabe si agradecer. El hedor de fuera o el hedor de dentro; no hay mucha diferencia. Aire fétido y viciado en todas partes. Respira por la boca. Añora desesperadamente su cama y una de las infusiones calmantes de Lottie.

–Será mejor que se dé prisa –dice Hezekiah lacónicamente, mirando alrededor con asco. Se fija en la estufa cubierta de ceniza que hay en un rincón, en el feo y viejo buró que está al lado, y arruga la nariz–. He tenido que dejar al ama de llaves a cargo de la tienda. Mi sobrina todavía no ha llegado.

«No debería haber dejado que Dora se fuera», piensa. No le gusta perderla de vista. Esta nueva sensación de libertad de la muchacha le preocupa. Pero detenerla levantaría sus sospechas aún más. Así que lo permite. Por el momento.

Matthew Coombe se sienta en una de las tres pequeñas sillas de madera que rodean una burda mesa hecha con una caja boca abajo. Tiene en la mano una taza de estaño. Hezekiah ve que lleva un aparatoso vendaje en la muñeca. Detrás de él, una sábana sucia separa una parte del cuarto.

–No creo que tenga razones para hablar así –dice el anfitrión, recostándose en la silla y echándola hacia atrás–. Ya ha pasado una semana.

A Hezekiah le gustaría que Matthew le ofreciera asiento. El dolor de la pierna es una tortura.

–Ha habido un retraso. Una… complicación.

–Imaginaba algo así.

La voz de Matthew es dura. A pesar de sus buenas intenciones, Hezekiah siente que le arden las mejillas, por lo que se vuelve para ocultar el rostro y se acerca cojeando a una ventana pequeña y desnivelada. Al otro lado del río, la gran Torre de Londres se eleva inquietante sobre la niebla.

–La vasija… no se abre.

–¿No se abre?

–Es lo que he dicho, ¿no?

Matthew carraspea. Hezekiah se vuelve hacia él cuando cree que el rubor le ha desaparecido y ve que el otro hombre tiene las mejillas pálidas y sudorosas.

Al otro lado de la sábana se oye un ruido bajo y entrecortado.

Matthew examina la taza y la gira lentamente con las manos.

–Creo que le interesará saber –dice con tono comedido– que he guardado un registro de cada transacción que he hecho en su nombre durante estos años. –Señala con la cabeza el buró que hay detrás de él–. No me costaría nada denunciarlo a las autoridades competentes.

A Hezekiah se le seca la garganta. No consideraba a Matthew Coombe tan inteligente como para tomar tantas precauciones. Es más, no consideraba siquiera que Matthew Coombe fuera capaz de pensar. Hezekiah se clava los dedos en la sudorosa palma de la mano.

–¿Me está amenazando?

–Sí.

Matthew deja la taza. Hezekiah lo mira fijamente. Cuando Coombe le había pedido (o, mejor dicho, ordenado) que fuera a su casa, no esperaba ser recibido con amenazas, sino más bien una humillación lastimosa que podía rechazar fácilmente. Por un momento, Hezekiah se queda sin habla a causa de la sorpresa.

–Si me denuncia, Coombe, usted también se enfrentará a la horca.

Hezekiah ha inyectado un matiz de bravuconería en su voz, una confianza que no siente, para disimular el vuelco que le ha dado en el estómago, pero Matthew se limita a mirarlo con desdén.

–¿Cree que me asusta? ¿De veras piensa, después de todo lo que he visto y hecho, que la horca tiene algún poder sobre mí?

Hezekiah percibe en Matthew Coombe una desolación salvaje que no había visto nunca. Le recuerda a un lobo que vio una vez en Italia, atrapado entre los dientes metálicos del cepo de un cazador. Al parecer, había dejado de forcejear mucho antes de que Hezekiah, Elijah y Helen lo vieran. Recuerda la expresión del animal antes de que su hermano, movido por los ruegos de Helen, le disparara una bala a la cabeza: los ojos abiertos y la mirada feroz aunque contenida, como si se hubiera resignado a su suerte. Matthew tiene exactamente la misma expresión.

–La muerte tiene poder sobre todos –susurra Hezekiah, desesperado.

Matthew ríe sin emoción. Se levanta de la silla, que cae al suelo con un golpe sordo. Lentamente, comienza a quitarse la venda de la muñeca y Hezekiah retrocede hasta la húmeda pared.

–Ya lo creo. –Matthew recorre el corto espacio que los separa en cuestión de segundos–. ¿Cree que mi muerte llegará rápido o despacio?

La venda se afloja. La herida huele a pus. A medida que Coombe va desenrollando la tira de tela, el color va cambiando del blanco al amarillo y luego al verde. Cuando el hombre se quita la venda del todo, Hezekiah tiene que hacer un esfuerzo para no vomitar. El olor es pútrido, nauseabundo. Los ojos le lloran. Se lleva la mano a la boca y la nariz, y aprieta con fuerza.

La muñeca de Matthew es una herida abierta, una franja en carne viva llena de pústulas húmedas que brillan bajo la débil luz. La carne está amoratada en los bordes.

–¿Recuerda que le conté cómo recuperé su precioso cargamento? Tuve que sumergirme con una linterna, atármela a la muñeca con un bramante. Una herida superficial, apenas un arañazo, y a pesar de eso... –Matthew gira la muñeca y la observa como si estuviera examinando algo que no tiene nada que ver con él–. Dígame, señor Blake, ¿no debería haberse curado ya?

Hezekiah no es capaz de mirar la herida. No puede.

–Por favor –consigue decir a través de la mano. Vuelve la cabeza–. ¡Por el amor de Dios, aleje eso!

Matthew lo mira durante unos largos segundos. Luego se inclina a recoger la venda y envuelve la herida otra vez, pero el hedor permanece.

–Bien –dice–. Ya puede mirar.

Hezekiah se quita la mano de la boca poco a poco. Mira a aquel hombre fornido y enfadado, y ahora que la horrible visión ha desaparecido, consigue imprimir cierta fuerza a su voz.

–Debería buscar un médico –dice, pero entonces sufre un escalofrío. Acaba de recordar que Dora le ha dicho esas mismas palabras por la mañana y que él le ha respondido con una feroz reprimenda.

Matthew lanza otra carcajada.

–¡Si me pagara, podría buscarlo! Si me pagara, un médico podría cambiar las cosas –dice, acercándose a la sábana–. ¿Quiere ver algo más?

Hezekiah no quiere ver nada más. Quiere dejar aquel cuchitril maloliente y enfermizo, y no volver nunca. Pero Matthew le está haciendo señas con el dedo y Hezekiah, con una fuerte opresión en el pecho, advierte que sus pies se mueven solos sobre las crujientes tablas del suelo.

–¿Qué es? –pregunta con un susurro.

Matthew hace una mueca. No dice nada. Alarga la mano hacia la sábana y la aparta a un lado.

En la cama yace otro de los hermanos –Samuel, le parece– y Hezekiah traga saliva al verlo. El joven tiene los ojos empañados, la piel amarillenta y sudorosa. En las comisuras de los labios se le ha formado una sustancia blanca. El otro hermano, Charles, está sentado en una silla al lado de la cama, mirando la pared con expresión abstraída.

–¿Qué ha pasado aquí?

–Su vasija, eso ha pasado.

–¡No sea absurdo!

–¡No sea ingenuo! –dice Matthew, al tiempo que pone la manaza en el brazo de Hezekiah–. Sam se vio afectado por esta fiebre dos días después de que le entregáramos el cargamento. Charlie –dice señalando al hermano que sigue aletargado en la silla– no ha hablado desde el momento en que subimos la caja a la superficie. Dígame entonces, señor, si no ha sido su preciosa vasija la responsable de esto.

El veneno de su voz le da miedo. Hezekiah lo mira con incredulidad.

–Es una pieza de barro cocido –dice, pero Matthew Coombe no escucha y le aprieta el brazo con más fuerza. Hezekiah da un grito de dolor.

–¡Mírelos! Uno está a punto de morir y el otro se ha vuelto loco. ¿Cree que si muere Sam seré indulgente con usted? ¿Cree que si pierdo la mano me será fácil encontrar trabajo? ¿Cómo voy a mantenerlos? ¿Cómo voy a cuidar de Charlie? Esto lo ha hecho su vasija.

–No es cierto.

–Sí lo es.

–Habrán contraído algo –dice Hezekiah. Tira del brazo. Matthew lo suelta y el anticuario da un paso vacilante hacia atrás, hacia el espacio abierto del cuarto–. Alguna enfermedad del mar. O a lo mejor han cogido algo en el vertedero. Quizá sea hereditario –añade con maldad. Ahora que se ha librado del doloroso apretón de Matthew siente que le vuelven las fuerzas, el valor para desdeñar–. La enfermedad de los Coombe. O... –Hezekiah agita los brazos, desesperado–. Mire la pocilga en que viven. No me extraña que estén todos enfermos.

En el rostro de Matthew aparece algo sombrío. La fanfarronería de Hezekiah desaparece por ensalmo. Da otro paso hacia la puerta abierta y Matthew suelta la improvisada cortina, que vuelve a quedar colgando y roza el suelo con su deshilachado borde.

–¿Cómo está su pierna?

Hezekiah palidece.

–Mucho mejor.

Matthew ríe con sorna.

–Es un embustero. Le he visto cojear. Empezará a pudrirse, igual que esto. –Se señala la muñeca, luego a él–. Usted nos ha traído la enfermedad.

–¡Es una vasija! Alfarería griega, nada más.

–Entonces, ¿cómo explica todo esto?

–Casualidad.

–Una línea muy delgada separa la casualidad y el destino –dice, y Hezekiah adopta una expresión burlona. Matthew lo observa–. ¿Por qué es tan importante para usted? –pregunta al fin.

Hezekiah mira a otro lado.

–Eso no es asunto suyo, maldita sea.

–Creo que acabamos de llegar a la conclusión de que sí lo es.

Hezekiah vacila.

–Es... Me pertenecía. Hace muchos años. Solo la estoy reclamando, eso es todo.

–¿Cuánto vale? –pregunta Matthew.

Hezekiah vuelve a vacilar.

–Bastante.

–Entonces, ¿por qué no la ha vendido?

–Ya se lo he dicho –insiste con terquedad–. No quiere abrirse.

–¿Hay algo dentro?

La conversación le resulta agotadora. Hezekiah piensa que no debería ser interrogado así, como si fuera un delincuente. Pero cuanto más rápido responda, antes podrá irse, y mientras piensa en la pregunta se da cuenta de que no tiene sentido mentir.

–Sí –responde–. En cuanto haya recuperado lo que necesito, la venderé. La ruta habitual. No entiendo por qué no se abre –concluye con amargura.

–Puede que no quiera abrirse.

–Es... una... simple... vasija –dice Hezekiah, escupiendo las palabras.

–Y... está... maldita –responde Matthew, imitándolo.

–¡Y yo repito que usted solo dice sandeces! Tiene una tapa y por lo tanto se abre. Tiene que haber un mecanismo, un sello, algo que no encuentro. Antes estuvo abierta, así que puede volver a abrirse. Sé lo que digo.

Se hace un silencio tenso. Fuera, el río lame el embarcadero y la furia del agua al estrellarse contra las orillas embarradas es, de alguna manera, extrañamente tranquilizadora.

–No voy a esperar, Hezekiah –dice Matthew. El lacayo nunca se había dirigido a él por su nombre de pila y, al oírlo en su boca, al anticuario se le pone el vello de punta–. Necesito tratamiento médico para mis hermanos. Para mí. Yo solo no ganaré lo suficiente con pequeños trabajos. Nuestro bienestar está en sus manos.

–Yo... –Hezekiah se pasa la mano por la cara–. Le enviaré a Lottie por ahora. Sabe mucho. Ha curado manos, se lo aseguro. Y le daré el dinero. Lo haré.

–Iré a las autoridades si no cumple su palabra.

–Le conseguiré el dinero. –Hezekiah no puede evitar el tono gimoteante de su voz y se detesta por ello–. Solo necesito más tiempo.

–Tiempo –responde Matthew Coombe–, eso es precisamente lo que no tenemos.

CAPÍTULO DIECISIETE

Edward se da cuenta, no sin cierta aflicción, de que Cornelius se empeña en pensar mal de Pandora Blake.

–Sencillamente, no confío en ella –dice, pinchando una judía verde de su plato con más ferocidad de lo necesario–. Apenas conoces a esa chica y ya te has puesto en sus manos. Por lo que sabes, podría ser una timadora como su tío.

Edward frunce el entrecejo.

–Yo más bien diría que es ella la que se está poniendo en las mías. Si hubieras visto su cara cuando sugerí la posibilidad de que su tío estuviera traficando en el mercado negro, comprenderías que no tiene nada que ver con eso. Francamente –añade Edward mientras su amigo se lleva el tenedor lleno de judías a la boca–, tienes muy poca fe.

–En ti, sí –responde Cornelius, blandiendo el tenedor hacia él como un maestro blandiría una regla–. En ti tengo una fe completa. Es a los demás a quienes encuentro deplorables.

Edward suspira y sacude la cabeza.

–Me está ofreciendo la posibilidad de revisar una importante colección de antigüedades. De escribir un informe sobre ellas. Y no dejo de pensar que hay algo más. ¿Qué me dijiste el otro día? Que me apoyarías, decidiera lo que decidiese hacer.

Durante un momento, Cornelius parece desconcertado. Finalmente se lleva el tenedor a la boca y mastica con expresión pensativa.

–Lo haré –dice después de haber tragado–. Por supuesto que sí. Aunque no sea propio de ti poner tu destino en las manos de una mujer que ha dicho que podrías no sacar nada en claro de todo esto.

–Pero hay una posibilidad de que sí.

–También hay una posibilidad de que me atropelle una berlina –responde Cornelius–. Eso no quiere decir que vaya a pasar.

Edward abre la boca para responder, pero descubre que no tiene nada que decir. Así que centra su atención en la pata de cordero con salsa de menta que tiene en el plato. Con aire ausente, pincha una patata y observa, mientras la empuja por el plato, los ríos grasientos que forma la salsa.

–¿Es atractiva?

Edward levanta la cabeza.

–¿Qué?

–¿Es atractiva? –repite su amigo, y Edward lo mira sin parpadear.

–¿Que si es…? ¿Por qué?

Cornelius lo mira desde el otro lado de la mesa. La cubertería está ordenada a ambos lados de su plato. La expresión de su rostro es hermética, algo que Edward ha visto muy pocas veces, y eso le preocupa.

–¿Te gusta? –pregunta ahora Cornelius con tono comedido, tranquilo.

–¿Qué tiene eso que ver?

–Yo diría que tiene mucho que ver.

–Ah, crees que he perdido la cabeza.

–¿No es así?

Edward se encoge de hombros.

–Ella es… –vacila, al tratar de describir a Pandora Blake con palabras.

Piensa en su conversación, en lo cerca que estuvieron en el banco, en cómo le pareció oler un débil aroma a lilas y en lo inseguro que se sentía junto a ella. Estaba nervioso, casi mareado. Piensa en ella cuando la vio por primera vez, en la puerta del Bazar de Blake, con su ropa pasada de moda, su oscuro cabello rebelde sujeto por una cinta y aquellos magníficos ojos ocultos tras unas gafas ovaladas. En que es más alta que él y debe levantar la cabeza para verla, lo que no ayuda a que se sienta seguro de sí mismo.

–No se parece a nadie que haya visto antes –dice Edward al fin.

Cornelius da un bufido.

–Eso no responde a mi pregunta.

–Piensas que he perdido la cabeza. No creo que sea así.

Pero Edward sí lo cree en el fondo. No entiende la intensidad de sus emociones con respecto a la señorita Blake. Es su falta de experiencia con el sexo femenino, se dice, la responsable de su timidez, nada más. Se inclina en su silla, haciendo crujir la caoba, y trata de calmar a su amigo.

–No es atractiva en el sentido habitual de la palabra. No es Sarah Siddons. Pero admito que tiene algo. Sus ojos...

Pero Cornelius ha vuelto a concentrarse en la comida y está cortando un trozo de cordero con renovado vigor.

–¿Qué les pasa?

–Son como jarabe de miel.

–O sea, castaños.

Edward lo mira fijamente.

–¿Por qué eres tan cerril?

–No soy cerril. Simplemente afirmo un hecho.

Pasa un ángel.

–Tiene un pájaro de mascota –dice Edward y Cornelius se para en seco.

–¡No! –dice con incredulidad exagerada.

–Pues sí.

–¿Es una lechuza? Atenea rediviva. Qué europea.

–No es una lechuza. Es una urraca.

Cornelius arruga la cara con asco.

–Criaturas sucias.

–En realidad son muy limpias –responde Edward, recordando a Hermes acicalándose las plumas en la tienda–. Pero tiene genio. Me mordió, ¿lo ves?

Levanta la mano para que Cornelius vea la herida desde el otro lado de la mesa. Alrededor del corte se ha formado un pequeño cardenal.

–Yo me preocuparía por eso –dice Cornelius, limpiándose una gota de salsa de la barbilla–. Deberías ir a que te lo miren. Los pájaros carroñeros están llenos de enfermedades.

–No seas exagerado. Apenas me duele.

–No soy exagerado, en absoluto. Pero –añade Cornelius, arrojando la servilleta sobre el plato ya vacío–, veo que te estás poniendo a la defensiva. ¿Exagerado, dices? Bueno, está bien, si quieres una conversación seria, allá voy –dice mientras le lanza a Edward una mirada calculadora–: ¿qué piensas hacer si descubres que la vasija es auténtica?

–Ah –dice Edward–, ahora llegamos al meollo de la cuestión. Y es exactamente lo que quería comentarte antes de que te salieras por la tangente.

Cornelius enarca una ceja.

–¿El qué?

–Te agradecería que organizaras una reunión entre Gough y yo.

–¿Por qué?

Edward vacila. ¿Cómo ponerlo en palabras? El simple hecho de mencionar la expresión «mercado negro» en los círculos de anticuarios es suficiente para alterar los nervios al más templado. Un asunto tan serio no puede tomarse a la ligera.

Edward respira hondo.

–Me gustaría pedirle consejo, ver si es posible que Hezekiah Blake esté traficando bajo mano. –Como temía, Cornelius se endereza en la silla–. Ya lo sé –dice mirando el semblante serio de su amigo–, pero si entendiera más del tema, si supiera cómo se combate ese delito, cómo se reparten las culpas, entonces... –Edward suspira y deja la servilleta junto al plato–. Comerciar de esa manera es la obra de un auténtico villano. Vender falsificaciones sin admitirlo es una cosa, pero ¿esto? No parece probable que vaya a correr tantos riesgos. La vasija y los otros objetos podrían ser artículos auténticos obtenidos por medios lícitos, y en ese caso no habría nada por lo que preocuparse. Puedo escribir mi informe con la conciencia tranquila. Pero si no lo son, entonces tengo que saber qué debo hacer... sin implicar a la señorita Blake.

–Edward. –La voz de Cornelius es firme y comedida–. ¿Acaso es asunto tuyo que todos los de la familia sean unos sinvergüenzas? Toma de ella lo que te interese y desaparece.

Edward tiene que hacer un esfuerzo para no hablarle con brusquedad.

–Eso no es honorable y lo sabes. –Cornelius se muerde los labios. Edward prosigue–: Aunque la vasija fuera simplemente una falsificación sin valor, lo correcto sería ayudarla. Está atrapada en esa tienda. Sus dibujos, Cornelius... Oh, deberías verlos. Son espectaculares. ¡La calidad del detalle! A ella no la llamarías aficionada.

–Yo nunca he dicho que seas un aficionado –responde su amigo con suavidad.

–Pero mis dibujos lo son, a pesar de todo.

Cornelius mira a otro lado.

–¿Adónde quieres llegar?

–Me gustaría pedirle que fuera mi ayudante. Ya sabes que mis bocetos son pésimos, echarían a perder cualquier artículo que yo escribiera. Pero la señorita Blake... podría ayudarme cuando encuentre un nuevo proyecto, si es que este no resulta viable.

Edward siente el pulso en la muñeca, quisiera zarandear a su amigo por su obstinación. Siempre le ha estado agradecido a Cornelius por su ayuda, pero a veces tiene una tendencia a protegerlo que podría calificar de claustrofóbica. Es como si temiera que Edward fuera a hacerse añicos si afloja demasiado las riendas.

Cornelius maldice entre dientes.

–Estás dispuesto a hacerlo, ¿verdad? –dice, mirando a Edward.

–Así es.

Cornelius suspira y se pasa una mano por la barbilla. Cuando ve que intenta sonreír, Edward se relaja aliviado.

–¿A qué hora irás?

–Hemos quedado en encontrarnos en la tienda a medianoche. Y pasar dos horas trabajando. Es todo el tiempo que podemos permitirnos para estar seguros.

–Mañana no servirás para nada –dice Cornelius, con un tono que ha recuperado algo de la calidez de siempre.

–Quizá –asiente Edward–. Pero merecerá la pena.

–¿Estás seguro?

–No. Pero creo que saldrá bien. Todo ocurre por una razón.

Cornelius arruga la frente.

–Eso, mi querido amigo, es lo que dices siempre.

Más tarde, cuando el reloj de péndulo del pasillo anuncia con su delicado repique la proximidad de la noche, Cornelius ayuda a Edward a ponerse el redingote. Detiene los dedos en el cuello de Edward y este se vuelve a mirarlo. A Cornelius le tiembla el labio.

–Lo siento –murmura–. Una pelusa. –Baja las manos y se balancea sobre los talones–. Supongo que no me dejarías ir contigo.

Edward niega con la cabeza.

–No he preguntado si podría venir alguien más. Además, creo que sería muy arriesgado, dadas las circunstancias. Una persona husmeando ya es bastante malo. Dos, tres…

–Sí, sí.

–¿Quieres que se lo pregunte para la próxima vez?

Cornelius se adelanta a abrir la puerta y el olor de su colonia, a madera de sándalo, se introduce en la nariz de Edward.

–No –dice Cornelius, otra vez tenso–. No te molestes.

Edward sale a la oscuridad. El aire es cortante y frío, el cielo malva está despejado. Hunde las manos en los bolsillos y respira hondo. Luego observa el vaho blanco que sale de su boca y se vuelve a mirar a Cornelius.

–¿Hablarás con Gough?

–Lo haré. Pero prefiero esperar a que confirmes el estado de la mercancía. No tiene sentido molestarlo sin necesidad.

–Muy bien. Buenas noches, entonces.

Cornelius lo mira y no dice nada. Pero cuando Edward llega al último escalón, Cornelius lo llama por su nombre. Edward se vuelve.

–¿Sí?

–Ten cuidado.

La pesada puerta de roble se cierra y una ligera brisa le enfría las mejillas.

CAPÍTULO DIECIOCHO

Dora temía que llegara tarde, pero el señor Lawrence ya estaba esperando fuera de la tienda cuando ha abierto la puerta. Cruza el umbral soplándose las manos ruidosamente y Dora, con actitud furtiva, se lleva un dedo a los labios. Él asiente con la cabeza, hundiendo la barbilla entre los pliegues del pañuelo. Dora cierra con cuidado la puerta tras él, al tiempo que sujeta con una mano la campanilla para impedir que suene.

Las risas del café vecino suavizan la oscura quietud; las carcajadas de los borrachos atraviesan las paredes casi como un murmullo. Detrás de ella, encaramado en su columpio, Hermes grazna y el señor Lawrence se encoge.

—No va a hacerle daño, señor Lawrence —murmura la muchacha, mientras Edward le lanza al pájaro una mirada cautelosa.

—¿Está totalmente segura?

—Totalmente.

Dora pronuncia el adverbio con cierta vacilación y el señor Lawrence la mira con severidad. A pesar de la aprensión de la muchacha por lo que puedan encontrar en el sótano —la conversación que han mantenido antes sigue grabada en su mente—, se ríe entre dientes.

—Nunca se puede estar seguro del todo. Vamos, no debemos entretenernos.

—No —responde él en voz baja, pero Dora frunce el entrecejo cuando se vuelve para guiarlo al fondo de la tienda.

–¿Señor Lawrence? –El joven parece inquieto y contempla la tienda con una expresión que, si Dora no se equivoca, podría ser de miedo–. ¿Se encuentra usted bien?

Edward vacila y da una especie de sacudida.

–Está muy oscuro.

–Oh, conozco el camino muy bien. Hay quince pasos hasta…

–¿No podemos encender una vela?

Dora lo mira entre las sombras.

–Yo no me arriesgaría a encender una vela aún, mejor cuando estemos abajo.

–Muy bien –responde el hombre con voz apagada.

–Vamos, deme la mano. Lo guiaré.

Le coge la mano casi al instante.

A Edward le da miedo la oscuridad, o eso piensa Dora mientras lo conduce por la tienda. Pero no, qué tontería, rectifica, cómo va a tener miedo de algo así un hombre adulto. Puede que solo sea un poco de aprensión. Después de todo, están corriendo un gran riesgo. Hezekiah o Lottie podrían sorprenderlos en cualquier momento.

Le suelta la mano y le entrega el cuaderno de dibujo para sacar la llave de la manga. Con cautela, abre el candado, sujeta la cadena para que no haga ruido y lo deja todo, cadena y candado, en el suelo. Luego se incorpora y señala el aparador que Edward tiene detrás.

–¿Le importa?

Él se vuelve a mirar y coge de encima del mueble el candelabro que Dora le ha señalado. La joven retrocede y alarga el brazo.

–Hermes –llama con suavidad–. *Éla edó.* Ven aquí.

La urraca no responde durante un rato. Agacha la cabeza, se balancea en el columpio. Parece que va a desobedecer, pero entonces vuela hacia Dora, se posa en su hombro y clava las garras en su vestido.

Lentamente, Dora abre las puertas del sótano. Les llega una ráfaga de aire frío que huele a cerrado.

–Tenga cuidado –murmura la joven cuando el señor Lawrence le devuelve el cuaderno–. Hay ocho peldaños. Sujétese fuerte a la barandilla. No me perdonaría nunca que se rompiera usted el cuello. Y si mi tío nos oye, habremos fracasado antes de empezar.

Pero el señor Lawrence vacila, mirando a la oscuridad.

—¿Señor Lawrence? –dice Dora–. ¿Quiere que vaya yo delante?

—Creo que puedo arreglármelas –dice al fin el hombre, que baja el primer peldaño.

«Sí. Le da miedo la oscuridad», piensa Dora.

Mientras el compañero baja, Dora cierra las puertas tras ella. Lo escucha llegar al final –el sonido del tacón sobre la piedra– y se aferra con más fuerza a la barandilla, arañándose la mano con la madera astillada.

—A su derecha está el yesquero. Encima de una caja. ¿Podría...?

—Lo tengo.

Se oye un chasquido, brota una chispa y Dora ve el brillo ámbar entre los dedos del señor Lawrence, que enciende la primera vela cuando ella llega al final de la escalera. Dora lo mira a la cara y, bajo la suave luz, le parece que está muy pálido.

—Traiga. –Le deja encender la segunda vela y le quita la primera de la mano–. Yo encenderé el resto.

Dora se ocupa de las velas y deposita suavemente a Hermes en el respaldo de la silla. El pájaro bate las alas y corretea por el borde como si fuera una cuerda floja. Cuando Dora se vuelve, ve al señor Lawrence inclinado con las manos en las rodillas, estudiando la vasija. Levanta la cabeza cuando ella se acerca y el corazón de Dora empieza a latir peligrosamente en la caverna de su pecho.

—¿Y bien?

El señor Lawrence se endereza.

—Bueno. –Se quita el pañuelo que lleva al cuello y retuerce la lana con las manos, una y otra vez, Dora no sabe si por los nervios o por la emoción–. Ciertamente parece auténtica. Necesitaría un análisis del material para estar seguro. No podría datarlo con precisión de otra forma, y tendría que ver la parte inferior.

—¿Por qué? –pregunta Dora.

El señor Lawrence sonríe ligeramente. El color ha vuelto a sus mejillas.

—Los falsificadores suelen marcar las vasijas por debajo. Todos sus objetos orientales –dice señalando el piso de arriba– tienen un sello que no debería estar ahí, pero los falsificadores insisten en ponerlo porque creen que induce a los compradores a suponer que el objeto es auténtico. La cerámica griega, sin embargo, raramente está marcada. Poquísimas vasijas atenienses llevan la firma del pintor o del ceramista. El caso es que el ceramista y el pintor no siempre eran la misma persona, aunque podrían serlo.

–Explíquese, por favor.

–Algunos ceramistas pintaban sus artículos y otros los enviaban a que los pintaran otros. Pero los falsificadores no tienen eso en cuenta. A menudo marcan la parte inferior con una firma que no tiene ningún sentido desde el punto de vista del lugar, el estilo y la época histórica. Y esto –añade el señor Lawrence, señalando la vasija–, es un *pithos*, no una vasija normal. Es mucho mucho más difícil de copiar debido a su tamaño. Los falsificadores no suelen tener tanta paciencia.

Dora frunce el entrecejo al oír la palabra, que le suena vagamente.

–¿*Pithos*?

Poco antes, el señor Lawrence parecía animado, pero ahora calla, como si lo hubieran pillado con la guardia baja.

–Un *pithos* –dice con paciencia– es una tinaja de barro cocido que los antiguos griegos usaban para almacenar grandes cantidades de grano o líquidos como vino y aceite. ¿No lo sabía?

Dora suspira y cruza la habitación para poner en el candelabro la vela que lleva en la mano.

–Como le dije, señor Lawrence, no soy una experta. El poco conocimiento que tengo procede de mis recuerdos de infancia. Estoy rodeada de falsificaciones que solo sé que lo son porque he visto cómo lleva mi tío la tienda. No sabría diferenciar una vasija de un *pithos* más que... –Dora guarda silencio, en parte porque no se le ocurre ningún ejemplo y en parte porque el señor Lawrence la está mirando con expresión de desconcierto–. Siento decepcionarlo, señor –termina, poniéndose a la defensiva.

Pero él está negando con la cabeza.

–No estoy decepcionado –se apresura a decir él–. Confieso que yo solo sé todo esto porque he leído mucho. Supongo –añade con una sonrisa triste–, que tanto usted como yo somos aficionados.

–Usted sabe mucho más que yo.

Una pausa.

–¿Eso la entristece?

La pregunta la sorprende, sobre todo porque no creía ser tan transparente. Dora se acerca lentamente a la vasija, o mejor dicho, al *pithos*, y pone una mano en la tapa.

–Sí –admite–. Si mis padres hubieran vivido, me habrían enseñado. Mi tío, que conoce el negocio, decidió no darme esos conocimientos. Dijo que no hacía ninguna falta que supiera nada. –La ira le calienta la garganta y aprieta la mano contra el barro–. Habría podido hacer mucho en este sitio si se me hubiera dado la oportunidad.

Él está muy cerca. El pañuelo le cuelga de las manos hasta el suelo. Dora se atreve a mirarlo. Bajo el dorado brillo de las velas, ve una sombra de vello en la barbilla angulosa del joven.

–Lo siento –dice el señor Lawrence en voz baja.

Dora está pensando en ese momento que el señor Lawrence tiene una mirada muy amable cuando, de repente, nota un calor inusitado en la mano. La aparta de la vasija ahogando una exclamación y Hermes lanza un agudo graznido.

–¿Qué ocurre?

–¡Mi mano! Eso...

Pero el calor se ha ido tan rápidamente como ha aparecido. Dora se mira la mano y luego observa el *pithos*.

–La tapa. Era como si ardiera.

Arrugando la frente, el señor Lawrence la toca con los dedos un par de veces, para probar. Se encoge de hombros y levanta la mirada.

–Está fría.

Dora vuelve a tocarla con gesto vacilante. Tiene razón. Está fría, no está en absoluto caliente. Pero estaba tan segura...

Se estremece, se frota los párpados con la mano.

–Debo de estar imaginando cosas. Espero que sea por el cansancio.

–Entonces debemos continuar –dice el señor Lawrence–. Tenemos mucho que hacer.

Edward empieza por el *pithos*.

Un examen superficial, porque, al fin y el cabo, como había dicho el señor Lawrence, Dora lo está dibujando y lo único que tiene que hacer él es encontrar pruebas. Saca del bolsillo del redingote un pequeño tubo de cristal y un escalpelo y, con mucho cuidado, rasca algunos granos de arcilla justo debajo del borde de la tapa. Luego intenta mirar debajo, pero le resulta imposible incluso cuando Dora sujeta la tapa por un lado.

–Demasiado pesada –gruñe, decepcionado–. Y no me atrevo a meter la mano, no vaya a ser que se me caiga encima. Pero quizá la muestra de arcilla sea suficiente.

Luego toma notas en un pequeño cuaderno negro que saca del otro bolsillo. Medidas, señales características, una descripción de las escenas que Dora le está explicando... Por último, Edward deja que la joven siga dibujando y él se pone a inspeccionar las estanterías. Dora lo ve vacilar un momento antes de dejarle el candelabro y coger una vela de un candelero del escritorio. Se mueve despacio, porque Hermes lo mira fijamente con ojo crítico.

–Está decidiendo si confiar en usted o no –dice Dora cuando el señor Lawrence se aleja del pájaro con gran cautela–. Es posible que se deje acariciar después de unas cuantas visitas.

–Creo –dice Lawrence mientras retrocede hacia la seguridad de las estanterías– que prefiero guardar las distancias, si no tiene usted inconveniente.

Dora asiente, sonríe y continúa copiando la segunda escena.

Empieza trazando unas líneas sencillas, rozando apenas el papel con el lápiz: un arco irregular para la montaña y suaves remolinos para el ventoso sendero. Se mueve despacio alrededor del *pithos*, procurando que cada elemento de la escena esté debidamente situado. Traza óvalos para las águilas y los buitres, y un triángulo para la roca. Luego vuelve a su posición inicial en el suelo, se ajusta las gafas y entorna los ojos para dar cuerpo a las figuras de Zeus y Prometeo.

–Hum.

Dora levanta la vista. El señor Lawrence ha colocado en un semicírculo, a sus pies, algunos de los objetos griegos de barro y se está dando golpecitos en los dientes con la punta del lápiz.

–Aquí hay un par de falsificaciones, pero también hay algunos objetos auténticos. –Señala un par de vasijas de escasa altura que ha puesto al lado de su pie derecho–. El mismo estilo, pero una es claramente una imitación. Y de las malas, además. –Mira a Dora–. ¿Quizá uno de los intentos fallidos de su tío?

–Quizá. –Mira la colección que tiene a los pies–. Entonces, ¿algunas son auténticas?

–Sí. La verdad es que bastantes.

Dora siente un vacío en el estómago.

–¿Y puede datarlas?

–Pues… –El señor Lawrence se pone en cuclillas y vuelve a darse golpecitos en los dientes con el lápiz–. Creo que sí. Mucho mejor que el *pithos*. –Levanta una especie de cuenco para que ella lo vea–. El *pithos* es de arcilla nada más, sin pintura, solo con relieves. Puede que se trate de una pieza muy antigua o, sencillamente, que no llegaran a terminarla. Sin embargo, esta es de las que llaman «melanomorfas», es decir, de figuras pintadas en negro. Este estilo no apareció hasta el siglo VII a. C. Esta otra –añade, señalando una pieza más alta que tiene a la izquierda– es de una técnica llamada «de fondo blanco» porque las imágenes están pintadas sobre un fondo blanco. Y esto no se hizo hasta, más o menos, unos quinientos años antes de Cristo. –El señor Lawrence vuelve a dejar la vasija en el suelo. Emite un ruido ligero cuando roza la piedra–. Bien. Al menos, puedo darle una idea general.

Dora se pone el cuaderno en las rodillas.

–Entonces –dice con resignación–, mi tío vende falsificaciones y baratijas en la tienda, pero guarda antigüedades auténticas en el sótano, para…

No es capaz de acabar la frase. Al menos, no en voz alta. Baja el lápiz y apoya la cabeza en la mano.

Es muy posible que Hezekiah guarde estas antigüedades en concreto con la intención de venderlas legalmente en algún momento. Pero Dora conoce a su tío lo bastante bien para entender que si no tiene reparos a la hora de vender falsificaciones como si fueran piezas auténticas, es muy probable que tampoco los tenga a la hora de vender objetos auténticos por medios más cuestionables, si eso le proporciona un beneficio mayor.

Dora sabe lo que significa «mercado negro». Aprendió lo suficiente oyendo las conversaciones entre su padre y sus trabajadores en las excavaciones arqueológicas, y las advertencias dirigidas a los clientes de la tienda: cualquier mercancía que cambiara de manos de esa forma se consideraba mercancía robada. Comercio ilegal. Y si detenían a Hezekiah… solo había un castigo posible.

Un castigo definitivo.

–¿Señorita Blake?

Dora suspira y levanta la cabeza.

–¿Podemos saber con seguridad dónde los consiguió?

–Solo si guarda los registros de la transacción.

El señor Lawrence mira el escritorio. Hermes inclina la cabeza hacia él y sus ojos negros brillan a la luz de las velas.

–En ese escritorio solo están los libros de contabilidad de la tienda –dice Dora en respuesta a la pregunta que el joven no formula–. Es todo legal, ya lo he comprobado. –El señor Lawrence la mira otra vez con expresión adusta, pero no dice nada. Dora suspira y consulta el reloj de bolsillo que lleva atado con una cinta en la cintura–. Será mejor que continúe. Solo nos queda una hora.

Siguen con su trabajo. Dora procura poner coto a sus peores pensamientos mientras copia los relieves del *pithos*. Después de todo, ahora es su única esperanza de escapar. Si no puede vender los dibujos, entonces...

«Basta –se dice–. No pienses en eso».

Completa las siluetas de Prometeo y de Zeus, los detalles de la montaña, las nubes, los abetos y los pinos, los estorninos que vuelan. Por un breve instante, siente el mismo escalofrío que sintió al abrir las puertas del sótano. Se aprieta el chal alrededor de los hombros y se pincha la mejilla con la punta del lápiz.

«Concéntrate».

Los detalles del relieve son realmente impresionantes. Sin embargo, piensa Dora, hay algunos elementos del *pithos* que no podrá trasladar a los diseños de joyas. Se fija en las grecas y se da cuenta de por qué fallaron sus intentos anteriores. Las líneas son más delgadas, las formas más apretadas. En comparación, sus dibujos parecían garabatos infantiles. Copia metódicamente en el papel los motivos decorativos.

El señor Lawrence también es metódico. Examina todas las cajas de la estantería, toma notas sobre cada objeto y los vuelve a colocar exactamente como estaban antes de bajarlos. Consigue examinar cuatro más antes de que Dora anuncie la hora otra vez:

–Faltan siete minutos para las dos.

–Dos horas es muy poco, no da tiempo a hacer nada.

–Sí –dice Dora, cerrando el cuaderno–. Pero es todo lo que podemos permitirnos. ¿Cuánto le falta a usted?

El señor Lawrence devuelve una caja al anaquel y recoge el pañuelo de la barandilla, donde lo había dejado colgado.

–Dos cajas más en este estante, otros dos estantes encima... –Vuelve la cabeza para confirmarlo–. La estantería de enfrente, las cajas que hay ahí, en el suelo. Y por supuesto, lo que haya tras la escalera.

Miran al mismo tiempo. Al otro lado de la escalera, un espacio en sombras.

El señor Lawrence vacila.

–Está muy oscuro.

Dora casi le pregunta por qué le tiene tanto miedo a la oscuridad, pero algo en su rostro la obliga a guardar silencio.

–Quizá no sea tan profundo como parece –se limita a decir.

–Quizá. Pero el suelo de la tienda se alarga por ese lado.

–Podemos acercarnos con las velas a echar un vistazo...

–Otra noche.

Las palabras brotan cortantes, muy cortantes, y Dora lo mira, pero el señor Lawrence ya ha dado media vuelta y se está poniendo el pañuelo en el cuello. Mientras da la última vuelta al pañuelo, señala la caja fuerte de Bramah que está al lado del escritorio.

–¿Tiene la llave de esa caja?

Dora niega con la cabeza.

–Mi tío solo lleva una llave colgando del cuello y no encaja en esa cerradura.

–Si tiene algún documento –dice el señor Lawrence–, seguramente estará ahí. Tiene que guardar la llave en algún sitio.

–Sí, seguro. Pero no se imagina usted lo que me costó conseguir la llave del sótano.

Dora reprime un escalofrío al recordarlo. De todos modos, el señor Lawrence le lanza una mirada inquisitiva.

–Otra noche –dice ella.

Edward hace una mueca al darse cuenta de que Dora le ha devuelto sus propias palabras.

–*Touché*, señorita Blake.

–*Touchée*, en efecto.

CAPÍTULO DIECINUEVE

Ese día, el olor a cuero quemado le provoca a Edward un cosquilleo en la nariz, las velas hacen que le lloren los ojos y no puede dejar de agitar los pies bajo la mesa. Trata de concentrarse en la filigrana de la tela de la cubierta, en la estrecha cinta de finas volutas y zarcillos de hiedra. Contiene la respiración, aprieta las mandíbulas, pero cuando nota que le tiembla la mano, se rinde, deja a un lado la paleta y se retrepa en la silla de duro respaldo con un gruñido.

Por esto es por lo que Cornelius le permite tomarse tiempo libre cuando empieza un informe para la Sociedad, piensa Edward. No es, ni nunca ha sido, de los que trabajan en varias cosas al mismo tiempo. Una empresa por vez, esa es su norma, sobre todo porque su trabajo en el taller de encuadernación le produce poco placer. ¿Cómo puede esperarse que sea excelente en algo en lo que no puede concentrarse al ciento por ciento?

Durante las últimas cinco noches ha revisado caja tras caja de cerámica griega en el sótano de la tienda. La colección Blake está muy bien conservada, y es de tal calibre que solo podría encontrarse algo parecido en el Museo Británico. Edward está agradecido por la oportunidad de manejar artículos auténticos (y al menos tres cuartas partes de la colección parecen serlo), de preparar una lista completa de sus marcas, de su antigüedad. El hecho de que puedan ser mercancías robadas... esto, por desgracia, hace inviable un estudio formal. Sacude la cabeza para ahuyentar la idea. Ahora mismo no quiere pensar en algo así. Aunque su instinto le dice lo contrario,

148

todavía conserva la esperanza de que la colección haya sido adquirida legalmente.

Tamborilea sobre el tablero de la mesa con la yema del índice y se pone a pensar en el *pithos*. La verdad es que es una antigüedad excepcional. Los relieves, en concreto, son exquisitos. Nunca había visto nada parecido, ni siquiera en sus libros de consulta. «¿Cuál será su procedencia?», se pregunta.

Cornelius ha llevado la muestra de arcilla a la Sociedad para que la analicen, por lo que no podrá datarla con seguridad hasta que le digan algo. No sirven las suposiciones. Como el *pithos* está sin pintar, podría pertenecer a cualquier momento de la historia griega. Lo único que recuerda de sus lecturas es que esas escenas que describen mitos, como las del *pithos*, se realizaban entre los periodos arcaico y clásico, pero Edward sabe que sus conocimientos solo son rudimentarios.

Cuando le dijo a la señorita Blake que había leído mucho, decía la verdad. Lo que no le dijo es que estos conocimientos los había adquirido en los últimos años, durante las largas y dolorosas semanas que estuvo con el padre de Cornelius. ¡Cuánto se había empapado de historia de las antigüedades! ¡Cómo había usado esos conocimientos para sofocar el recuerdo de lo que ocurrió después! La oscuridad del sótano de los Blake aparece en su mente de manera espontánea, y con ella...

Edward aprieta el brazo de la silla y cierra los ojos para ahuyentar el recuerdo. Durante largo rato permanece sentado con la cabeza apoyada en el respaldo, respirando con fuerza como le enseñaron a hacer cuando la situación se le hacía demasiado difícil de soportar. Pero entonces llaman a la puerta y siente un vacío en el estómago.

–¿Señor Lawrence?

Edward mira contrariado la forma de Fingle, que se perfila al otro lado del cristal. Suspira pesadamente y se endereza en la silla.

–Pase.

Se produce una pausa, la manija se mueve y entra el encargado cerrando la puerta tras de sí. El hombre mira a Edward a la luz de las velas.

–Me preguntaba cómo iba con el encargo de Helmsley.

–Sí. –Edward señala una torre de libros, en el armarito que está al lado de la puerta–. Lo terminé ayer.

–Maravilloso –dice Fingle, cogiendo los libros uno por uno y dándoles la vuelta–. Un acabado muy hermoso. –Vacila–. Su talento ha mejorado considerablemente con los años.

–Bueno, no me quedaba más remedio, ¿verdad?

La mirada de Fingle se cruza con la dura mirada de Edward y el primero vuelve el rostro de inmediato. Se aclara la garganta y se frota el puente de la nariz con el pulgar.

–Quién era la damisela que lo visitó hace unos días.

Es una pregunta, aunque pronunciada sin las inflexiones de la interrogación. Dora Blake no es un tema del que Edward desee hablar con Fingle, pero es mejor que callar, así que procura adoptar un tono más alegre y aprovecha el cambio de táctica. Lo que ocurrió, recuerda Edward, no fue culpa de Fingle.

–Se apellida Blake. Vino a pedirme consejo sobre unas antigüedades que posee.

–Ah. Entiendo. Pensé que quizá fuera su…

Sabe lo que Fingle quiere decir, y la palabra sin pronunciar, «amada», hace que Edward sienta un repentino calor en el cuello.

–Apenas la conozco.

–Ya, pero… Podría ser bueno para usted. Considerando…

–¿Considerando?

Fingle balbucea de nuevo.

–Ya, bueno –repite con tono tranquilizador–. Todos sabemos que el señor Ashmole y usted son íntimos amigos. Sería bueno para usted pasar tiempo con alguien diferente, para variar. Alguien más… En fin, ha llevado usted una vida de ermitaño… –Edward lo mira fijamente y Fingle carraspea–. Acaba de llegar esto para usted.

El encargado saca una nota del chaleco y, cuando la recoge, Edward siente un nudo en la garganta. Allí, bien visible, está el membrete de la Sociedad de Anticuarios.

La coge y rompe el lacre, la desdobla nervioso y la lee con incredulidad.

–¿Algo va mal? –pregunta Fingle cuando Edward se levanta, sin pronunciar palabra, y busca el redingote, que cuelga detrás del supervisor.

El señor Richard Gough, el director en persona, lo ha citado.

Al llegar a Somerset House, Edward se dirige a toda velocidad al despacho del director. El ruido de sus pasos sobre el suelo de madera llama la atención no deseada de dos ancianos con gafas que le lanzan miradas de fastidio, como si no tuviera derecho a caminar haciendo ruido a las dos de la tarde de un miércoles frío y desapacible.

Cuando llega al final de la ornamentada escalera, Edward pasa bajo un amplio arco flanqueado por dos ánforas doradas de tamaño gigantesco. Tuerce a la derecha (en lugar de seguir en línea recta, lo cual lo obligaría a cruzar la Royal Society, que para disgusto de Gough comparte la antesala con la Sociedad de Anticuarios), y encuentra a Cornelius esperándolo en la amplia sala de juntas.

–¿Qué pasa? –pregunta Edward, quitándose el redingote.

–No te asustes –advierte su amigo, medio en broma medio en serio, recogiendo el redingote y colgándolo en una percha cercana–. Ya hemos analizado la muestra de arcilla, eso es todo.

Edward lo mira fijamente.

–¿Y?

–El resultado es… interesante –dice Cornelius, y ante la mirada inquisitiva de Edward, lo acompaña hasta el despacho de Gough.

La habitación no es tan grande como Edward esperaba, aunque desde luego es amplia. Un escritorio de buen tamaño, con superficie de cuero, ocupa la mayor parte del abarrotado espacio; sobre él descansa una bandeja circular de plata con una licorera llena de un líquido de color granate y dos vasos. A la izquierda del escritorio se encuentra una estantería con las publicaciones de la Sociedad, *Vetusta Monumenta* y *Archaelogia*. Edward siente una inexplicable emoción cada vez que lee el lomo de esos volúmenes. A la derecha, por último, un pequeño fuego chisporrotea en una estrecha chimenea sobre la cual cuelga un impresionante mapa medieval con un marco dorado.

Tras el escritorio se encuentra el mismísimo Gough, un caballero rechoncho y ya entrado en años que inclina la empelucada cabeza para indicarle a Edward que se siente.

–Señor Lawrence.

Edward se sienta frente a Gough y, mientras Cornelius se sitúa delante de la estantería, el director saca del cajón del escritorio el tubo de cristal con el polvo de arcilla que Edward rascó del *pithos*. Con mucho cuidado, Gough lo coloca entre ellos encima del cuero color pino, donde parece tan pequeño como inocuo.

–Dígame, señor Lawrence, ¿de dónde ha sacado esto?

Edward cruza los dedos sobre el estómago. Sabe que Gough tiene fama de ser franco y directo, que le gusta que hasta el hombre más seguro de sí mismo se eche a temblar, así que hace un esfuerzo para mantener la calma.

–De un conocido reciente, señor.

Silencio. Impaciencia.

–¿Y cuál es su nombre?

Edward calla. Piensa en la señorita Blake, en el peligro en que podría ponerla si respondiera con sinceridad total. Mira a Cornelius y desvía los ojos.

–Preferiría no decirlo, señor.

Cornelius, al lado del director, se pone rígido.

–Preferiría no decirlo –repite Gough.

–Exacto.

–¿Y eso por qué?

A Edward le empiezan a sudar las palmas de las manos. Debe elegir sus próximas palabras con cordura.

–Me gustaría que mis tratos con la persona en cuestión fueran estrictamente confidenciales por el momento. –Luego añade–: Es por el interés de esa persona, señor.

Gough hace una leve mueca y mira a Cornelius. Luego se pone los dedos bajo la barbilla y observa a Edward con rostro inexpresivo.

–Se da cuenta de que es usted quien ha acudido a nosotros en busca de ayuda, ¿verdad, señor Lawrence?

–Por supuesto, señor, pero me preocupa la familia implicada y creo que el asunto requiere un tacto excepcional. –Edward guarda silencio y se humedece los labios–. También soy consciente de que mi futuro en la Sociedad está en juego y preferiría mantener una discreción total sobre ese tema –se atreve a decir. Guarda silencio de nuevo–. ¿El señor Ashmole dice que el análisis de la arcilla ha dado un resultado interesante?

Parece haber un cambio en la atmósfera y a Edward le da un vuelco el corazón al comprender lo que significa. Piensa en la señorita Blake y luego en las dudas que tuvo al principio. Qué cruel sería, qué inmensamente cruel, que el *pithos* fuera un objeto de gran trascendencia y que se descubriera que, después de todo, se adquirió de forma ilegal…

Gough está mirando a Edward y el silencio que se ha creado entre ellos sigue prolongándose. Cornelius contempla fijamente la punta de sus botas bien lustradas. Edward se agita en la silla.

—¿Qué ha descubierto, señor?

Gough se aclara la garganta.

—¿Podría al menos describirme el objeto en cuestión?

Aunque reacio a revelar la identidad de la señorita Blake, Edward no encuentra ninguna objeción a esta solicitud.

—Es —explica—, o parece ser, una gran vasija griega que podría haber contenido grano, vino o aceite. Es lo que los antiguos griegos llamaban *pithos*.

—Estoy familiarizado con la terminología, señor Lawrence —dice el director con un suspiro de impaciencia, y Edward nota que se ha ruborizado.

—Sí, señor, por supuesto.

Otra pausa.

—Bien, señor Lawrence, continúe.

Edward baja la barbilla.

—En la superficie presenta unos bajorrelieves corridos que describen la creación de los primeros mortales en la Tierra. Más concretamente, la historia de la legendaria Pandora.

Gough tamborilea con los dedos en la mesa.

—Se refiere al *mito*, a la Caja de Pandora.

—Exactamente.

—¿Y a qué época cree usted que pertenece?

—No creo que se pueda atribuir a una época concreta. Aparte de los relieves, no hay marcas características que indiquen nada. No hay rastros de pintura, ni el negro de las piezas del siglo VII, ni el rojo del siglo III. El *pithos* es demasiado pesado para levantarlo, así que no pude buscar la marca del falsificador en la base, si es que la tiene.

Se atreve a mirar a Cornelius. Su amigo parece impresionado y Edward siente una punzada de orgullo.

—¿Le importaría aventurar una suposición? —dice Gough, y Edward vuelve a mirar al director.

–Yo... –dice, encogiéndose de hombros–. No me atrevo a intentarlo, señor.

Gough se endereza en su silla, arrugando el espacio que separa sus espesas cejas.

–Señor Lawrence, la técnica con la que hemos analizado la arcilla es muy nueva y, como tal, he de subrayar que el método es todavía muy experimental. Pero según mis científicos, la arcilla de este tubo es anterior a la historia conocida. De hecho, parece imposible de datar.

Una nubecilla de humo de la chimenea se introduce en el despacho. Edward parpadea.

–¿Imposible?

–Eso he dicho.

–¿Anterior a la historia?

–Exacto, señor Lawrence.

–¡Pero... pero eso es ridículo! –exclama Edward, mirando a Gough y a Cornelius como si estuvieran gastándole una broma pesada–. No tiene ni una sola marca, ni grietas, ni decoloración. Está en perfectas condiciones.

–Y aun así...

–¿Se burla de mí, señor?

–Le aseguro que no.

Edward tiene que contenerse para no gritar. ¿Cómo se atreven a reírse de él de esta manera? ¡Y Cornelius, nada menos! El dolor y la consternación lo enervan, pero cuando empieza a levantarse de la silla con indignación, Cornelius alarga las manos para tranquilizarlo.

–Edward, no es una broma. Somos tan escépticos como tú.

Y lo único que Edward puede hacer es quedarse mirando como un pasmarote.

Acaban de servirle el clarete. Edward está arrellanado en la silla, mentalmente agotado, con el vaso en la mano.

–No –murmura una y otra vez–, no. Tiene que haber un error. Usted mismo ha dicho que el método es experimental.

–Cierto. Pero el análisis estratigráfico, o sea, la medición de los sedimentos agrupados y comparados con criterios pedogenéticos –explica

Gough ante el rostro inexpresivo de Edward–, es una ciencia muy exacta, y mis científicos son muy concienzudos. Incluso probaron con éxito esta técnica con muestras de cerámica más recientes, cuya fecha ya se conocía. Mis científicos, señor Lawrence, estudian en la Royal Society, son maestros en su campo. No –añade con paciencia–. Creo que no han cometido ningún error. Su «conocido», señor, está en posesión de un objeto de una significativa importancia histórica.

–Pero…

Gough le indica con la mano que calle.

–Yo aprovecharía esta oportunidad, señor Lawrence. Como estoy seguro –y aquí lanza a Cornelius una mirada de queja– de que ya habrá sido informado, no soy partidario de investigar antigüedades que no procedan de nuestras propias tierras. Hemos descuidado durante demasiado tiempo los tesoros británicos en favor de objetos más exóticos. Pero el hecho de que esto –dice Gough, al tiempo que señala el tubo de cristal– sea tan antiguo merece una investigación. Ciertamente, no tenemos nada parecido en nuestros registros y tampoco recuerdo que en ninguna parte se haya documentado nada de esa posible época. Dado que se niega usted a divulgar su fuente, le permitiré que investigue por su cuenta.

Edward no puede dar crédito a lo que oye. Y ahora que la sorpresa ha empezado a desvanecerse, siente los primeros brotes de emoción, de esperanza. Por primera vez en años, la Sociedad de Anticuarios le da carta blanca para estudiar algo que parece tener buenas posibilidades de éxito. Y aun así…

Vuelve a pensar en el *pithos* y en los otros objetos almacenados en el sótano del Bazar de Blake. ¿Cómo podrá redactar un informe verosímil si el *pithos* se ha adquirido ilegalmente? Pero no. No. Debe… Tiene la obligación de ser optimista y no suponer que va a suceder lo peor. Todavía existe una posibilidad de que el tío de la señorita Blake tenga buenas razones para guardar el *pithos* y las demás piezas en el sótano y no arriba, en la tienda. Podría haberlos adquirido legalmente. Es posible. Edward toma un trago de clarete con manos temblorosas. ¡Ojalá supiera más acerca del comercio ilegal! Edward aprieta el vaso de cristal tallado y trata de evitar la mirada de Cornelius.

–Señor Gough, señor, también quería preguntarle por…

–¿Por?

–Por el mercado negro, señor.

Gough vuelve a mirar a Cornelius, que está totalmente rígido y con la mandíbula apretada. El director deja el vaso sobre la mesa y se dirige a Edward.

–El mercado negro –repite.

–Sí, señor.

–¡No me diga! ¿Por qué?

–Yo...

Edward se ruboriza. Está en un dilema. Explicar la razón es admitir que el *pithos* podría –solo «podría»– ser robado, y admitir eso equivaldría a quedarse sin permiso para redactar el informe. Edward abre la boca para dar otra respuesta, pero Gough está inclinado sobre la mesa.

–¿Quiere decirme que nuestro misterioso *pithos* es de origen cuestionable? –pregunta con voz áspera.

A Edward se le forma una gota de sudor en el labio superior. A Gough no se le escapa nada. Engañarlo parece totalmente imposible.

–Existe una pequeña posibilidad –dice Edward, desarmado.

–Entiendo.

Gough se arrellana en el sillón, coge el vaso de vino y toma un trago largo.

Edward se maldice por dentro. No debería haber dicho nada. Ahora ha estropeado su oportunidad, la ha echado a perder por completo. Desalentado, empieza a levantarse de la silla.

–Lo siento, señor. No debería haberlo molestado con esto. Yo...

–Siéntese, señor Lawrence.

Edward se detiene, con el cuerpo medio incorporado, y lanza una mirada inquisitiva a Cornelius, que asiente con la cabeza. Edward, turbado, vuelve a sentarse en la crujiente silla de piel.

–Dice que existe una posibilidad de que el *pithos* sea de origen cuestionable –dice Gough–. Entonces, ¿he de suponer que no tiene pruebas concretas?

Edward vacila.

–No, señor, solo sospechas. E incluso así...

–¿Son fundadas?

Inquieto, Edward piensa en el tío de la señorita Blake, en cómo lo engañó cobrándole cinco chelines por algo que no valía ni uno. A pesar de todo, Edward vacila.

–Posiblemente.

–Hum. –El director de la Sociedad de Anticuarios lo mira y se fija con interés en el titubeo de Edward–. Entonces, señor Lawrence, tendré que seguir de cerca el asunto.

–¿Señor?

Gough carraspea y entrelaza los dedos, formando una cesta carnosa.

–Como he dicho, este objeto es de una significativa importancia histórica. No prestarle atención sería una ofensa para el estudio de las antigüedades.

Edward lo mira confuso.

–¿Sigue queriendo que redacte el informe, aunque el origen del *pithos* sea dudoso?

–Sí.

–Pero la Sociedad no aceptaría ese informe, ¿verdad?

Gough levanta las comisuras de los labios.

–Es posible, señor Lawrence, que haya otro conducto que puede usted explorar.

–Por favor, señor, le ruego que hable con claridad. ¿Cuál es su propuesta?

El director lo mira bajo sus oscuras cejas.

–Tiene usted razón al pensar que la Sociedad no puede aceptar un informe sobre un objeto robado. En cambio, si se adquirió legalmente, entonces tiene permiso para escribir su informe y someterlo a nuestro dictamen como parte de su solicitud de ingreso en la Sociedad. –Gough hace una pausa–. Sin embargo, si el *pithos* se adquirió fraudulentamente y averigua usted cómo, entonces podría escribir sobre cómo funciona el comercio de antigüedades en círculos digamos... más cuestionables. Un informe sobre ese tema sería de gran valor para nuestra comunidad, porque somos nosotros los que sufrimos de forma cruel los efectos de un comercio tan dañino. Ciertamente, nadie ha intentado explorar hasta ahora ese delicado asunto. –Gough abre las manos–. Bien, señor Lawrence. Eso es lo que le propongo. Estoy convencido de que cualquiera de esos informes le valdría la aceptación de la Sociedad. Se ganaría su admisión, la vida a la que siempre ha aspirado, y nosotros tendríamos un estudio que enriquecería nuestra biblioteca. No puedo explicarlo con más claridad.

Edward se lo queda mirando fijamente.

Él solo quería pedir el consejo de Gough, su opinión sobre el comercio ilegal. Preguntar, sin ser explícito, qué consecuencias podría tener para la señorita Blake como implicada indirecta. Si existe la posibilidad de que ella resulte perjudicada de alguna manera, no tiene intención de escribir ningún informe. Mira al director con aire suplicante desde el otro lado del escritorio.

—Pero ¿cómo se supone que voy a escribir un informe así sin comprometer a las personas relacionadas?

Gough no tiene en cuenta la mirada angustiada de Edward.

—Ah, sí. Las personas relacionadas. ¿Ha dicho que le preocupaba la familia, que su silencio sobre sus identidades es para no perjudicarlas?

—Sí.

—Entonces debo preguntarle por qué desea proteger a personas que no tienen en cuenta las responsabilidades legales y morales de los anticuarios. Esas personas no merecen protección alguna.

A Edward ha empezado a apretarle el corbatón en el cuello. Incapaz de contener la desesperación, mira a Cornelius en busca de ayuda, pero su amigo no lo está mirando, sino que contempla con tanta intensidad el suelo que las baldosas arderían si fuera posible.

—Por favor, señor Gough. —Edward respira hondo—. Si se han llevado a cabo operaciones comerciales ilegales, y aún no estoy convencido de que haya sido así, entonces puedo afirmar sin duda alguna que uno de los implicados es inocente. Tengo que garantizar la seguridad de esa persona. Tengo que saber cómo funciona el mercado, ver...

—Por supuesto que tiene que saber cómo funciona. No puede escribir un informe sobre el tema sin ese conocimiento.

—Pero...

—¿Qué dice, señor Lawrence?

—Usted no lo entiende —dice Edward con voz débil—. Verá...

—Tiene que ser así. Si no, no podremos animarlo a seguir adelante. Ya nos ha presentado tres informes. Dudo que pueda encontrar un tema más importante para la historia de las antigüedades que ese *pithos*. Si se ha comprado de forma legal, entonces no hay problema. Si no... bien. Tanto si su conocido es inocente como si no, me parece muy poco probable que se le dé otra oportunidad en las votaciones futuras. Puede usted escribir el informe o no. La decisión es suya.

Edward traga saliva.

No hay elección. No hay elección posible.

—Muy bien, señor.

—Magnífico —dice Gough con tono triunfal. Abre un cajón del escritorio y saca una elegante tarjeta—. En respuesta a su pregunta de cómo funciona el mercado negro, le sugiero que busque a William Hamilton. Es una autoridad en cerámica griega y me consta que tiene ciertos conocimientos sobre estos delicados temas. Dígale que va de mi parte y no tendrá reparos en hablar con usted. Es más, recibirá con total entusiasmo cualquier oportunidad de hablar sobre objetos griegos.

Gough le da la tarjeta. Edward tarda unos momentos en levantarse de la silla para recogerla. La tarjeta tiene un acabado de calidad, está rematada en los bordes por un relieve dorado. Una dirección de Piccadilly. Edward se la guarda con mucho cuidado en el bolsillo interior del redingote.

—Recuerde que no permitiré ningún sentimentalismo, como en su último informe. Los hechos escuetos, eso es lo único que reconocemos y admitimos aquí. Y ándese con pies de plomo, señor Lawrence —añade Gough con voz comedida y baja—. No solo ha descubierto usted algo de monumental importancia para el comercio de antigüedades, sino que se está sumergiendo en aguas peligrosas si resulta que el *pithos* se ha adquirido por medios ilícitos. Aguas muy peligrosas, ¿lo entiende?

Parece que la reunión ha terminado. Edward se levanta de la silla.

—Lo entiendo.

—Bien. Espero que me envíe informes con regularidad. Señor Ashmole —termina Gough, al tiempo que abre otro cajón y saca un papel—, si no le importa acompañar al señor Lawrence a la salida…

Cornelius mira por fin a Edward a los ojos.

—No, señor —dice con rigidez.

Aturdido, Edward saluda con una discreta inclinación de cabeza.

—Gracias, señor Gough, por recibirme.

Pero el director ya no le hace ningún caso. Lo último que Edward ve es que Gough moja la pluma en un tintero con aire decidido.

Apenas se han alejado dos pasos de la puerta de Gough cuando Cornelius lo coge firmemente del brazo. Edward siente la irritación de su amigo en la presión de los dedos, que humean bajo la superficie como vapor.

−¿En qué estabas pensando? −le susurra su amigo al oído mientras lo acompaña hacia la escalera−. ¡El peligro que acabas de correr! Ya sabes que incluso susurrar las palabras «mercado negro» equivale a traición en estos círculos. −Cornelius le aprieta el brazo con más fuerza−. Te dije que yo hablaría con Gough, que sacaría el tema en la conversación como por casualidad, de forma que no sospechara que tenía algo que ver contigo.

−Lo siento −dice Edward con pesar cuando cruzan el arco y llegan a la escalera−. Solo quería pedir su consejo. ¡No me esperaba todo esto!

Cornelius maldice y suelta el brazo de Edward.

−¿Te das cuenta del peligro que vas a correr? Esto es lo que quería evitar. Traficar con contrabando es un juego mortal. ¡Y vas tú y te pones directamente en peligro! Si tratas con delincuentes, bien podrías acabar implicado tú también.

−Yo...

−Le diré que no puedes hacerlo −zanja Cornelius, tajante ahora−. Apelaré a su sentido de la decencia. Me sorprende que te haya sugerido algo así.

−No, Cornelius, por favor. −Edward lo mira y ve un doloroso malestar en el rostro de su amigo−. Piénsalo.

−¿Qué he de pensar?

Edward se siente avergonzado, sabe que no debería tener unos pensamientos tan egoístas cuando es evidente que eso podría costarle muy caro a la señorita Blake, pero...

−Es mi oportunidad, Cornelius. Gough nunca había tenido tanta fe en mí.

Se miran fijamente. Cornelius deja escapar el aire de los pulmones con un largo suspiro. Se pasa una mano por el oscuro cabello.

−Recuerda que tu amistad con la señorita Blake es muy reciente. Yo no confío en esa mujer, no es ningún secreto. Tú gritarías su inocencia a los cuatro vientos, pero ¿hasta qué punto la conoces en realidad? Si admites que estás colaborando con la Sociedad para investigar los orígenes del *pithos*, ella podría convertirse en un peligro para ti. No puedes arriesgarte.

–La señorita Blake es digna de confianza, lo sé.

Edward no puede explicar por qué lo sabe con tanta certeza. Pero siempre ha confiado en su instinto y este le dice que Pandora Blake está hecha de una pasta muy distinta a la de su tío. Es inocente. Está seguro.

Cornelius aprieta las mandíbulas.

–Muy bien. Olvidémonos un momento de la realidad y digamos que tu insigne señorita Blake no tiene culpa de nada. Si descubre que estás escribiendo sobre la implicación de su tío en el comercio ilegal, ¿crees de veras que te dejará acercarte a la tienda?

–Yo… –Edward cierra los ojos con fuerza–. No voy a preocuparla con esos temas.

La punzada de culpa que lo invade le provoca un dolor casi físico.

–Edward.

Abre los ojos y ve a Cornelius mirándolo fijamente, con las oscuras cejas fruncidas.

–No sé si sentirme impresionado o preocupado –dice con sequedad–. Fingir no es propio de ti.

–Claro.

–¿Qué te propones?

Edward guarda silencio un momento.

–Todavía no estoy seguro de que el *pithos* sea de contrabando. La señorita Blake ya me ha ofrecido la posibilidad de utilizar en mis investigaciones el *pithos* y cualquier otro objeto que encuentre, así que continuaré por ese camino mientras no se demuestre lo contrario. De esa forma, no tendré nada que ocultar.

–¿Y cómo piensas descubrir si se ha adquirido de forma legal?

Edward vacila.

–En primer lugar, necesito descubrir cómo ha llegado a manos de su tío. Después, no sé. Escribiré a Hamilton, como me aconsejó Gough. Tengo que comprender las consecuencias que todo esto puede tener para la señorita Blake. Si sale perjudicada… –Guarda silencio. Algo ha cambiado en el rostro de Cornelius–. No lo permitiré. Tengo que encontrar la forma de mantener su nombre al margen y aun así escribir el informe para Gough, y que…

Se muerde la lengua. No es capaz de decir el resto. Pero no le hace falta.

–Que la señorita Blake no lo descubra –dice Cornelius.

–Exacto.

Una pausa. Edward mira a su amigo y ve que sus rasgos leoninos se han crispado y que ahora lo observa con el ceño fruncido, implacable.

–Sí, preocupado –murmura Cornelius–. Fingir no es lo tuyo, en absoluto. –Edward es incapaz de responder, se siente demasiado ahogado por la culpa. Cornelius cruza los brazos–. Lo que me preocupa a mí aún más es que estés dispuesto a arriesgar tanto por una mujer a la que apenas conoces.

Edward tampoco puede responder a eso. No porque esté de acuerdo con Cornelius, sino porque no lo está… porque sabe que está dispuesto a arriesgar mucho, en efecto, pero por razones propias y egoístas.

Y ese es el motivo de que agache la cabeza, avergonzado.

CAPÍTULO VEINTE

Cuando llega el señor Lawrence, al poco de oírse las campanadas de medianoche, en medio de una niebla espesa y de una humedad asfixiante, Dora capta en sus ojos un brillo inusual, como si una fiebre se hubiera apoderado de él. Le pregunta, pero el señor Lawrence le aprieta la mano y se limita a decir:

–Espere.

Pero esperar es difícil cuando saben que están a punto de rematar algo. Una vez que el sótano ya está abierto y las velas encedidas, y ambos están sentados con las piernas cruzadas en el suelo, mientras el *pithos* se alza ante ellos como un centinela, Dora se muestra inquieta y nerviosa.

–Por favor, señor Lawrence, me está preocupando.

–No era mi intención, señorita Blake. Es que…

–¿Sí?

–Discúlpeme, temo alarmarla. Ha ocurrido algo.

Hay algo extraño en su actitud, ¿por qué parece tan intranquilo? Dora advierte su esfuerzo por formar las palabras con la lengua.

–Se trata de la muestra de arcilla –dice al fin–. He recibido hoy los resultados.

La muchacha cruza los dedos para que dejen de temblar.

–¿Es una falsificación, después de todo?

El señor Lawrence vacila.

–Parece que es todo lo contrario. Señorita Blake, es… –Guarda silencio y lo intenta de nuevo–. No pueden datarlo. Los científicos de Gough aseguran que es anterior a toda la historia conocida.

Se produce un momento de silencio. Un ligero crujido, como si el aire se hubiera movido y fragmentado, los sobresalta a los dos. Un movimiento atrae la mirada de Dora; la llama de una de las velas está parpadeando. Solo ha sido una corriente de aire.

Respira hondo y vuelve a mirarlo.

—Vamos, señor Lawrence —dice—. He notado en usted cierta tendencia a dramatizar, pero esto me parece un poco exagerado, ¿no cree? —dice Dora, que empieza a irritarse—. Sobre todo considerando mi situación. Me atrevería a decir que es una broma de muy mal gusto —añade.

Edward levanta inmediatamente las manos con las palmas hacia fuera, como si se defendiera de un tigre a punto de saltar.

—Por favor, señorita Blake, entiendo su escepticismo. Yo tampoco lo creí al principio. Pero la Sociedad es de fiar. Le aseguro que no estoy bromeando. Casi desearía que fuera así.

Dora lo mira fijamente y a continuación observa el *pithos*. Hermes, encaramado en el respaldo de la silla, emite un sordo graznido.

¿Y si es verdad? Entre extasiada y temerosa, Dora alarga un dedo y recorre el borde inferior de las grecas, las elegantes plumas, los ojos del pavo real.

—Pero —susurra— ¿cómo es posible?

—No lo sé —dice Edward sacudiendo la cabeza.

La sorpresa de la muchacha ante el descubrimiento se multiplica por dos. Su antigüedad, por sí sola, resulta ya pasmosa. Pero... Dora siente náuseas de repente, como si alguien la hubiera zarandeado con tanta fuerza que el estómago se le hubiera desplazado. Esto no es lo que ella esperaba; pensaba que sería un simple caso de comercio bajo mano, de venta ilícita. Ahora está claro que hay algo más siniestro en juego. ¿Dónde demonios ha encontrado su tío un objeto tan antiguo? ¿Y de dónde ha sacado los medios para procurarse un objeto tan misterioso y caro como ese? Solo hay una explicación y Dora cierra los ojos. Piensa en su padre, en su madre, en que ellos nunca lo habrían permitido. El apellido Blake convertido en algo tan ponzoñoso y perjudicial como el agua de las alcantarillas.

Cuando Dora vuelve a prestar atención al señor Lawrence, ve en su rostro una expresión que no es capaz de descifrar.

—¿Qué ocurre? —pregunta.

Él tarda un momento en responder y, cuando lo hace, su voz es prudente, considerada.

—¿Dijo usted que no deseaba enfrentarse a su tío?

—No puedo.

Las palabras se le atragantan y tiene que hacer un gran esfuerzo para no llorar.

—Pero aun así, ¿me permitirá que haga un informe sobre el *pithos*?

—Yo...

—Señorita Blake, seguro que en el mundo hay muy pocas obras de cerámica tan antiguas como esta y, a la vez, totalmente intactas. Sería una pena no catalogarla. La muestra de arcilla es muy antigua, pero se pueden hacer más pruebas. Si usted lo permite, necesitaríamos conocer el origen de la arcilla para saber qué personas pudieron fabricar esta vasija. ¿No tiene la menor idea de dónde la adquirió su tío?

Sin embargo, Dora no escucha sus palabras: está abrumada, derrotada por la idea del engaño de Hezekiah, por la importancia histórica del *pithos* que tiene delante... Pero entonces se da cuenta de que el señor Lawrence espera su respuesta y, confusa, niega con la cabeza.

—Ni idea, no sé nada. —Pero añade—: No, espere. La trajeron tres hombres... tres hermanos, creo. Me los encontré al llegar a casa.

—¿Sus nombres?

Dora trata de recordar si Hezekiah los pronunció, pero su memoria está vacía, es un banco de niebla tan espesa como la de la calle.

—No los recuerdo.

—Entonces tenemos que averiguarlo —dice el señor Lawrence—. Pero mientras tanto insisto en la importancia de que termine sus dibujos.

Dora se siente aturdida, le palpita la cabeza.

—¿Por qué?

El señor Lawrence se inclina y apoya los codos en las rodillas.

—Entiendo por qué deseaba hacer un boceto del *pithos*. Pero... señorita Blake, he tenido una idea. —Dora espera. El señor Lawrence respira hondo—. Usted me ofreció la oportunidad de usar para mi estudio el *pithos* y cualquier otro objeto que encontrara aquí. Lo que he escrito nunca se ha cuestionado en el aspecto literario, disculpe mi arrogancia, aunque el tema nunca haya conseguido mucha aceptación –dice con un dejo de amargura–. Pero en lo referente a las ilustraciones... bueno, me temo que mi talento para el dibujo deja mucho que desear. –Como Dora no responde, el señor Lawrence continúa hablando deprisa–: El suyo, en cambio, es mucho mayor y sobrepasa con creces cualquier dibujo que pueda hacer yo. He pensado que podríamos ayudarnos el uno al otro.

–¿Cómo?

Edward vacila. Lentamente, alarga la mano para coger la de la muchacha. Ella no se lo impide.

–Señorita Blake, Dora –dice, tanteando el terreno. Al ver que ella no pone objeciones (de hecho, da la sensación de que escuchar su nombre de labios del joven le parece reconfortante) sigue hablando, aunque con cierto titubeo en la voz–: Todavía no hemos descartado la posibilidad de que tu tío adquiriera estos objetos legalmente, y en ese caso se podría redactar un informe oficial. Y mientras no descubramos lo contrario, bueno, que hicieras los dibujos para acompañar el informe, sería de gran ayuda. También podrías dibujar los objetos de las otras cajas. Ciertamente, añadirían valor al informe. Y... –Edward esboza una sonrisa insegura–, si el estudio tuviera éxito, te pediría que fueras mi ayudante en todos los proyectos futuros de la Sociedad. Sería un empleo remunerado, claro. ¿Querrías...?

–Ser independiente. Libre –dice Dora para terminar la frase.

–Sí.

–¿Y mis joyas? ¿Y si tuviera éxito con ellas?

Una pausa.

–¿Y por qué no podrías hacer las dos cosas?

Dora lo medita en la pausa que se produce a continuación. Parece un sueño, algo tan delicado como un vidrio hilado.

Independiente.

Libre.

Segura.

Y sin embargo... ¿Qué posibilidades tiene de alcanzar el éxito? ¿Y si tanto sus ambiciones con las joyas como las aspiraciones académicas del señor Lawrence se derrumban como la pared de un acantilado en el mar? Se imagina azotada por heladas corrientes de aire, luchando por respirar, ahogándose en su propia locura, en sus insensatas fantasías.

–Por favor, señor Lawrence –susurra Dora–, tiene que entenderlo.

Esta tienda es lo único que he conocido en mi vida. Pertenecía a mis padres. Yo esperaba que algún día fuera mía. Pero mi tío echó a perder sus posibilidades, su credibilidad. Y ahora descubro… –Sacude la cabeza y se muerde el labio con tanta fuerza que teme que sangre–. ¿Sabe cuál es el castigo por vender en el mercado negro? –A Dora no le hace falta decirlo, pues lleva la respuesta claramente grabada en el rostro–. La posibilidad de que mi tío se haya hecho con estos objetos legalmente es muy remota. Así que mi vida, en todos los sentidos, depende de mi éxito. Si fracasamos en ambas causas, ¿qué será de mí? ¿Qué pasará? Usted tiene sus encuadernaciones. Puede ganarse la vida de forma honrada. Pero si descubren a Hezekiah, a mí me condenarán por cómplice. Me ahorcarán.

Las facciones se le han congelado.

–Escucha –dice Edward, irguiéndose con expresión seria y apremiante–. El director de la Sociedad me ha aconsejado o, mejor dicho, me ha pedido que me ponga en contacto con un experto para recopilar más información sobre el *pithos*. ¿Tengo tu permiso?

–Señor Lawrence, yo…

–Tutéame, por favor…

–Edward, yo… –Dora balbucea, lo intenta de nuevo–. Si el *pithos* es tan antiguo como dices, entonces mi tío querrá conseguir una fortuna por él. Y si lo vende, ni tú ni yo nos beneficiaremos. Ambos lo perderemos.

–¡Y precisamente por eso debemos trabajar con rapidez! Y obtener toda la informaciónn que podamos.

Dora abre la boca y la vuelve a cerrar.

–Dora. –El señor Lawrence… no, Edward, le aprieta la mano. Se había olvidado de que se la tenía cogida–. Sé que tienes miedo. Pero, por favor, déjame investigarlo. Podría haber una explicación inocente. Déjame intentarlo.

Intentarlo. Una palabra llena de promesas. De esperanza. Pero aun así… Dora sacude la cabeza; los engranajes de su mente giran como las ruedas de una calesa. Para detenerlo, retira la mano y se pone en pie con algún titubeo.

–Tienes más fe en mi tío que yo. Pero de acuerdo, te doy permiso para seguir mirando en esas cajas y llevarte todo lo que creas útil para tu estudio. Mientras, yo seguiré dibujando el *pithos* para mis joyas. Cuando haya terminado, podrás disponer de lo que he hecho y te deseo suerte, de veras. Pero no nos entretengamos con fantasías que puede que nunca se hagan realidad.

Edward también se pone en pie.

–Hablas como Cornelius.

Dora no responde. Se acerca al escritorio para recoger el cuaderno de dibujo donde lo había dejado al bajar al sótano. Hermes le guiña un ojo y extiende las alas, formando un abanico blanco y negro. Dora le acaricia suavemente la cabeza con el dorso de la mano. Cuando se vuelve, ve que Edward la está mirando con expresión preocupada.

–¿Qué ocurre?

Edward abre la boca y la vuelve a cerrar. Niega con la cabeza.

–Nada. Nada –repite.

Luego se encoge de hombros para quitarse el redingote, se desprende del pañuelo, se acerca a las estanterías y comienza a levantar cajas.

CAPÍTULO VEINTIUNO

Apreciado señor:

Disculpe usted que le escriba sin que nos hayan presentado formalmente, pero desearía dirgirle unas palabras antes de acudir a su puerta.

Me atrevo a pedir su ayuda por sugerencia del director de la Sociedad de Anticuarios, el señor Richard Gough, ya que hace poco he encontrado un objeto de lo más extraordinario que sin duda será de su interés: un enorme pithos *que parece de factura griega. Al analizar una muestra de arcilla tomada del* pithos *en cuestión, la Royal Society ha descubierto, para sorpresa mía y estoy seguro de que también de usted, que el* pithos *no puede datarse. Es más, es tan antiguo que al parecer no se ha registrado nada parecido en la historia conocida.*

El dueño de este objeto quiere mantenerse en el anonimato por el momento; su situación es extremadamente delicada y yo lo comprendo a la perfección. Cabe la posibilidad de que el pithos, *junto con una vasta colección de cerámica griega, se haya adquirido ilegalmente. Querría solicitar no solo la opinión de su señoría, sino también su ayuda en tanto que apreciado coleccionista de antigüedades griegas.*

Por favor, disculpe la vaguedad de esta misiva; si tuviera usted a bien hablar del tema conmigo, entonces espero ser más directo y darle más detalles. Incluyo en esta carta la tarjeta del establecimiento en el que trabajo. Apreciaría muchísimo la oportunidad de hablar de este tema con usted cuando mejor le convenga.

Con el más profundo respeto y gratitud, etc.

Edward Lawrence

CAPÍTULO VEINTIDÓS

Hezekiah desaparece todos los días en el sótano durante varias horas; cada vez que lo hace, Dora lo ve bajar y subir cojeando con una sensación que no había tenido nunca. Por muy justificada que esté, Dora se avergüenza de sí misma por sentir algo parecido.

Es odio.

Hasta ahora solo había sentido un vago resentimiento contra él; resentimiento por su descarado desprecio hacia la reputación de sus padres y del apellido Blake. Pero las falsificaciones de Hezekiah nunca la han perjudicado realmente. Durante doce años ha vendido sus baratijas sin incidentes y ella –siente remordimientos al darse cuenta– se ha ido volviendo cada vez más complaciente. Pensaba que tenía tiempo. Pero al descubrir ahora que Hezekiah se juega sin reparos no solo su cuello sino también el de ella... Puede que no haya pruebas directas de los hechos, pero, dados los recientes acontecimientos, ¿cómo puede dudarse de su culpabilidad? El motivo de que Hezekiah no se preocupe ni por la limpieza ni por la reputación de la tienda –la herencia que Elijah Blake, su propio hermano, legó a sus parientes– es que no tiene ninguna necesidad de tener clientela. Y así, el odio que ahora siente le reconcome el corazón como un gusano grueso y grasiento que se alimenta de ese resentimiento tanto tiempo enterrado en las profundidades.

Dora lo ha soportado lo mejor que ha podido. Los ratos que Hezekiah pasa en el sótano (de vez en cuando oye el rumor de sus pasos furiosos) los ha sobrellevado dibujando tras el mostrador con renovada energía, sin más interrupción que siete clientes, cuatro de los cuales se han limitado a dar una vuelta y mirar, y tres han comprado un jarrón Ming (una de las últimas adquisiciones de Hezekiah), una figurilla africana (tallada por el carpintero de Deptford) y un par de alfileres de sombrero que Dora no había visto nunca, y que han salido, según suponía, de una de las polvorientas cestas de curiosidades que había al fondo de la tienda.

Estos días ha hecho cinco diseños: tres collares, una pulsera y unos pendientes. Considera que no hace falta más. En esta ocasión no se va a preocupar de preparar una muestra, dado que la probabilidad de que el señor Clements rechace su trabajo es preocupantemente alta. No, esta vez Dora ha preferido ser lista y prepara pocos diseños, pero de una calidad que sobrepasa con mucho todo lo que ha dibujado hasta ahora. Se concentra tras el mostrador para poner un último adorno en el diseño de una gargantilla de oro, que recuerda una de las grecas del *pithos*, inclinando la pluma para formar un ángulo agudo con el pulgar y dar la presión adecuada en el último toque.

En el piso de abajo se oye un gruñido de frustración y un golpe sordo.

Dora deja la pluma. Aunque el señor Lawrence (recuerda que tiene que llamarlo Edward) ha sido muy cuidadoso al volver a colocar cada cosa en su sitio, Dora teme que su tío pueda notar que alguien ha trasteado en el sótano. Pero Hezekiah no le ha dicho ni una palabra al respecto. No, las únicas exclamaciones que le ha oído lanzar son de frustración y de dolor.

Ha pasado más de una semana desde que Dora invitó a Edward a ver el contenido del sótano y en ese tiempo la pierna de su tío parece haber empeorado. Ahora camina con una pronunciada cojera (la sugerencia, por parte de Dora, de que usara bastón fue recibida con un feroz rechazo) y su actitud, que siempre había sido desagradable, ha alcanzado un nivel de hosquedad que no mengua nunca. Incluso Lottie ha tenido que soportar su malhumor. La noche anterior Dora oyó voces fuertes en el dormitorio de Hezekiah, acompañadas del estrépito de cristales rotos y del llanto de Lottie.

Sabe que debería preocuparse. Sabe que deberían llamar a un médico, porque el débil olor del pus impregna ya el aire cada vez que Hezekiah pasa cojeando.

No obstante...

«Que sufra –le susurra una voz malvada en el oído–. Él se lo ha buscado».

Dora aprieta los puños. El gusano se retuerce y sigue royendo.

Otro grito abajo, otro golpe sordo, como si su tío hubiera tirado algo al suelo, lleno de furia.

¿Por qué pasa tanto tiempo abajo? ¿Por qué, cada día, reaparece más frustrado que el día anterior? ¿Qué es lo que enfurece tanto a Hezekiah? ¿Es el *pithos*? Por enésima vez, Dora se pregunta por qué su tío no lo ha vendido todavía. Seguro que un objeto de un valor tan monumental debería tener a sus corruptos compradores peleándose por adueñarse de él.

–Oh, padres míos –susurra. Pone el codo en el mostrador y apoya la barbilla en la mano, mientras observa tristemente la sombría tienda y las salpicaduras de la llovizna en los sucios cristales de las ventanas–. ¿Qué hago?

Dora los evoca como eran antes, cuando la tienda estaba en su mejor momento. En el recuerdo ve a su padre ordenando las mercancías –nuevas adquisiciones procedentes de Venecia o Roma, de Nápoles o Atenas– en un magnífico escaparate que obligaría a los viandantes a detenerse y mirar. Ve a su madre, preparando rótulos que atraerían a los clientes que titubeaban en el umbral, mientras ella tarareaba entre dientes una canción tradicional griega con su voz suave y cadenciosa. ¿Cómo era la letra? Dora intenta recordarla, pero su memoria no consigue rescatarla del pasado. Esos fragmentos del espejo roto han desaparecido.

Hermes grazna en su columpio detrás de ella y Dora se vuelve en el taburete.

–Bueno, querido, ¿tú sabes qué debería hacer? –La urraca la mira con sus ojillos negros, sin parpadear–. ¿No? Qué poco servicial. –Dora recoge el cuaderno y lo pone ante el pájaro–. ¿Qué te parece esto? ¿Te gusta?

Esta vez, Hermes ladea la cabeza y Dora sonríe. Desde luego, a ella le gusta, estaría encantada de llevar una joya así. Pero ¿le agradaría a una señora de alcurnia?

Es una gargantilla ancha, pensada para rodear un cuello grueso, que quedaría exactamente encima de las clavículas. El motivo del *pithos* que ha elegido es el pavo real, pero adornado según su propio estilo. Con una base en oro de dieciocho quilates, cada una de las plumas del pavo se rellenaría con esmalte lapislázuli y quedaría separada de las otras por una turquesa cuadrada de la que colgaría un camafeo con base de azabache, todo unido por una fina cadena de oro. El relieve de la concha mostraría una representación de las habilidades concedidas a Pandora: pintura, costura, bordado, música, jardinería y curación. Exceptuando los camafeos, los dibujos están juntos, y Dora ha diseñado el collar tal como quedaría puesto en el cuello, junto con sus detalles más delicados. Ocho dibujos para una misma pieza, una oferta de lo más impresionante que, esta vez, seguro que el señor Clements no podrá rechazar.

Dora frunce los labios al pensar en la propuesta de Edward. Ahora teme que esté perdiendo el tiempo catalogando el contenido de las cajas con la vana esperanza de que se hayan adquirido legalmente. Pero Edward no conoce a su tío, no sabe de lo que es capaz, y sin la cooperación de los tres hermanos, sin enfrentarse al mismo Hezekiah, no hay forma de demostrarlo. Aun así, ella desea la compañía de Edward. Dibujar en el sótano es una tarea solitaria. Pero si él no puede publicar el informe, si ella no consigue convencer al señor Clements…

Aun arrinconando el miedo a la horca, queda el asunto de adónde irá si Hezekiah vende la tienda. Dora piensa de nuevo en las palabras que su tío pronunció unas noches antes, lo que podría suponer para ella. «Un entorno más liberador». Pero ya no había vuelto a mencionarlo. Quizá estaba equivocada.

Suena la campanilla.

Lottie entra trastabillando por la puerta principal y la cierra tras ella con un golpe que hace que la campanilla tiemble ruidosamente en su soporte. Hermes lanza un agudo graznido de queja, al tiempo que agita las plumas blancas y negras, y Dora cierra el cuaderno. Lottie se sacude el agua de los bajos de la capa, sin levantar los ojos del suelo. Dora piensa en su llanto de la noche anterior y observa a la mujer con inquietud.

—Lottie —pregunta con cautela—, ¿se encuentra usted bien?

Cuando la mujer se digna levantar la cabeza, Dora la mira estupefacta. Está muy pálida y tiene un cerco negro alrededor de los ojos, como si se los hubiera frotado con los dedos sucios de carbón. Pero es el labio roto e hinchado lo que hace que se baje del taburete y alargue una mano. Por poco que le guste esa mujer, no se merece eso.

—Lottie, ¿qué le ha hecho?

–Nada, señorita. –Lottie no mira a Dora a los ojos y rechaza la mano que le ofrece–. Anoche tropecé cuando me iba a la cama. –Deja en el suelo la cesta que lleva en la mano. Dora ve dentro la punta de un paño descolorido, manchado de amarillo y rosa–. ¿Ha subido ya su tío? –pregunta Lottie.

El tono categórico de su voz es inconfundible y Dora tiene ganas de enfrentarse a esa mentira descarada, pero está claro que Lottie no va a decir ni una palabra más sobre el tema.

–No, todavía no –responde Dora.

–Entonces supongo que tendré que hacer la comida. ¿Sabe si ha comido algo?

–Creo que no ha probado nada desde el desayuno.

–En ese caso le llevaré algo al sótano.

Recoge la cesta con cierta dificultad y desaparece por la puerta de la vivienda.

Dora se queda mirando la puerta cerrada.

Así que su tío ha pasado a la violencia. Hezekiah no parecía de esos. Aunque perdía pronto los estribos, a Dora siempre le había parecido la clase de hombre que ladra mucho y muerde poco, que lanza amenazas y nada más. Pero ahora... se pregunta si Lottie sabrá algo, qué le habrá contado su tío. Está claro que el ama de llaves sabe más que Dora porque Hezekiah permite su presencia en el sótano, pero quizá, piensa la muchacha, también le oculte cosas a ella.

Sentada otra vez en el duro taburete, golpetea el cuaderno con el lápiz y medita.

Dora espera a que la catedral de San Pablo dé las tres para pedirle a Lottie, con algún titubeo, que la sustituya en la tienda. Aunque había previsto cierta resistencia, el ama de llaves no pone objeción alguna. De hecho, parece aliviada por la oportunidad de descansar un rato.

La niebla se ha levantado, pero ha dejado en su lugar una llovizna que empapa el aire de un fino vapor; Dora apenas lleva cinco minutos fuera cuando ya tiene todo el rostro mojado. Una gruesa gota le baja por la nariz, produciéndole cosquillas. Se la limpia y se remete en el sombrero un rizo húmedo.

Nunca había visto un invierno tan deprimente.

Camina deprisa, con la cabeza gacha y los brazos cruzados sobre el pecho, para que el chal que protege el cuaderno no se abra bajo la fría brisa.

La nieve se derritió hace tres días y el fango también. Ahora las calles están resbaladizas por la humedad y los pies se hunden en el barro. Cuando llega al patio de la catedral, camina sobre los adoquines para evitar los resbaladizos tramos de hierba.

Antes de que el empleado de librea la deje entrar en el establecimiento del señor Clements, se limpia las botas en la esterilla de juncos. Espera bajo la débil luz de las velas a que el joyero termine de atender a un cliente. Cuando dicho cliente (un anciano caballero de apellido Finch, por lo que oye la muchacha) se va finalmente, apretando con fuerza contra el pecho una caja de copas de marfil por la que ha pagado una obscena cantidad de dinero, el señor Clements la ve y apenas tiene tiempo de ocultar su expresión de disgusto y resignación.

—Señorita Blake, yo...

—No me esperaba tan pronto, ¿verdad?

El orfebre suspira.

—No, me atrevería a decir que no.

—Pero a pesar de todo aquí estoy, como prometí.

Dora ha dejado el cuaderno abierto sobre el mostrador y enseña la primera página antes de que el hombre pueda objetar algo.

—Usted me dijo que los diseños griegos eran los más solicitados. He realizado cinco dibujos para someterlos a su aprobación. Primero, la pulsera.

Un diseño que recuerda las grecas, un aro elegante al que Dora no pudo resistirse a añadir su propio estilo.

—Las rosetas de diamante rompen las formas geométricas. Dentro de cada roseta va una pequeña amatista, aunque una esmeralda o un zafiro también quedarían muy bien. De oro —añade—, naturalmente.

El señor Clements se ajusta las gafas sobre el puente de la nariz. Dora vuelve la página.

—Los pendientes son más exquisitos. Los griegos, como ya sabrá usted —dice Dora inclinando la cabeza en señal de deferencia al decirlo–, solían usar coronas de laurel. Aquí, dos laureles forman un arco del que cuelgan tres perlas como lágrimas. Me consta que los pendientes candelabro están muy de moda estos días.

El señor Clements vacila y asiente con la cabeza. Dora lo toma como un gesto de ánimo.

–Ahora tres collares –dice, y las páginas del cuaderno se doblan cuando las pasa de izquierda a derecha–. Como puede ver, son diseños muy diferentes, pero todos se adaptan al estilo griego.

El orfebre expulsa el aire en un gesto que Dora toma por admiración y reprime una ligera sonrisa. Contempla los dos diseños expuestos ante ella y siente un chispazo de orgullo. Realmente, cree que son sus creaciones más logradas hasta ahora, mejores aún que la filigrana.

–Para este me inspiré en el paisaje mediterráneo. Puede hacerse tanto de oro como de plata, aunque yo preferiría la plata, que resaltaría mucho mejor las piedras preciosas, ¿no le parece?

Es una de las piezas más hermosas, además de su favorita. Dora piensa en la escena del *pithos* en la que se ha basado, la del viaje de Zeus y Prometeo a las estribaciones de la montaña. Un delicado collar largo, con varias gemas cuyos colores se alternan –topacio amarillo para el sol, jade más pálido para la montaña, ágata azul para el cielo–, separadas por un estornino en pleno vuelo.

El segundo collar es más recargado que el primero, pero no tan ostentoso como la gargantilla del pavo real que aparece dibujada en la página siguiente. Está hecho con una larga cadena que, si se mira atentamente, parece un conjunto de varias serpientes entrelazadas, separadas por eslabones planos y oblongos.

–La cadena puede hacerse con cualquier material. Yo diría que lo mejor sería emplear el latón Pinchbeck. La imaginería del collar se basa en el banquete de los dioses del monte Olimpo. Aquí –dice Dora, señalando el detalle de uno de los eslabones–, hay un delicado motivo de uvas, ¿lo ve? Estas imágenes también podrían troquelarse en los eslabones, o quizá hacerse en marfil y pintarse, o grabarse en relieve.

El señor Clements asiente ligeramente con la cabeza. Dora llega a su oferta final, la gargantilla-pavo real. Explica el diseño y el significado de cada camafeo.

El joyero se golpea la barbilla con el dedo.

–¿Y el material?

–Oro, esmalte, turquesa. Azabache y conchas para los colgantes con camafeo, o cualquier material que consiga ese aspecto. ¿Caoba, quizás? –dice Dora, mientras acaricia el camafeo de su madre que lleva al cuello–. No estoy tan familiarizada con la fabricación de camafeos como usted.

El señor Clements se queda callado. Alarga lentamente la mano y vuelve las páginas de principio a fin y luego al revés. Dora intenta descifrar su expresión, pero es inescrutable. Se aferra al mostrador de cristal con los dedos, tratando de ocultar su necesidad, sus ansias.

«Seré dueña de mí misma», piensa.

Finalmente el orfebre respira.

–Son... Señorita Blake, estoy asombrado. Son hermosos. De veras. De veras lo son.

Ya está, el tono de voz que –Dora lo sabe bien– precede al rechazo, otra vez.

–¿Cuál es el problema ahora, señor? Son exquisitos. Sabe que lo son.

Dora procura no dejarse dominar por el orgullo, pero no se puede negar el talento de su trabajo, la belleza de los diseños. Y dirige al señor Clements una mirada penetrante que el otro es incapaz de afrontar.

–Son exquisitos. Sobre todo este –dice el hombre, señalando el dibujo de la gargantilla de pavo real–. Pero... bueno, la verdad del asunto es que no puedo garantizar que vayan a venderse.

–¿Por qué? ¿Por qué, si es usted uno de los mejores orfebres de la ciudad? Solo su reputación ya garantizaría la venta de cualquier joya en esta tienda.

Es adulación pura y simple, pero Dora no va a dejarlo pasar tan fácilmente. Sabe lo que está en juego: su felicidad, su libertad. Traga saliva. Su vida. No permitirá que Hezekiah la arrastre con él.

–¿No me ha oído? Seguro que su tío también estará notando los efectos.

Dora vuelve a la realidad.

–¿Perdón?

El señor Clements se endereza y la mira con una expresión cercana a la lástima.

–A principios de mes, Pitt decretó un aumento de impuestos para ayudar a financiar la guerra contra los franceses. Muchas personas se están apretando el cinturón ahora y dar crédito ya no será tan fácil como antes. Y para empeorar las cosas, Napoleón ha plantado a sus ejércitos en Egipto, lo que ha cortado nuestro acceso a la India. Ahora es difícil incluso comprar materiales, por no hablar de vender el producto acabado. Quizá dentro de unos meses...

No puede evitarlo. A Dora empiezan a humedecérsele los ojos.

–¿Unos meses? Señor Clements, usted no lo entiende. Yo...

En ese momento suena la campanilla de la puerta. El joyero se vuelve, palidece de golpe y la nuez de Adán se le mueve vigorosamante bajo el corbatón.

–¡Mi querida lady Latimer! –Clements mira a Dora por encima de las gafas y susurra–: Señorita Blake, tendrá usted que disculparme.

Empuja el cuaderno por el mostrador y antes de que Dora pueda decir nada, cubre el cristal con paños de terciopelo.

–¡Clements! Espero que mi encargo esté ya listo.

La voz es engolada y audaz. Dora se vuelve para ver quién la ha interrumpido tan bruscamente.

La mira con atención.

Una anciana se acerca al mostrador, embutida en un corsé tan ceñido que su enorme y arrugado busto está a punto de salirse de sus límites. En la cabeza (o más bien, encima de una gran peluca blanca que a Dora le recuerda un pastel de tres pisos) lleva un sombrero del que sobresale una pluma de avestruz. Unos pasos por detrás de ella espera un hombre alto y afeminado, vestido de pies a cabeza con una librea de color verde menta que, tras lanzar una breve mirada a Dora, dirige de nuevo la mirada al frente y adopta la postura firme de un soldado.

Cuando la señora llega al mostrador en medio de un revuelo de muselina y pieles, envuelta en un abrumador olor a espliego, Dora se aleja hacia el extremo del mostrador. Tras olvidar momentáneamente su contrariedad, trata de pasar desapercibida.

–Espero que esté preparado para impresionarme –dice lady Latimer, y el orfebre baja la cabeza.

–Por supuesto –responde el hombre, sacando de debajo del mostrador una caja roja, sin duda preparada expresamente para la visita. Mientras el señor Clements hurga el cierre, la mujer tamborilea impaciente con sus dedos enguantados–. Aquí está –dice–. Tal como pidió.

Abre la caja. Se produce un momento de silencio. Dora estira el cuello.

La caja contiene un juego completo: collar, pendientes, broche, diadema y gargantilla. Una hermosa colección, sin duda, hecha con diamantes, esmeraldas y rubíes, que sigue la moda francesa. El diseño es del señor Clements, reconoce Dora, y siente en el pecho un pinchazo de satisfacción mezclada con celos. ¡Los diseños de Clements no son nada en comparación con los de ella y, sin embargo, es él quien se gana la vida con su trabajo!

–Las piedras son de la mayor calidad –está diciendo el caballero–, y los detalles en filigrana son notablemente delicados, como puede ver. La duquesa de Devonshire en persona prefería...

–La verdad, Clements, esperaba algo mejor.

La mujer pronuncia esas palabras en un tono aburrido y desganado. Al joyero le cambia la cara.

–¿Mejor, señora?

Una pausa, un giro de las pesadas faldas.

–¿Sabe usted quién soy? –dice con voz cargada de desdén. No espera respuesta–. Soy una mujer que desea ostentación, para entusiasmar a mis mejores amigos y para despertar la envidia de quienes no lo son. Tengo que ser el tema de conversación de la ciudad, la favorita del baile. ¡Vivo para eso!

Dora intenta no mirar; una mujer de tantísimos años tiene las mismas posibilidades de ser la favorita del baile como Dora de ser un pato. Se fija entonces en el lacayo de la anciana, que sigue con la mirada al frente. Ni el más leve tic en su mejilla perfectamente lisa.

–Pero señora –tartamudea Clements–, ¡ese no es el estilo! La moda, señora mía, tal como está... Usted deseaba algo exótico y eso es justo lo que he creado. Algo que, en la medida de lo factible, incluso el mismísimo príncipe desearía ponerse.

–¿Ese bufón? –Las carnosas mejillas de la mujer tiemblan como si fueran de gelatina–. No deseo ponerme algo que podría llevar el príncipe. Quiero llevar algo que solo yo pueda ponerme.

El señor Clements ha palidecido tanto que su piel ha adquirido el matiz de la porcelana.

–Pero...

—Estoy muy disgustada, Clements. Está claro que mi presencia no es apreciada aquí, ni tampoco mi buena opinión.

—Lady Latimer —aventura de nuevo el señor Clements, pero la mujer ya se está retirando—. Por favor, señora...

—Señora, ¿me permite?

Dora no puede evitarlo. Las palabras le han salido de la boca antes de que pueda darse cuenta. Cuando tanto el señor Clements como lady Latimer vuelven la cabeza para mirarla (el orfebre con irritación mal disimulada y la señora con sorpresa, al reparar ahora en la presencia de Dora junto a la pared), el corazón le golpea en la garganta como un tambor.

—¿Y quién es usted, si puede saberse?

La mujer la mira de arriba abajo sin ocultar su interés. Dora se muerde el labio inferior.

¿No es lo que siempre ha dicho? Lo único que necesita es una persona de alta cuna. Solo una. La salvación de Dora está ahora mismo al alcance de su mano, pero solo si dice algo más...

—Me preguntaba —dice con voz forzada, incapaz de ocultar el nerviosismo— si sería usted tan amable de echar un vistazo a uno de mis diseños.

Lady Latimer entorna los ojos.

—¿Sus diseños?

Dora alarga una mano temblorosa para apartar los paños de terciopelo del señor Clements y desliza el cuaderno de dibujo por encima del mostrador de cristal. Lady Latimer, frunciendo la frente, recorre con los gruesos dedos el dibujo de la gargantilla del pavo real.

—Vaya —dice la mujer al cabo de un momento—. Este. Este me gusta.

El señor Clements, al parecer incapaz de reprimir su enfado, se endereza de golpe.

—Señora, esto no es apropiado...

La dama lo fulmina con la mirada.

—Es un collar, ¿no?

—Sí, pero...

—Y perfecto para mi velada.

—Señora, me temo que este diseño en particular no forma parte de mi...

—Clements —exclama con un dejo de advertencia en la voz—. Ya sabe que no me gusta que me lleven la contraria.

—Yo… —dice el joyero, pero se interrumpe, resignado—. No, lady Latimer.

La mujer se vuelve hacia Dora.

—Explíquemelo —dice clavando el dedo en la página.

—¿Explicárselo? —pregunta Dora parpadeando.

—¿Qué materiales se usarían? ¿Qué piedras preciosas?

Dora, por el rabillo del ojo, ve la mirada penetrante del señor Clements y se ruboriza. Acerca de nuevo el cuaderno hacia ella.

—Verá, señora, todo depende del señor Clements y sus empleados, pero yo pensaba en…

Dora describe el collar exactamente igual que se lo ha descrito un momento antes al joyero. Durante sus explicaciones, la anciana suspira y asiente con la cabeza, y Dora se atreve a observar un instante su rostro arrugado. Parece totalmente absorta. Animada, Dora se concentra de nuevo en los diseños.

—Discúlpeme porque sin duda ya lo sabe, señora, pero esto es lo que se llama una greca. Los griegos utilizaban este diseño en arquitectura, tanto en frisos como en pavimentos, y a menudo lo plasmaban también en su cerámica.

Dora calla. Se muerde el labio. Lady Latimer golpetea el papel con el dedo enguantado. Otra vez el asfixiante olor a espliego. Asiente con la cabeza una vez, dos veces, antes de mirar a Dora como si también fuera un artículo de cerámica.

—¿Y cómo, querida, ha imaginado un diseño tan hermoso?

Dora vacila.

—Me inspiré en una vasija griega que poseo, señora. De gran tamaño.

—¿Muy grande?

—Mucho, señora.

Lady Latimer chasquea la lengua.

—¿Cómo se llama usted?

—Dora Blake, señora.

—¿De?

—¿De? —repite Dora, parpadeando.

—¿No tiene usted un establecimiento?

Un asomo de impaciencia. Incredulidad.

–No exactamente. –Dora calla y decide contar la verdad a medias–. Ayudo a mi tío en su tienda de antigüedades. El Bazar de Blake de Antigüedades Exóticas. Está en Ludgate Street, señora.

–Vaya –dice lady Latimer. Se aclara la garganta y mira al orfebre desde debajo de la ancha ala de su pamela–. Clements, quiero este collar. Hágalo exactamente como lo ha dibujado la señorita Blake. Lo quiero listo para el sábado, ¿me ha entendido?

–Lady Latimer –dice el orfebre, como si acabaran de pedirle que echara a volar–, para eso solo faltan cuatro días.

–Y ya me ha hecho alguna joya antes en menos tiempo. No finja que no puede.

Al parecer, el señor Clements se ha rendido, pues ha dejado caer los hombros.

–Sí, lady Latimer.

–Eso está mejor. Ya me enviará la factura cuando lo tenga. Pagaré lo que sea, ya sabe que eso no es un problema. No me decepcione. En cuanto a usted, señorita Blake –dice la mujer, volviéndose a Dora–, me interesaría ver esa vasija de su propiedad. Mañana pasaré por su tienda. Espéreme a la una en punto.

–Sí, señora –dice Dora con voz débil.

No hay posibilidad de discusión.

–Bien. Horatio –añade la anciana en un tono más ligero, dando por terminada la conversación–, vámonos.

El lacayo se planta a su lado de inmediato y le ofrece el brazo con una profunda reverencia. Lady Latimer, sonriendo de oreja a oreja, se coge de su brazo, y Dora y el señor Clements los ven salir con la boca abierta.

CAPÍTULO VEINTITRÉS

Tras recoger los diseños, el señor Clements le aseguró a Dora –con voz gruñona y a la vez de disculpa– que recibiría una parte del dinero de lady Latimer.

–Es posible –dijo cuando Dora cerraba ya el cuaderno– que me haya precipitado al dar mi opinión. Es posible que...

Sin embargo, no había terminado la frase. Había parpadeado como un búho tras sus gafas y en las mejillas se le habían formado unos cercos rosados. Dora se había disculpado amablemente y había prometido visitarlo la semana siguiente. Con ver la humillación del señor Clements ya había tenido suficiente, no era necesario prolongar más su turbación: ya había conseguido lo que quería. Después de todo, pensaba Dora, cuya euforia se fue evaporando con cada paso que daba en las enlodadas calles mientras volvía a casa, tenía otros asuntos por los que preocuparse.

Ahora, en la tienda, mira uno de los relojes de mesa de las estanterías y se muerde el labio superior. La una menos cuarto.

No le ha mencionado la visita de lady Latimer a su tío. ¿Cómo va a contárselo sin admitir el hecho de que ha estado fisgoneando en el sótano todas las noches de las últimas dos semanas? ¿Y de qué conoce la existencia del *pithos* y de todo lo demás? Nunca le ha tenido miedo a su tío, pero su furia, siempre pronta a saltar, es un grave problema. Sobre todo ahora que ha empezado a desahogarla a puñetazos, piensa Dora acordándose de Lottie.

La noche anterior le había hablado a Edward de la inminente visita de lady Latimer. En aquellos momentos ella estaba dibujando los detalles de la fragua de Hefesto, mientras él anotaba las medidas de un *leckythos* con figuras en rojo. Cuando él le expresó la satisfacción que le producía aquella noticia (y, al principio, ella estaba convencida de haber visto una sombra de alivio en su rostro), Dora le confesó entre susurros que temía la posible reacción de Hezekiah.

Edward dejó de tomar notas y pareció vacilar antes de decir:

–Cuéntale la verdad.

–¿Que lo atiborré de ginebra, le quité la llave del cuello, hice un duplicado y lo dejé sumido en el sopor alcohólico? –preguntó. Edward, sin embargo, no respondió, como si le faltaran las palabras–. Entiendes mi dilema, ¿verdad? ¡Fue un robo! Conspiré contra él.

Edward vaciló de nuevo.

–Si se enfrenta a ti, tienes todo el derecho a enfrentarte a él.

–¿Y qué le digo, Edward?

–Esa sería la oportunidad perfecta para preguntarle claramente si su comercio es legal. Recuerda, Dora, que aún podría haber una buena explicación para todo esto.

Dora negó con la cabeza, suspirando. Sabía muy bien que la esperanza que albergaba Edward era inútil.

–Mentirá.

–Entonces pídele que abra la caja fuerte y lo demuestre.

–No lo hará. –Dora se mordió el labio inferior–. Pero ¿te das cuenta de que cuando Hezekiah sepa que he estado aquí abajo se acabarán tus visitas?

Edward sonrió por toda respuesta, pero ella no le encontró la gracia.

–Ya nos preocuparemos por eso cuando llegue el momento. Si llega.

Dora oye en ese momento un crujido en los peldaños del sótano. Mira desde el mostrador de la tienda en el preciso instante en que Hezekiah sale por las amplias puertas. Está pálido, con el rostro congestionado, y Dora, llena de inquietud, lo ve acercarse cojeando.

–Dora, voy a descansar. No te muevas de aquí hasta que te lo diga.

Se limpia el rostro con un pañuelo de raso y luego se lo pasa por el carnoso pliegue que le sobresale como pan cocido por encima del corbatón. Antes de que lo guarde en el bolsillo de la bata, Dora se fija en las manchas de humedad.

–Pero, tío –dice Dora, al tiempo que coge aire–, tiene usted una visita.

Hezekiah la mira parpadeando.

–¿Una visita?

–Sí… –En ese momento se detiene un carruaje negro delante de la tienda. Dora se endereza tras el mostrador. Las manos le empiezan a sudar–. Ahí está.

–¿Quién? –pregunta, girando sobre la pierna buena.

Se quedan mirando al lacayo que ayuda a la mujer a bajar del coche y a Hezekiah se le descuelga la mandíbula inferior cuando ve el escudo de armas de la portezuela. Un escudo que simboliza lo más preciado que hay en este mundo para Hezekiah: el dinero.

–Dora. –La voz de Hezekiah se ha vuelto tensa, parece estirarse por encima de su lengua como una mordaza–. ¿Qué has hecho?

Pero la puerta se abre ya, la campanilla ha sonado y Dora no tiene tiempo de responder.

–Bazar de Hezekiah Blake de Antigüedades Exóticas –anuncia lady Latimer con una voz portentosa que no deja traslucir su edad.

El lacayo (Horatio, si Dora no recuerda mal) cierra la puerta cuando pasan. Lady Latimer lleva un vestido verde de seda fruncida; las faldas se arrastran sobre las baldosas del suelo y Dora parpadea al ver el polvo que se levanta y ensucia el dobladillo de las enaguas blancas y almidonadas.

–¡Qué nombre tan imponente! Y usted –dice la mujer en tono altivo, al tiempo que posa una penetrante mirada en Hezekiah– debe de ser el señor Blake, supongo.

–Sssí. ¡Sí! –repite el interpelado, recuperándose.

Hacía muchos años que el Bazar de Blake no recibía clientes de tanta categoría.

–¿En qué puedo servirla, señora? –pregunta Hezekiah utilizando de nuevo esa voz afectada y esa hipocresía engolada que Dora aborrece–. Acabo de recibir la figurita de un pastor de Chelsea, de lo más exquisita. –Mira a Horatio, se fija en su boquita de piñón, en su complexión casi femenina embutida en una espléndida librea cuyo color hace juego con el vestido de su señora–. Se parece a este acompañante suyo. Muy, en fin, elegante. Una pieza perfecta para su colección.

Pero lady Latimer levanta una mano enguantada y atraviesa a Hezekiah con una mirada feroz.

–¿Cómo se atreve, señor? ¿Está dando a entender que he elegido a este acompañante como quien comete una frivolidad? ¿Que lo colecciono por simple ostentación, como si fuera una de las baratijas que tiene usted aquí?

Dora se fija en los hermosos rasgos de Horatio, pero no aprecia en ellos ni ofensa ni diversión. El hombre inclina la cabeza, como si asintiera. Hezekiah cierra la boca. Lady Latimer sacude la barbilla y la pluma de avestruz se balancea en la pamela.

–No estoy interesada en pastores. Estoy interesada en su surtido griego. –Lady Latimer mira a Dora–. Buenas tardes, querida –dice en un tono más suave.

Hezekiah mira a su sobrina tan fijamente que Dora teme que le vayan a salir ampollas en la piel.

–Buenas tardes, señora. –Dora fuerza una sonrisa tan tensa que le duelen las mejillas–. Tío, le presento a lady Latimer. Nos conocimos ayer en el establecimiento del señor Clements, el joyero. Lo recuerda, ¿verdad? Un amigo de mi madre. Ha adquirido uno de mis diseños de joyas. Lady Latimer lo ha comprado.

A pesar de la aprensión que le oprime el pecho, el júbilo del día anterior vuelve a burbujearle por dentro y es como un bálsamo para sus nervios desquiciados.

–Ya veo –responde Hezekiah midiendo las palabras. Lanza a Dora una mirada larga y penetrante antes de volverse hacia la anciana–. ¿Y qué puedo hacer por usted, ejem, lady Latimer?

–Su surtido griego, como he dicho. Tiene usted una vasija.

Hezekiah se pone rígido.

–¿Una vasija?

–Sí, señor Blake, una vasija. De gran tamaño.

Lady Latimer es el vivo retrato de la paciencia fingida. Dora mira fijamente a su tío. Teme y al mismo tiempo desea ver cómo va a reaccionar, qué va a decir. Se aferra con los dedos al mostrador y siente en las yemas el arañazo de la rugosa madera sin pulir.

Hezekiah quiere echarse a reír, pero apenas le sale un gemido.

–No tengo vasijas griegas en la tienda.

Lady Latimer sacude la cabeza.

–Pues claro que sí. Me lo dijo esta joven.

Hezekiah se pone rígido. Luego, lentamente, deja de mirar a lady Latimer para mirar a Dora. La joven traga saliva.

–Ah, ¿sí? –dice Hezekiah.

Mira a Dora como un pescador mira el mar, en busca de una reacción, pero la joven contiene la respiración y se las arregla para mantener la compostura. Por extraño que parezca, sus aguas están totalmente en calma.

–Naturalmente que sí –dice lady Latimer con firmeza–, y no voy a llevarme una decepción, señor Blake, porque no estoy acostumbrada a que se me niegue nada. –La mujer da un paso adelante y las tablas del suelo crujen bajo su peso–. El sábado por la tarde voy a celebrar mi velada anual de invierno. Es uno de los grandes acontecimientos de la temporada londinense, ¿entiende lo que le digo? Cada año tiene un tema y este año he elegido Misterios Exóticos, pero he sufrido lo indecible buscando una pieza central para la decoración. –La mujer señala a Dora con la barbilla–. Su sobrina ha sido mi salvación. Dice que el diseño del collar que he encargado está inspirado en una vasija de gran tamaño. La quiero. –Hezekiah abre la boca para responder, pero lo que lady Latimer dice a continuación lo deja sin palabras–: Estoy dispuesta a pagar una elevada suma de dinero, por supuesto.

Hezekiah vacila y se rasca la cicatriz. Al parecer, la insubordinación de su sobrina ha quedado temporalmente olvidada. Dora casi ve el cerebro de su tío dándole vueltas a la idea, calculando números, billetes, monedas, pensando en todas las cosas que podrá comprar. Pero entonces, como si descubriera el secreto de un truco de magia, el rostro de Hezekiah se despeja.

–Tiene usted razón. Poseo una vasija griega. Pero yo quería decir, señora, que no está en venta. –Hezekiah carraspea–. Sin embargo, podría dejársela en préstamo, faltaría más.

A Dora le da un vuelco el corazón. Percibe el engaño en la voz de su tío, ve la oscura luz que aparece en sus ojos cada vez que pronuncia una mentira. Si Hezekiah no ha reaccionado ante la oportunidad de hacer una venta rápida, debe de ser porque no la considera apropiada. Así que Dora estaba en lo cierto y las esperanzas de Edward son vanas.

–En préstamo. –La anciana frunce los labios y, en torno a su boca, la piel se le arruga como fruta seca–. Muy bien –dice lady Latimer–. Puesto que solo lo necesito para la velada, acepto. Le ofrezco cien libras.

Dora abre unos ojos como platos. Es una gran cantidad para tenerla una sola noche. Pero Hezekiah no acepta de inmediato.

–Por esa cantidad, señora, no la alquilaría ni durante una hora.

Lady Latimer se está poniendo los guantes, pero se detiene.

–¿Qué ha dicho?

El lacayo mira a Dora de reojo y la joven desvía la mirada.

Hezekiah avanza lo mejor que puede, apoyándose en la pierna sana.

–Debe entender, señora, que esa vasija es muy antigua. Es extremadamente valiosa, muy delicada. Solo el coste de transportarla sería... –Calla, chasquea la lengua como si fuera el típico comerciante–. En fin, señora, sería muy caro. Se necesitarían buenas manos, hombres de confianza, para hacer el trabajo. En cuanto a la vasija propiamente dicha, ¿qué ocurriría si durante su velada resultara dañada? Ya tengo un posible comprador... ¿qué iba a decirle entonces? No, desde luego. Cien libras ni siquiera se acerca a su precio.

–Muy bien, señor Blake. ¿Qué precio sería suficiente?

Hezekiah ríe por lo bajo con la mueca astuta del embaucador.

–No la dejaría salir de aquí por menos de quinientas libras.

Lady Latimer parpadea.

–¿Quinientas?

Dora observa la negociación con profunda inquietud. No se engaña. Sabe que Hezekiah ha sugerido deliberadamente un precio exorbitante. Una vez le dijo que pidiera el doble de lo que esperase obtener para que el comprador tuviera la sensación de conseguir un precio más bajo que, de todos modos, seguiría estando muy por encima del valor real del objeto. Toma, daca y contraataca.

–Doscientas –ofrece la mujer.

–Trescientas.

–Doscientas cincuenta.

Hezekiah frunce el entrecejo.

–Trescientas es mi oferta final, señora. Me resulta imposible dejársela por menos. Tiene un valor histórico, ¿entiende?

Dora observa a lady Latimer. Le tiemblan los labios. Horatio se vuelve hacia el armario de las baratijas.

–Es usted duro regateando, señor Blake. De acuerdo, trescientas libras. Pero espero que me la lleven a casa el viernes. Sé que eso significa que estará conmigo una noche más, pero le prometo que, aparte de ponerle algunos adornos, no la tocará nadie. Si lo desea, su sobrina podría ir con la vasija para comprobar que se transporta con seguridad. ¿Le parece aceptable?

Dora no puede descifrar la expresión del rostro de su tío. Percibe una mirada calculadora en sus ojos, sí, pero también algo más, algo que la pone muy nerviosa.

–Acepto sus condiciones, señora.

–¡Excelente! –Lady Latimer junta las palmas y ríe con desenfado, como si ya se le hubiera olvidado el tropiezo anterior–. Bien, bien, quiero ver la vasija. Voy a pagar una indecente cantidad de dinero por algo que no va a ser mío. Lo justo sería que lo viera ahora, antes de firmar el contrato.

Hezekiah hace una reverencia.

–Por supuesto.

El lacayo da un paso al frente y lady Latimer se coge de su brazo y lo aprieta contra su cuerpo, mientras Hezekiah saca la cadena de la llave que lleva al cuello. Mira a Dora brevemente, como para recordarle que solo hay una llave. O, al menos, eso es lo que él cree.

Cuando Hezekiah abre las puertas del sótano y, cojeando, acompaña a lady Latimer y a su criado por la estrecha escalera, Dora siente un doloroso palpitar en la caja torácica.

CAPÍTULO VEINTICUATRO

Hezekiah espera a perder de vista el carruaje para enfrentarse a su sobrina. Cierra la puerta de la tienda con mucha ceremonia y deja que el eco de la campanilla se vaya apagando mientras hace un esfuerzo para no dejarse vencer por la furia y el temor.

Trescientas libras. Esa es la única razón por la que ha consentido que se lleven la vasija; podrá pagar a Coombe y aún le quedará mucho dinero. Pero dejársela a aquella vieja para exhibirla en una velada nocturna con todo el riesgo que conlleva, es un asunto que atenderá más tarde. Ahora es Dora quien le preocupa.

«Despacio –piensa el hombre–, despacio».

Se vuelve. Dora está pegada a la pared que hay detrás del mostrador y Hezekiah se pregunta a qué viene tanta cobardía. ¿Realmente es cobardía? No es propio de ella, en absoluto, así que la actitud de la muchacha lo deja perplejo, inseguro. Si ella supiera a qué se dedica él, si hubiera descubierto el secreto de la vasija, no se portaría así. O sea que quizá aún esté a salvo.

–¿Cómo conseguiste entrar?

Por su propio bien, y por el de ella, Hezekiah procura hablar con calma y comedimiento.

–Yo...

Dora titubea. Eso es lo que le interesa a él.

–Forcé el candado.

–¿Con?

–Una horquilla.

No la cree. Pero si no es verdad, ¿cómo ha entrado entonces? Hezekiah toca la llave de bronce que tiene en el pecho y da un paso adelante conteniendo una mueca de dolor, porque la venda de la pierna le aprieta.

–Has bajado a mis espaldas.

–Yo...

Otro paso.

–¿Por qué?

Y entonces algo cambia en el rostro de Dora.

–¿Por qué? –La joven se aferra al mostrador con las manos y Hezekiah ve que la piel de los nudillos se le pone blanca–. ¿Por qué la escondió para que no la viera? ¿Por qué lo tiene todo escondido?

Hezekiah se detiene, considera las implicaciones de lo que oye, y está confundido, porque es posible que estén hablando de cosas totalmente diferentes.

–¿Todo?

En los ojos de Dora centellea algo que Hezekiah es incapaz de definir.

–Sí, tío –dice–. Todo. He visto las cajas de las estanterías, he visto lo que hay dentro.

Oh, esa rebeldía. Se parece tanto a Helen. ¡La hermosa e intrigante Helen! Hezekiah siente que pierde el control y respira hondo para dominarse.

–No era ningún secreto.

–No me habló de esos objetos y viene a ser lo mismo –responde ella–. Está almacenando antigüedades auténticas en el sótano cuando podría estar vendiéndolas aquí arriba.

Hezekiah la fulmina con la mirada y gira dolorosamente sobre la pierna herida.

–Eso no es asunto tuyo.

–¡Soy una Blake!

Y en el tono torturado de la voz de la muchacha reconoce, de repente, qué es ese brillo de su mirada. Cólera, cólera pura, sin adulterar. Le sorprende. Lo asusta.

–La tienda siempre ha sido tan suya como mía –prosigue Dora–. Mi padre se avergonzaría de lo que ha hecho usted con ella.

Hezekiah aprieta los puños.

–Tu padre era un blando, Pandora. –Solo utiliza su nombre completo, ese nombre ridículo, cuando quiere ejercer autoridad, cuando nota que está a punto de perderla–. Dirigiré este lugar como a mí me parezca.

La joven niega con la cabeza y señala las puertas del sótano moviendo bruscamente el dedo en el aire.

–Durante años, el sótano estuvo cerrado para mí. Nunca lo cuestioné, porque estuvo cerrado para mí desde niña, pero entonces llegó esa caja... ¡y usted ha hecho todo lo posible para que yo no la viera! Ahora sé por qué.

–Ah, ¿sí? –pregunta. Cauteloso.

–El mercado negro.

Dora lo dice susurrando. Ahora hay odio en su mirada, pero al oír sus palabras, Hezekiah casi se ríe de alivio. ¿Eso es lo que ella cree? Se apresura a ocultar su repentina tranquilidad, se frota la cicatriz de la mejilla y su voz se vuelve empalagosa.

–¿Entiendes de qué me estás acusando, criatura?

–Sí. –Dora levanta la barbilla–. De querer vender ilegalmente el *pithos* y toda la cerámica de las cajas.

–¿Y por qué iba a hacer una cosa así?

–Porque no ha adquirido esos objetos por medios legales. Es la única explicación. Si no es así, ¿por qué no quiere venderlos aquí, en la tienda?

Buen argumento. Sin embargo, la muchacha solo sabe la mitad. Hezekiah da un pequeño paso adelante y respira con pesadez.

–Estoy restaurándolos. Nada más.

Dora lo atraviesa con la mirada.

–Mentira. No necesitan que los restauren. El *pithos,* por lo menos, está en perfectas condiciones, si tenemos en cuenta su extraordinaria antigüedad.

–¿Su extraordinaria antigüedad? –repite Hezekiah.

–Sí, tío. Sé que esa vasija es tan antigua que no se puede datar. Es anterior a toda la historia conocida.

Hezekiah trata de ocultar su sorpresa. Luego piensa que se está burlando de él, que se ríe de él. Pero la expresión del rostro de la muchacha no es divertida y eso le da que pensar.

Dora tiene que estar equivocada. Además, ¿cómo puede saberlo? Ella no sabe nada de antigüedades, solo lo que ha visto dentro de los límites de la tienda. Unos límites que él mismo ha establecido para impedir que la muchacha se entrometa. Pero parece que sabe mucho más de lo que él esperaba. De todos modos, lo que más le preocupa no es cómo lo ha averiguado. «Anterior a toda la historia...».

Él sabía que era antigua. Por supuesto que lo sabía... Al fin y al cabo, ayudó a Helen a encontrarla, ¿no? Pero no tenía ni idea de que fuera tan antigua. Ni siquiera Helen creía que tuviera tantos años. ¡Vaya, entonces es posible que lo que él busca ni siquiera tenga ninguna importancia!

Esto le recuerda algo.

–¿Lo has abierto?

–¿El *pithos*?

–¡Pues claro que el *pithos*!

–Sí, yo...

–¿Se abrió?

La pregunta parece pillar a Dora con la guardia baja. Frunce las cejas.

–Sí.

–¿Cómo?

–Pues... levantando la tapa.

–¿Y ya está? –pregunta Hezekiah con tono de duda.

Dora parpadea.

–No entiendo.

Ni él tampoco. Hezekiah intenta tragar saliva, pero su paranoia ha reaparecido y el aire le comprime dolorosamente el pecho, como si tuviera una piedra encima.

–¿Había algo dentro?

–No.

Dora ha dudado. ¡Ha dudado! La expresión del rostro de la joven es de perplejidad, pero Hezekiah siente que la sangre abandona sus mejillas; no le gusta que ella sea más inteligente. Casi lo ha engañado, la muy bruja.

–¿No?

Hace la pregunta casi con amabilidad, observándola.

–Eso he dicho –añade Dora lentamente, porque ella también lo está observando a él.

–¿Nada?

–Nada en absoluto.

Y ahí está, en ese rostro que tanto se parece al de su madre (o, mejor dicho, idéntico al de su madre): la expresión de engaño descarado.

La tapa se abre fácilmente. Se levanta al momento, sin ninguna dificultad.

¿Por qué? ¿Cómo?

Hezekiah busca un mecanismo, algo que le hubiera impedido abrirla antes.

No hay nada.

Da la vuelta a la tapa, pasa un dedo gordezuelo por el profundo surco del borde interior. El dedo se le llena de un polvo rojizo.

Pero... Nada.

Hace lo mismo en el borde del *pithos*, pone la mano en el cuello y le da vueltas y más vueltas.

Nada.

Coge la silla del escritorio y se sube encima, con dificultad, para mirar dentro. No se ve nada. Vuelve con una vela, la coloca en ángulo, trata de ver el fondo.

Sombras danzarinas de una llama sobre la arcilla.

Y no hay nada. ¡Nada!

Oye un siseo. Frunciendo el entrecejo, apaga la vela de un soplido. El siseo se detiene.

Perplejo, baja de la silla y se apoya en el alto respaldo.

«Dora lo ha encontrado –piensa Hezekiah–. Tiene que haberlo encontrado, ¡y por tanto lo sabe! ¡Tiene que saberlo! Pero si lo sabe, ¿por qué no ha dicho nada?».

Entonces es que trama algo. Quiere distraerlo hablando del mercado negro, solo para asustarlo. Pues bien, no se lo va a permitir. Ha llegado demasiado lejos, ha esperado demasiado para fracasar ahora.

–¿Hezekiah?

Lottie lo llama con voz vacilante desde lo alto de la escalera. Él está de espaldas a ella, con la mano en el borde de la vasija. Su furia está ahora en pleno apogeo, su frustración es feroz.

–¿Está usted...?

–¡Largo de aquí, maldita sea! –grita Hezekiah.

–Pero...

–¡Largo!

Hezekiah la oye alejarse. Oye sus pies que se arrastran torpemente y la campanilla que separa la tienda de la vivienda. Se esfuerza por respirar con normalidad.

CAPÍTULO VEINTICINCO

Hezekiah le ha ordenado que fuera a su habitación y no volviera a bajar en todo el día, y eso es lo que Dora ha hecho. Pero no tiene intención de quedarse allí. Por supuesto que no, piensa mientras los latidos de su corazón se calman. Irá a ver a Edward. Tiene que contarle lo que ha pasado, ahora que ya no se puede dudar de la culpabilidad de Hezekiah. Él lo ha negado todo, como era de esperar (¡restaurar los objetos, nada menos!), pero Dora ha vivido con su tío demasiado tiempo y sabe reconocer muy bien sus mentiras. Se anuda las botas, coge el chal de detrás de la puerta y el deshilachado sombrero, cuya cinta se ata bajo la barbilla.

El día es luminoso y claro; el primer día de sol desde hace semanas. Abre la ventana de guillotina, respira el aire frío y estimulante de la ciudad y se vuelve hacia la jaula.

–Hermes, llegaré tarde. –Descorre el pestillo de la portezuela de la jaula y la deja abierta–. Toma –dice, sacando del bolsillo el trozo de pan que ha cogido en la cocina antes de subir al desván–. Recién hecho.

Dora introduce la mano en la jaula, pero el pájaro, que ha estado graznando en el columpio, le da un picotazo en el dedo de repente. Dora grita, suelta el pan y, tras llevarse el dedo a la boca, se lo chupa para calmar el dolor. Se lo mira al cabo de un momento: Hermes no le ha atravesado la piel, pero el pico ha dejado una marca roja y Dora se la frota con el pulgar, al tiempo que arruga la frente. La urraca no la había atacado desde el primer año que la tuvo.

–¿A qué ha venido eso?

Hermes se queda en la jaula, la mira, ladea la cabeza. Dora lo observa y luego contempla con asco los desperdicios sobre los que está posado. Las urracas son recolectoras, eso siempre lo ha sabido e incluso se ha aprovechado de ello. Dora le permite conservar algunos abalorios que ha recogido en la calle, las cintas y encajes que tanto parecen gustarle. Ha colgado espejos del techo de la jaula para que Hermes les dé con el pico, ya que al parecer le encanta ver el movimiento de las luces. Pero las últimas dos semanas ha recogido todo tipo de objetos extraños en sus exploraciones: sedosas plumas blancas, hojas de acebo, piñas, papel de periódico… Ahora está todo esparcido en el suelo de la jaula, junto con sus excrementos. Dora se frota los dedos y suspira: no tiene tiempo para entretenerse. Piensa en Hezekiah en el sótano y en cómo palideció cuando Dora admitió que había abierto el *pithos*.

¿Por qué se porta de forma tan extraña? Apenas se ha inmutado al insinuar Dora lo del mercado negro, pero en cuanto ha mencionado el *pithos*…

La temerosa respuesta de Hezekiah (porque era miedo, sí) la ha dejado totalmente atónita. Sacude la cabeza, se pone los guantes. Necesita a Edward. Él sabrá explicarlo.

–Pórtate bien, Hermes.

Cuando cierra la puerta, la urraca lanza un agudo graznido a modo de respuesta.

Dora prueba primero en el taller de encuadernación. El señor Fingle se disculpa y le informa de que Edward se ha ido pronto. Es probable, añade con un gesto de complicidad que ella no entiende, que esté con el señor Ashmole. Le da a Dora la dirección de su jefe y la de Edward. Luego inclina la cabeza, la acompaña hasta la estrecha calle y le indica cómo se va hacia Bedford Square.

Dora deduce que allí está el domicilio del señor Ashmole, ya que un encuadernador no podría vivir en una zona tan distinguida, así que decide probar suerte en aquel lugar. Pero no conoce las calles; al principio sigue la ruta hacia Covent Garden que recorrió con Edward la mañana en que le pidió ayuda, pero no tarda en perderse, así que se detiene para orientarse y rehacer el camino. Tras preguntar dos veces por la dirección –primero a un soldado de guerrera roja que la mira de arriba abajo como si fuera un pincho de carne y luego a un vendedor de naranjas con las uñas llenas de mugre negra– llega al pie de los blancos peldaños de una imponente mansión llamada Clevendale. Tiene el vestido pegado a la espalda y el borde de las enaguas manchado con el barro de Londres. Se alisa la falda, se recoge un rizo húmedo tras la oreja y, respirando profundamente, levanta el llamador en forma de cabeza de león. Abre y cierra las manos, nerviosa, y arrastra los pies. La puerta se abre al momento y aparece una mujer de cabello gris como el acero, con poca barbilla y demasiada nariz.

–Los vendedores por detrás –dice secamente, pero antes de que la mujer cierre la puerta, Dora da un paso adelante.

–Siento mucho molestarla –dice entrecortadamente, a causa del nerviosismo–. ¿Es usted la señora Ashmole?

La mujer enarca las delgadas cejas.

–Soy la señora Howe, el ama de llaves del señor Ashmole. ¿Desea ver al señor?

–Estoy buscando al señor Lawrence. Me dijeron que podría estar aquí.

La señora Howe la repasa con la mirada; Dora sabe el aspecto que debe de tener con el vestido pasado de moda y el viejo sombrero de cintas deshilachadas. Una criada. Quizá una mendiga. Una doña nadie.

El ama de llaves se sorbe la nariz y hace pasar a Dora a una pequeña sala. Le dice que espere allí y señala dos sillones de damasco para que se acomode. Pero Dora está demasiado atemorizada para sentarse en ninguno de ellos. Incluso desde donde está, al lado de la puerta, sabe sin tocarlos siquiera que son de seda. Caros. Nuevos.

Mira a su alrededor.

Aunque la estancia es pequeña, constituye una antecámara bonita y agradable para los visitantes que esperan. En una pequeña biblioteca ve varios volúmenes bien encuadernados: filosofía, el mundo natural, el *El paraíso perdido*, de Milton, incluso un par de novelas, entre ellas *Pamela*, de Richardson (cosa que le parece de lo más extravagante).

Pero lo que más la atrae es el armarito de palo de rosa. Dentro, ordenados de menor a mayor, hay un juego de globos terráqueos antiguos: algunos son de cristal ahumado, otros de madera pulida, e incluso hay uno de brillante mármol. Piensa en el globo de Hezekiah y en lo mucho que codiciaría los de ese armario, mucho mejores que el suyo. Dora tiene tantas ganas de hacerlos girar sobre su eje que nota un hormigueo en los dedos.

Por un ventanal se ve un pequeño parque lleno de árboles y Dora imagina que en primavera tendrán un follaje precioso. Sonríe con nostalgia. «Qué bonito», piensa. Qué regalo poder ver la naturaleza sin impedimento desde la ventana de la propia casa, en un entorno tan suntuoso como aquel. Entonces se pregunta si el señor Ashmole será un rico ocioso, y le extraña mucho que Edward, siendo tan trabajador, conozca a alguien así.

La puerta se abre. Otra vez la señora Howe.

–Puede usted pasar.

Dora echa a andar por un ancho pasillo con el suelo de baldosas negras y blancas. Al final, la señora Howe abre la puerta de una sala grande. Se trata de una biblioteca, decorada de forma muy parecida a la antecámara, pero con algo más de ostentación: muebles más lujosos, colores de joyas oscuras, una chimenea profunda en la que crepita el fuego. Sin embargo, apenas tiene tiempo de fijarse en la piel de tigre que cubre el suelo porque Edward se acerca a toda prisa, le coge la mano entre sus cálidos dedos y la conduce al centro de la sala.

El señor Ashmole, que no se ha puesto en pie, se limita a mirarla. Edward le acerca un sillón y Dora advierte con complacencia que no es de seda, sino de práctico cuero.

–Discúlpeme –le dice al señor Ashmole mientras se hunde en las profundidades del sillón–. No era mi intención presentarme aquí sin ser invitada, pero es imperativo que hable con el señor Lawrence enseguida. –Mira a Edward–. He ido antes al taller de encuadernación y el señor Fingle me ha dicho que era más probable que te encontrara aquí.

–Me alegro de que hayas venido –responde rápidamente Edward, que parece complacido.

El señor Ashmole se da cuenta de que Edward se ha ruborizado y lo mira con intensidad un momento antes de dirigirse a Dora.

–El señor Lawrence me ha hablado mucho de usted, señorita Blake. De hecho, se ha vuelto usted muy famosa en esta casa.

Su voz es suave como el raso, aunque en ella se insinúa un ligero timbre de disgusto.

–Yo... –Dora mira a Edward y luego desvía los ojos–. ¿Le ha hablado de mí?

–¿No acabo de decirlo?

Dora encaja el revés.

–Es un placer conocerlo, señor –dice, aunque todavía no ha experimentado ningún placer.

El señor Ashmole la mira.

–Señora Howe –dice.

–¿Sí, señor?

Dora se contiene... No se había dado cuenta de que el ama de llaves seguía en la puerta. Mira a Edward, que le dirige una sonrisa reconfortante.

–Si fuera tan amable de traerle a nuestra visitante una copa de vino. –Mira a Dora enarcando una ceja–. ¿Están acostumbradas las dependientas al clarete?

–Cornelius.

Edward lo ha dicho en voz baja, pero su tono es de advertencia.

El señor Ashmole ríe sin humor.

–Desde luego. Señora Howe, ¿le importaría?

La señora Howe hace una reverencia. Cierra la puerta y el silencio invade la habitación.

Dora deja pasar unos momentos de silencio antes de decir:

–Repito, señor Ashmole, que tenga la bondad de disculpar mi intrusión...

–No es una intrusión –dice Edward.

El señor Ashmole lo mira inexpresivo. Luego se vuelve hacia ella.

–¿Por qué está aquí, señorita Blake? –le pregunta.

El amigo de Edward no es como esperaba. Dora había imaginado a un benefactor entrado en años, un señor de pelo canoso, con bigote quizá, con bastón y una sonrisa amable. El hombre que tiene delante, en cambio, es alto y austero, con el pelo negro como un ala de cuervo. Parece demasiado joven para ser propietario de una casa de encuadernación y demasiado joven para tener tanto dinero. Y además parece demasiado desagradable para ser amigo de Edward. Dora piensa que es todo lo contrario de Edward Lawrence, en todos los sentidos.

–Yo...

La señora Howe vuelve con una bandeja redonda de plata en la que hay una copa de cristal bellamente tallada. Dora la coge, da las gracias a la mujer, que asiente con la cabeza y se retira rápidamente de la habitación, como si no soportara estar en su presencia.

–Por favor –dice Edward, irguiéndose en el sillón con expresión amable–. Continúa.

Dora respira hondo. Empieza a hablar dirigiéndose a Edward y no al señor Ashmole, porque su mirada penetrante la pone tan nerviosa que pierde el hilo.

–He venido a decirte que la señora que compró mi collar ha convencido a mi tío de que le preste el *pithos*.

Edward se retrepa en el sillón; el cuero cruje.

–Entiendo.

–Me he enfrentado a él, tal como me aconsejaste. Y... bueno, está claro que mi tío ha estado comerciando ilegalmente, como yo pensaba. –Hace una pausa–. Y ya sabes lo que eso significa. Así pues, es imposible que puedas escribir el informe y yo no podré terminar mis dibujos.

Piensa en esos dibujos ahora, en las imágenes sin acabar (¡solo le falta una escena!) y está agradecida porque al menos ha podido copiar varias. Pero Edward no ha respondido. Tiene la mirada fija en las rayas de la piel de tigre que los separa.

¿Estará enfadado con ella? Dora intenta disimular su preocupación, porque ha disfrutado de las noches que han pasado juntos en el sótano: sin darse cuenta ha llegado a depender tanto de su compañía que el hecho de que Edward pueda estar enfadado con ella la inquieta profundamente.

–Lo siento mucho –añade.

Por fin hay movimiento. El señor Ashmole y Edward cruzan una mirada que parece cargada de un significado que ella no entiende. Antes de que pueda preguntarle, Edward adelanta la cabeza y esboza una sonrisa que a Dora le parece forzada y torpe.

–No hay nada que sentir –le asegura–. Al menos, me has dado la oportunidad de examinar una colección de antigüedades griegas auténticas. Te estoy muy agradecido. Puedo escribir un informe sobre cualquier otra cosa –dice–. Y tus dibujos. ¿Todavía los tienes?

–Los tengo.

Edward parece aliviado y Dora los mira primero a uno y luego al otro. Algo pasa, lo percibe, pero debe pedirle a Edward una cosa y necesita que él esté de acuerdo, de modo que se contiene.

—Me temo —dice— que contarte esto no era el único motivo por el que deseaba verte. Tengo que pedirte un favor.

—¿Otro?

Es Ashmole quien lo ha dicho. Dora nota su hostilidad, pues sale de él como el vapor de una tetera, y esa actitud la confunde.

Edward carraspea. Dora no está segura de si es por irritación o por malestar.

—Por favor, Dora, no te preocupes por él. Cualquier cosa que quieras decirme puede oírla Cornelius.

Sí que se preocupa, pero decide que ya le hablará sobre ese tema en otro momento.

—La mujer, lady Latimer, quiere el *pithos* para una velada que va a celebrar el sábado por la noche. La temática es el exotismo, según dijo, y por eso cree que el *pithos* es la atracción perfecta. Pagará mucho dinero por él.

—¿Cuánto? —pregunta el señor Ashmole.

Dora vacila; no le gusta que se haya atrevido a preguntarlo, pero responde a pesar de todo:

—Trescientas libras.

Edward silba. Coge una copa de la mesa que tiene al lado y toma un largo trago. El líquido es de color marrón oscuro, con un matiz rojo. ¿Brandi, quizás?

—Le llevarán el *pithos* el viernes. A petición de lady Latimer, yo debo ir y esperaba, Edward… señor Lawrence —se corrige rápidamente al percibir que el señor Ashmole le lanza una mirada severa—, que pudiera usted acompañarme.

Edward parece agradablemente sorprendido.

—Por supuesto.

Dora suspira de alivio.

—Gracias, muchas gracias. Confieso que no deseo estar sola con mi tío cuando se lleven el *pithos*. Me sentiría mucho más segura si estuviera usted allí.

Edward sonríe y la joven siente una ola de calidez, una sensación placentera que le baja por la garganta y da vueltas en su estómago. La sensación se ve bruscamente interrumpida por el carraspeo del señor Ashmole. Dora se ruboriza, mira a otro lado y toma un sorbo de vino.

—Dime —le pregunta Ashmole a Edward, arrastrando ligeramente las palabras—. ¿Has tenido noticias de Hamilton?

Otra vez el incómodo silencio. Dora parpadea con la copa en los labios. Edward sujeta la suya con ambas manos.

—Le envié una nota, ya te lo dije —responde el joven con voz cautelosa—, pero todavía no he recibido respuesta.

—¿Quién es Hamilton? —pregunta Dora.

Edward respira hondo y le lanza una significativa mirada a Ashmole, a la cual este responde con una sonrisa y una arrogante inclinación de cabeza.

—El experto que te mencioné. Le pregunté si tendría objeciones en aconsejarnos sobre el *pithos*.

—Ah, sí —recuerda Dora—. Pero seguro que ya no es necesario su consejo.

Los dos hombres vuelven a mirarse. No, algo no va bien, ahora está completamente segura. ¿Qué puede ser? ¿Qué papel desempeña el señor Ashmole en este asunto?

—¿Qué dijo exactamente tu tío cuando descubrió que habías estado en el sótano? —pregunta Edward, interrumpiendo el curso de sus pensamientos.

Dora parpadea.

—No reaccionó como yo esperaba, ni pareció en absoluto preocupado cuando hablé del mercado negro.

—Pero ¿estás segura de que está implicado?

—Absolutamente. Si hubieras estado allí, habrías visto en su actitud que oculta algo.

—¿Le preguntaste por la caja fuerte?

—No. Estábamos tan concentrados en el *pithos* que se me olvidó preguntar.

—¿Y qué dijo sobre eso?

Dora frunce el entrecejo al recordarlo.

—Fue muy extraño. Preguntó si lo había abierto. Parecía casi asustado cuando le dije que sí.

Edward también arruga la frente.

—¿Asustado?

—Sí.

–¿Porque habías abierto el *pithos*?

–Sí.

–Qué extraño –dice Edward.

Vuelve a reinar el silencio. La señora Howe tararea en el pasillo una siniestra melodía, desafinando penosamente.

El señor Ashmole cruza las piernas, las estira y apoya los tacones de las botas en la cabeza del tigre. Luego mira a Dora, a quien no le gusta el descaro con que la trata.

–Bien –dice lentamente, alargando la palabra sobre la lengua–, tiene que haber una razón para esa conducta tan singular. ¿No se le ocurrió que podría haber algo dentro?

Disgustada por su actitud sarcástica, Dora decide imitarlo.

–Es que no había nada dentro, señor.

–¿Está totalmente segura?

Dora suelta una risita de incredulidad, irritada ahora por la audacia y la arrogancia del hombre, por la presunción de que tiene derecho a dudar de ella en este asunto.

–¿Qué más le da a usted? –pregunta con sequedad.

El señor Ashmole abre mucho los ojos. Por un momento Dora cree que su atrevimiento le ha causado efecto, pero entonces se fija en Edward, en su expresión de incomodidad, de turbación, de vergüenza incluso, y de repente se siente cansada. De nada servirá rebajarse al nivel del señor Ashmole. De nada en absoluto.

–Sí –añade, suavizando el tono–, por supuesto que estoy segura. No había nada. Lo habría visto, no le quepa la menor duda.

–Entonces –dice el amigo de Edward–, puede que el misterio no se resuelva nunca.

El señor Ashmole coge su copa de la mesita que tiene al lado y sonríe. Los rayos del sol de la tarde se cuelan por las ventanas. Uno de ellos incide en el líquido de la copa y el cristal dibuja diamantes de color ámbar en la barbilla del señor Ashmole.

CAPÍTULO VEINTISÉIS

–¿Se puede saber qué te pasa?

Apenas se ha cerrado la puerta detrás de Dora cuando Edward se vuelve hacia Cornelius. Se siente avergonzado, totalmente avergonzado de que su amigo pueda tratar con tanta frialdad e insensibilidad a una mujer a la que él admira tanto.

–¿Cómo has podido ser tan grosero con la señorita Blake?

Cornelius se retrepa en el sillón que no se ha dignado abandonar cuando Edward ha acompañado a Dora a la puerta.

–No he sido grosero.

–Lo has sido y lo sabes.

–¿Y no es una grosería presentarse en mi casa sin anunciarse? –responde Cornelius, rellenándose la copa con la licorera que tiene al lado del codo–. Cuando vuelva a ver a Fingle se va a enterar de lo que es bueno. ¿Con qué derecho divulga mi dirección sin mi permiso?

–No harás tal cosa –dice Edward, instalándose en el sillón que Dora ha dejado vacío. Todavía está caliente. Capta el débil perfume a lilas–. Ha sido muy amable al ayudarla... Está claro que la muchacha me necesitaba.

–Qué halagador para ti.

El comentario tiene un tono desdeñoso, pero Edward lo pasa por alto.

Esperaba de verdad que Dora estuviera equivocada, que las fechorías de Hezekiah Blake se limitaran a vender las falsificaciones y nada más. Pero, al parecer, no se puede negar el hecho más tiempo.

Gough, piensa Edward con una mueca, estará emocionado cuando se lo cuente. Al menos se siente agradecido porque, en lo que a Dora respecta, la suerte de la joven ha cambiado. De alguna manera, le calma la conciencia.

–No te digo lo mucho que me alivia que lady Latimer haya comprado uno de sus diseños –le dice Edward a Cornelius–. Es precisamente la clase de respaldo que necesita la señorita Blake. Espero que salga algo bueno de eso. Pero según lo que acaba de contarnos, le conviene asegurar su futuro lo antes posible, por si denuncian a su tío. –Edward arruga la frente–. Permitir que el *pithos* se exhiba tan abiertamente en un lugar donde alguien podría reconocerlo es un movimiento muy audaz por su parte. Se arriesga mucho...

–Trescientas libras. Muchos se arriesgarían por menos.

Edward se frota la barbilla con aire pensativo. Si denuncian a Hezekiah a consecuencia de la velada, Dora estará en peligro.

–Quiero ayudarla, Cornelius.

–No estoy muy seguro de que lo merezca.

Ese desdén otra vez. Edward traga aire, está molesto.

–Ya te he contado mi plan. Ella ha accedido a permitirme usar sus dibujos del *pithos*, aunque por el momento no sabe en qué contexto voy a usarlos. –La culpabilidad le forma un nudo en el estómago–. Pero estoy dispuesto a mantener en secreto el apellido Blake. No quiero ponerla en peligro. Voy a ayudarla. Y cuando consiga ser miembro de la Sociedad, dibujará para mí. Podemos formar un equipo, dejar la tienda. Un empleo que la mantenga a salvo.

Se produce una pausa larga y tensa.

–Entiendo –responde su amigo.

Edward percibe el escepticismo y la reprobación en la voz de Cornelius y mira a su amigo con aire implorante.

–Cornelius, si hubieras estado con nosotros... Era evidente que no sabía nada de lo que su tío guardaba en ese sótano. Nada en absoluto.

–¿Por qué estás tan seguro?

–Lo estoy y ya está.

–Eso no es una respuesta.

Edward se queda mirando la chimenea. Lo asalta de nuevo el recuerdo de la desolación, la sensación de estar perdido, de gritar una y otra vez en una oscuridad que parecía respirar...

—Está atrapada —dice con calma—. Eso lo entiendo yo mejor que nadie. Tengo que ayudarla. Igual que tú me ayudaste a mí.

Ante aquellas palabras, Cornelius adopta una actitud reservada. Cierra los ojos y los vuelve a abrir.

—Es que no confío en ella, Edward. Por lo que a mí respecta, es tan culpable como su tío.

Edward suspira. No hay nada más que pueda decir, no sirve de nada intentarlo, así que se quedan en silencio los dos. Mientras el fuego chisporrotea en la chimenea, Edward se muerde con los dientes la cara interior de las mejillas.

Piensa en la visita que le hizo a Gough esa mañana: deslizó por encima del ornamentado escritorio el cuaderno negro donde guarda sus notas sobre el *pithos* y observó al hombre mientras las leía.

—¿Ha sabido algo del señor William? —preguntó el director.

—No, señor. Le escribí, pero no he recibido respuesta.

—Le responderá a su debido tiempo. Su vuelta de Italia ha hecho que esté muy solicitado. Entiendo que hay muchos asuntos que tiene que poner en orden y seguro que eso lo mantiene ocupado. Perdió un cargamento de antigüedades en diciembre, el barco que las transportaba se hundió cerca de las islas Sorlingas.

—Eso es terrible.

—Desde luego. Pero le pido paciencia. Cuando hay objetos griegos en juego, Hamilton es incapaz de resistirse. Por el momento, yo no haría nada. ¿Cuáles serán sus próximos pasos?

Era una prueba, Edward lo supo instintivamente. Una forma de medir, pensó, sus conocimientos y su sinceridad.

—Me gustaría que se examinara más a fondo la muestra de arcilla, para determinar su origen geográfico. No creo que pueda llegar más lejos en mis investigaciones sin ese dato.

—Muy bien —dijo Gough—. Hablaré con nuestros científicos. ¿Ha sabido algo más sobre cómo se obtuvo el *pithos*?

Edward titubeó.

—Me han hablado de tres hombres que podrían arrojar luz sobre sus orígenes. Es decir, sobre cómo se adquirió.

—Entonces dese prisa, señor Lawrence. —Gough le devolvió el cuaderno negro—. En asuntos como este, el tiempo es esencial.

Ahora, Edward sigue mirando el fuego en la biblioteca de Cornelius. Hace mucho tiempo que quiere que su vida tenga un sentido.

Durante muchos años ha sufrido por sus propios defectos, ha temido su propia sombra. Esos primeros años en Londres… siguen siendo una mancha para él, una peste que lo ha seguido como un espectro, que lo ha despertado en lo más profundo de la noche con la piel y las sábanas húmedas de sudor. Dora Blake le ha dado ese sentido. En ella se encuentra la clave de su éxito.

Darse prisa, naturalmente. Es lo único que puede hacer ahora.

CAPÍTULO VEINTISIETE

El mismo hombre que llevó el *pithos* a la tienda aparece para transportarla. Dora, desde la puerta, lo ve cambiar unas palabras con su tío en una voz baja que parece a un tiempo apremiante y amenazadora. Luego Hezekiah da media vuelta, pasa por su lado y entra en el establecimiento sin mirarla a la cara.

El día es seco, pero sopla una fresca brisa que silba por Ludgate Street, entre el alboroto de peatones que sacuden los pies para desprenderse del barro y la suciedad. El hombre pelirrojo espera pacientemente a que pase una vendedora ambulante que arrastra a seis criaturas sucias, antes de rodear el carro por un lado. Coge un rollo de cuerda y hace una seña a sus compañeros con un gruñido.

Dora se fija en que no lo acompañan sus dos hermanos. En su lugar ha llevado a otro hombre, un tal señor Tibb –así lo ha llamado su tío, por lo que Dora ha oído–, y a otros dos tipos que huelen vagamente a excremento.

Dora se retira a la penumbra de la tienda y se acerca a la silla verde en la que Edward se sentó el primer día que estuvo allí. El hombre corpulento la saluda al pasar con un breve movimiento de la barbilla, un gesto apenas perceptible, y Dora piensa que parece mucho más viejo que la última vez que lo vio. Percibe una especie de rigidez en su rostro, una expresión tensa y preocupada que la deja pensativa.

Observa a los hombres cuando suben el *pithos* por los peldaños del sótano utilizando un complicado sistema de poleas y cuerdas.

Dora se lleva la mano a la boca para contenerse y no gritarles que tengan cuidado, pero Hezekiah no tiene tantos escrúpulos.

—¡Cuidado con lo que hacéis! —grita Hezekiah cuando uno de los hombres más bajos, de piel oscura y casi un niño, se dobla bajo el peso.

—Vamos, vamos, señor Blake —dice el hombre llamado Tibb con voz tranquilizadora—. Sabemos lo que hacemos... Para empezar, nosotros lo subimos al carro, ¿lo recuerda?

Hezekiah mira brevemente a Dora antes de ajustarse el corbatón.

—¡Por supuesto que sí! Pero aquel día nos acompañó la suerte.

—La suerte —murmura el hombre cuadrado, cambiando de hombro la cuerda con que sujeta el peso del *pithos*— no tuvo nada que ver.

Hezekiah se vuelve hacia él.

—Cuidado —advierte—. No quiero esos comentarios aquí.

El hombre arruga la frente, pero Hezekiah ya ha dado media vuelta y pasa cojeando al lado de Dora para salir a la calle. La muchacha mira al hombre corpulento con el ceño fruncido y lo ve torcer el gesto.

—Será mejor que se haga a un lado, señorita, hasta que lo hayamos cargado.

Se observan fijamente unos momentos. Dora asiente con la cabeza y sigue a su tío a la calle.

Decide quedarse en el extremo más alejado del carro y observa con interés el laborioso traslado del *pithos* hasta la parte trasera del vehículo. Cuando ya está encima, cubierto con una sábana, el señor Tibb y los otros dos muchachos suben al carro, mientras el hombre corpulento vuelve a la puerta de la tienda, donde está Hezekiah esperando. Dora cruza los brazos cuando su tío saca tres billetes del redingote, que el hombre se guarda rápidamente en el bolsillo sin más ceremonia. El pago de lady Latimer ha llegado esa mañana con un lacayo, diferente del que la acompañó la otra vez, aunque igual de apuesto. Pero lo que a Dora le interesa saber es qué cantidad va a parar a manos del empleado de Hezekiah. ¿En qué andan metidos?

—¡Dora!

Se vuelve y ve a Edward corriendo hacia ella desde el Strand. Al llegar, el joven se detiene sin aliento.

—Siento la tardanza. Tenía que terminar un encargo. He venido lo más rápido que he podido. –Respira hondo. Tiene las mejillas rojas. Edward mira con recelo la sábana y la red de cuerdas que inmovilizan el *pithos* y luego observa a Dora con aire preocupado–. ¿Estará seguro?

–«Seguro» no es la palabra que yo usaría –dice el hombre corpulento cuando los empuja para pasar.

Dora lo mira sorprendida.

–¿Qué ha dicho?

–Si pregunta si está firme –responde el hombre secamente, tensando las cuerdas con un tirón–, entonces sí, lo está. No se caerá, de eso puede estar convencida. Pero en cuanto a su seguridad...

–Coombe –dice Hezekiah desde la puerta de la tienda–. Basta.

Su tono es de amenaza. Ambos hombres se miran por encima del lomo del caballo hasta que el tal Coombe da un último tirón a la cuerda, se sube al pescante sin decir nada y coge las riendas. Entonces es cuando Hezekiah se fija en Edward.

–Señor... señor Lawrence, ¿no es así? –dice, en un tono que denota a la vez sorpresa y recelo–. Disculpe, señor, ¿qué hace usted aquí?

Hezekiah se dirige a Edward, pero está mirando a Dora. La joven comprende que es ella quien debe responder.

–Está aquí a petición mía, tío. Resulta que el señor Lawrence es un gran experto en antigüedades griegas.

Dora no tiene miedo ni reparo en decirlo. Tras la discusión de la pasada noche, se siente más poderosa, rebelde. Pero Edward, que está a su lado, da un paso vacilante hacia atrás. La aguda mirada de Hezekiah va de uno a otro.

–Parece que me has estado ocultando muchas cosas, Pandora.

–Debe de ser un rasgo de familia.

Hezekiah parpadea al oír la respuesta, aunque la joven no sabe si es por la sorpresa o porque se propone desafiarla. Pero entonces el señor Coombe tose.

–Será mejor que nos pongamos en marcha, señorita. Pueden subir aquí delante conmigo.

Hezekiah da media vuelta con un bufido. Edward le ofrece la mano para ayudarla a subir. Cuando el señor Coombe le alarga la suya para izarla, Dora ve en el puño de su camisa una mancha de color amarillo pútrido.

El carro avanza dando tumbos desde Ludgate Street hasta los barrios acomodados de las afueras de la ciudad. Dora se apoya en Edward, se aprieta contra su hombro. A él no parece importarle, pero tampoco hace ningún movimiento para acercarla hacia él.

No puede evitarlo. No es que desee el contacto de Edward. No, desde luego que no, lo que ocurre es que el olor de la muñeca del señor Coombe es insoportable; incluso a pesar del fuerte viento, el rancio hedor le llega a la nariz. Dora intenta no mirar, pero los ojos se le van una y otra vez hacia las vendas manchadas, hacia la piel amoratada de la mano de Coombe. Al principio viajan en silencio, pero el hombre se percata de la mirada de la joven cuando dirige el caballo hacia High Holborn.

–Lo siento, señorita –dice haciendo una mueca–. Cambio la venda cada pocas horas, pero la herida sigue supurando.

Dora, avergonzada, se ruboriza.

–Discúlpeme. No era mi intención incomodarlo.

El carro da un bandazo. Edward mira al señor Coombe y parece fijarse por primera vez en la herida.

–¿Qué le ha ocurrido, señor? Si no es mucho preguntar.

El hombre da un bufido y agita las riendas. El carro tuerce lentamente.

–¡No hacen falta ceremonias conmigo, señor! Como si yo mereciera ese honor. –Sacude la cabeza–. ¿Qué me ha ocurrido, pregunta usted? El maldito cargamento, eso es lo que me ha ocurrido.

–¿El *pithos*? –dice Dora, parpadeando.

–Sí, si así es como quiere llamarlo. Lo recuperé yo mismo, mis hermanos y yo, pero por Dios que ojalá no hubiera accedido nunca a ese encargo.

Edward se acerca un poco a él.

–Entonces, ¿fue usted quien lo adquirió?

Detrás de ellos suena una tos.

–Coombe –dice el hombre llamado Tibb, alzando la voz en señal de advertencia–. Yo tendría cuidado.

–¿Y por qué he de tenerlo? –responde el señor Coombe–. Esta chica es la sobrina de Blake, Jonas. Sin duda sabe…

–¿Saber qué? –interrumpe Dora.

El señor Tibb, sin embargo, se ha levantado apoyando una mano en el *pithos* y arrugando la sábana que lo cubre. Apoya la otra con fuerza en el hombro de Coombe.

–Será mejor que tengas la boca cerrada –le dice a Coombe. Luego se dirige a Dora–: Le pido disculpas, señorita Blake, pero no nos corresponde a nosotros decir nada. Debe usted entenderlo... No es nada personal. Es que hay algunas cosas de las que yo preferiría no formar parte.

–¿Acaso no forma parte ya? –pregunta Dora, volviéndose en el pescante.

El señor Tibb inclina la cabeza.

–Supongo que sí. Pero no seré yo el que cuente ciertos asuntos.

–Pero...

El señor Tibb le da la espalda y vuelve a quedar sentado sobre los aparejos de transporte que se amontonan en el suelo del carro. Dora mira al señor Coombe, pero este, concentrado en el camino, tiene la vista clavada al frente y la mandíbula firmemente apretada. La joven cruza una mirada con Edward, que enarca las cejas y hace un movimiento levísimo con la cabeza, tras lo cual Dora se reclina en el asiento y se pierde en sus atribulados pensamientos.

La casa de lady Latimer, prácticamente una villa, da a una vasta extensión de agua y se accede a ella por un camino de adoquines en forma de media luna que rodea un césped verde e inmaculado, en medio del cual burbujea una enorme fuente ornamentada. Si Dora creía que la casa de Clevendale de Cornelius Ashmole era grande, esta es un palacio por lo menos. Tras pasar una verja de hierro, la casa que se alza ante ellos es de un blanco esplendoroso y cegador. Grandes columnas romanas flanquean las vastas puertas dobles, que dos lacayos con librea abren casi al instante.

Mientras Edward la ayuda a bajar del carro, Dora se fija en la belleza de los sirvientes. Hombres jóvenes y altos, tan apuestos que parecen muñecas. Visten exactamente igual que Horatio y el hombre que esa mañana ha ido a la tienda: verde menta de la cabeza a los pies. Al parecer, lady Latimer disfruta adornándose con algo más que joyas y bonitos vestidos.

En aquel momento aparece Horatio por las puertas abiertas, sosteniendo una bandeja de plata en perfecto equilibrio sobre los dedos. Hace una leve reverencia.

—Señorita Blake, sea usted bienvenida. Mi estimada señora desea que lea esta carta y que le dé la respuesta antes de irse.

Es la primera vez que Dora oye hablar a Horatio y, tras coger la nota de la bandeja, parpadea ante sus rasgos perfectamente suaves y atractivos.

—Usted y su acompañante pueden pasar mientras transportan la carga al salón de baile.

La excesiva formalidad de Horatio y su voz cadenciosa —tan desenvuelta y refinada— la distraen momentáneamente. Atónita, se vuelve para dirigirse a Edward y ve que no está a su lado. Mira tras ella y lo ve hablando con el señor Coombe.

—¿Edward?

El interpelado levanta la mirada y se ruboriza. Se guarda el cuaderno negro y el lápiz, y corre a reunirse con ella.

—Perdona —dice Edward. Aunque sonríe, a Dora le parece muy tenso—. ¿Va todo bien?

—Sí —responde Dora. Ya le hará preguntas más tarde—. Nos han invitado a esperar dentro.

Horatio inclina su elegante cabeza.

—Si son tan amables de seguirme.

El sirviente los conduce a un enorme vestíbulo con suelo de mármol blanco, tan brillante y pulido que Dora se ve reflejada en él. Aventura una mirada hacia Edward, pero este parece totalmente indiferente, como si tales lujos fueran para él algo normal y corriente. Horatio llega hasta dos puertas de cristal y las abre con elegancia.

—El adorno irá ahí —dice Horatio, señalando la enorme sala. Dora ve en el centro un gran pedestal redondo de escasa altura, cubierto con un paño de terciopelo azul oscuro—. La señora tiene grandes planes para el objeto… Ha dado órdenes de que se adorne hasta alcanzar una perfección sublime. Pero pasen —añade, señalando ahora un par de sillas de caoba de respaldo alto—. Si esperan aquí, les serviré un refrigerio.

Dora se sienta en silencio, observando al sirviente mientras este se retira. Horatio la fascina. ¡Qué dominio del lenguaje! Está acostumbrada al típico acento de los comercios londinenses, a la ausencia de palabras floridas pronunciadas con voz melosa. Edward, a su lado, se mira las rodillas con el entrecejo profundamente fruncido.

–Parece que esta gran mansión no te impresiona tanto como a mí.

Edward se sobresalta y Dora sabe que ha interrumpido el curso de sus pensamientos.

–Oh –dice, mirando alrededor sin interés–. No es que no aprecie lo que me rodea. Pero Cornelius, verás… él y yo crecimos juntos en un lugar muy parecido a este. En Staffordshire.

–Ah –dice la muchacha, sorprendida por el dato. En el vestíbulo, el señor Coombe, el señor Tibb y sus compañeros están trasladando el *pithos*–. ¿Cómo es eso?

Edward se vuelve a medias hacia ella.

–Yo era hijo del mozo de cuadra del anciano señor Ashmole. Este viajaba a menudo y Cornelius solía invitarme a su casa. Pasé muchas horas felices allí. Y a veces alguna noche. –Deja de hablar y coge aire. Dora ve las emociones que bailan en su rostro, como si fueran rayos de sol a través de un enrejado–. Como ya habrás adivinado, Cornelius y yo somos buenos amigos. Es como un hermano para mí. Pero siempre me sentía muy… mediocre, comparado con él. –Edward vuelve a fruncir el entrecejo–. No es que envidie su buena suerte, siempre ha sido muy generoso, pero a menudo me sentía como un niño que vivía una fantasía. No estaba cómodo en un entorno tan lujoso. Un intruso. Nunca me sentí realmente independiente, si es que eso tiene sentido. ¿Lo tiene?

–Creo que sí –dice Dora. Edward se ha vuelto a mirarla. Sus ojos grises parecen ensombrecidos, como si el peso de los recuerdos los hubiera enturbiado–. Por lo menos entiendo lo que es sentirse atrapado por las circunstancias.

–Sí.

–¡Limonada!

Horatio ha vuelto con dos vasos en la bandeja de plata.

–Limones de Sicilia –dice y vuelve a irse, taconeando sobre las baldosas con sus recargados zapatos.

Dora se lleva el vaso a los labios y bebe un sorbo. Hace una mueca (¡qué ácida!), pero está fresca y resulta reconfortante. Le recuerda los cielos azules y el calor veraniego. Durante un doloroso momento, aparece en su mente la imagen de su madre. Una tienda de campaña. Voces airadas. Un recuerdo que es incapaz de concretar...

–¡Cuidado!

Dora levanta la cabeza y ve el *pithos* delante de ella. El señor Coombe y sus hombres gruñen bajo su peso. Ahora que ya no lo cubre la sábana protectora, se fija en los relieves del *pithos* a través de las cuerdas. Se siente contrariada por no haber podido completar el dibujo de la última escena. El *pithos* avanza y Dora sigue su traslado hasta el salón de baile, el susurro y los crujidos de las botas sobre la madera pulimentada. Para distraerse, vuelve a hablar con Edward.

–¿Por qué te fuiste?

Edward parpadea.

–¿Decías?

–¿Por qué te fuiste? –repite la joven.

–¿De Staffordshire?

–Sí. ¿Por qué viniste a Londres?

Edward contiene la respiración. Se queda callado un minuto entero y Dora lamenta su atrevimiento.

–Edward, lo siento, no debí...

–No, no pasa nada –dice el joven, sujetando el vaso de limonada con más fuerza–. Mi madre murió al nacer yo y mi padre el verano que cumplí doce años. Entonces se decidió que en lugar de quedarme en Sandbourne como mozo de cuadra, me enviarían a Londres para aprender un oficio que me proporcionara una vida mejor. Me enviaron al taller de encuadernación. El viejo señor Ashmole corrió con todos los gastos. Un regalo, dijo, por los buenos servicios de mi padre.

–¿Y te gustó aprender el oficio?

La pregunta es del todo inocente, pero en cuanto las palabras salen de su boca, Dora sabe que ha dicho lo que no debía. Edward ha palidecido, le tiembla el vaso en la mano y la limonada amenaza con derramarse. Luego se recobra y se vuelve hacia ella.

–¿Qué dice la carta?

–La carta...

La muchacha baja los ojos a la carta que tiene en la mano libre. La había olvidado.

Una pequeña nota cuadrada, sellada con un elegante disco de lacre de un rojo intenso. Dora deja el vaso a sus pies y rompe el lacre.

Señorita Blake:

No puedo expresarle el placer que siento por haber encontrado la joya perfecta que completará mi atuendo en la celebración de mañana. Añado a mi más profundo agradecimiento dos invitaciones para mi velada, para usted y otro invitado. ¡No apruebo a su tío, por tanto me veo en la obligación de solicitarle que no lo elija a él como acompañante!

A estas alturas, querida muchacha, ya sabrá que no soy una mujer a la que se pueda decepcionar. Espero su presencia. Para asegurarme de ello, le sugiero que aproveche esta experiencia como una oportunidad para garantizarle, tanto a usted como al señor Blake, la seguridad durante la velada del objeto adquirido.

Respetuosamente,

Lady Isabelle Latimer

–Oh, Dios mío.

–¿Qué es?

Sin decir palabra, Dora le tiende la nota en el momento en que el señor Coombe y sus hombres salen del salón de baile cargados con las cuerdas y las poleas. Dora mira detrás de ellos. El *pithos*, alto y majestuoso, está perfectamente colocado en el pedestal. Dora siente un escalofrío en la espalda. Qué desolada parece la vasija en medio de…

–¡Ah, señorita Blake!

Lady Latimer se acerca a ellos desde la escalera, vestida de pies a cabeza de tafetán magenta. Lleva una altísima peluca adornada con pequeñas rosas de seda engarzadas. Tanto Dora como Edward se levantan inmediatamente.

–Veo que ha recibido mi nota.

–Sí, señora –dice Dora, ruborizada–, y le estoy muy agradecida. Pero me resulta imposible aceptar.

–¡Paparruchas! –Lady Latimer sacude la mano delante de su rostro cubierto de colorete–. Yo decido quién asiste a mis reuniones sociales.

–Pero no tengo nada que ponerme.

–Seguro que tiene algo sencillo y práctico –dice la anciana en son de burla.

Dora se ruboriza de vergüenza, porque aunque posee muchos vestidos sencillos y prácticos, ninguno tiene menos de cinco años.

–Desde luego, pero nada apropiado para una velada.

–Entiendo…

Está claro que a lady Latimer no se le había ocurrido esto, que no había pensado que la diferencia de clases fuera una barrera para la moda, pero entonces Edward da un paso al frente y hace una torpe reverencia.

–Si está usted de acuerdo, señora, me encargaré de que la señorita Blake tenga algo apropiado para la ocasión.

Lady Latimer observa a Edward con una mirada aguda y se vuelve hacia Dora.

–Su joven pretendiente, supongo.

Edward parpadea y se pone a tartamudear.

–Oh, no, señora. Me refiero, es decir…

Lady Latimer lo interrumpe riendo:

–Traiga mañana al caballerete, señorita Blake. Tiene un aire tímido y eso me gusta en un hombre. –Mira a Horatio, que acaba de aparecer junto a ella–. Es menos probable que sean unos granujas, querida. Los hombres tímidos son maleables, fáciles de manejar a nuestra voluntad. Es mejor que las mujeres tengamos el mando en asuntos del corazón, ¿no cree?

Dora no sabe qué responder, pero entonces se da cuenta de que no hace falta: lady Latimer ha visto el *pithos*. Junta las manos, complacida, y se dirige a la tinaja con una emoción casi infantil.

–¡Es una maravilla! Sí, sí, es perfecta, espléndida. Horatio, ¿acompañas a nuestros invitados a la puerta? ¿Por favor?

Lo dice vuelta de espaldas y Horatio se apresura a obedecer. El señor Coombe, el señor Tibb y los otros dos ya están esperándolos en el carro. Cuando llegan, el señor Coombe alarga la mano para ayudarla a subir. Dora se alisa la falda y Edward se sienta a su lado.

–Espero –murmura tímidamente– que no me consideres demasiado presuntuoso.

–No –responde Dora, también con timidez–, aunque confieso que estoy sorprendida. ¿Lo has dicho en serio?

–Pues claro que sí. Señor Coombe, ¿sería tan amable de dejarnos en Piccadilly?

–Si quieren –dice el hombre corpulento, al tiempo que resopla y agita las riendas–. A mí me da lo mismo.

Cuando el carro echa a andar por el camino, Edward carraspea y se estira el puño de la camisa.

–No soy tímido –dice.

Es más que un gruñido de fastidio. Su voz suena afligida y a la defensiva, y Dora pone la mano encima de la de él.

–Ya sé que no lo eres, Edward –dice suavemente.

Edward mira a otro lado, pero no aparta la mano.

CAPÍTULO VEINTIOCHO

Hezekiah apoya la ginebra en la carnosa llanura de su pecho desnudo. Le gusta la atmósfera cargada que proporciona el alcohol, la niebla que le cubre los ojos cuando vuelve la cabeza. Así. Bebe un largo trago del vaso y apoya la cabeza en el cabecero, sintiendo la reconfortante solidez del roble tallado.

Lottie, a su lado, escurre un paño en una palangana. Al empezar, el paño era blanco. Ahora está manchado de amarillo con rastros de un tono entre rosa y verdoso; en la superficie del agua sucia flotan unos dudosos pegotes de «algo» en lo que Hezekiah prefiere no pensar mucho. «Espuma de jabón», se dice. Solo eso.

No es negar la evidencia. No exactamente. Sabe que algo no va bien. Pero ponerlo en palabras... Bueno, eso es lo que no quiere hacer. Si dice que está enfermo, si dice que teme que se le haya gangrenado la pierna, entonces tal vez se haga realidad. Y no tiene ganas de dar voz a una verdad tan desdichada. Todavía no.

Cuando Lottie le aplica el paño en la herida, Hezekiah resopla y aferra con el puño la húmeda sábana de la cama. Lottie rezonga, cambia de postura. Hezekiah mira su labio hinchado y luego aparta la vista. No era su intención herirla, pero es que estaba tan furioso que cuando quiso darse cuenta, ya lo había hecho. No había estado tan furioso desde...

Desde...

Evoca la cara de Coombe. «Una línea muy delgada separa la casualidad y el destino». ¿Habrá algo de cierto en lo que dijo aquel zóquete? ¿Estará maldita la tinaja? ¿Por eso reaccionó como lo hizo?

«¡Imbécil!».

Hezekiah aleja el recuerdo y se retuerce en la cama, que cruje bajo su peso. Lottie cambia otra vez de postura y dobla el paño húmedo con las manos.

–¿Qué tal están los hermanos Coombe? –pregunta Hezekiah cuando ella le pone el paño sobre la piel sensible del muslo.

Intenta contener el involuntario temblor y Lottie, al darse cuenta, suaviza la fricción.

–No mejoran, aunque tampoco están empeorando.

–¿Te ayuda Matthew?

–Me ayuda a darle la vuelta a Sam para poder lavarlo. Anima a Charlie a comer. No hay mucho más que pueda hacer.

–¿Y la herida de la muñeca?

Lottie vacila.

–La muñeca de Matthew tiene mucho peor aspecto que esto.

Señala el agujero cada vez más grande del muslo de Hezekiah, la llaga hedionda que no debería ser una llaga, sino solo una herida superficial. Una que debería haberse curado hace días.

–Empieza a ponerse negra. Me temo...

No dice lo que él sabe que está pensando, que la piel de su pierna, como el brazo de Coombe, pronto empezará a pudrirse. Hezekiah bebe otro generoso trago de ginebra.

–Me alegro –dice Lottie con voz algo más animada– de no tener que volver allí nunca más. Hizo usted bien en darle a Matthew su dinero para que fuera a un médico. Ayer estaba desesperado. No dejaba de decirme lo difícil que iba a ponerle las cosas. Aún podría hacerlo.

Hezekiah gruñe. Otra cosa en la que no quiere pensar.

El dinero de lady Latimer ha servido con creces para pagar a Coombe; el hombre no debería volver a molestarlo, pero no ha ayudado a su causa. El comprador con el que afirmó estar en contacto no es más que una invención: Hezekiah quería hacerse con la presa antes de hablar con su socio de una venta abierta, quería tener su futuro asegurado.

La idea de que la vasija esté en un lugar donde no pueda vigilarla le preocupa. ¿Y si alguien la reconoce? Claro que... ¿quién podría hacerlo? Las únicas personas capaces de reconocerla están o muertas o lejos, muy lejos de Londres. Y seguro que no hay ninguna posibilidad de que alguno de los invitados de Latimer la abra y encuentre lo que él ha buscado tan desesperadamente durante todos estos años. Y menos ahora que su sobrina...

Piensa en ella y se dice que, aunque no lo haya admitido, seguro que lo sabe. Sí, tiene que saberlo.

—Debe de haberlo escondido —murmura.

Lottie se queda inmóvil.

—¿Escondido?

No se ha dado cuenta de que ha hablado en voz alta. Hezekiah mira a Lottie con los ojos empañados por la ginebra.

—Lo que había en la vasija. Estaba allí. Sé que estaba.

—¿El qué, Hezekiah?

El hombre respira hondo. No se lo ha contado todo a Lottie, solo lo que necesitaba saber. Demasiado peligroso. Demasiado...

—Lo ha cogido esa maldita chica. Y me lo oculta. Pero ¿por qué no ha hecho nada?

Hezekiah intenta darse la vuelta. El agua de la palangana se derrama y moja el borde de la falda de Lottie. Se aprieta un ojo con el puño y el otro con el vaso.

—Debe de estar esperando —gime—. Conspira contra mí, lo sé. Y ha involucrado a ese mozalbete. Se lo ha contado todo, debe de estar ayudándola. ¡Se lo ha contado todo! ¿Cómo se atreve? ¡Cómo se atreve!. Después de todo lo que he hecho por ella estos años. ¿No ha tenido un techo sobre su cabeza? ¿No le he consentido su extravagante afición? ¿No le he buscado un sitio para cuando llegue el momento de vender?

—¿Qué sitio?

Hezekiah calla y se muerde la lengua. Toma otro trago de ginebra.

—Podría haberla dejado allí, Lottie. Podría haberme asegurado...

—Tranquilo, no hable.

Nota que el peso de Lottie abandona la cama. Le quitan el vaso de la mano, oye el tintineo de la licorera, el gorgoteo del líquido al ser escanciado. El vaso vuelve, se lo acercan a la boca.

Bebe. Y bebe.

Lottie se pone a cantar. Al cabo de un momento reanuda los masajes, recorre la pierna de Hezekiah con la mano, arriba y abajo.

Hezekiah cierra los ojos y escucha su voz baja y susurrante.

La ginebra lo ayuda a calmar el dolor. Todo su dolor. La caricia de la mujer es placentera, le hace cosquillas. Siente un tirón en la base de su virilidad.

Vastos reinos en la oscuridad
reciban la Luz refulgente,
y de oriente hasta occidente,
persiga a la noche la claridad.

Lottie calla y abre los ojos. Se queda mirando el muslo de su patrón.

–Parece que se está secando un poco.

Pasa de nuevo el paño por la herida, ligero como una pluma. Hezekiah respira entrecortadamente. Un pinchazo de dolor. Un breve latigazo de placer.

Lottie suspira. Vuelve a dejar el paño en la palangana, donde flota como un pez muerto hasta desaparecer bajo la superficie turbia del agua.

–Por favor –susurra–, permítame que llame a un médico. ¡Desearía que se sintiera mejor, pero yo sola no puedo! ¡No puedo!

Sus palabras reflejan angustia y Hezekiah percibe en ellas cierta desesperación.

–Sí puedes –dice, tomando una decisión.

Le coge la mano y la sube muslo arriba. Cuando Lottie trata de retirarla se la aprieta.

–No. No. Yo...

–Estás acostumbrada a eso –susurra Hezekiah–. Ya sabes cuánto placer me das. –Con la mano libre aparta la sábana que lo cubre y le enseña su desnudez–. Hará que me olvide del dolor.

Lottie aún vacila. Lentamente, él le pone un dedo sobre el labio inferior y aprieta.

–Recuerda, Lottie. No te contraté para que fueras una mojigata.

Hezekiah la ve flaquear. Con gesto triunfal, pone la mano femenina sobre su miembro endurecido y gime, apretando el vaso con más fuerza.

CAPÍTULO VEINTINUEVE

Cornelius no soporta las tardanzas. Es algo obsesivo en él y, en consecuencia, Edward reza para que Dora no los haga esperar. Ciertamente, es por el bien de la muchacha, piensa con tristeza mirando a Cornelius, que está retrepado en el asiento almohadillado del carruaje; no por el suyo propio.

El joven de pelo más oscuro está recostado, como aburrido, con una pequeña pipa entre los largos y delgados dedos. Una fina voluta de humo se eleva de la cazoleta y desaparece en la nada antes de llegar al techo del vehículo. Pero Edward sabe que Cornelius no es víctima del hastío. Su amigo está alerta e incómodo. Aunque está acostumbrado a las grandes ocasiones sociales, a Cornelius no le gustan. Edward se habría preguntado por qué Cornelius se ha empeñado en asistir si no fuera porque ya conoce la respuesta: a falta de una palabra mejor, desea ir de carabina.

Edward esperaba que su amigo cambiara de opinión sobre Dora cuando la conociera, que pudiera ver lo que él ve en ella: una mujer honrada y respetable, una compañera de sueños, una muchacha que se merece mucho más de lo que ha recibido. Sin embargo, no ha cambiado de opinión. Cornelius está decidido a que no le guste. Y Edward no es capaz de imaginar por qué.

Lamenta haberle dicho que Dora le pidió que la acompañara, lamenta haberle mencionado además que le compró un vestido.

–¿Que has hecho qué? –preguntó Cornelius, resoplando con fuerza por la larga nariz en señal de reprobación.

–Le proporcioné los medios para comprar un vestido. No había tiempo para que se lo hicieran. Cuando dejamos el *pithos*, la llevé a una tienda de prendas usadas donde pudiera encontrar algo apropiado. Había uno que le quedaba bien... Dora estaba emocionada –terminó Edward, a la defensiva.

–¡Se supone que el dinero que te doy es para ti, para tu placer, no para el de nadie más! ¡Desde luego, no para el de esa joven!

–Comprárselo a ella me da placer a mí –respondió Edward, mirando a Cornelius con expresión consternada–. ¿Y en qué otra cosa iba a gastar mi dinero? Tú me das todo lo que necesito –le recordó.

Recordarlo hizo que a Edward se le formara un nudo en el estómago, porque en aquel momento se dio cuenta de que, sin ningún género de duda, era un «mantenido».

¿Por qué no lo había pensado antes? ¿Por qué nunca había caído en la cuenta de que el dinero que ganaba en el taller de encuadernación salía de los fondos de Ashmole? Con ese dinero pagaba el alojamiento, la comida y las ropas que llevaba. Las dádivas que Cornelius insistía en deslizarle en el bolsillo o entre las páginas de un libro eran cosas que su amigo no le permitía rechazar. Las entregas regulares de papel, plumas, tinta... Edward aceptaba todas esas cosas con gratitud y, hasta ahora, sin pensarlo. Siempre le ha estado agradecido a Cornelius, y siempre se lo estará. Pero ¿desde cuándo la gratitud significaba aceptar una jaula?

La idea lo había dejado sin respiración, paralizado, y Edward no pudo evitar un dejo de crudeza en su voz.

–Caridad, Cornelius –dijo–. Lo hice por caridad.

–Lo hiciste porque te sentías culpable. No trates de fingir otra cosa.

–No –respondió Edward, aunque era consciente de que las palabras de Cornelius implicaban cierta verdad–. Lo hice por caridad. Es lo mismo que tú haces por mí, cada día –afirmó.

Solo entonces guardó silencio Cornelius, aunque un nervio le palpitaba en la mandíbula.

–Creo que iré a la velada de lady Latimer –dijo finalmente con voz cautelosa–. No me costará nada solicitar una invitación. Además, nunca has ido a un acontecimiento semejante. Podrías necesitarme.

En ese momento le tocó a Edward guardar silencio. Durante un momento se miraron por encima de la piel de tigre y Edward supo que no serviría de nada discutir. Cuando Cornelius tomaba una decisión, no existía la más mínima posibilidad de hacerle cambiar de idea.

El carruaje avanza por Fleet Street. Edward oye los ruidos de Londres, la alegría que brota por las puertas y ventanas rotas de las cervecerías, superponiéndose a las notas de un violín, las risas inspiradas por el alcohol. Pero por debajo, como el susurro de las hojas mustias en el aire otoñal, oye otro sonido no tan reconfortante, un sonido fácilmente ignorado, pero con el que Edward está muy familiarizado y que es capaz de reconocer de inmediato.

Mira por la ventanilla en busca del origen. Tarda un momento en localizarlo entre la multitud, pero al final lo ve: un niño que llora, con los pies descalzos y la mirada vacía. Aunque su llanto es un himno conmovedor, los viandantes lo ignoran. En Edward, en cambio, ese llanto despierta una sensación de desolación, de dolor, y siente que se le forma un nudo en la garganta que amenaza con asfixiarlo. Pero cuando las ruedas del carruaje saltan y traquetean sobre el firme desigual de las calles, Edward pierde al niño de vista y respira hondo, expulsando el aire lentamente.

Esta noche no pensará en esas cosas. Arrinconará esas ideaciones oscuras en lo más profundo de su mente. Esta noche solo pensará en Dora, en la perspectiva de conocer a William Hamilton. «Piensa en el futuro —se recuerda a sí mismo—. Piensa solo en lo que está por venir».

Cornelius, delante de él, aspira otra vez su pipa. Edward se inclina hacia delante.

—¿Estás seguro de que él estará allí?

Cornelius expulsa el humo por la ventanilla y mira aburrido a un hombre que mea contra una farola.

—Es el mayor acontecimiento de la temporada en Londres, Edward —dice, recuperando en parte su habitual calidez—. La vieja Latimer no va a perder la oportunidad de invitarlo si sabe que está en la ciudad. A ella le gusta pasarlo bien.

—¿Pasarlo bien?

Cornelius deja de mirar fuera y esboza una sonrisa sarcástica.

—La mujer de Hamilton, Emma. Una corista que recogió en Nápoles; parece que se la endilgó su sobrino. Es varios años más joven que sir William y se dice que ahora abre su alcoba a lord Nelson. Un escándalo. —Se quita una hebra de tabaco de la lengua—. Ah, sí, Latimer disfrutará inmensamente con su presencia.

227

El carruaje aumenta la velocidad. El traqueteo de las ruedas obliga a Edward a sujetarse a las correas de cuero, con tanta fuerza que se le clavan en las manos.

Edward respira de alivio al ver que Dora los espera en la puerta de la tienda.

Al acercarse, se da cuenta de lo perdida y desamparada que parece. Luego se fija en cómo se abraza apretándose los codos y piensa que el aire frío debe de morder la suave carne de sus brazos. Mientras la ayuda a subir al carruaje y le pone una manta de lana sobre las rodillas, le dice que debería haberle comprado una capa de noche y que siente mucho no habérsela comprado. Al instalarse a su lado, la muchacha quita importancia a sus desvelos.

–Oh, por favor, no te preocupes. Has sido más que generoso. Te estoy muy agradecida.

Edward, por el rabillo del ojo, ve a Cornelius fruncir los labios y se pregunta si su amigo hará algún comentario. Sin embargo, este se limita a echar una breve mirada superficial a Dora, tras lo cual da un golpe en el techo para que el vehículo siga avanzando. Pronto vuelven a perderse en la noche.

El carruaje da un bandazo. Dora golpea el hombro de Edward y este, momentáneamente distraído por el aroma del perfume de lilas femenino, contiene la respiración. Dora alarga una mano para apoyarla en la ventanilla y mantener el equilibro; murmura una disculpa ruborizándose y aprieta con fuerza la manta.

Luego se queda en silencio. Mientras Edward piensa en algo que decir, advierte que las luces de la calle perfilan los rasgos de Dora, especialmente la suave curva de sus mejillas y la elegante línea del largo cuello. Sin pensarlo, baja la mirada hacia su cuerpo. La joven luce en torno al cuello un complicado collar de volutas en espiral y florecillas, con una piedra ovalada en el centro del tamaño de un huevo. La piedra contrasta con el pálido color almendrado de su piel y parece casi gris.

–¿Una de tus creaciones?

Dora mira hacia abajo y deja escapar una risa tímida.

–Sí. Imitación de filigrana. Una de mis piezas favoritas. Yo... –Edward la ve vacilar–. Supongo que parecerá fuera de lugar en el sitio al que vamos, pero he pensado que si llevaba algo mío, podría despertar el interés de otras invitadas.

–¿Y por qué no? –dice Edward, dispuesto a hacerla sentir más cómoda–. Lady Latimer te invitó, estoy seguro, precisamente para que otros se interesen por tu trabajo. Espero que recibas muchos encargos esta noche.

Dora agacha la cabeza.

–Gracias –dice la joven. Hace una pausa antes de continuar–: ¿Cómo se encuentra esta noche, señor Ashmole? Agradezco que haya pasado a recogerme. Me consta que han tenido que desviarse bastante de su camino.

Durante un momento, Edward no está seguro de que Cornelius la haya oído, porque su amigo tiene los ojos fijos en el exterior. Pero al cabo vuelve la cabeza, se muerde la mejilla por dentro y dice:

–Edward ha insistido mucho porque no quería que fuera usted sola. Imposible discutir con él, ya que es usted la invitada de honor de lady Latimer.

En su voz hay cierta ironía, pero también una mezquindad inusual en él, y Edward agradece que la penumbra del carruaje lo ayude a ocultar la vergüenza que siente.

Dora mira a Edward.

–Bueno, espero que no haya sido un gran inconveniente para ti.

–No lo ha sido –dice Edward, fulminando a Cornelius con la mirada. Su amigo mira a otro lado y sigue mordiéndose el interior de la mejilla–. No ha sido ninguna molestia. Ninguna molestia en absoluto.

Dora asiente con la cabeza, una vez.

Edward está avergonzado.

El resto del trayecto transcurre en silencio. Tras conseguir atravesar el laberinto de Fleet Street y dar un rodeo por Holborn, el carruaje empieza a avanzar milagrosamente más rápido.

Cuando llegan a los alrededores de la villa de lady Latimer, las calzadas son más lisas, el aire huele menos a leña quemada y a hortalizas podridas, y el barullo callejero ha bajado significativamente de volumen. Aun así, la fiesta de lady Latimer ha reunido a una multitud y es evidente, por la acumulación de carruajes, que no será fácil entrar. Cornelius sugiere que se apeen y vayan andando. Sopla un fuerte viento y el incómodo grupo de tres se abre camino hacia la casa.

Cornelius se adelanta a zancadas, dejando a Edward y a Dora atrás. Edward le ofrece el brazo a Dora, que lo acepta –o eso cree él– con gratitud.

–Tengo que disculparme en nombre de Cornelius –murmura en voz baja para que su amigo no pueda oírlo–. No entiendo por qué se comporta de esa manera.

–Ah, ¿no? –responde Dora, presionando los dedos en la manga de Edward–. Creo que es obvio. No le resulto simpática.

No tiene sentido negarlo.

–Es cierto. Pero también es cierto que no entiendo el motivo. De veras que no. Nunca ha sido tan descortés, que yo sepa. Y menos con una dama.

–Quizá no me considere una dama.

–Por supuesto que lo eres.

Ella ríe por lo bajo.

–Soy una simple dependienta, como él mismo subrayó muy oportunamente. No puedes echarle la culpa por tenerme en tan poca estima.

Edward abre la boca para decir lo contrario, para recordarle que él también es un simple «dependiente», pero entonces la calle desemboca en una plaza y Dora y Edward se detienen.

Cuando llevaron el *pithos*, el círculo de césped estaba bellamente cuidado, pero sin ornamentos. Esta noche la plaza está engalanada con antorchas encendidas, conectadas entre sí por guirnaldas de hiedra que cuelgan de pedestales de piedra. Encima de cada pedestal hay una jaula dorada con un loro de vivos colores. En total son doce, e incluso Cornelius se ha detenido en seco.

–La vieja se ha superado a sí misma.

–Es...

Edward trata de buscar la palabra apropiada. «Ostentoso» serviría, desde luego. Una extravagancia innecesaria, eso seguro, pero claro, ¿cómo va él a entender los caprichos de la alta sociedad?

–Excesivo –dice Cornelius, como si le hubiera leído el pensamiento a su amigo.

Dos señoras entradas en años y con la cara empolvada pasan por su lado, sujetándose desesperadamente las pelucas blancas para que no se las lleve el viento. Otras tres mujeres, estas más jóvenes, corren entre risas y se sujetan con fuerza la capa. Un sirviente forcejea con una sombrilla, tratando sin éxito de protegerlas.

Cornelius ha reanudado su rápido avance y Edward conduce a Dora más allá del alboroto de los carruajes. Esquivan una yegua blanca que ha aprovechado este preciso momento para vaciar el intestino en la calle adoquinada y se reúnen con Cornelius en la cola que se ha formado para entrar en la villa. A ambos lados de las puertas hay dos lacayos, de rostro tan parecido que bien podrían ser gemelos. Edward se sorprende pensando que todos los lacayos de lady Latimer parecen salidos de un mismo molde.

–Tiene un personal muy joven y apuesto, ¿verdad? –le susurra a Dora.

Al oír esto, Cornelius se vuelve hacia los lacayos, les lanza una mirada superficial y, por útimo, se tira del encaje del puño.

No tienen que esperar mucho. Pronto cruzan las inmensas puertas y Edward se queda sin respiración. Le aprieta la mano a Dora. Ha sido una decisión táctica por su parte no llegar demasiado pronto: esperaba desaparecer entre la multitud para evitar una atención explícita, pero ahora que están allí, rodeados de hombres y mujeres bellamente ataviados, Edward siente un pinchazo de pánico, de claustrofobia. Cornelius se le acerca y le pega la boca al oído.

–¿Estás bien? –Al ver a Edward asentir con gesto vacilante, se aparta de nuevo y dice en voz más alta–: Voy a ver qué terreno pisamos. Supongo que la señorita Blake y tú os desenvolveréis bien sin mí.

No está mirando a Edward, sino a Dora. Edward se da cuenta de que Cornelius no quiere dejarlos solos y esta muestra de hostilidad hace que Edward olvide su incomodidad.

–Por supuesto, Cornelius –exclama, a punto de perder la paciencia–. Puedo sobrevivir sin ti durante media hora.

Cornelius lo mira fijamente. Dora se vuelve a mirarlo también.

–Muy bien. –Cornelius se ajusta el corbatón–. Os buscaré más tarde, si no estáis ocupados en otra cosa.

Habla como si hubieran herido sus sentimientos. Edward se muerde el labio.

–Cornelius, yo...

Pero su amigo ya se ha ido.

CAPÍTULO TREINTA

Dora ve que Edward busca a su amigo y piensa en la expresión ofendida que ha cruzado las facciones del señor Ashmole. Solo entonces cae en la cuenta. ¿De verdad Edward no lo sabe? ¿No tiene ni idea de lo que ocurre?

—Vamos —dice amablemente, sonriéndole. Su acompañante parece recobrar el ánimo—. Hagamos frente a la multitud los dos juntos, ¿te parece?

Dejan que la multitud los arrastre; el calor, el olor a velas de cera de abeja y otros perfumes (un toque a sudor y cebolla), parecen envolverlos por todas partes. Casi todos los asistentes van vestidos de acuerdo con el tema de la fiesta de lady Latimer: «Misterio Exótico», como ella lo llamó. Dora nunca había visto nada parecido: hombres y mujeres disfrazados de leones, reinas egipcias, pájaros tropicales, Medusa la gorgona... El interior de la villa es aún más ostentoso que el exterior: mientras avanzan entre la bulliciosa multitud y pasan ante la inmensa escalinata, Dora mira a su alrededor, sobrecogida por la magnitud de la escena. Lady Latimer ha decorado los pasillos con más jaulas de loros, que cuelgan de columnas recubiertas de enrejados blancos y dorados; guirnaldas de hiedra y hierbas lanceoladas adornan todas las superficies; de las paredes cuelgan grandes cuadros con exóticos paisajes y escenas románticas. Dora tiene justo encima un par de arañas de luz y no puede evitar pensar en Hermes y en cómo le brillarían los ojillos.

Está tan absorta mirándolo todo que sin querer le pisa el pie a un

233

anciano caballero vestido de marajá, con un esplendoroso turbante color magenta bordado con hilo de oro, y se disculpa alzando la voz por encima del barullo. Una *geisha* se abre paso a empujones. Cuando la mujer (¿o es un hombre?) desaparece entre la multitud, Dora se fija en dos apuestos mozos disfrazados de cisne, que están sentados en un rincón más oscuro, besándose mutuamente en el cuello.

–¡Señorita Blake!

Dora y Edward se vuelven al mismo tiempo. Bajando por la escalinata, con una toga de un blanco cegador y una broncínea corona de laurel sobre la peluca, aparece lady Latimer. En torno al cuello lleva...

Dora se queda sin aliento. Su gargantilla de pavo real despide un fulgor dorado.

–Señora –dice Dora.

La joven le hace una reverencia. Edward la secunda con una inclinación de cabeza.

Lady Latimer resplandece.

–Estoy encantada de que haya podido venir, querida. Y veo que su joven amigo también. Ha hecho bien, señor, señor...

–Lawrence –dice Edward.

–Bien, señorita Blake, está usted muy bien, desde luego.

–Oh, yo...

Dora se mira el vestido. Edward y ella decidieron que no iban a vestirse según el tema de la anfitriona, sino que sería más aceptable llevar algo que se adaptara a su condición social. Dora eligió un sencillo vestido de muselina color crema, con un único adorno, una cinta azul en el pelo que hace juego con la piedra gris azulada de su collar. Y Dora cree que Edward está muy atractivo con su sencillo traje de raso negro.

–Bien, querida, ¿y qué le parece? ¿Está complacida? –La anfitriona avanza sin esperar una respuesta. Tiene las mejillas casi escarlata, por el colorete o por el vino–. ¿No le parece que su diseño me queda de maravilla?

Gira los hombros con un movimiento casi infantil. El grosor de la gargantilla oculta en parte las arrugas del cuello de lady Latimer y, aunque Dora preferiría ver su diseño en un cuello más joven, no puede negar que tiene muy buen aspecto en la anciana señora.

–Desde luego que sí, señora. Nunca había pensado que lo vería...

–Se calla. De repente se siente sobrepasada–. Lo ha fabricado muy deprisa –termina diciendo sin convicción.

Lady Latimer se echa a reír.

–¡Ah! Querida, con dinero se puede conseguir cualquier cosa. Clements puede trabajar muy rápido cuando quiere.

Edward, que ha estado a su lado, apoyándose ora en un pie, ora en el otro, da un paso adelante.

–Perdone, señora, pero ¿es verdad que el señor William Hamilton está aquí?

Dora lo mira sorprendida.

–Ah, pues sí, sí está –dice la mujer. Una de las hojas de laurel, sujeta con un alambre de oro, tiembla–. No quería venir, creo, porque su espíritu anda bastante turbado últimamente –añade en un tono que ahora es de conspiración–. ¡Pero Emma sí quería y William no es un hombre que decepcione a una mujer como ella! –Se echa a reír–. ¿Desea que se lo presente?

–Sí, señora –dice Edward, ruborizándose–. Yo también soy anticuario.

–Bueno, vamos, agradecerá la distracción. Acompáñeme, se lo presentaré.

Lady Latimer se aleja por el pasillo, seguida por Dora y Edward. Se mueve con agilidad a pesar de sus muchos años y los dos jóvenes tienen que esforzarse para no perderla de vista.

–¿Edward? –pregunta Dora, mientras un pensamiento le da vueltas en la cabeza.

–¿Sí?

–Ese hombre, Hamilton...

–Te pido perdón –dice Edward, mirándola con aire de disculpa–. No era mi intención apropiarme de la velada hablando de trabajo, pero...

–¿Te refieres a lord Hamilton? ¿Sir William Hamilton?

–Sí –responde él–, el mismo.

Dora se para tan en seco que Edward se ve obligado a detenerse también, y la mira preocupado.

–¿Qué ocurre?

A Dora ha empezado a golpearle el corazón en el pecho.

–¿Él es tu experto? ¿El hombre al que escribiste?

Lady Latimer ha llegado al salón de baile. Da media vuelta y les hace un gesto con la mano. Dora, aunque a regañadientes, echa a andar de nuevo. Edward la sigue.

—No se me había ocurrido pensar —dice Dora cuando entran en el salón— que te refirieras a sir William.

—¿Quieres decir que lo conoces?

Dora deja la pregunta en el aire unos momentos.

—Me salvó la vida.

—Él… —Edward se detiene a coger aire—. ¿Qué hizo?

—¡Emma, querida mía!

Desde donde están oyen la voz de lady Latimer. Dora, con alguna dificultad, vuelve a concentrarse en la anfitriona.

¿Qué probabilidades había?

—Mi querida lady Latimer.

Una mujer alta y muy bella vestida de fénix saluda en ese momento a la anfitriona con una reverencia profunda y perfectamente ejecutada.

—¡Está usted espléndida! —exclama lady Latimer cuando Dora y Edward llegan a su lado. Emma Hamilton inclina la oscura y enjoyada cabeza como para decir que no—. ¿Y dónde está su ilustre esposo?

—Admirando su pieza central —responde lady Hamilton con una sonrisa—. Verá, señora, ¡no puede despegarse de ella!

Dora se vuelve a mirar y deja escapar el aire que no era consciente de estar reteniendo.

El *pithos* (casi había olvidado que estaba allí) está bellamente engalanado con una guirnalda de hiedra de la que penden manzanas, peras y naranjas, todas entretejidas con hilo de oro. Se alza imponente, elevado sobre el gran pedestal redondo, que ahora está rodeado por un grueso cordón azul y dorado. En la base del pedestal hay dos peldaños… y en ellos un hombre, apoyado en un bastón.

Es viejo, mucho más viejo de lo que ella recuerda, pero Dora no ha olvidado ese rostro aristocrático, el gesto interrogante cuando ladea la barbilla, la amable mirada que ahora está fija en la tercera escena del *pithos*, la de Hefesto transformando la figura de arcilla en la primera mujer mortal: Pandora.

—¿Por qué no me sorprende? —exclama lady Latimer, cogiendo a Dora del brazo—. Vamos, querida, permítame enseñarle su vasija, ¡la gloria que corona la celebración de esta noche!

A Dora le late el corazón a toda velocidad. Quiere echar a correr, no está preparada para esto, pero no puede hacer nada: lady Latimer la tiene sujeta y la sensación de lo inevitable la aplasta como una ola.

—¡Lord Hamilton! Tengo aquí a un caballero que desea conocerlo. Señor Lawrence, si tiene la bondad.

Sir William vuelve la cabeza: tiene el ceño fruncido, pero relaja la expresión cuando se acerca a ellos. Baja del pedestal y alarga la mano para estrechar la de Edward.

—Señor Lawrence, ¿qué tal está usted?

—Sir —dice Edward, casi sin respiración—. Es un placer conocerlo por fin.

—¿Por fin? —dice el diplomático, uniendo brevemente las cejas.

—He oído hablar mucho de usted. Verá, soy un estudioso de las antigüedades.

—¡Vaya, qué bien! ¿Cuál es su especialidad?

Edward se yergue y parece más alto.

—No tengo ninguna como tal, sir, pero esperaba...

Lady Latimer agita la mano con impaciencia.

—Ah, basta, basta. Señores, pueden ustedes hablar de huesos viejos y cacharros rotos todo lo que quieran, pero cuando yo no los oiga. —Adelanta a Dora con el brazo—. Sir William, permítame presentarle a mi invitada de honor, la señorita Dora Blake, la que me consiguió la pieza central que está usted admirando. ¿No es una maravilla?

En el momento en que la mujer pronuncia el apellido de Dora, sir William deja de prestarle atención a Edward para mirarla a ella. Durante un largo y doloroso momento, la observa fijamente. Luego, con gran gentileza, le coge la mano.

—Dora —dice, besándole los dedos sin prisa—, es usted el vivo retrato de su madre.

—Sir William —responde Dora con la boca seca—. Creí que nunca volvería a verlo.

—No, desde luego. Han transcurrido... unos años.

—¿Qué ocurre aquí? —dice lady Latimer, mirándolos intrigada—. ¿Significa eso que se conocían?

Sir William carraspea.

—La señorita Blake es la hija de Elijah y Helen Blake, señora. Los Blake fueron unos estimados colegas míos hace muchos años. También eran anticuarios –le explica a lady Latimer, que tiene los ojos muy abiertos por la sorpresa.

La anfitriona da unas palmadas y se ríe.

–¡Qué coincidencia tan feliz! Bien, querida –dice, dando unos golpecitos en el brazo de Dora–. Después de todo, va a estar entretenida. Me preocupaba que se aburriera soberanamente. Ahora, si me disculpan, tengo que atender a mis invitados.

Dejando tras de sí una estela de perfume de espliego, lady Latimer desaparece entre la multitud y los tres (sir William, Edward y Dora) se miran en un clima de cierta tensión. A su lado, el *pithos* parece brillar con un aire misterioso bajo la luz dorada del salón de baile. Es sir William quien rompe el silencio.

–Lady Latimer ha dicho que fue usted, Dora, quien le consiguió esto –dice señalando el *pithos*–. ¿Puedo preguntarle cómo lo obtuvo?

Dora vacila. Edward y ella se miran. Hay algo en la voz de sir William, una especie de cautela que pone a Dora en guardia.

–Confieso que…

–Por favor, señor –interrumpe Edward, al tiempo que le lanza a Dora una mirada de disculpa–. Es una suerte que esté aquí esta noche. Había enviado una nota a su alojamiento con la esperanza de hablar con usted precisamente sobre este objeto.

Sir William mira de nuevo a Edward, ahora con interés.

–Me temo que he recibido muchas notas desde mi regreso a la capital. Con tantos asuntos de trabajo que atender, apenas las he mirado.

–Lo entiendo. Pero…

Dora los observa. Sin comerlo ni beberlo se ha visto enfrentada a su pasado de la forma más inesperada, deseando al mismo tiempo retirarse y afrontarlo, y ahora… No puede borrar la sensación de que hay algo que Edward no le ha contado. El hecho de que estuviera tan dispuesto a hablar inmediatamente del *pithos*. Sin perder tiempo siquiera con las fórmulas de cortesía habituales…

Observa la tinaja, engalanada en su austero esplendor. Está exactamente tal y como había imaginado: un objeto decorativo presentado con ostentación para formar parte de una celebración como aquella. Pero ¿por qué parece tan fuera de lugar? De alguna manera, encajaba mejor en la oscuridad del sótano de la tienda. Nota un inesperado cosquilleo en las yemas de los dedos. Dora frunce el ceño y recuerda aquella primera noche que bajó al sótano, el murmullo que imaginó oír, aquel latido de expectación.

—¿Es usted la señorita Blake? —interrumpe una voz.

Dora se vuelve con gratitud y ve a su lado a una mujer joven que, a juzgar por las guirnaldas de flores que coronan su largo pelo suelto, va disfrazada de Ofelia.

—¿Sí?

—¡Oh, bien! —La mujer sonríe con franqueza y deja al descubierto unos dientes que parecen una ristra de perlas—. Lady Latimer me ha dicho que tenía que hablar con usted. Sobre sus diseños de joyas.

—¡Ah! —Dora se lleva una mano al cuello—. Pues claro, por favor, yo...

—He buscado por todo Londres algo original y me he llevado una decepción tras otra. —La mujer se fija en la mano de Dora—. ¿También es un diseño suyo? ¡Maravilloso! Me gustaría hacerle un encargo. El collar que ha creado para lady Latimer no se parece a nada que haya visto antes. —Mira a Edward y a sir William—. ¿Puedo robársela un momento?

Dora se vuelve a sus acompañantes, reacia a abandonarlos ahora que su instinto le dice que algo no va bien, pero Ofelia le tira ya del brazo y no tarda en perderse entre un revuelo de faldas y abanicos en movimiento.

Ni en sus sueños más osados había esperado Dora recibir semejante aluvión de elogios.

Llegaban de todas partes: de jóvenes que habían elegido la velada de lady Latimer para presentarse en sociedad, de condesas, de la misma lady Hamilton. Incluso un duque elogió su trabajo, preguntando si su talento entendía también de joyas masculinas. Lo único que Dora podía hacer era sonreír y asentir con la cabeza, sonreír y asentir, y...

Se aprieta las sienes con los dedos y trata de encontrar el camino que conduce al vestíbulo desde el tocador de señoras al que ha escapado. Es demasiado: no solo la inesperada atención y la sorpresa de ver de nuevo a sir William, sino el calor de los cuerpos, la decoración estridente, el brillo cegador de las velas, el parloteo de los beodos, el ruido de la orquesta, el graznido de los loros en sus jaulas doradas. Lady Latimer incluso ha comprado un par de monos capuchinos y los ha sentado en cojines rojos a ambos lados de la mesa de los refrigerios. Uno de ellos tiene la cola metida en la ponchera.

¡Ah, pero cuánto puede significar todo aquello! Dora intenta conservar la serenidad. «Puede que todo esto se quede en nada», se dice para recriminarse. Pero ¿y si tiene consecuencias? Todo lo que siempre ha querido, finalmente a su alcance...

Se detiene en seco.

¿Por dónde se va? ¿Tiene que ir a la izquierda? ¿O es a la derecha? No lo recuerda. No debería haber aceptado la copa de vino de Ofelia. ¿En línea recta? Cuando empieza a entrarle el pánico, oye una carcajada y, respirando de alivio, sigue hasta el final del pasillo, dobla y se da de bruces con un lacayo que avanza en dirección contraria mientras se abrocha los botones de los calzones.

–¡Oh! Lo siento mucho, yo...

La disculpa se le atasca en la garganta, porque pisándole los talones al lacayo aparece Cornelius Ashmole, con los dedos en el corbatón. Sorprendida, Dora da un paso atrás. Él hace lo mismo. El lacayo, al que le han aparecido dos círculos rosados en las blancas y empolvadas mejillas, se aleja a toda prisa sin decir palabra.

Dora y Cornelius se miran durante un largo momento. Luego el señor Ashmole carraspea para aclararse la garganta.

–Señorita Blake.

–Señor Ashmole. Necesitaba tomar el aire.

–Claro. –El hombre termina perezosamente de ajustarse el corbatón. Al igual que Edward y ella, había preferido no llevar disfraz–. ¿Ya se encuentra mejor?

–Sí, gracias, yo...

Él la interrumpe cogiéndole la mano y echando a andar en dirección opuesta.

–Pues entonces bailemos, señorita Blake.

Dora no puede negarse; el amigo de Edward la arrastra como si fuera una simple cinta que flotara tras él y de repente están entre las brillantes luces del salón, justo cuando empiezan los primeros compases de una alemanda.

—Señor —susurra Dora—. No sé bailar.

—Solo tiene que imitar lo que hacen los demás —dice secamente el señor Ashmole.

Antes de que pueda decir nada más, ha empezado el baile y Dora trata de imitar, más bien torpemente, los pasos de su inesperada pareja. Por suerte, las faldas le ocultan los pies.

El señor Ashmole describe con ella un lento círculo, sujetándole el brazo con el suyo.

—¿Disfruta de su primera fiesta, señorita Blake?

Ese tono de condescendencia otra vez. Dora aprieta los dientes.

—Admito que no se parece a nada que haya experimentado antes.

—No me cabe ninguna duda. Ahora a la derecha.

El señor Ashmole le indica que siga a otra mujer antes de dar la vuelta y regresar a su posición inicial. Durante un minuto entero no se dicen nada. Dora observa a la mujer que tiene al lado: va vestida de rosa claro y con una máscara de plumas de flamenco, ejecuta una complicada serie de pasos que Dora ni siquiera se atreve a imitar. Cuando el señor Ashmole la vuelve a coger de la mano para hacerla girar en redondo, respira profundamente.

—Se comporta usted de un modo muy protector con él.

No le hace falta decir el nombre. El señor Ashmole sabe muy bien a quién se refiere.

—Tengo todo el derecho —responde Cornelius escuetamente.

—¿En serio?

Él aprieta las mandíbulas.

—Mis asuntos no son de su incumbencia.

Dora trata de ser paciente.

—Señor Ashmole, me doy cuenta de que no simpatiza usted conmigo, pero debe entender que no tengo intención de hacer daño a nadie. —Su compañero de baile resopla—. Hablo en serio.

El señor Ashmole vuelve la cabeza para mirar por encima de su hombro. Dora intenta seguir su mirada y advierte con inquietud que no hay ni rastro de Edward ni de sir William.

—¿Qué le ha contado Edward? —pregunta Cornelius con brusquedad.

Dora vuelve el rostro hacia él. Así que van a ser sinceros el uno con el otro... «Es un alivio», piensa Dora, y lo observa con la expresión más franca de que es capaz.

–Me contó que crecieron juntos. Que él era el hijo del mozo de cuadra y usted el heredero de una finca.

–¿Qué más?

–Que cuando su padre murió, el padre de usted lo envió a Londres para aprender un oficio.

–¿Y eso es todo?

–¿Acaso hay más?

Sabe que lo hay, su instinto se lo dice claramente, pero le interesa lo que vaya a decir el señor Ashmole a continuación. El ritmo de la música se acelera y, durante unos instantes, Dora está demasiado concentrada en imitar los pasos de su pareja como para proseguir la conversación. Cuando el ritmo se relaja y vuelven a bailar juntos otra vez, el señor Ashmole responde:

–Mi padre lo pagó todo: el aprendizaje, la vivienda, todo. Y durante años no nos vimos. Soy mayor que él, ¿no se lo ha dicho? –Dora niega con la cabeza–. A mí me enviaron a Oxford, luego viajé por Europa, como acostumbran a hacer muchos jóvenes de mi clase.

–¿Y luego?

–Luego volví a casa. Y lo busqué.

–La casa de encuadernación…

–¿Qué quiere decir?

–Bueno, no es habitual, ¿no cree? Que un hombre que ha heredado una fortuna posea una tienda. No es normal que hombres ociosos como usted se dediquen al comercio.

–La compré –dice el señor Ashmole en tono misterioso–, y por una buena razón.

–¿Qué razón?

El señor Ashmole enarca las oscuras cejas y no responde.

–¿Cree que todos los hombres de fortuna son ociosos, señorita Blake? –pregunta, cogiéndola de la mano para levantarle el brazo cuando suena una nota aguda.

Dora piensa en los clientes habituales del Bazar de Blake. En su acompañante actual. Con un movimiento de cabeza, señala el salón de baile.

–¿Cuántos hombres de fortuna aquí presentes pueden decir que llevan una tienda?

Parece que el baile llega a su fin; el ritmo de los violines se va relajando y, tras flexionar una rodilla, el señor Ashmole dice con desdén:

—Yo no «llevo» una tienda, señorita Blake. Para eso está Fingle.

Dora entorna los ojos.

—No me trate con condescendencia, señor. Ya sabe a qué me refiero.

—¿Y qué importa que tenga una casa de encuadernación? —responde Ashmole, levantando la barbilla—. ¿Qué me diferencia de los nuevos ricos que se han llenado los bolsillos con el comercio? ¿O incluso de los dueños de plantaciones?

—¿Así que se compara con un esclavista?

Un destello de rabia cruza el rostro del señor Ashmole. Cuando Dora empieza a apartarse, él le aprieta los dedos con mala intención.

—Por Dios, no. La idea de la esclavitud me resulta aborrecible, a todos los niveles.

El señor Ashmole pone la otra mano en la espalda de Dora para guiarla con cierta rigidez en una vuelta final y la joven estalla, como reacción al tono despectivo de su pareja de baile.

—¿Por qué le parece necesario desafiarme en cada frase? ¿Qué es lo que sospecha de mí?

La música finaliza. Los bailarines aplauden, pero ni Dora ni el señor Ashmole los imitan. El joven resopla.

—Muy bien. Edward cree que usted no tiene nada que ver con los manejos de su tío. Puede que tenga razón. Pero yo no soy tan crédulo, no desde hace mucho tiempo. Hasta que se demuestre lo contrario, señorita Blake, continuaré tratándola como hasta ahora. No es nada personal —añade.

Dora se ríe con escepticismo.

—Pues claro que es personal. Lo ha dejado usted muy claro y le digo con toda sinceridad que no me gusta lo que da usted a entender. No tengo nada que ver con los manejos de mi tío, sean cuales fueren.

—¿No vende falsificaciones abiertamente en la tienda?

Dora se muerde el labio.

—Eso es diferente.

—Ah, ¿sí?

Los bailarines empiezan a dispersarse. Sin ceremonias, el señor Ashmole la acompaña fuera de la pista de baile y la deja en un vestíbulo sombrío, al lado de un macetón con adornos dorados en el que crece un helecho; entre las hojas hay un cristal roto. Ashmole mira un momento a Dora antes de volver a hablar, con una expresión calculadora en sus ojos negros.

–¿De verdad espera que crea que no tenía usted ni idea de que su tío estaba implicado en el comercio ilegal? He leído las notas de Edward. Sencillamente, es imposible que su tío haya sido capaz de ocultárselo durante todos estos años, mientras usted vivía bajo su mismo techo.

Dora siente una punzada en el estómago. Percibe la sinceridad en aquellas palabras y entiende las sospechas del hombre. Dicho de ese modo, la verdad es que el asunto tiene mal aspecto. Y sin embargo...

–Le he dicho la verdad –susurra la muchacha.

Su acompañante resopla.

–Me perdonará si me cuesta creerla.

–Señor Ashmole –dice Dora secamente, con la vergüenza a flor de piel–, Edward ha sido muy amable conmigo. Yo... –Se interrumpe de repente y frunce el ceño–. ¿Ha dicho las notas de Edward?

Se produce un segundo de inquietante silencio. Como si alguien hubiera accionado una palanca en su interior, el rostro del señor Ashmole cambia. Con la expresión de quien acaba de quemarse, deja caer de golpe la mano con que le aferra el brazo desde que la ha conducido hasta el vestíbulo. El joven lanza una maldición y se dispone a alejarse, pero Dora se lo impide interponiéndose en su camino. Una hoguera ha empezado a arder dentro de su pecho.

CAPÍTULO TREINTA Y UNO

Sir William sugiere que hablen en la terraza, donde hay menos gente y donde (añade el diplomático) puede oír sus propios pensamientos. Edward vuelve a pensar en lo que le ha dicho Dora mientras lo sigue.

«Me salvó la vida».

El viento sopla allí con menos fuerza. La parte posterior de la mansión da a la orilla del agua y los protege de las ráfagas más violentas. Edward agradece el aire fresco, tras la alta temperatura que reinaba en el salón de baile. Su claustrofobia (que ha intentado ocultar a Dora lo mejor posible) estaba empezando a manifestarse. Se siente totalmente fuera de lugar y muy ridículo. El calzado le roza los pies. Hay demasiada pompa. La decoración de lady Latimer, aunque sin duda impresionante, es demasiado ostentosa para su gusto. Edward prefiere la sencillez. Paz y tranquilidad. Le sorprende la cantidad de dinero que los ricos están dispuestos a gastar para entretenerse una sola noche.

Evitan a dos parejas que también han salido a tomar el aire y a un grupo de caballeros de avanzada edad que van disfrazados con togas. Edward, durante apenas un momento, cree ver un rostro conocido entre ellos (larga barba blanca y dos penetrantes ojos azules) y se vuelve para fijarse mejor.

−¿Señor Lawrence?

Hamilton se ha detenido y lo mira con expresión cercana a la impaciencia.

−Yo… −Edward se esfuerza por mirar, pero el hombre ya se ha

marchado–. Discúlpeme, me ha parecido… –Sacude la cabeza–. No importa.

–Vamos, pues –dice el otro y Edward deja que sir William lo conduzca a una zona más alejada, en el extremo derecho del pabellón–. Y bien, señor Lawrence –añade Hamilton cuando están lejos de oídos indiscretos, apoyándose en el bastón. Tiene la mano sobre la empuñadura, que parece reproducir un rostro griego tallado en marfil–. Tiene usted toda mi atención.

La mirada del diplomático es tan directa que resulta molesta. Edward se da cuenta de que no está dispuesto a perder el tiempo con cortesías, así que va derecho al grano.

–En mi carta, que escribí aconsejado por Richard Gough, decía que había encontrado un *pithos*. Ese precisamente –añade, señalando con la barbilla el salón de baile–. También decía que su propietario posee varios artículos de cerámica griega que podrían haber sido adquiridos de forma clandestina.

–Entiendo.

–Le escribí para solicitar su consejo.

Sir William está totalmente inmóvil.

–¿He de entender que la propietaria de esos artículos es Dora Blake, como ha indicado lady Latimer?

–Su tío.

La expresión de Hamilton se ensombrece.

–¿Sabe dónde los adquirió?

–No lo sabemos. Pero estoy intentando averiguarlo. –Edward piensa en Coombe. Está dispuesto a visitar su alojamiento en cuanto pueda–. Dora encontró el *pithos* en el sótano de la tienda.

–¿Y cómo ha llegado aquí?

–Lo utilizó para unos diseños de joyas. Lady Latimer se encaprichó de uno de ellos y quiso saber en qué se había inspirado.

Sir William asiente con la cabeza.

–Sí, lady Latimer siempre consigue lo que se propone. ¿Cómo se lo tomó el tío de Dora?

–Eso deberá preguntárselo a ella.

Hamilton guarda silencio y da vueltas al bastón sin levantarlo del suelo.

–¿Qué consejo esperaba que le diera, señor Lawrence?

Habían llegado al quid de la cuestión.

–Dora me dio permiso para hacer un estudio sobre el *pithos*, lo cual me permitiría solicitar la admisión en la Sociedad de Anticuarios. Ella ha estado dibujando las escenas de las paredes exteriores. Mi intención era escribir la historia de la vasija, pero el problema es que, ahora que sabemos que el origen de la pieza es cuestionable, la Sociedad no puede publicar el estudio. Yo esperaba que, como experto en antigüedades griegas, quisiera usted echarle un vistazo y explicarme cómo funciona el mercado negro y sus operaciones.

–¿Por qué?

Edward vacila.

–Para preparar un estudio diferente.

–¿Y sabe Dora que usted me escribió?

Edward vuelve a vacilar y mueve los pies, pero hace una mueca cuando los zapatos le rozan.

–Ella sabe que le pedí consejo sobre el *pithos*. En cuanto al otro asunto...

–Hum.

Hamilton no le suelta la reprimenda que Edward está seguro que tiene en la punta de la lengua. La reprimenda que se merece.

–¿Y qué piensa hacer con lo que averigüe?

Edward siente calor en las mejillas. La culpa otra vez, revolviéndose en el fondo del estómago.

–Mi intención es publicar lo que descubra.

–¿Piensa mencionarla a ella?

–No pienso mencionar a nadie.

Sir William frunce el entrecejo.

–¿Se da cuenta de lo peligroso que es esto? Habrá que tener en cuenta a las autoridades. Tanto si menciona a Dora y a su tío como si no... ¿Entiende lo que quiero decir?

Edward lo entiende. Cierra los ojos con fuerza y los vuelve a abrir; unos puntitos negros danzan ante ellos como hormigas. Respira hondo para calmarse.

–Me preocupa mucho el bienestar de Dora. Créame, señor. Entiendo el peligro. Pero no permitiré que a ella le ocurra nada.

En efecto, no lo permitirá. Está completamente decidido.

Hamilton se queda observándolo. Luego se vuelve y se acerca al borde de la terraza, golpeando las losas del suelo con el bastón. Se apoya en la balaustrada de piedra y contempla la noche. Edward lo sigue y se queda a su lado.

Ante ellos, el agua se mece en silencio. En alguna parte grita un búho. Del salón de baile les llegan carcajadas mezcladas con los compases de un cotillón.

–No me cabe la menor duda de que Hezekiah Blake adquirió tanto su colección como el *pithos* por medios ilícitos –dice al fin sir William. Edward lo mira, sorprendido, porque en ningún momento ha pronunciado el nombre de Hezekiah–. Siempre supe que era un granuja. Como le he dicho antes a lady Latimer, conocí a los Blake hace muchos años. Fue en Nápoles. Helen, la madre de Dora, era una gran pintora y yo le encargaba dibujos a menudo. Por entonces, Hezekiah solía viajar con ellos. Se le daban bien los mapas.

Hamilton se pierde en sus recuerdos y Edward observa su rostro. Su nariz aquilina, sus pronunciados pómulos… Todo se acentúa aún más a la luz de la luna. El viento agita la cinta escarlata de su peluca. Como Edward, también ha decidido acudir a la fiesta sin disfraz.

–¿Cómo le salvó usted la vida la Dora?

Su acompañante se vuelve para mirarlo a la cara.

–Dígame –dice, ignorando la pregunta de Edward y formulando otra–: ¿Qué sabe usted del *pithos*?

–Sé, por lo que han dicho los científicos de la Sociedad, que es anterior a la historia conocida. Es una de las razones de que le escribiera a usted. –Edward guarda silencio para ver el efecto que causan sus palabras, pero sir William parece extrañamente indiferente a este dato. Edward carraspea–. Gough les ha encargado que investiguen el origen geográfico.

Hamilton resopla.

–Puedo ahorrarles el trabajo.

–¿Disculpe, señor?

–Ese *pithos* se desenterró en las estribaciones del monte Licaón. Hace seis meses.

Edward lo mira fijamente.

–¿Como lo sabe?

–Porque yo organicé la excavación.

—Al fin te encuentro —dice lady Hamilton desde el otro extremo de la terraza, con un tono alegre y rebelde, cuando descubre a Edward y a su marido concentrados en la conversación.

Edward se yergue y trata de fingir una despreocupación que no siente. No, en absoluto. Más bien siente un cansancio tan repentino como insoportable. Lo que le ha contado el diplomático está más allá del alcance de su imaginación. Mira a sir William, cuyos ojos fijos en él llevan una advertencia implícita que no se puede malinterpretar.

«Ni una palabra —dicen—. Todavía no».

—De veras, William, ¿es necesario que pases toda la noche hablando de trabajo? —comenta lady Hamilton cuando llega junto a los dos hombres, lanzando destellos de color bronce—. Has obligado a tu nuevo amigo a desatender por completo a la señorita Blake.

—¿Dónde está? —pregunta Edward.

La mujer sonríe al ver su interés y le toca el hombro alegremente con el abanico.

—Ajá, pues exactamente detrás de mí, con el señor Ashmole. —Se vuelve sonriendo—. ¿Lo ve? Ahí está, sana y salva.

Y en efecto, ahí está Dora, cruzando con Cornelius las puertas del salón de baile. Edward va a sonreírle, pero entonces ve la expresión de Dora —circunspecta, rígida, muy distante— y titubea.

«Algo va mal», piensa.

—Los he encontrado, señorita Blake —dice lady Hamilton, echándose a reír—. ¡Típico de los hombres! A nosotras las mujeres nos dejan a un lado cuando tienen asuntos que tratar. Y ahora la noche cae y la señorita Blake está cansada y desea irse a su casa. Sinceramente, señor Lawrence —añade, volviendo a sacudir el abanico. Una pluma de oro se sale de la costura—, ¿cómo ha podido descuidar sus responsabilidades?

—Dora —dice Edward con gran cautela, tratando de leer su mirada—. Lo siento mucho. No era mi intención robarle tanto tiempo a lord Hamilton. ¿De veras deseas irte?

—Sí. Creo que, sin saber cómo, me han aguado la fiesta.

Su tono es como el hielo. A Edward se le hace un nudo en el estómago. Mira a Cornelius. Su amigo lo mira a su vez con un aire de advertencia que Edward no sabe interpretar.

—¿Estás segura? —insiste.

Dora vuelve la cara y Edward se da cuenta, consternado, de que no quiere mirarlo.

—Ya le he presentado mis excusas a lady Latimer.

—Creo que yo también debería retirarme, querida —dice sir William—. Ya sabes cuánto me agotan estos acontecimientos.

Lady Hamilton chasquea la lengua.

—Por supuesto, William, si es lo que deseas.

Hamilton se vuelve hacia Dora.

—¿Qué se hará con el *pithos* cuando acabe la velada?

Edward mira a la muchacha con el corazón desbocado. Quiere hablar con ella. Tiene que saber qué ha pasado. Por qué sonríe a sir William y a él no…

—Volverán a llevarlo a la tienda mañana. Después, no sé qué habrá planeado mi tío.

Dora lo mira ahora, pero inmediatamente después vuelve de nuevo la cabeza. Es suficiente. Ve la acusación en sus ojos, la furia que con tanta diligencia suele tener a raya. Edward se vuelve hacia Cornelius, alarmado, pero su amigo tiene la mirada clavada en el suelo.

—Entiendo —dice Hamilton—. Dora, me gustaría invitaros a cenar con nosotros mañana, a ti y al señor Lawrence, y también al señor Ashmole, por supuesto. No tienes inconveniente, ¿verdad, Emma?

—¡En absoluto! Aprovecharé la oportunidad para hablar con la señorita Blake en un entorno más íntimo. Tengo en mente una creación soberbia. Mi querido Hora… —se interrumpe, se ruboriza en un abrir y cerrar de ojos, y añade, dirigiéndose a Dora—: Sí, por favor, venga. Será un honor.

Dora titubea brevemente y luego asiente con una leve inclinación de cabeza.

Sir William golpea el suelo con el bastón y sonríe. Es la primera vez que Edward lo ve sonreír en toda la velada, aunque parece un gesto forzado.

—De acuerdo entonces —dice.

Lady Hamilton agita el abanico.

—Bueno, como ya se retiran, yo vuelvo al baile. Me encanta bailar, ¿saben?, y pienso seguir haciéndolo hasta que termine la velada. Ya se encuentra mucho mejor, señorita Blake, ¿verdad?

Dora respira hondo.

—Sí, señora. Muchas gracias.

–Entonces les deseo a todos muy buenas noches.

Y lady Hamilton se aleja entre un revuelo de faldas, convertida en un hermoso fénix que despide fuego.

CAPÍTULO TREINTA Y DOS

El señor Ashmole llama por señas a un carruaje que está al otro lado de las puertas entreabiertas de la villa. Dora se aleja caminando, dispuesta a volver sola a Ludgate Street, pero Edward la alcanza, le coge la mano y, antes de que Dora pueda librarse de él, la hace subir al carruaje, que ya ha llegado junto a ellos.

Se ha dado cuenta de que Edward y su amigo han estado discutiendo entre susurros mientras la seguían, que Edward sabe que ha sido descubierto. Apenas se ha puesto en marcha el carruaje cuando Dora se vuelve hacia él. Tiene miedo de su propia furia, pero no puede contenerla, le resulta imposible.

—¿Cómo te atreves? —susurra mientras el carruaje cruza la verja de hierro—. ¡Confié en ti! Te invité a mi casa, te ofrecí mi ayuda, ¿y así me lo pagas?

—Por favor —dice Edward, retorciéndose las manos sobre las rodillas—. Tienes que entenderlo, esto no...

—¡Escribes sobre mí!

—No, eso no es lo que yo he dicho —la interrumpe el señor Ashmole, pero Dora no le hace caso. Su voz alcanza un tono histérico.

—Escribes sobre la tienda, sobre mi tío.

—No con esas palabras. Te juro que yo...

—¡Le has hablado de nosotros a tu superior en la Sociedad!

—¡No, Dora, no es así! No he mencionado ningún nombre, te lo aseguro.

Dora percibe el tono quejumbroso, pero no confía en él. Edward

252

se acerca al borde del asiento, tratando en balde de cogerle las manos, pero ella las retira y se cruza de brazos.

–Por favor –suplica Edward–, tienes que entenderlo. Déjame explicarlo. Dora, no podía utilizar el *pithos* para un estudio oficial, sabiendo que se había adquirido ilegalmente. ¡Mi reputación y la reputación de la Sociedad habrían quedado en entredicho! Pero nunca se ha publicado un estudio sobre el mercado negro. Si quisieras solo…

–No, vete al carajo –responde Dora–. No quiero oírlo. ¡No puedo oírlo! Has destruido por completo mi confianza. ¿Y qué hay de mi reputación? ¿Qué hay de eso? Podrían ahorcarme, ¿no te das cuenta?

Es como si le hubiera propinado una bofetada. Edward se deja caer pesadamente en el asiento. En la oscuridad, Dora no le ve la cara, ni tampoco al señor Ashmole, y se alegra por ello, porque verlos con claridad podría sacarla de quicio por completo. Lo único que hay entre ellos es el sonido de sus respiraciones, el silbido ensordecedor del viento.

–Dora…

El suspiro que oye en boca de Edward es la gota que desborda el vaso. Decidida, golpea el techo del carruaje con el puño. No soporta estar un minuto más con ellos. Ni uno solo. El carruaje se balancea cuando reduce la velocidad, las ruedas chirrían en el pavimento adoquinado.

–Dora –suplica Edward –, no lo hagas, tú…

–No se preocupe por mí, señor Lawrence –dice la joven con frialdad–. Creo que puedo arreglármelas bien sin usted. Muy bien, incluso.

El carruaje se detiene por completo.

–Dora, yo…

–Vamos, Edward, déjala en paz –interrumpe el señor Ashmole de nuevo–. ¿No te parece curioso que la señorita Blake organice semejante escándalo? Quizá, después de todo, tenga algo que ocultar.

–Por el amor de Dios, Cornelius –exclama Edward–. Ahora no. ¡Dora, por favor!

Pero Dora ya ha bajado del carruaje y nota el helado mordisco del frío en las mejillas. Tras lanzar a Edward y a Cornelius una mirada tan penetrante que podría congelar el agua, cierra de un portazo y se pierde a toda prisa en la noche.

Querida Dora:

Hay muchísimas cosas que deseo decirte, pero creo que sería mejor explicártelas en persona. Por favor, has de saber que estás totalmente equivocada en tus suposiciones. Cornelius me ha puesto al corriente de la conversación que mantuvisteis la pasada noche. No puedo hacer otra cosa que disculparme por su comportamiento y, como es lógico, también por el mío. Debería haberte contado lo que estaba escribiendo y el porqué. He sido un completo idiota y un egoísta. Deseo sinceramente arreglar las cosas entre nosotros y suplicar tu perdón después de que hayas escuchado mis explicaciones. Has de entender lo mucho que tu amistad significa para mí. Espero de verdad que continúe.

Esta tarde, a las seis, iremos a casa de lord Hamilton. Cornelius ha accedido amablemente a enviar un carruaje a buscarte a las cinco y media, y te imploro que lo aceptes y te reúnas con nosotros. La cena no será lo mismo sin ti. Después de todo, estoy seguro de que sir William nos invitó solo porque estábamos contigo.

Tuyo,
Edward

Dora está sentada en el taburete que hay detrás del mostrador, con la cabeza enterrada entre las manos. Encima de ella, en su columpio, Hermes duerme con la cabeza metida debajo del ala.

Son las diez menos cuarto y ya ha limpiado y aireado la tienda dejando la puerta abierta (ha comprado unas ramitas de espliego a la vendedora ambulante que ha asomado antes la cabeza) para matar el olor a bebida alcohólica y el sutil hedor de las vendas de Hezekiah que llega ya de la vivienda. En la tienda se percibe menos, pero de vez en cuando se le cuela en la nariz el desagradable tufo.

Detrás de ella se oye el lejano ajetreo de Lottie en la cocina. La rebanada de pan con queso que ha hurtado de la despensa esa mañana temprano no le ha calmado en absoluto el apetito. Haciendo caso omiso del ruido de su estómago, se pone a pensar en Edward y siente una ráfaga de furia.

¿Cómo se ha atrevido? Hacer algo así a sus espaldas, arriesgar todo lo que tiene ella, a cambio de sus intereses profesionales, es imperdonable. No lo había creído capaz. Después de todo lo que habían compartido… y sin embargo, ¿qué sabe ella realmente de Edward? Dora recuerda las veces en que lo sentía distante, las cosas que él dejaba sin decir, las miradas entre Edward y el señor Ashmole el día que los visitó en Clevendale. La joven levanta la cabeza. Ah, cómo se había dejado engañar tan miserablemente.

Recorre con un dedo la carta de Edward, que está sobre el mostrador, delante de ella, y entonces piensa en sir William. Apenas habían hablado. No, claro que no, Edward acaparó toda su atención. ¿De qué hablaría con sir William? Hasta cierto punto le tienta la idea de no asistir a la cena, pero sabe que su ausencia no serviría de nada, solo para torturarla. No, tiene que ir. Y tiene que hablar a solas con sir William.

A su espalda suena la campanilla. No necesita darse la vuelta para saber quién es… Ya lo ha olido, es como un cadáver en una zanja.

—Volviste tarde.

La voz de Hezekiah ha sonado como un graznido, pero Dora no siente ninguna lástima. Si insiste en beber hasta quedar en coma, no será ella quien se lo impida.

—Sí —dice sin mirarlo.

Se produce un largo silencio.

—Has limpiado.

—Alguien tenía que hacerlo.

Hezekiah gruñe y entra del todo en la tienda, arrastrando la pierna. Dora dobla la carta de Edward y se la guarda en el bolsillo de la falda.

—¿Y cuándo va a devolverme la tinaja la señora? —pregunta Hezekiah con desdén.

—La traerán esta tarde. Dudo que a estas horas haya alguien despierto en aquella casa. Ya sabe usted hasta cuándo duran estas cosas.

—Pues no lo sé, ¿me oyes? —dice. Está ya junto al mostrador, con una mano carnosa sobre el borde—. No me invitaron.

Da un golpe en el tablero con la otra mano y Dora suspira y lo mira al fin. Hezekiah tiene los ojos inyectados en sangre. Una red de venas diminutas que parecen hebras rojas le cubre la nariz. La ginebra le ha afectado mucho.

–No sería trescientas libras más rico si no fuera por mí. Tío. –Dora añade la última palabra para irritarlo, aunque en realidad no hace falta. Hezekiah tiene las fosas nasales dilatadas–. Un agradable efecto secundario, teniendo en cuenta que ya tiene un comprador que se lo va a quitar de las manos. –La muchacha observa su rostro y entonces sabe que también ha mentido en esto–. ¿No es lo que le dijo a lady Latimer? Debería darme las gracias.

Durante años, Dora se ha movido de puntillas alrededor de Hezekiah. No es que le tuviera miedo, pero nunca, desde el momento en que aceptó hacerse cargo de ella, la había tratado como a una sobrina, ni había manifestado ningún dolor por la muerte de su hermano. En cuanto Dora cumplió una determinada edad, además, la puso a trabajar en la tienda. Sencillamente, así habían ido las cosas y Dora había acabado por aceptar que su vida había cambiado de la noche a la mañana: de una vida de cariño y calidez había pasado a una vida de soledad y frialdad. Así pues, había aprendido a relacionarse con su tío lo menos posible. Pero desde la llegada del *pithos*… Era como si se hubiese despertado de un aletargamiento, como si hasta entonces hubiera tenido una venda en los ojos. Y ahora, por fin, veía con claridad. Nunca había echado de menos a sus padres tanto como ahora.

Hezekiah, al otro lado del mostrador, la fulmina con la mirada. La blancura enfermiza de la cicatriz destaca sobre el rojo de su tez. Dora ve el temblor de sus dedos y está segura de que le encantaría estrangularla. La idea casi le produce satisfacción.

Suena la campanilla de la tienda y el hechizo del momento se rompe. Dora levanta la cabeza y ve entrar a una mujer alta. Su vestido de rayas indica dinero y su exagerado sombrero, vanidad. Hezekiah reconoce estas señales y se aproxima con su habitual hipocresía de vendedor.

–¿En qué puedo servirla, señora?

–Estoy buscando…

–¡Ah! Permita que lo adivine. –Hezekiah levanta un dedo y lo agita, recurriendo a sus típicos coqueteos de vendedor–. ¿Un mueble renacentista? O quizá una silla rococó para… –dice, pero se queda callado cuando la mujer arruga la nariz («Ha debido de olerlo», piensa Dora) y vuelve la cabeza.

–No. –Su acento es el engreimiento en persona–. No tengo interés por nada de eso. He venido a ver a la señorita Blake.

Hezekiah se queda paralizado.

—La señorita Blake —repite.

—Sí, naturalmente, yo… ¡Ah, está usted ahí! —La mujer se ilumina al ver a Dora detrás del mostrador. Pasa por delante de Hezekiah, que la mira desconcertado—. Dijo que viniera a esta dirección, ¿verdad?

—Señora —dice Hezekiah, sonriendo como un tonto—, mi sobrina apenas sabe nada de antigüedades. Haría mejor en hablar conmigo.

—¿Antigüedades? Por Dios bendito, no me interesan esas cosas. He venido a encargar una joya. Es todavía posible, ¿verdad, señorita Blake?

Dora expulsa el aire que había retenido en los pulmones.

¡Se ha presentado una persona! Aunque habían dicho que lo harían, no terminaba de creérselo, no se atrevía a esperarlo. Dora saca su cuaderno y sale de detrás del mostrador.

—Sí, por supuesto, señora… Ponsenby, ¿no es así? Pase, por favor, y tome asiento.

—¡Maravilloso!

La señora vuelve a pasar por delante de Hezekiah y se instala en el sillón de terciopelo verde.

—¿Joyas?

Hezekiah casi escupe la palabra y, cuando Dora va a reunirse con su clienta (la palabra le produce un escalofrío de emoción), nota con satisfacción que al viejo se le ha puesto el rostro de color berenjena.

—Sí, tío —responde Dora, sentándose con estudiada lentitud en el sillón de enfrente—. Lady Latimer fue muy amable anoche. Mis diseños despertaron muchísimo interés.

No es propio de Dora ser desdeñosa, pero no puede evitarlo. Le está bien empleado, piensa, por haberla subestimado.

—Tus diseños —dice Hezekiah con frialdad.

No es una pregunta. Entorna los ojos. Le tiembla la quijada.

—Pues claro —exclama la señora Ponsenby con entusiasmo, mirando altivamente a Hezekiah—. La señorita Blake ha creado una pieza muy hermosa para lady Latimer… ¡Estaba que no cabía en sí de alegría! Estoy segura de que no voy a ser la única invitada de lady Latimer que visite hoy a la señorita Blake.

Se produce un silencio momentáneo. Hezekiah aprieta los puños. Luego se aleja como puede hacia la puerta, arrastrando la pierna herida. La abre y la campanilla tintinea con fuerza. Cierra de un portazo y el timbre se agita otra vez con violencia. Hermes, despertado por el ruido, bate las alas para protestar. Cuando vuelve a hacerse el silencio, la señora Ponsenby sigue hablando.

–Qué hombre tan desagradable –dice y luego, ahogando una exclamación, alarga la mano para tocarle el brazo a Dora–. ¡Pero si es su tío! Discúlpeme, yo…

–No hay nada que disculpar, señora Ponsenby. Tiene usted toda la razón. –Dora abre el cuaderno por una página en blanco y prepara el lápiz–. Bueno –dice sonriendo–. ¿Qué es lo que está buscando?

Y mientras la señora Ponsenby describe con entusiasmo una diadema, Dora se pone a dibujar.

Otras seis señoras y dos caballeros cruzaron las puertas del Bazar de Blake para encargar joyas, por lo que Dora no daba abasto con el lápiz para cubrir de dibujos las páginas de su cuaderno. En un momento dado, la interrumpió un anciano con una larga barba blanca que se quedó demasiado rato al lado de la porcelana falsa de la dinastía Ming, pero tras hacer unas preguntas superficiales sobre el origen de un cuenco que tiene una serie de toros pintados de azul en el borde, desapareció sin comprar nada. A Hezekiah le habría dado una apoplejía si lo hubiera visto.

En cuanto a Hezekiah, no ha regresado de donde sea que ha ido esa mañana, ni siquiera para comprobar la devolución del *pithos*: ha llegado a las tres de la tarde, transportado por el señor Tibb y otros tres ayudantes que olían a materia fecal (Dora se fija en que esta vez no está con ellos el señor Coombe). A las cuatro, Dora corre los cerrojos de la tienda.

Ha recibido tantos encargos que la cabeza le da vueltas. Nunca había estado tan ocupada en la tienda, ¡y menos por un trabajo propio! Si hubiera podido seguir abierta, la habría dejado abierta, pero tiene que prepararse porque el carruaje del señor Ashmole llegará pronto. Con Hermes en el hombro, Dora acaba de poner el pie en el primer peldaño de la escalera cuando oye un estrépito en la cocina.

Casi de inmediato, vuelve a oírlo y Dora se queda mirando la puerta acristalada. Porcelana. Inconfundible. Arruga la frente, corre por el pasillo y abre la puerta de la cocina.

Aunque es un espacio pequeño, a Lottie le sobra, ya que es la única que trabaja allí. Lo primero que se ha preguntado Dora es si el ama de llaves estaría matando algún animal, un pollo quizás. De hecho, hay plumas y la cocina huele a aves de corral, pero lo que Dora no espera es encontrar a Lottie llorando sentada en el suelo, rodeada de cacharros rotos.

—¡Lottie!

Dora corre a su lado, pero el ama de llaves la aleja agitando la mano.

—¿Se ha hecho daño? Usted... —Las palabras se encallan en la garganta de Dora.

Lottie tiene la cara hinchada, de color casi granate, y un ojo parcialmente cerrado.

Dora deja a Hermes en el suelo y el pájaro empieza a picotear los cascajos azules y blancos.

—¿Qué ha ocurrido? —pregunta con amabilidad.

El ama de llaves se mira fijamente el regazo y traga saliva con fuerza.

—Supongo que no me creerá si le digo que he vuelto a caerme.

—Ya sabe que no —dice Dora con calma.

Lottie asiente y una gruesa lágrima le cae en el delantal.

—Él estaba... —balbucea con voz temblorosa. Se sorbe la nariz y prueba otra vez—: Estaba furioso porque usted se fue, porque aceptó la invitación. Traté de calmarlo. Siempre lo había conseguido, pero esta vez...

Lottie se frota la mejilla con los dedos y es evidente que está irritada porque han descubierto que es vulnerable. «Es por mi culpa», piensa Dora. Puede que ella no le haya asestado el golpe personalmente, pero si no hubiera ido a la velada...

Hermes picotea ligeramente la falda de Lottie. Dora hace un aspaviento para ahuyentarlo, pero Lottie, para sorpresa de la joven, le coge la mano.

—No —dice hipando—. Déjelo.

Dora parpadea. Lottie sigue con la mano sobre la suya. Es la primera vez que la toca. La joven le ofrece un pañuelo que saca del bolsillo. El ama de llaves vacila, lo coge y se suena ruidosamente la nariz con la tela de algodón.

–No veía bien lo que hacía –dice Lottie al cabo de un momento–. He tropezado con la mesa y se me han caído los platos. –El ama de llaves se lleva el pañuelo a los labios y lo retira manchado de sangre–. Él nunca se había comportado así, ya lo sabe. En otra época fue mi cliente favorito. Mucho antes de que usted llegara.

Dora la observa, ve lo difícil que le resulta a Lottie hacer esta confesión.

–¿Por qué lo dejó todo?

El ama de llaves tarda en responder. Se quedan escuchando el chisporroteo del fuego, el roce de las garras de la urraca en las baldosas. Finalmente Lottie se encoge de hombros y dobla el pañuelo hasta formar un pequeño cuadrado.

–Me ofreció un hogar y seguridad. Dinero propio. Las mujeres como yo… Eso no es vida, señorita. No se la deseo a nadie. No tenía mucho donde elegir.

Dora se muerde el labio. Hay otras preguntas que le gustaría hacer, pero ahora que Lottie ha dejado de llorar, la joven sabe que seguirá ocultando sus cartas… e insistir más no hará que las revele.

–Lo siento, Lottie –dice Dora.

El ama de llaves la mira de reojo.

–¿Por qué?

–Ha sido culpa mía.

–No diga sandeces. Él es el responsable de sus puños.

–Sí, pero…

–Ayúdeme a levantarme.

La vieja estoica. Lottie cambia de postura; los platos rotos crujen y raspan el suelo. Dora le ofrece una mano: Lottie se aferra a ella con los dedos y la joven la rodea con el brazo para que no pierda el equilibrio. Hermes, todavía en el suelo, ladea la cabeza.

–Tiene que irse a la cama –dice Dora–. Iré a buscar al médico.

Lottie se suelta de los brazos de Dora. Ahora no quiere mirarla abiertamente.

–No estoy enferma. No necesito un médico.

–Por favor, permítame que vaya a buscarlo –insiste Dora–. O si no quiere que busque a nadie, deje que me quede. Puedo terminar yo…

El ama de llaves resopla.

–¿Es que sabe cocinar? –pregunta con voz amarga.

–¿Y usted? –replica Dora secamente, poniéndose a la defensiva por instinto. Sin embargo, se arrepiente al momento de lo que ha dicho y se toca el paladar con la lengua–. Al menos puedo ayudarla –dice con voz más amable–. Su ojo...

Pero Lottie se da la vuelta y se acerca a la cazuela que humea sobre el fuego.

–Estoy bien, señorita. No quiero que me ayuden.

Parece que no hay discusión posible. Con una última mirada de preocupación, Dora recoge a Hermes y se va. Pero cuando llega a la puerta, Lottie la llama.

–¿Sí?

–Sopa de pintada para cenar. Y patatas. Pudin de cuajada.

Lo dice con calma, sin desdén, y Dora se percata del detalle: el ama de llaves está tratando de expresar su agradecimiento.

–Oh, yo... no voy a cenar.

Lottie vacila.

–¿Va a salir otra vez?

Dora oye claramente las palabras que no dice.

–Puedo quedarme, si usted quiere.

Y lo hará si Lottie se lo pide. Pero el ama de llaves niega con la cabeza.

–No servirá de nada que se quede. No, mejor que esté lejos –dice, removiendo el contenido de la cazuela con una cuchara de madera–. ¿Adónde va esta vez?

–Esta noche cenaré con lord y lady Hamilton. No sé muy bien a qué hora volveré. Pero gracias de todos modos.

–¿Lord y lady? ¡Que círculos más encopetados frecuenta últimamente! Bien, no importa –añade enseguida–. Estoy segura de que no se echará a perder.

Dora la mira con inquietud. El rostro de Lottie está abotargado a causa del llanto; su ojo a la funerala tiene un aspecto horrible incluso de lejos. Durante años, Dora solo había sentido antipatía por aquella mujer. Por el hecho de que Hezekiah la favoreciera siempre antes que a su propia sobrina, por los modales que Lottie gastaba con ella, por su falta de interés en lo que a la limpieza de la tienda se refería, por el abandono en que tenía el desván. Sin embargo, algo ha cambiado...

–¿Estará usted bien, Lottie? –pregunta Dora.

Lottie deja de remover el guiso.

–Será mejor que se vaya, señorita –dice al fin–. Ni usted ni yo tenemos tiempo para cortesías, ¿no cree?

CAPÍTULO TREINTA Y TRES

Antes de la cena, sir William se había ofrecido a enseñar a sus invitados la extensa colección de antigüedades que guarda en una habitación reservada expresamente para ellas. Dora, que para alivio de Edward se había dignado acudir, no le había dirigido la palabra y había permitido que lady Hamilton la acaparase por completo para impedir que Edward se le acercara. El joven, decepcionado, había tenido que conformarse con observarla de lejos. Al ver a Dora recorrer con la yema del dedo las líneas curvas de una Atenea de mármol, se había quedado tan hechizado (no por la belleza de Atenea, sino por la de Dora) que ni siquiera se había dado cuenta de que Hamilton le había hecho una pregunta. Cornelius había entrado bruscamente en su campo visual y había comentado con sequedad que sir William era afortunado por haber adquirido la estatua antes de que lo hicieran los franceses.

Es ese tema, precisamente, el que anima ahora la velada, mientras los comensales dan buena cuenta del plato de lenguado al vino blanco.

–Él tiene esa idea absurda –dice el diplomático–, de que el robo no es robo, sino botín de guerra. Y también cree que Francia es el mejor lugar para los objetos que roba. Pero Napoleón no entiende el valor que tienen, lo que significan para las naciones a las que se los arrebata. No lo aprecia. Escapa a su comprensión. Para él solo son fruslerías y adornos.

Golpea la mesa con el puño. La cubertería tintinea contra la porcelana y lady Hamilton (espléndida con su vestido azul oscuro) aprieta los labios en actitud de reproche.

–Para él todo es un juego y nosotros somos sus peones –continúa Hamilton, concentrado en su tema–. ¡Las pinturas que se ha llevado! Se dice que tiene cuadros de Rafael, Correggio, Tiziano, Da Vinci... Es imperdonable.

–Entonces, ¿es cierto –pregunta Edward– que actualmente los delegados franceses pueden entrar en cualquier edificio de Europa, público, privado o religioso, y confiscar obras de arte?

Sir William hace una mueca.

–Lamentablemente, sí. Sé de buena tinta que ya han confiscado trescientas antigüedades de la colección privada de un cardenal.

–¿Cómo se atreve? –dice Dora, dejando de comer, con un ligero pliegue entre las cejas.

A Edward se le forma un nudo en el estómago. ¡Oh, si al menos le dirigiera la palabra!

–Se atreve, querida –responde su anfitrión–, porque no responde ante nadie, solo ante un Dios en el que dudo que crea siquiera.

Cornelius adelanta la cabeza, dando vueltas ociosas al tenedor, que empuña por el mango.

–¿Hay algún peligro, sir William, de que Bonaparte llegue a Inglaterra?

Hamilton suspira y coge la copa de vino que tiene al lado.

–Tiene un ejército formidable, eso no puede negarse. Estamos al borde de una invasión, pero confío en la capacidad de nuestra flota –dice al tiempo que mira a su mujer–. Después de todo, tenemos a un gran hombre al timón.

Lady Hamilton, sentada al otro lado de la mesa, se ruboriza.

–Si Napoleón no puede invadirnos –dice Sir William como si no se hubiera dado cuenta–, está dispuesto a ver sufrir a Gran Bretaña como sea. ¿Saben que desde que sentó sus reales en Egipto ha interceptado nuestro comercio con la India? –La pregunta, formulada a todos los presentes, es recibida con movimientos cautelosos de cabeza–. Entonces también tienen que ser conscientes de que los impuestos han aumentado precisamente por eso: será el bolsillo de nuestro pueblo el que sufra las consecuencias. Si no se detiene a Napoleón, en pocos años... bueno, podríamos llegar a una revolución. Si ocurriera eso, Bonaparte habría ganado, aunque no de la forma que había previsto.

La idea es inquietante. Edward, pensativo, parte una espina con los dientes.

–¿Cómo cree que se verá afectado nuestro comercio de antigüedades?

–Con las rutas comerciales interrumpidas, será más probable que las ventas procedan de colecciones particulares y no de fuentes exteriores. Y si Bonaparte se ha apropiado de la mayoría... –dice Hamilton, al tiempo que sacude la cabeza–. Es como una urraca con los objetos brillantes.

–Hablando de urracas –dice Cornelius, quien al parecer se aburre soberanamente con la conversación–. La señorita Blake tiene una. Como mascota.

Edward lanza a Cornelius una mirada poco amistosa desde el otro lado de la mesa. Esperaba que su amigo mostrara algún remordimiento por lo que había hecho la noche anterior, y aunque Cornelius se había disculpado con Edward por lo que él había denominado *lapsus linguae*, no había dado muestra alguna de arrepentimiento.

–¿Por qué tengo que arrepentirme? –había dicho, después de que Dora bajara sin ceremonias del carruaje y los dejara solos–. Esto demuestra que es culpable, ¿no?

–¿Una mascota? –exclama lady Hamilton, dando alegres palmaditas–. ¡Qué maravilla!

–Pájaros sucios, en mi opinión –exclama Cornelius, ajustándose el corbatón–. Pero me pareció un dato interesante para compartirlo con el grupo.

Dora carraspea para aclararse la garganta y deja con gran cuidado el cuchillo y el tenedor al lado del plato.

–No son sucios –dice con calma y perfecta compostura, aunque Edward nota su furia desde el otro lado de la mesa y se mueve incómodo en su silla–. Hermes es muy limpio. Escandalosamente presumido, en realidad. Se pasa horas acicalándose las plumas la mar de contento. Es un pájaro muy bello.

–Pero tiene mal genio –dice Edward bromeando, para disminuir la tensión. Levanta la mano–. Esto acabará en cicatriz, estoy seguro.

No es cierto. La herida se está curando bien y Dora lo sabe, pero los esfuerzos del joven por añadir algo de humor no rompen el hielo. Es más, ella no le hace el menor caso.

–¿Le dio un picotazo? –dice sir William, tomando un sorbo de vino.

–Para proteger a Dora –explica Edward–. Creo que pensó que iba a atacarla.

–Es posible –dice Dora con calma– que pensara que era usted alguien que no era.

El comentario escuece. Edward, deprimido, baja el tenedor.

–¿Las urracas no son aves de mal agüero? –pregunta lady Hamilton al cabo de un rato, rompiendo el incómodo silencio que ha caído sobre la mesa–. Ese poemilla de John Brand. ¿Cómo era? ¿Una urraca es pena, dos son dicha?

–No, no, querida –dice Hamilton con tono ligero–. En China se dice que las urracas traen buena suerte, y matar a una todo lo contrario. En realidad, se las asocia con la felicidad. Y en el noreste las consideran sagradas. La dinastía Manchú que gobierna China utiliza la urraca como símbolo de su régimen imperial.

–¿De verdad? –dice Dora, sonriendo a sir William. Edward siente un injustificado brote de envidia porque Dora le ha sonreído a alguien que no es él–. No lo sabía.

El diplomático levanta su copa como si brindara. El ambiente vuelve a animarse.

–Sin embargo –dice su esposa–, tener solo una… Es una superstición, claro, pero de algún sitio habrá salido. La superstición en sí misma tiene un poder inquietante.

–El poder está en su capacidad de inquietarnos, querida –responde Hamilton–. Todo está en nuestra mente. A menudo nos preocupamos demasiado imaginando que algo tiene un gran significado, cuando en realidad no tiene ninguno.

–¡Oh, basta ya, por favor!

Cornelius se limpia la boca con la servilleta y la arroja junto al plato. Está disgustado, al parecer, porque todas las estratagemas que ha probado han fracasado y Edward está dividido entre alegrarse por ello y el deseo de golpearle por su insolencia.

–Mi querido señor Ashmole –dice riendo Lady Hamilton–, tiene usted muy malas pulgas. ¡Ha sido usted quien ha sacado el tema!

–Es cierto –responde, evitando conscientemente la mirada de Edward–. Pero me distraigo con facilidad, estoy seguro de que lo habrán notado.

–¡Eso parece! Me recuerda mucho al rey Fernando. A él también le gustaba saltar de un tema a otro. Volvía loca a la pobre María.

–Entiendo que es usted muy amiga de su majestad la reina.

Lady Hamilton resplandece.

–Muy amiga, señor Ashmole. Me ha confiado muchas muchas cosas. –Le dedica un gracioso mohín a su marido desde el otro lado de la mesa–. Echo de menos la corte.

–Sabes que nuestro regreso era necesario, Emma. No podíamos retrasarlo más tiempo –dice sir William.

Dora se inclina hacia delante.

–¿Por qué regresó, sir William?

Edward aprieta los labios. Esperaba, por el bien de Dora... Hamilton, que se sienta junto a él, deja la copa sobre la mesa.

–Ah, sí. No esperaba llegar tan pronto al tema. Confiaba en que esperásemos a después de cenar. Querida –dice, mirando a su esposa–, ¿te importa si hablo del Colossus?

Lady Hamilton agita la mano.

–Ya sabes que no pongo objeciones, William. Estoy tan consternada por el resultado como tú. Una pérdida terrible. Casi la mitad de tu colección, desaparecida.

En la frente de Dora aparece una arruga.

–¿Desaparecida, sir William?

–Dora, llámame solo William, por favor. Después de todo, nos conocemos desde hace mucho tiempo. Y me temo que lo que tengo que decir te concierne a ti.

Dora parpadea.

–¿A mí?

Edward gruñe para sus adentros. Habían acordado que Edward no le diría a Dora nada de lo que habían hablado la noche anterior, ni la menor insinuación, y que sería sir William quien le diera la información a la joven personalmente. Sin embargo, Edward teme la reacción de Dora, sobre todo después de lo ocurrido la noche anterior. Cree que lo mejor es que se lo cuente un amigo, si es que él sigue siéndolo...

–Dora, la historia que debo contar tiene dos partes –dice Hamilton, apoyando los codos a ambos lados del plato y juntando los dedos para formar una pirámide–. Como sabes, he pasado muchos años coleccionando antigüedades griegas. Y mi interés ha crecido tanto que se ha convertido en algo más que una afición...

–Una obsesión más bien, diría yo –interrumpe su esposa y sir William la mira ceñudo.

–Sí, una obsesión, lo admito. –Carraspea–. Colecciono antigüedades desde que me fui a vivir a Nápoles, hace treinta y cinco años. Dado que la situación en el sur de Italia era cada vez más inestable, hace dieciséis años decidí enviar parte de mi colección a Londres. El cargamento llegó sano y salvo. Pero el año pasado, cuando los franceses volvieron a ocupar Nápoles, pensé que sería prudente enviar a Inglaterra, junto con mis mejores obras de arte, la segunda mitad de mi colección de cerámica. Por desgracia, no llegó.

Cornelius se apoya en el respaldo de la silla. Edward está cautivado, a pesar de sus objeciones a cualquier conversación que afecte a Dora.

–Emma y yo viajamos en el siguiente paquebote. Yo debía atender ciertos temas militares en Londres, pero tuve que esperar unos días para finalizar los asuntos de Italia antes de zarpar, después del Colossus. Y menos mal que lo hicimos así, supongo, porque de lo contrario habríamos estado a bordo cuando el barco se hundió.

–¿El barco se hundió? –Dora ha abierto los ojos, sin hacer ya el menor caso del plato de lenguado.

Hamilton, comprensiblemente, está dolido.

–Planeo organizar una expedición, pero no tengo muchas esperanzas. Me dijeron que el barco se partió al tocar el fondo marino y con un tiempo tan monstruoso… –Sacude la cabeza–. Lo perdí todo. O al menos eso creía. Imagina mi sorpresa cuando anoche llegué a casa de lady Latimer y vi, plantado con toda la pompa, un objeto prácticamente igual a uno que yo había perdido.

Dora está muy quieta.

–El *pithos*.

–El mismo.

Dora mira a Edward por fin. Luego, lentamente, aparta el plato y pone las manos sobre el mantel almidonado.

–Me gustaría pedirle que, por favor, sea franco conmigo.

Sir William asiente con la cabeza.

–Muy bien. Hace doce meses inicié unas excavaciones en Grecia. No fue una tarea fácil, pues tardamos seis meses en llegar por fin a la cámara que buscaba. Allí encontramos el *pithos*. Era muy grande, extremadamente pesado y se necesitaron cinco hombres para sacarlo.

Hamilton se interrumpe.

–Prosiga –dice Dora, muy seria.

–Eliminamos el polvo y el barro. Fuimos muy meticulosos al limpiar la vasija. Y nos sorprendió descubrir que no tenía ni una sola señal. Estaba en perfectas condiciones. Yo era el único que sabía su valor, que sospechaba su antigüedad. Pero la verdad, Dora, es que el *pithos* no me pertenece a mí realmente. Nunca me ha pertenecido. Yo solo había estado salvaguardándolo todos estos años. Así que hice que lo envolvieran y lo enviaran a Palermo, donde lo guardé en un almacén hasta que llegó el momento de embarcarlo hacia Inglaterra.

En el centro de la mesa, las llamas de las velas tiemblan en sus cabos. Parece que todos los reunidos contienen la respiración hasta que Dora deja escapar el aire.

–La encontró en Grecia.

–Sí.

Dora cierra las manos.

–¿En qué parte de Grecia? –pregunta con voz clara y tranquila.

Sir William la mira unos momentos.

–En el monte Licaón. Dora, yo reabrí la excavación de tus padres.

Se hace el silencio. Edward observa el desfile de emociones que pasan por el rostro de Dora, del dolor a la comprensión y a la resignación, y quiere ir a su lado y cogerla en sus brazos.

La joven crispa el rostro y apoya la cabeza en las manos.

CAPÍTULO TREINTA Y CUATRO

Él sueña. Sueña con tierra fría y húmeda, una tumba de impenetrable oscuridad, de barro y piedra antiquísimos.

No sabe dónde está. No sabe quién es. Siente que es él, aunque percibe en su cráneo el susurro de una voz –un aliento, un suspiro, una canción– que no le pertenece.

Luego se hace la luz.

Siente euforia, alivio. Ríe, respira la dulzura del aire. ¡Oh, cómo ha echado de menos su caricia, cómo ha anhelado su pureza! Pero entonces, entonces…

Agua. Siempre la ha detestado. Primero suciedad y restos de naufragio, luego sal y salmuera. La interminable oscuridad de las profundidades.

Espera otra vez. Otra vez. Siempre esperando.

Grita. Canta su dolor a través del océano, da vida al viento. Y entonces, tan inevitables como las estrellas, llegan ellos.

¡Y con qué facilidad lo encontraron! Qué náuseas sintió al ver su avaricia mientras lo liberaban.

Durante días se retuerce y flota, durante días nota la enfermedad de ellos, su insaciable deseo. Bueno, ¿y por qué debía hacerles agradable el viaje? ¿Por qué no insuflar miedo en sus corazones, verter ponzoña en sus heridas y causar temibles tormentas? Ellos saben lo que son, saben lo que hacen. Saben que su hora se acerca, porque él es a un tiempo su salvación y su peor pesadilla.

Agua.

Es un simple paso hacia otro lado. Siente el balanceo de las olas, oye los gritos de las gaviotas, huele el familiar aroma a tierra firme que transporta la brisa, y sonríe ante la posibilidad de despertarse.

–¿Hezekiah?

Despierta y ve a Lottie apretándole el hombro. Gruñe, se pone boca arriba. El suelo del sótano es frío y duro. Contempla durante largo rato el techo, las vigas podridas y llenas de telarañas grises de polvo que cuelgan como guirnaldas de gasa.

–¿Qué haces aquí abajo? –pregunta Lottie.

Hezekiah percibe el tono nervioso de su voz, pero no tiene paciencia para eso. Se incorpora hasta quedar sentado y se pasa una mano por la cara. A pesar del frío del sótano, tiene la piel caliente y pegajosa.

–¿Qué hora es?

–Más de las diez.

Hezekiah frunce el entrecejo.

Llegó a casa a las seis y media (entre los vapores de la ginebra, recuerda haber consultado el reloj de bolsillo que lleva a todas partes desde que lo compró) y bajó al sótano a ver la vasija, a comprobar si la habían devuelto intacta a su sitio. Se sentó delante de ella, palpó los lados con las manos (se llevó una sorpresa al notar que estaba caliente) y deseó que le hablara. Por supuesto, no esperaba que lo hiciera. No esperaba que saliera una voz desde sus entrañas de tierra. No, solo quería saber, entender por qué todos sus esfuerzos se habían visto frustrados durante tanto tiempo, por qué estaba vacía, por qué, por qué, por qué…

–He debido de quedarme dormido –murmura sin finalidad alguna.

Lottie se retuerce los dedos. El gesto irrita a su patrón.

–¿Tiene hambre?

–No.

Silencio.

–¿Por qué este objeto es tan importante para usted, Hezekiah? ¿Por qué lo codicia tanto?

Siente que se le retuercen las entrañas, lo empieza a invadir la cólera y oye un zumbido sordo en la cabeza.

–Porque es mío –dice.

–¿De verdad?

271

Hezekiah cierra el puño. Oye a Lottie retroceder un paso, hacia la escalera.

–Helen no se lo merecía. Ya te dije lo calculadora que era. Qué tramposa. Me utilizó.

–Pero Helen está muerta.

–Sí. Y ahora la vasija es mía.

El zumbido cesa. Hezekiah suspira.

–Entonces, ¿por qué no la vende?

Hezekiah se queda callado un rato. Está pensando. ¿Qué puede contarle? ¿Debe contarle algo? Sin embargo, conoce a Lottie, sabe que es como un perro de presa con una costilla y no descansará hasta haberse saciado.

Respira hondo y paladea el sabor rancio de la ginebra.

–Hay una fortuna.

Otro silencio.

–¿Qué fortuna?

Hezekiah la mira de reojo.

–Hay dinero. Mucho dinero. Está escondido en algún lugar que Elijah mantuvo en secreto, para que yo no lo supiera. ¡Yo! –exclama Hezekiah, lanzando una risa amarga–. ¡Su propio hermano! –Respira hondo de nuevo y aprieta los puños–. Estaba el contenido de la tienda, desde luego; lo vendí hace mucho para asegurarme de que a ella no le quedara nada. Pero había más. Mucho más. Y no sé dónde está. Esta vasija es la clave.

–Entiendo.

Lottie está lejos de él y en la penumbra del sótano no puede leer la expresión de su rostro magullado. ¿De verdad lo entiende? ¿O no? Pero hasta ahora nunca ha puesto reparos. Nunca ha cuestionado el dinero que él ha ganado durante estos años. Hezekiah la mantiene bajo su techo. Y le da seguridad.

–¿La vasija es la clave?

Hezekiah se seca los ojos con la mano, se siente agotado de repente.

–Había una nota. Un trozo de papel escrito por Helen, siguiendo las instrucciones de Elijah. Decía de qué modo podía Dora reclamarla. La fortuna.

Lottie guarda silencio.

–¿Y la nota estaba ahí dentro? –dice al fin, señalando la vasija

272

con el dedo. Hezekiah asiente con la cabeza–. ¿Y qué pensaba hacer con ella?

–Reclamarlo todo como si fuera mío. Destruir la prueba. Vender la tienda.

Hezekiah se remueve en el suelo, hace una mueca porque la pierna le duele mucho y no quiere hacer caso del olor, aunque cada vez le cuesta más.

–¿Por qué no lo pusieron en el testamento?

–No hubo testamento.

–Entonces, ¿cómo…?

–No importa –dice Hezekiah, agitando la mano para detener las palabras que se forman en la lengua infernal de Lottie–. El caso es que se escribió la nota y la dejaron en la vasija, pero ahora no está.

Lottie no dice nada. Hezekiah siente un pinchazo en la pierna. El dolor le impide respirar.

–Hezekiah.

–Qué.

–¿Y Dora?

–¿Qué pasa con ella?

–Usted dijo que tenía un lugar para ella. ¿A qué se refería?

Hezekiah mira sin ver lo que tiene delante.

–Fui a ver a tu vieja alcahueta. Tiene un cuarto para ella cuando yo quiera.

Oye a Lottie respirar hondo, el aire silba cuando pasa por su garganta.

–No. No puede hacer eso.

–Puedo y lo haré.

–Pero…

Se oye un golpe en el piso de arriba. La campanilla tintinea con fuerza, el muelle chirría de un modo desagradable.

Lottie se vuelve y sube la escalera. Hezekiah la sigue, pero le cuesta más acometer esta hazaña. Cuando llegan a la tienda, la puerta está temblando peligrosamente en el marco.

–¡Un momento, un momento! –grita Hezekiah, jadeando mientras avanza entre las estanterías.

Un falso cuenco Wedgwood cae al suelo y se hace añicos.

–¡Abre, Blake! ¡Abre la puerta, maldita sea!

Hezekiah se detiene en seco y siente un nudo en las tripas.

«Por las fauces del infierno, es Coombe», piensa.

Hezekiah traga saliva y levanta una mano temblorosa.

–Lottie, no…

Sin embargo, no sirve de nada, porque Lottie ya ha descorrido el cerrojo.

Apenas ha tocado la puerta cuando esta se abre de par en par y Coombe, furioso, la aparta a un lado para pasar. El hombre se detiene un momento para acostumbrar los ojos a la oscuridad, buscando a Hezekiah. Cuando lo ve, avanza hacia él con los brazos abiertos y Hezekiah se encoge, aferrándose a la estantería para apoyarse.

Coombe lo tiene cogido del cuello al momento. Detrás de él, la estantería se balancea y se oye un estrépito ensordecedor cuando caen al suelo los demás Wedgwood falsos.

–¡Ha muerto! –grita Coombe, y Hezekiah huele a carne podrida–. ¡Ha muerto, ha muerto, y es culpa tuya, tuya!

Cada vez que grita «muerto», Coombe lo sacude con fuerza, haciendo que los dientes de Hezekiah choquen entre sí. Por encima del zumbido de la sangre en sus oídos, le parece oír los chillidos de Lottie.

–¿Quién ha muerto? –dice jadeando.

Solo entonces advierte, lleno de vergüenza, que la orina le empapa los pantalones y gotea sobre las baldosas del suelo.

–¿Que quién ha muerto? –Coombe abre unos ojos como platos y el blanco reluce en la oscuridad–. ¿Que quién ha muerto?

El hombre ríe sin el menor asomo de humor y afloja la presa. Hezekiah cae y da un grito al tocar el suelo, pues ha caído sobre la estantería volcada, sobre los fragmentos de cerámica rota. Coombe da media vuelta, tirándose frenéticamente de los pelos.

–Eso es muy propio de ti, ¿verdad, Hezekiah Blake? No recordar nada, ni siquiera preocuparse, maldito bastardo egoísta. –Vuelve a mirarlo. Hezekiah se da cuenta entonces de que tiene el rostro cubierto de lágrimas–. ¿Ni siquiera sabes su nombre?

–Samuel.

Lo dice Lottie. Coombe suspira.

–Sí. Samuel. La fiebre se lo ha llevado. Deberías haber visto…

A Coombe se le quiebra la voz y se lleva las manos a la cabeza. Durante un rato solo se oyen sus sollozos.

–Lo siento –susurra Lottie.

Coombe se limpia las mejillas y asiente con la cabeza.

–Ya veo que tú sí. Pero él…

Hezekiah, con mucho cuidado, consigue salir de entre los cascajos de cerámica, pero no puede ponerse en pie, todavía no. Se sujeta con indiferencia fingida en el borde de la estantería e intenta apartarse los pantalones mojados, que ya están fríos, de la carne del muslo. La tela, sin embargo, está demasiado ceñida, no da de sí y se le pega como una segunda piel.

–Lo lamento mucho –dice Hezekiah, aunque no lo siente en absoluto–. Pero no alcanzo a ver por qué es culpa mía.

–¿Que no lo ves? –Coombe se tira del guante de ante que le llega hasta el codo–. Tú me enviaste a Grecia cuando descubriste lo de la excavación. Tú me hiciste seguir la pista de esa cosa maldita, tú nos mandaste a recuperarla cuando se perdió…

–¡Te digo de una vez para siempre que esa vasija no está maldita! –A pesar del miedo que le da aquel hombre, la furia de Hezekiah vuelve a renacer–. Imbécil supersticioso. ¿Cómo se te ocurre pensar que una tinaja puede ser la causa de todo eso? Es una pieza de alfarería, un simple objeto, nada más.

Coombe se acerca a él dando largas zancadas y Hezekiah se encoge, desea tener fuerzas para echar a correr. Coombe se quita el otro guante.

–¡Y yo te pregunto cómo puedes explicar esto!

Aunque la tienda está en sombras, Hezekiah percibe demasiado bien la cosa que tiene delante. Porque solo puede definirse como «cosa»: lo que debería haber sido una mano y un brazo ahora no es más que un apéndice, una excrecencia ennegrecida. A la tenue luz que llega desde la calle ve brillar las pústulas. Y el olor. ¡Dios santo, el olor!

Le dan arcadas y vuelve el rostro hacia otro lado, pero Coombe lo coge por la barbilla con la mano sana y se la aprieta tan fuerte que Hezekiah grita de dolor.

–¡Míralo, maldito seas! Y todo esto por la simple rozadura de un bramante. Un bramante que usé para sacar del fondo del mar esa presa de mala muerte. ¿Y aún dices que tu preciosa vasija no ha tenido nada que ver?

Pero Hezekiah es testarudo. No lo reconocerá. No puede.

–El bramante era tuyo, no mío, y tampoco tenía ninguna relación con la vasija. Puede que se contaminara con algo, con alguna sustancia, con algo que infectara la piel.

Coombe sacude la cabeza con indignación. Se le dilatan las fosas nasales como si fuera un toro.

—Sigues sin encontrarle sentido, ¿verdad? ¿Está mejor tu pierna?

Hezekiah cierra la boca. Coombe le suelta la barbilla dando un bufido.

—Matthew —dice Lottie dando un paso al frente y retorciéndose las manos—, ¿crees que la vasija tiene la culpa de tu mal? ¿Que la muerte de Sam, la enfermedad de Charlie, la pierna de Hezekiah... se deben a una vasija?

Coombe vuelve a ponerse el guante muy despacio.

—Sí, eso es exactamente lo que creo.

Lottie parece a punto de echarse a llorar.

—Hezekiah...

—Calla —resopla Hezekiah.

Este se levanta del suelo con gran esfuerzo. No va a consentir que le hablen así. Y menos un muerto de hambre como Matthew Coombe. Y en su propia tienda, maldita sea.

—Yo no creo en maldiciones. ¡Siento lo de tu hermano, pero no es culpa mía, y tampoco es culpa de una vieja pieza de arcilla! Estás loco de dolor y eso te hace decir tonterías sin sentido. —En vista de que Coombe no responde, la confianza de Hezekiah en sí mismo crece, y saca pecho—. Es más, has venido aquí a unas horas intempestivas. Has estropeado mis mercancías. Has asustado a mi ama de llaves y me has acusado más o menos de asesinato. No, no voy a permitirlo. Vas a salir de mi establecimiento ahora mismo. ¡Ahora mismo he dicho!

Se hace un silencio lleno de malos augurios en el que Coombe lo mira fijamente, cerrando y abriendo el puño sano, y Hezekiah empieza a ver un peligro renovado en los ojos del hombre. En ese momento, la ola de bravuconería que ha poseído a Hezekiah empieza a desinflarse: siente crecer la duda en su interior y un escalofrío de miedo le recorre la columna vertebral como una centella.

Coombe gira sobre sus talones. Las baldosas del suelo crujen.

—¿No vas a aceptar ninguna responsabilidad?

Hezekiah levanta la barbilla.

—No.

—Muy bien. No me dejas otra opción. Mañana, cuando haya enterrado a mi hermano, iré a hablar con las autoridades. Se lo contaré todo. Y a tu sobrina también. Ya lo verás, Hezekiah Blake, vas a pagar por lo que has hecho.

–Si lo haces, te hundirás conmigo.

Pero Coombe ya se ha ido y ha dejado la puerta balanceándose en las bisagras. Hezekiah no se da cuenta de que ha contenido la respiración hasta que intenta respirar de nuevo. Piensa en Elijah, en la zorra de su mujer, ambos muertos y enterrados hace tiempo, en la hija rebelde que dejaron, en su fortuna, una fortuna que le pertenece a él, en la nota...

Lottie avanza hacia su patrón con la mano extendida.

–Hezekiah.

El olor agrio de su propia orina se le introduce en la nariz; algo empieza a romperse en su mente, formando una serie de grietas afiladas.

–Hezekiah...

–¿Dónde está Dora? –brama por encima de los crujidos de los cascajos que se hacen añicos bajo sus pies–. ¡Quiero hablar con ella enseguida! –Pasa por delante de Lottie, tirando violentamente de la pierna para caminar–. Arriba, en ese cuchitril suyo, ¿verdad? ¡Ese cuarto que parece un pozo!

–¡No está en la casa!

Las palabras han sonado con un timbre de pánico tan agudo que Hezekiah se detiene en seco y se vuelve hacia ella.

–¿Qué? –brama.

Lottie palidece. Su piel llena de magulladuras le recuerda el bulboso pellejo de un pulpo que vio una vez en una playa de Mikonos y, por primera vez en su vida, la mujer le da asco.

–Está... –dice Lottie, retorciéndose de nuevo las manos–. Está cenando con los Hamilton, lord y lady Hamilton, eso dijo.

Silencio.

Lord Hamilton.

Una mano de hierro le oprime los pulmones.

–¿Qué? –pregunta, y esta vez no puede controlar el miedo.

Pero Lottie se ha quedado en silencio, como si creyera que el diablo se ha apoderado de Hezekiah. El hombre abre la puerta de la vivienda con tanta violencia que la campanilla golpea la pared. Sube arrastrándose el primer peldaño de la escalera.

–¿Adónde va? –grita Lottie, echando a andar tras él.

–¡A su cuarto! La ha escondido. Lo sabe. ¡Lo que significa que él también lo sabe! ¡Tengo que encontrarla antes de que Coombe hable con ella!

–¡Hezekiah, no!

Pero el hombre ya está en el primer descansillo, luego sube hasta el segundo y, por último, hasta el desván de Dora. Abre la puerta con tanta fuerza que casi la arranca de las bisagras.

El cuarto está impecablemente ordenado, pese a ser un lugar tan deprimente. La urraca, el maldito y asqueroso pájaro, le grazna con fuerza. El ruido le resulta ofensivo, pero no le hace caso.

Hezekiah va directamente al armario y tira el contenido al suelo. Nada. Luego va a la cómoda. Cada vez que abre un cajón, hurga entre las prendas y las tira igualmente al suelo. Nada.

¿Ahora dónde?

Lottie lo mira desde la puerta.

–Hezekiah…

–Por el amor de Dios, mujer, déjame en paz. Vamos, vete, ¡largo!

Lottie lo mira fijamente. Luego, con un suspiro de resignación que enfurece aún más al hombre, desaparece, y él espera a oír sus pesados pasos en la escalera antes de seguir buscando.

Hezekiah se acerca cojeando a la cama, se pone de rodillas y mira debajo. Una bolsa hecha con tejido de alfombra. La recoge y pasa el dedo por la H que tiene bordada. Se acuerda de cuándo se la compró a Helen. La rompe con furia. ¡Nada, nada!

La urraca grazna.

–¡Cállate! –grita Hezekiah–. ¡Cállate!

¿Dónde más? ¿Dónde podría esconderla? Entonces ve el escritorio pegado a la ventana y sonríe con alivio. ¡Pues claro!

Abre un cajón, levantando el labio en un gesto de desdén. Basura. Cristal, alambre, trozos de piel y de encaje. Coge una cuenta de cristal. ¿No había advertido hace ya algún tiempo que le había desaparecido una pulsera de jade falso? También la castigará por esto.

Hurga entre el revoltijo de objetos inútiles. ¡Nada! Pero cuando está a punto de desistir, ve una bolsa que le resulta familiar.

¡Su monedero! ¡Ella se lo quitó! Lo coge, lo abre. No contiene dinero. Ni nota. En su lugar hay una pequeña cajita. Y dentro…

–Esa maldita maquinadora.

La cajita contiene cera. Se fija mejor y descubre que es un molde de cera con una pequeña llave de metal incrustada.

Hezekiah busca la cadena que lleva al cuello, se la saca de dentro de la camisa y compara las dos llaves, una al lado de la otra.

Idénticas. La de Dora es más nueva, el bronce aún no está gastado por la antigüedad. Pero los dientes…

Recuerda la noche de la ginebra.

«Vaya. Así fue como lo hizo», piensa.

Suelta la cadena y la llave rebota ligeramente contra su pecho.

Deja a un lado la caja y el duplicado de la llave cae al suelo con un tintineo apagado. Hezekiah gira sobre la pierna sana y mira frenético a su alrededor.

¿Dónde estará? ¿Dónde estará?

¿Y si se ha equivocado? ¡Pero no puede ser! Quizá lleve la nota encima, quizá se'la esté enseñando a Hamilton en este mismo momento, quizá…

La urraca, que ha quedado en silencio tras el grito de Hezekiah, deja escapar un grito larguísimo y Hezekiah da un salto. El pájaro lo observa desde la jaula con unos ojillos negros que parecen juzgarlo, acusarlo. Ladea la cabeza y Hezekiah aprieta los dientes.

–Bueno, bueno.

Y cuando Hezekiah se acerca, el pájaro se pone a silbar.

CAPÍTULO TREINTA Y CINCO

—¡Oh, querida!

Lady Hamilton le rodea los hombros con el brazo, pero Dora apenas se da cuenta del amable gesto.

¿Cómo es posible? ¿Cómo la consiguió su tío, cómo se enteró?

Le ponen en la mano un vaso de agua y la obligan a beber.

—Discúlpenme —susurra Dora cuando ha vaciado el vaso. Mira a sir William y a Edward, que la observan preocupados— Por favor, prosiga. Tengo que oírlo. Necesito oír el resto.

—Dora —dice sir William con un aire de profunda preocupación—, tenemos un asunto muy grave entre manos. Si hubiera podido, te habría protegido.

—Cuéntemelo. —Sabe que habla con dureza y de un modo implacable, pero no está dispuesta a quedarse a medias, no ahora que está a punto de conocer toda la verdad—. Por favor.

Lady Hamilton se sienta en la silla que está al lado de Dora. Sir William carraspea para aclararse la garganta.

—Cuando tus padres murieron, dirigí la excavación durante varios años. Compré el terreno, nombré encargados para que me notificaran si había algún cambio.

—¿A qué se refiere con «cambio»? —pregunta el señor Ashmole.

Una pausa.

—No puedo contar el resto si no conocen la historia de Helen y Elijah Blake. Dora, ¿quieres hacerlo tú?

Dora vacila. Edward se inclina hacia delante.

—Si no te sientes capaz...

La mira con un afecto y una preocupación tan grandes que Dora tiene que hacer un esfuerzo para no llorar.

–Sí. Lo explicaré lo mejor que pueda. Yo era solo una niña, ya saben. Mis recuerdos son, en el mejor de los casos, borrosos. –Respira hondo–. Crecí sin un hogar fijo. Estaba la tienda, por supuesto, que mis padres dejaban a menudo a cargo de mi tío, y pasé muchos meses en ella cuando mis padres paraban en Londres. Pero no podían quedarse mucho tiempo en el mismo sitio. No hacían más que explorar el Mediterráneo y yo los acompañaba en todos sus viajes. Mi madre estaba fascinada por la historia cultural de su patria. Siempre me hablaba de los mitos griegos, siempre dibujaba episodios en papeles que luego se guardaba en los bolsillos. Ella me enseñó a dibujar –dice Dora, sonriendo con nostalgia–. Fue durante un viaje a Nápoles cuando conocimos a sir William.

–Me quedé atónito ante el talento artístico de Helen –interrumpe sir William–. Yo me servía de Johann Tischbein para dejar constancia gráfica de mis hallazgos, pero a veces él estaba ocupado en otra parte, así que le encargaba el trabajo a Helen.

–Un momento –interviene lady Hamilton–. Creo recordar... un verano que tuviste visitas, ¿no, William? Y con ellos iba una niña. Señorita Blake, ¿era usted?

–Naturalmente que sí, querida –responde sir William–. Pero por favor, Dora, continúa. ¿Nápoles?

Dora coge aire.

–Creo que usted podría explicar esa parte mejor que yo.

–Muy bien. –El anfitrión toma un sorbo de vino y vuelve a llenar la copa con la licorera que descansa sobre la mesa–. Recuerdo que estábamos cenando en la terraza que daba al golfo. –Mira a Dora–. Tú estabas sentada en el regazo de tu madre.

Dora esboza una débil sonrisa.

–Lo recuerdo.

Sir William inclina la cabeza.

–Le expresé mi admiración a Helen por haberte puesto el nombre de Pandora. Ese nombre significa «omnidotada» y me pareció encantador. Me contó que te había puesto el nombre por el mito. Cuando le pregunté el motivo, me dijo que la historia la había fascinado desde niña.

–¿Y cuál es la historia? –pregunta lady Hamilton.

Edward se encuentra con la mirada de Dora desde el otro lado de la mesa. Ella entiende lo que él le pregunta, aunque no diga las palabras en voz alta. «¿Estás bien?», dicen los ojos de su amigo. A Dora se le encoge el pecho. Aunque su enfado con él no ha desaparecido, en ese momento tiene la sensación de que ha quedado arrinconado y le responde con un movimiento afirmativo de la cabeza. Sir William lo interpreta como una autorización para apartarse aún más de la historia de la muchacha.

–Ha habido muchas variantes del mito en el transcurso de la historia. Para la explicación de esta noche, contaré la más común. –Respira hondo–. Seguro que sabéis que en la mitología griega Zeus era el dios principal. Durante miles de años, el mundo estuvo compuesto solo de dioses, semidioses y criaturas míticas. Aunque sus vidas no eran precisamente armoniosas, era, en muchos aspectos, un mundo perfecto. Pero Zeus, insatisfecho de este «mundo perfecto», que consideraba demasiado aburrido, encargó a su buen amigo Prometeo que creara los primeros seres humanos con barro y con la saliva del propio Zeus. La diosa Atenea les dio vida infundiéndoles su aliento.

»Pero todos estos humanos eran varones, y no poseían la capacidad de hacer fuego, pues Zeus consideraba que ese conocimiento estaba reservado a los dioses. Sin embargo, Prometeo opinaba que los humanos tenían que evolucionar y crear, así que robó el fuego de Hefesto, el dios de los herreros, y se lo entregó a los humanos. Cuando Zeus descubrió la traición de Prometeo, le encargó a Hefesto que creara la primera hembra humana y la dotara de todas las artimañas femeninas que muchos creen que son la causa de la caída del hombre. Esta primera mujer se llamó Pandora.

»Pero ni siquiera entonces estuvo completa la venganza de Zeus. Antes de liberarla, le dio a Pandora una vasija, no una caja, como muchos creen. Ese error se debe a una mala traducción atribuida al filósofo holandés Erasmo de Rotterdam. Al contar la historia en latín, cambió la palabra griega *pithos* por *pyxis*, que significa literalmente "caja". Pero el caso es que era un *pithos* y Zeus le ordenó que no lo abriera nunca.

»Pandora fue entregada al hermano de Prometeo, Epimeteo. Se enamoraron perdidamente y fueron felices durante muchos años. Pero la atracción del *pithos* no dejaba descansar a Pandora. Una noche, incapaz de dormir, abrió la tapa de la vasija y así se completó la venganza de Zeus, pues de allí salieron al exterior todos los males del mundo de los que nunca nos hemos recuperado: enfermedad, violencia, engaño, sufrimiento y desdicha. Pandora se asustó tanto por lo que había hecho que cerró la tapa inmediatamente antes de que saliera el último mal. Zeus había introducido también la esperanza, para castigar y torturar al hombre. Según él, la esperanza era a menudo la falsa promesa de un bien. Yo creo que cada cual es libre de considerar la esperanza un mal o un bien.

La habitación se queda en silencio. El aire parece cargado, como si la leyenda fuera algo vivo que el relato de sir William ha despertado. El anfitrión toma otro sorbo de vino y los demás lo imitan. Es el señor Ashmole quien finalmente rompe el silencio.

–¿Y cómo se relaciona todo esto con la señorita Blake?

Sir William mira a Dora.

–¿Querida? –la anima.

Dora respira hondo. Entre todos los fragmentos del espejo roto de su memoria, este es el que ha conservado con ella todos estos años, el único que ha permanecido completo en su mente. Recuerda la voz de su madre contándole el mito de Pandora en la cama mientras Dora giraba el camafeo una vez, y otra y otra en la palma de su diminuta mano. Pero, por supuesto, nunca se le ocurrió que el *pithos* que había estado dibujando fuera el mismo del que su madre le hablaba en su infancia.

–Mi madre creía –comienza Dora– que detrás del mito de Pandora había existido una mujer real. No la propia Pandora del mito, por supuesto, pero recuerdo haberla oído decir que la fábula tal vez tuviera una base real. Es lo mismo que comentaba usted antes acerca de las supersticiones, lady Hamilton. Mi madre creía que tal vez hubiera existido en la antigua Grecia alguien con ese nombre, una mujer de gran poder y belleza, probablemente de linaje aristocrático, y que se moldeó una vasija para homenajearla. Otra hipótesis es que fuera una mujer corrupta, ya que, según el mito, Pandora liberó todos los males naturales en el mundo, y por lo tanto la vasija se habría hecho como una especie de afrenta. En cualquier caso, mi madre creía que pudo haber existido una vasija tan excepcional como para transmitir una leyenda así durante generaciones. Pero yo no sé si es eso lo que mis padres buscaban durante sus últimas semanas.

Para mí solo era otra excavación, una más entre las muchas a las que me llevaron en aquellos años.

Sir William le da un golpecito a la copa con el dedo.

–¿Cómo ibas a saberlo? Solo eras una niña –dice, esbozando una amable sonrisa–. Pero eso es lo que estaban buscando. Verás, Helen me contó que, investigando sobre el mito, averiguó que Pandora había perecido en un gran diluvio. Sin embargo, la leyenda también dice que Pandora y Epimeteo tuvieron una hija que sobrevivió, Pirra, así que Helen cogió esos tres nombres y el diluvio, y los utilizó como punto de partida. Al parecer pasó años documentándose sobre apellidos y asentamientos, y llegó a creer no solo que los había localizado en fuentes históricas, sino también geográficamente. Rastreó su linaje hasta el sur de Grecia, lo cruzó con listas de víctimas de desastres naturales y descubrió que se había producido una gran inundación... en una población situada al pie del monte Licaón.

Dora se pellizca el puente de la nariz.

–No recuerdo exactamente cómo fuimos a parar todos al Peloponeso, ni si estaba con nosotros sir William. Pero estuvimos allí, y fue una de las raras ocasiones en que mi tío nos acompañó. Recuerdo muy poco de ese día, o de los días anteriores, pero sí que algo iba mal. Mis padres y mi tío discutían todo el tiempo. Yo...

Lady Hamilton le aprieta el brazo.

–Continúe.

Dora cierra los ojos. Evoca un cielo profundamente azul. Sin nubes, traspasado solo por un sol demasiado cegador para mirarlo directamente. Ante ella se alza una montaña de laderas alfombradas de verde y árboles de copa frondosa. Bajo sus pies, la tierra está reseca: profundas grietas cubren la superficie, como si se tratara de un antiguo pergamino que ha estado demasiado tiempo al aire libre. En alguna parte, sobre la hierba convertida en paja a causa del calor, canta un grillo. Evoca monolitos rotos, estrechas zanjas apuntaladas por vigas de madera. Un profundo agujero en el suelo, un túnel oscuro que conduce a un lugar que ella no puede ver, a menos que baje por una escalera de mano. A su alrededor, tiendas de campaña blancas cuya lona agita a impulsos una brisa que apenas lleva aire. Entonces el espejo fragmentado tiembla, se rompe de nuevo, y Dora ya no consigue recordar nada más.

–Yo estaba en la excavación el día que ocurrió –dice mecánicamente–. Hacía calor. Un calor abrasador. Ese calor seco que carga los pulmones y dificulta la respiración. No había nadie más alrededor. Los trabajadores dormían. Recuerdo haber ido al pozo en busca de agua para mis padres. Recuerdo que acababa de entrar en la cámara de acceso cuando la tierra empezó a hundirse a mi alrededor. Pero yo sabía que mis padres estaban en la siguiente cámara y traté de llegar hasta ellos. Grité...

Habla muy deprisa, se echa a temblar y se le nubla la vista. De repente, el señor Ashmole –él, precisamente– le coge la mano y Dora se la aprieta con todas sus fuerzas.

–Sé que me quedé atrapada. No podía gritar. No podía respirar. Lo siguiente que recuerdo es estar en una litera, en la tienda. Sir William me había rescatado...

Dora se da cuenta de que jadea en busca de aire, de que lady Hamilton le sirve otro vaso de agua. Lo bebe de un trago y transcurren unos minutos hasta que se recobra.

–Lo siento mucho, Dora.

Es sir William quien ha hablado. Dora levanta la cabeza y al darse cuenta de que todos la están mirando, suelta avergonzada la mano del señor Ashmole. Su piel pasa del blanco al rosa cuando la sangre le empieza a circular de nuevo.

–Perdóneme –murmura el señor Ashmole, flexionando los dedos–. Pero usted dijo que había dos partes en esta historia.

Edward se levanta de la silla.

–Cornelius, no creo...

–No –dice Dora, reuniendo fuerzas–. El señor Ashmole tiene razón. ¿A qué se refería, sir William, cuando lo ha dicho?

Sir William suspira.

–No querría causarte más dolor.

–Dígamelo.

Sir William suspira otra vez, se pasa una mano por la cara y toma otro trago de vino.

–Como sabes, tus padres no estaban tan sepultados bajo tierra como temimos al principio. Sin duda trataron de escapar. Se recuperaron los cadáveres y recibieron sepultura. A ti te enviamos en barco a Londres y te dejamos al cuidado de tu tío. Se calificó de terrible accidente, la clase de desgracia que ocurre una y otra vez en este trabajo. –A sir William se le ha empezado a formar una profunda arruga entre las cejas–. Pero había algo que no me encajaba. Yo había supervisado el lugar. Has dicho, Dora, que no sabes por qué fuimos todos al sur de Grecia. Ahora puedo contarte que la teoría de Helen me intrigó. Yo financié la excavación y pedí formar parte del equipo que buscaba el *pithos*.

»Tus padres aceptaron encantados. Yo había supervisado varias excavaciones y siempre había tomado parte activa en ellas, así que sabían que no era un aristócrata ocioso. Y lo hicimos, Dora, encontramos un *pithos*. Coincidía en todos los detalles con las fuentes históricas y geográficas. Y algo más convincente aún, representaba el mito de la creación de Pandora. No había razón para suponer que no era el *pithos* que buscábamos. Estábamos extasiados. ¿Puedes imaginar las consecuencias históricas? Empezamos a hacer preparativos para desenterrarlo. Pero entonces…

»Dora, estoy seguro de que el yacimiento era sólido. Admito que habría sido más seguro con un buen entibado, pero nada hacía creer que existiera un peligro inminente, así que cuando se produjo el derrumbe, sospeché algún tipo de fechoría. Claro que no tenía pruebas. Y el asunto era de tal naturaleza… –Sir William guarda silencio y se aclara la garganta–. No pude hacer otra cosa que preservar el lugar. Como he dicho, había comprado el terreno y dejé un encargado para que lo vigilara. El año pasado me enteré de que se había producido una inundación. La riada arrastró tanta tierra que pareció que había una posibilidad de acceder de nuevo al lugar. Así que reabrí la excavación.

Mientras sir William hablaba, Dora ha tenido el corazón en un puño. De alguna manera, sabe lo que va a oír a continuación.

–Mi tío… –empieza.

Sir William adopta una expresión circunspecta.

–Hezekiah Blake no se dejó ver por ninguna parte durante el derrumbe. Llegó más tarde, con un arañazo y sangre en la cara. Aseguró que el derrumbe le había afectado y había conseguido salir por otro sitio. Pero el problema es que solo había un camino de entrada y otro de salida y, Dora… –dice sir William muy serio–. Yo estuve allí todo el tiempo. Sacándote de entre los escombros.

No tenía sentido quedarse. No tenía el más mínimo sentido.

Deja a Edward y al señor Ashmole en el carruaje y se niega a esperarlos mientras empuja la puerta de la tienda.

Recibe como una bofetada el hedor de la pierna tumefacta de Hezekiah y algo más, parecido al amoniaco, cuando cruza el umbral a toda prisa. Se detiene, ve la estantería volcada y los restos de cerámica tirados en el suelo, como si fueran los residuos que arrastra el Támesis.

–¡Tío! ¡Tío!

Dora quiere llorar, siente los ojos desbordados por las lágrimas, pero su furia es mayor que su pena. ¿Cómo pudo hacer algo así? Si Hezekiah fue el responsable de la muerte de sus padres y, al parecer, también de querer matarla a ella, entonces el *pithos* tiene que ser la causa. Y que esté allí en Londres, ahora, después de todos estos años... Pero ¿por qué? Dora da un grito, cruza corriendo la tienda y tropieza con la estantería. La loza cae sonoramente al suelo y la oye romperse.

–¡Dora!

Es la voz de Edward, aunque apenas se da cuenta. Llega a las puertas del sótano y tira de las manijas, pero no se abren. Baja la mirada y ve el candado cerrado. La cadena se balancea por la fuerza de su desesperado tirón.

Escaleras arriba, pues.

Vuelve apresuradamente sobre sus pasos.

–Dora –repite Edward alargando la mano.

Dora, sin embargo, no le hace caso y pasa por delante de él y del señor Ashmole, que está apoyado inútilmente en el mostrador, mirándola con lástima mal disimulada. La joven cruza la puerta de la vivienda y sube con paso implacable los peldaños.

Cuando llama a la puerta de la habitación de Hezekiah, no hay respuesta. Furiosa, la abre y ve la habitación tan oscura como boca de lobo.

–Señorita...

Dora se vuelve al instante. Lottie está en la puerta de su antiguo dormitorio. Se retuerce las manos y su ojo sano parece rojo e hinchado, como si hubiera estado llorando.

–¿Dónde está?

Su voz es tan tensa que se advierte el peligro en ella, de modo que el ama de llaves se limita a mirar a Dora sin pronunciar palabra.

–¿Dónde está? –repite la joven.

Lottie da un salto con la cara crispada.

–¡Se ha ido! –grita al fin, apretando los puños bajo la barbilla–. No sé adónde.

El rugido que lanza Dora no se parece a nada que Lottie haya oído antes. Se apoya en la barandilla. Su visión se puebla de puntos negros. Luego, decidida, toma impulso y empieza a subir la escalera.

–No suba, señorita.

Hay algo en la voz de Lottie… Dora se detiene y da media vuelta.

–¿Por qué no?

Pero Lottie sacude la cabeza y se niega a responder. «O tal vez no pueda», piensa Dora, mientras empieza a notar un martilleo en el pecho. Se vuelve de nuevo y sube las escaleras corriendo.

La puerta del desván está abierta, rota, colgando de un gozne. Desde el descansillo ve las ropas tiradas en el suelo, y vuelve a sentirse presa de la cólera. Es como si todo discurriera con lentitud, como si caminara bajo el agua y fuera incapaz de pisar la tierra con firmeza. De alguna manera, sin que ella sepa bien cómo, los pies la conducen al interior de la habitación.

Consternada, mira sus cosas desperdigadas en el suelo, sin orden ni concierto, las puertas abiertas del armario y los cajones fuera de sitio, el revuelo demoledor de su escritorio. Cuentas y alambre, todos sus artículos para las joyas, tirados como si fueran basura.

Una fría brisa agita suavemente la cortina de la ventana y la luz de la luna entra en el cuarto. Un rayo blanco ilumina el suelo. Vuelve la cabeza.

–No. Oh, no. No, no, no…

Como si fuera una marioneta movida por cuerdas, Dora sigue el rastro de plumas negras y blancas desparramadas en el suelo. Levanta los ojos. La puerta de la jaula cuelga precariamente de sus bisagras y Dora se lleva la mano a la boca para ahogar un sollozo.

Al fondo de la jaula está Hermes, su precioso Hermes, caído, yerto, con el elegante cuello partido.

TERCERA PARTE

Cuando todo, ambición, alegría y pena,
se ha disuelto en proceloso goce
y el delicioso sueño todo lo ha apaciguado,
entonces vuelves a vivir desde el principio
y vuelves a temer, a desear, a esperar y anhelar.

GOETHE, *Prometeo* (1773), acto II
(traducción de Cansinos Assens)

CAPÍTULO TREINTA Y SEIS

Suele tardar una hora en ir al Horse and Dolphin desde la orilla oriental del río, pero la pierna le duele a más no poder y, a pesar del frío helado del aire de febrero, Hezekiah suda profusamente. Tarda casi dos horas en completar el trayecto.

Cuando el cielo está oscuro, la ciudad tiene una piel diferente. Hezekiah recorre callejones húmedos y sucios con la nariz arrugada y le sorprende descubrir que incluso a esa hora de la madrugada se oyen fuertes carcajadas en las casas.

Todo está cubierto por una negrura repelente. Los adoquines sueltos le salpican de barro las medias y los calzones cuando los levanta al pisarlos con la punta del pie. Los tacones se le hunden profundamente allí donde hay tierra mojada. Cuando despega el zapato oye un desagradable ruido de succión y, pese a que tiene asuntos mucho más urgentes de los que ocuparse, le agobian las manchas.

Trata de no hacer caso de los mendigos que acechan en los portales desconchados, se arrebuja en el redingote, se tambalea al ver lo que parece un cadáver tirado al pie de una fachada de tres plantas. Realmente irónico, si se tiene en cuenta dónde acaba de estar.

Lo que acaba de hacer.

Mantiene la cabeza gacha. No quiere pensarlo. No, pensará en otras cosas, pensará en lo que le espera allá en las entrañas de la tienda.

La nota tanto tiempo buscada está ahora en el bolsillo de su redingote, cerca de su corazón: arrugada, rasgada y manchada con los excrementos del pájaro, pero la tiene. Se acaricia el bolsillo y piensa con regocijo en lo que la nota ha revelado. ¡La fortuna ha estado delante de sus narices todo este tiempo! Y la llave de la caja fuerte de Bramah, la llave que ha guardado dentro del globo terráqueo del comedor, le permitirá apropiarse de ella. ¿Cómo no se había dado cuenta? ¿Cómo no lo había advertido? Tuvo que ser idea de Helen, con lo retorcida que era aquella mujer. Lo tomó por tonto desde el principio. ¡Pero ha ganado él! ¡Finalmente, después de doce años de espera, ha ganado!

Cuando haya terminado, quemará la nota. «Y Dora –piensa con placer vengativo mientras deja Hedge Lane para adentrarse en St Martin Street– nunca se enterará». La enviará al burdel y habrá acabado con ella. Nunca más volverá a molestarlo.

El Horse and Dolphin es una taberna de aspecto imponente, con sucios ladrillos y aleros que cuelgan bajos sobre la puerta. Toscas y ruidosas carcajadas se filtran a la calle y la tenue luz de las ventanas proyecta un resplandor amarillento sobre los irregulares adoquines. Varias prostitutas merodean en un rincón con aire cansado, buscando un cliente, y Hezekiah lo piensa brevemente, al tiempo que da vueltas a una moneda en el bolsillo.

No, decide. Ya habrá tiempo para eso.

La taberna es profunda y laberíntica, con altas vigas de madera en un techo lleno de manchas. El humo de tabaco le irrita la garganta y Hezekiah tose y se introduce el dedo en el cuello para aflojar el pañuelo que lleva. Se lame los labios con nerviosismo y mira alrededor con aire furtivo.

Ahí está.

Hezekiah se acerca cojeando a una mesa oculta en un entrante situado a la izquierda de la puerta. Un hombre canoso, vestido con un traje negro raído pero elegante, se levanta de la silla con las cejas enarcadas por la sorpresa. Le tiende una mano con manchas de vejez para saludarlo.

–Blake –dice mientras el recién llegado toma asiento. La abultada tripa de Hezekiah se aprieta incómodamente contra la mesa de madera–. No esperaba verlo a estas horas. –Una pausa–. ¿Qué le pasa en la pierna?

–Tengo un trabajo para usted –dice Hezekiah, pasando por alto la pregunta.

El hombre vuelve a sentarse, mirándolo de hito en hito.

–¿Un trabajo para mí, dice? Mejor modere su tono, Blake. Recuerde –dice, señalando la barriga de Hezekiah con los ojos– que sin mí no estaría tan bien alimentado. –Otra pausa–. Tiene sangre en el puño de la camisa.

Hezekiah estira la manga del redingote para taparla.

–Lo que quiero decir es que tengo un trofeo, algo realmente maravilloso. Sus compradores no se sentirán decepcionados.

–Hum.

El hombre saca del bolsillo un cuaderno de piel y lo abre por el final. Del otro bolsillo saca un lápiz y un cuchillo. Con lentitud y cuidado, empieza a sacar punta al lápiz.

–¿Y qué trofeo es ese? Me temo que nuestros clientes están empezando a aburrirse de sus cacharros griegos. Cada vez es más difícil venderlos. ¿Cuántos le quedan en el almacén? ¿Sesenta? ¿Ochenta?

Hezekiah se retuerce en el duro banco. La superficie le rasca el trasero.

–Es griego, eso se lo garantizo –dice. Su compañero de mesa deja de afilar el lápiz mientras del cuchillo cae una viruta de madera–. Pero no se parece a nada que haya visto antes.

–Convénzame.

Hezekiah respira hondo.

–¿Qué tal si le digo que he adquirido una gran vasija en perfecto estado?

–Diría que ya he oído eso antes.

–Pero esta vez es cierto. Verá, sé de buena tinta que la vasija es anterior a la historia conocida.

«No es del todo cierto –piensa–. Es lo que asegura Dora, pero ¿qué va a saber ella?». Sin embargo, da exactamente lo mismo: tenga la antigüedad que tenga, su valor siempre será muy elevado.

El hombre deja el cuchillo en la mesa con mucha calma. La hoja brilla a la media luz. Cierra el cuaderno.

–Es demasiado temprano para jugar conmigo, Hezekiah Blake.

–Yo no juego con usted.

Hezekiah se muerde la lengua. Tiene que andarse con cautela. No debe parecer muy ambicioso. Hablar con un comerciante es como hablar con un cliente de la tienda. «Piensa en la venta, déjalos encandilados con un buen espectáculo».

«Con amabilidad, con amabilidad».

Hezekiah se inclina hacia delante, tratando de disimular una mueca al notar un espasmo en la pierna. Se obliga a sonreír.

—Le voy a contar una historia. Una historia que se remonta a veinte años atrás. Imagine a un joven cartógrafo. Un muchacho idealista, impresionable. Un día conoce a una pintora e historiadora, una mujer griega que lo embauca con cuentos de mitos y magia antigua. —Se detiene a ver el efecto que causa, pero se lleva un chasco cuando ve que su amigo arruga la frente y adopta una expresión burlona de impaciencia. Hezekiah respira hondo—. Se llamaba Helen, en memoria de Elena de Troya, la mujer más hermosa que el Imperio griego había visto nunca, y respondía al nombre como ninguna otra mujer que hubiera conocido nuestro joven idealista, ni entonces ni desde entonces. Era tan seductora que cualquier hombre moriría por ella, mataría por ella. Así que el joven cartógrafo quiso demostrar su valía y ayudarla en su investigación. Incluso llevó a su hermano para ayudarlos, porque el hermano conocía cosas de las que él no sabía nada. —Hezekiah aprieta el puño—. Los tres juntos investigaron la posibilidad de que un objeto descrito en una antigua leyenda pudiera existir en realidad. Años más tarde, cuando la mujer rechazó a este pobre hombre y se casó con el hermano, localizaron el emplazamiento. Se organizó una excavación. Se encontró el objeto. Pero entonces se produjo una gran tragedia. Un derrumbe. Tanto la mujer como el hermano del hombre desaparecieron. Más trágico aún: también el objeto.

El otro sigue sin inmutarse.

—Espero que esto tenga algún sentido. Pronto amanecerá. Llevo toda la noche en pie y la cama me está llamando.

Hezekiah levanta un dedo.

—Pasaron doce años y, durante todo ese tiempo, el hombre espera su oportunidad de volver. Y por fin lo hace. Por fin se reúne con el objeto. Un objeto que está en perfectas condiciones a pesar de su antigüedad. Y por Dios que es hermoso. Relieves griegos, con intrincados detalles. Una auténtica obra de arte, con una antigüedad de miles de años, que vuelve a ver la luz. Memoria viva.

Al hombre le tiembla un músculo.

—¿Se lo imagina? —prosigue Hezekiah, bajando la voz y adoptando las melifluas inflexiones propias de un vendedor—. ¿Se imagina una vasija de esa antigüedad? Piense en el valor histórico. Piense en cuántos compradores competirían por ella. Piense en la trágica historia de su hallazgo, en cómo se sentirán los compradores al saber que era tan importante como para que alguien estuviera dispuesto a morir por ella. ¡Una guerra de pujas! La guerra de pujas más agresiva que haya visto el mercado. Mayor que cualquier subasta de Christie's. ¿No le parece maravilloso?

Por toda respuesta suena un alarido al fondo de la taberna, seguido de carcajadas y un tintineo de cristales rotos.

–Podría valer miles de libras –añade Hezekiah.

El otro no dice nada, no hace nada salvo girar lentamente el lápiz en la mano, pasándolo una y otra vez entre los dedos. Izquierda, derecha. Izquierda, derecha. «Vaya, el muy canalla juega duro». A Hezekiah le lloran los ojos. Se los frota, ahora ansioso él también por acostarse en su cama.

–Treinta mil libras. Como mínimo.

Un tic, un mohín. La confianza de Hezekiah aumenta. Lo lleva a su terreno.

–Cuarenta por ciento de las ganancias para usted, por supuesto.

El hombre lo mira durante un interminable momento y Hezekiah teme haberse excedido. Teme que todo suene demasiado improbable, demasiado alejado de la realidad. Pero entonces el posible comprador esboza una sonrisa torcida que deja a la vista un diente de oro.

–Bien, señor Blake. –Vuelve a abrir el cuaderno y prepara el lápiz–. Permítame ver ese objeto. Si es como dice, parece que tenemos un acuerdo.

Lo va a celebrar. Está en su derecho.

Cuando Hezekiah vuelve a su casa lenta y dolorosamente, dejando atrás Long Acre y entrando en el Strand, ve una tienda que ya parece abierta. A través de un escaparate distingue el resplandor de una vela y golpea el cristal con la mirada fija en el precioso monedero de piel que cuelga de un gancho en la pared, detrás del mostrador.

Lo dejan entrar y le envuelven el monedero en papel de seda. Hezekiah ya está pensando en su cama, en un buen desayuno, en algo de ginebra para aliviar el dolor de la pierna y luego (nota en el estómago un cosquilleo de expectación) en un día entero para disfrutar de su anhelada recompensa, cuando el dependiente le dice el precio del monedero.

–Póngalo en mi cuenta. Hezekiah Blake, del Bazar de Blake.

El dependiente hace una mueca.

–Oh, no, señor –dice–. Me temo que eso no es posible.

Hezekiah lo mira fijamente.

–¿Qué tontería es esa?

–No es ninguna tontería, señor. Ya no vendemos a crédito, ciertamente no hasta que su cuenta esté al día.

–¿Al día?

–Al día –repite el dependiente–. Solo aceptamos efectivo.

No se lo puede creer. Es demasiado temprano, ha tenido una noche horrible, no ha dormido.

–¡Hace años que soy cliente de este establecimiento! Soy cliente de todas las tiendas de este tramo de la calle y nadie se ha quejado como acaba de hacer usted.

–Señor, se ha llevado usted muchas mercancías, pero no las ha pagado. Aunque los impuestos no hubieran aumentado para desaconsejar el crédito, sus deudas han llegado al límite. Lleva más de seis meses sin hacer ningún pago en su cuenta.

Hezekiah no puede evitarlo. La furia lo domina y, antes de darse cuenta, descarga el puño sobre el mostrador de cristal, que tiembla por los golpes.

–¿Sabe usted quién soy yo? –exclama, incapaz de contenerse–. ¡Soy un comerciante apreciado! ¡Dirijo una tienda de antigüedades! De hecho, estoy a punto de hacer una venta honorable. Muy honorable. Entonces lo pagaré todo. Mientras tanto…

–Mientras tanto, señor –responde el dependiente–, deberá usted esperar. Tenemos muchos monederos. Le guardaremos este.

Es injustificable. Nunca le había ocurrido algo así. Pero Hezekiah sabe, al mirar el rostro del dependiente, que no va a ganar esta discusión, al menos no ese día, así que da media vuelta con todo el desdén del mundo (y lo mejor posible con la pierna mala) y sale de la tienda sin mirar atrás.

CAPÍTULO TREINTA Y SIETE

Edward no ha cruzado el Támesis desde que vive en Londres, desde que la diligencia lo trajo cuando tenía doce años. Ni siquiera entonces se acercó a los muelles ni vio la miseria que había allí, así que cuando pasa al lado de un viejo que duerme desnudo (¿duerme?) al lado de un barril vacío, Edward se pregunta si lo que sufrió a manos de Carrow no fue tan malo después de todo, especialmente comparado con las circunstancias en que se ven obligadas a vivir otras personas.

Esta mañana la niebla cubre el río. Edward se lleva la mano a la boca al percibir el olor a putrefacción, no muy seguro de si la niebla será el olor. ¿Se puede ver un olor?

Se detiene para orientarse. Cuando Coombe le dijo cómo encontrar su alojamiento y le avisó de que tendría que atravesar un lodazal para llegar allí, Edward pensó que estaba bromeando. «Doble a la derecha, pase frente a las cajas», recuerda que le dijo el hombre. Al verlas, Edward sigue avanzando, contento de que el frío matutino haya endurecido la tierra, aunque camina sobre tablas de madera que al parecer han colocado hace poco.

Casi pasa de largo las escaleras y, al verlas, se fija con recelo en la madera podrida. ¿Aguantará su peso? Pero entonces razona que, si puede aguantar el inmenso tamaño de Coombe, seguro que puede aguantar el suyo. Con la mano libre (sigue usando la otra para taparse la nariz y la boca) se impulsa para subir los peligrosos peldaños. Al llegar arriba, llama a la puerta.

Frunce el entrecejo. No hay respuesta. Sabe que es temprano, aunque después de la última noche, después de que Dora... No es la primera vez que lo revive esa mañana, pero sigue sintiendo la furia que le revuelve las entrañas.

La habían seguido hasta la tienda. Luego hasta la puerta de la vivienda, donde habían encontrado a la mujer aterrorizada que señalaba hacia arriba. Habían subido la escalera que llevaba a la parte más alta de la casa, al desván que había sido registrado: las pertenencias de Dora (no había caído en la cuenta de que serían escasas) estaban desparramadas por el suelo. Y allí estaba ella, de rodillas, de espaldas a la puerta. Edward había dejado a Cornelius en el umbral y se había acercado a ella, alargando la mano...

Nunca olvidará su rostro. Nunca olvidará la ternura con que acunaba a la urraca muerta en su regazo.

«Conmocionada», había dicho Cornelius. Dora no había dicho ni una palabra cuando la habían ayudado a levantarse, ni una palabra en el carruaje, ni una palabra cuando, dispuestos a no despertar a la señora Howe, la habían instalado en la cama de una de las habitaciones de invitados de Cornelius. Edward había decidido allí y en aquel preciso momento que iría a ver a Matthew Coombe lo antes posible.

Hará que Hezekiah pague por lo que ha hecho.

Y reparará lo que ha hecho él.

Vuelve a llamar. Nada. Da media vuelta para alejarse, pero algo –cierta sensación, una premonición quizá– hace que se lo piense mejor. Empuja la puerta y, ante su sorpresa, se abre con facilidad.

Si a Edward le parecía que el olor exterior era horrible, no estaba preparado para lo que encuentra allí. Incluso a través de la mano puede olerlo: una fetidez que ni siquiera puede describirse y que le provoca arcadas. Se lleva la otra mano al bolsillo y saca un pañuelo con el que se tapa la cara. No sirve de mucho.

Entra en el cuarto, haciendo de tripas corazón. Porque resulta que es eso, un cuarto; no hay ninguno más, solo una sábana colgada de un extremo a otro. Un cajón hace de mesa y al lado hay tres sillas de aspecto desvencijado. En un rincón hay una pequeña estufa y a su derecha lo que a Edward le parece un viejo buró, con los cajones abiertos. Nada más. ¿Cómo puede vivir Coombe de aquel modo? ¿Cómo puede vivir así nadie?

Edward mira la sábana. Está sucia, llena de manchas marrones. No quiere saber lo que hay detrás, no quiere verlo, pero es como si sus pies tuvieran vida propia y, cuando se da cuenta, ha cruzado el cuarto y está frente a la sábana, respirando hondo con el pañuelo pegado a la nariz. Entonces, con la mano libre, aparta la sábana.

–¡Por todos los santos!

Da un paso atrás y, sin poder evitarlo, vomita violentamente en el suelo. Aparta el pañuelo, inútil ahora, y respira varias veces, pasándose una mano temblorosa por los ojos.

«No estoy hecho para esto –piensa–, es demasiado para mí. ¿Quién ha podido hacer algo así?».

Pero sabe la respuesta. La sabe demasiado bien.

Traga saliva, se recompone. Luego, muy despacio, vuelve a acercarse a la sábana.

Detrás de la sábana hay tres camastros. Y en cada uno de ellos, un hombre.

El primero parece llevar muerto algún tiempo. Tiene la piel amarillenta y los ojos vidriosos, abiertos de par en par; en las comisuras de la boca se le han formado costras blancas. La almohada que tiene bajo la cabeza está manchada de marrón. Sin embargo, por extraño que parezca, no es este el que hace que su estómago amenace con vaciarse otra vez.

Haciendo acopio de valor, mira lo que no quiere mirar.

Si no fuera por la almohada empapada de sangre, habría pensado que el segundo hombre está durmiendo. Quizá, piensa Edward, es así como ocurrió… un asesinato cobarde. Apuñalado mientras dormía, en el cuello. Se desangró rápido. No se enteró de nada. Pero el tercer hombre… es posible que Coombe también estuviera durmiendo, ya que no se ven signos de lucha, pero el cuchillo no lo mató a la primera. Quizá Hezekiah fallara su objetivo. Quizá, pero Edward no va a acercarse más para comprobarlo. Tuvo que apuñalarlo tres o cuatro veces en rápida sucesión antes de que el cuchillo cumpliera con su misión. No hay salpicaduras de sangre en la pared, pero las sábanas que envuelven las piernas de Coombe están empapadas y muestran un vivo color escarlata. Murió desangrado, pues. El rostro del hombre conserva una expresión de horror: tiene los ojos abiertos por la sorpresa o el miedo o, piensa tristemente Edward, ambas cosas a la vez. Coombe está tendido con el brazo, o lo que Edward cree que es un brazo, colgando a un lado de la cama, negro y lleno de pústulas como si fuera una viga quemada.

Suelta la sábana y cierra con fuerza los ojos, pero la imagen sigue flotando tras sus párpados, impresa para siempre. Trata de respirar, de pensar.

¿Y ahora qué? ¿A quién más puede preguntar? ¿Qué más puede hacer? Aquí nada, eso es evidente. Se retira tambaleándose, golpeando una de las sillas con las prisas. Aunque a nadie va a importarle, se inclina para levantarla y, al dar media vuelta para irse, ve un reflejo naranja por el rabillo del ojo.

Se detiene. Arruga la frente.

Alguien ha encendido recientemente la estufa.

Se acerca con cautela, se agacha y, al abrir la trampilla cubierta de ceniza, las ascuas resplandecen un segundo antes de volver a apagarse con un leve chisporroteo. En el interior distingue los restos de unas cuantas páginas ennegrecidas, los bordes curvados sobre sí mismos como hojas secas.

Alarga la mano con cuidado. Los papeles aún están calientes, si bien no queman, y aunque algunos se deshacen cuando los toca, consigue sacar un fajo. Los deja en el suelo y trata de pasar las páginas. Con los ojos entornados y la cabeza ladeada, distingue lo que parecen ser pronósticos del tiempo para marineros, horarios de las mareas, listas de buques de carga.

Suspira y mira otra página.

En conjunto son prácticamente ilegibles. Pero entonces, en las páginas inferiores del montón, las que aún no se han quemado, consigue leer unos nombres: Eagle, Rosita, Vanguard, Colossus. Edward se queda paralizado. ¡Colossus! Tiene que ser un registro de las transacciones de Hezekiah. Sacude la cabeza. Una pena que no sirvan para nada. Y cuando se pone a juntar las hojas de nuevo, ve algo en una de las páginas chamuscadas. Una serie de letras, escritas con letra infantil:

JONATIBPUD.DOK

Mira fijamente la inscripción. ¿Un enigma? Bueno, seguro que no será más difícil que el del monumento de Shugborough. Inclina la cabeza, la lee en voz alta y la expresión se le despeja, pues ha entendido el significado.

El segundo muelle de la mañana, y no huele mejor que el primero.

Edward se acerca al vertedero, dispuesto a no permitir que el olor a mierda lo obligue a retroceder. Una gaviota chilla en el cielo y Edward mira hacia arriba, entre dos edificios altos con ventanas tapiadas con tablas, y la ve trazar un arco detrás de una chimenea.

–¡Cuidado!

Edward se detiene a tiempo de esquivar a un basurero nocturno que empuja un carro que apesta a excrementos, aunque por suerte está vacío. El hombre pasa sin ceremonias por su lado y sube la rampa por la que Edward está bajando. El joven murmura una disculpa, que se pierde en el barullo del tráfico matutino y no se molesta en repetirla en voz más alta. En las últimas cuarenta y ocho horas, se ha sentido mucho más viejo; las cosas que ha oído, las cosas que ha visto… No tiene ya energía, ni le importa si ha molestado a alguien. En su mente flota la imagen del ensangrentado Coombe. ¿De veras merece pasar por todo esto para obtener el reconocimiento de determinada persona? Si hubiera sabido que conocer a Pandora Blake iba a conducirlo a semejante caos, ¿lo habría hecho? ¿Habría escuchado al anciano que lo ayudó aquel día en el café? No está del todo seguro.

Sigue bajando por la empinada rampa hasta el borde del río, buscando al hombre que vio el día que Dora y él transportaron el *pithos* a casa de lady Latimer. Al principio no lo ve en medio de la multitud de trabajadores que llevan carros de excrementos hasta una barcaza y, durante un momento, le entra el pánico. Se pregunta si habrá malinterprentado los garabatos infantiles de Coombe, pero entonces lo ve. El hombre llamado Tibb se ha quitado el gorro y se está rascando la oreja. Edward corre hacia él, hundiendo las botas en la arena.

–¿Jonas Tibb?

El hombre se vuelve. Mira a Edward de arriba abajo, pero no parece reconocerlo.

–Señor Tibb, me llamo Edward Lawrence. Estaba con la señorita Blake y el señor Coombe cuando transportaron una vasija a casa de lady Latimer, el otro día.

–Ah, sí. –Tibb frunce el entrecejo–. Estaba usted metiendo las narices en asuntos que no eran de su incumbencia.

Edward se pone rígido.

–El caso es, señor Tibb, que ahora sí son de mi incumbencia, y de la suya también, no me cabe duda.

Debe de haber algo en su tono, porque Tibb le lanza una mirada cautelosa. Vuelve a ponerse el gorro, que le cubre las orejas.

–Escuche, solo hago lo que me dice el dinero. No es asunto mío saber más de lo necesario. Saber cosas –dice con una mueca–, lo mete a uno en problemas.

–En efecto, señor –dice Edward, riendo sin ganas–. Eso puedo asegurarlo yo. Y resulta que Matthew Coombe también.

Tibb entorna los ojos.

–¿Eh?

Edward suspira.

–Creo que ya ha adivinado usted que he venido para preguntar por Hezekiah Blake. Por sus tratos con él y por lo que usted sepa de ellos.

–Sé muy poco. Y ahora, si me disculpa...

El hombre hace ademán de irse, pero Edward le pone una mano en el pecho.

–Coombe ha muerto.

El comentario lo obliga a detenerse.

–¿Qué?

–He encontrado su cadáver, y dos más, en su alojamiento. No hace ni media hora.

Tibb lo mira fijamente. Algo cambia en su expresión. Da una patada en el suelo y hunde las manos en los bolsillos del sobretodo.

–Por aquí –dice en voz baja.

El hombre lo conduce rampa arriba, deja atrás a los basureros nocturnos que han terminado la jornada y van camino de la cama. Edward reduce el paso, asombrado por la variedad de hombres que tiene Tibb a sus órdenes, hombres de razas y credos diferentes, hombres que a causa de su singularidad han sido relegados a un trabajo abyecto. Piensa, de nuevo, en lo afortunado que es. También piensa en Fingle, en el puesto que ocupa en el taller de encuadernación, en lo que debe de significar para él haber conseguido la seguridad de un empleo estable y el respeto que se les niega a tantos hombres de su clase. Traga saliva y se avergüenza de haber sido tan maleducado con él en el pasado.

–¿Señor Lawrence?

Edward mira a Tibb y lo alcanza. Tibb entra por un pequeño callejón, tan pequeño que Edward no lo ha visto antes al pasar, y a continuación cruza una puerta destartalada que da a la oficina más pequeña que Edward ha visto en su vida. El hombre le señala un taburete y cierra la puerta tras él; luego saca otro taburete escondido bajo una mesa no más grande que el anterior, y se sienta.

–¿Ha dicho que Matthew Coombe ha muerto? ¿Y sus hermanos también?

–Tenían un aspecto… –dice Edward palideciendo al recordarlo–. Es difícil de explicar.

Tibb hace una mueca.

–¿Sabe cómo murieron?

–Uno parecía llevar muerto varias horas. Un día, quizá. Tenía la piel manchada. Parecía hinchado.

El otro asiente con la cabeza.

–Matthew dijo que Sam había contraído unas fiebres. ¿Y Charlie? ¿Y Matthew?

Edward aprieta con fuerza el borde del taburete.

–Apuñalados, creo. Charlie en el cuello, Matthew en el pecho. Varias veces, por lo que he podido ver en aquel desorden.

Tibb cierra los ojos.

–Pobres desgraciados. Pero me sorprendería que lo hubiera hecho Hezekiah. No tiene agallas para hacer algo así.

–Le sorprendería hasta dónde son capaces de llegar algunas personas si les dan los motivos apropiados. –Tibb no dice nada. Edward respira hondo–. Señor Tibb, usted sabe cosas. Cosas que yo necesito saber. Tengo entendido que Hezekiah está implicado en el comercio de contrabando. Matthew Coombe lo dejó claro, estaba a punto de contármelo. Por eso he ido a verlo. –Tibb sigue sin decir nada–. Existe la posibilidad –prosigue Edward– de que esté implicado en algo mucho peor. Aparte de la muerte de los Coombe, de la que no me cabe duda de que es responsable, parece que Hezekiah también es responsable de la muerte de su propio hermano y su cuñada. –Tibb sigue sin decir nada y Edward empieza a perder la paciencia–. Por favor, señor. La vida de una dama está en juego. La recuerda, ¿verdad? ¿La joven del carro?

–La sobrina.

–Sí. La sobrina. Se llama Dora.

Tibb se toca el labio con la lengua.

–¿Su vida, dice?

–Ya me ha oído. –Una pausa–. Por favor, señor. Ayúdeme. Ayúdela.

El otro suspira profundamente, se pasa una mano sucia por la cara y se mira las rodillas.

–Tiene que entender que en realidad sé muy poco –dice al cabo de un momento–. Nunca hago preguntas. Me pagan por no hacerlas.

Por fin está llegando a algo.

–Cuénteme únicamente lo que sepa –dice Edward, con toda la amabilidad de que es capaz.

Tibb vuelve a quitarse el gorro y lo estruja con las manos.

–Conocí a Hezekiah hace unos dieciséis años. Entonces la tienda no era suya, creo, pero empezó a comerciar en su propio nombre. Ignoro si su hermano lo sabía o no.

Edward sonríe con tristeza. Sospecha que Elijah lo sabía perfectamente.

–Un verano vino a verme. Recuerdo que era verano porque Hezekiah comentó que el hedor sería la tapadera perfecta. Nadie iba a molestarse en ir a un vertedero, dijo, a buscar cargamentos sin registrar. Dijo que me pagaría diez libras al año por hacer sitio para una embarcación y enviar mensajeros cuando alguna llegara a puerto. No tenía que hacer preguntas y nunca las hice. Diez libras es mucho dinero para un hombre como yo.

Edward asiente con la cabeza. Es mucho. Mucho más de lo que obtendría con la paga normal.

Tibb carraspea.

–Pero dieciséis años es mucho tiempo. Uno empieza a reconocer hábitos. A oír cosas. Tenía contactos en otros países, eso lo sé. Cada mes llegaba un cargamento. Unos más grandes, otros más pequeños, pero llegaban con regularidad. Todo iba metido en cajas, así que nunca vi lo que había dentro. Los Coombe llegaron a bordo de uno de esos barcos hace unos siete años. No tengo ni idea de dónde los encontró Hezekiah, solo me dijo que yo tenía que hacerles sitio a ellos y a su embarcación siempre que lo pidieran, y que me pagaría cinco libras más al año por las molestias.

»Cada seis meses recibía cartas de Grecia. Luego, el último año, recibió una de Italia. De Palermo. Lo recuerdo porque nunca había recibido una carta de allí. Las cartas solían venir de Nápoles cuando la procedencia era Italia. Tampoco había visto a Matthew durante semanas. Luego, en diciembre, apareció. Dijo algo sobre un naufragio, que habían escapado con vida por los pelos. Pero poco después desapareció otra vez, y Sam y Charlie con él. Y Hezekiah… –dice Tibb, al tiempo que sacude la cabeza–. Nunca lo había visto así. La semana anterior a la llegada de los hermanos se presentaba todos los días. Quería ese cargamento. Estaba desesperado, lo que me pareció extraño, ya que había ordenado a los hermanos que vinieran por el camino más largo.

–¿El camino más largo?

Tibb asiente con la cabeza. Retuerce el gorro.

–Habría sido más rápido venir por carretera, después de llegar a tierra firme desde Samson. Pero hicieron todo el camino por mar, cargando una caja. Matthew no se cansaba de decir que el chisme estaba maldito.

Edward parpadea. Esto es nuevo.

–¿Maldito?

Tibb agita el gorro.

–No le di importancia, por supuesto. Debería ver cómo llegan algunas personas al muelle después de un viaje por mar. Muchos no han visto tierra firme en meses. No es de extrañar que a algunos se les haya ido la cabeza. Pero Hezekiah estaba furioso. Se llevaron la caja. Y ya no vi a ninguno hasta el día que la trasladamos a la mansión de lady Latimer. –Tibb frunce el entrecejo–. Me pregunté por qué Matthew no estaba con nosotros cuando Hezekiah nos envió a recogerla después. Supuse que la habría enviado a algún otro sitio.

Edward está inmóvil, piensa un momento en todo lo que acaba de oír.

–¿Hay algo más, señor Tibb?

–Nada que yo recuerde –responde el hombre–. Como he dicho, sé muy poco. Preferí no ver muchas cosas, me pagaban bien por eso. Espero haber sido de ayuda.

Edward asiente con la cabeza y se levanta del taburete. Alarga la mano para estrechar la de Tibb. El hombre, tras alguna vacilación, la acepta.

–Ha sido de gran ayuda. Gracias, señor Tibb. Me ha contado todo lo que necesitaba saber.

Cuando se vuelve para irse, Edward se detiene. Es su conciencia.

–Todavía están allí. Los hermanos Coombe. Yo...

Tibb ve la expresión de Edward y hace una mueca.

–Yo me ocuparé de ellos.

Sin decir nada, Edward mueve la barbilla en señal de agradecimiento. Y cuando sale, la imagen del cadáver ensangrentado de Matthew Coombe lo persigue como la peste durante todo el camino desde Puddle Dock Hill.

CAPÍTULO TREINTA Y OCHO

Al principio no sabe dónde está. La habitación está en silencio, oscurecida por unas cortinas que no bloquean del todo la luz del día. Dora se remueve bajo las mantas, hundida en aquella cama desconocida. Saca las manos de debajo del cubrecama. Terciopelo azul pastel. Mira alrededor, los cuadros enmarcados de las paredes: todos orientales, todos de paisajes, una colección de montañas, bosques, lagos, bonitas escenas florales. Se queda mirando fijamente el que representa tres mariposas blancas, con diminutos puntos negros en las alas, revoloteando sobre matas de hierba ornamental. En aquel momento, un pájaro entona su canción de mediodía y de repente lo recuerda todo.

Oye cantar al pájaro con desolación. Hermes. El que fue su único amigo durante tanto tiempo. Y Hezekiah se lo ha arrebatado. Pero ¿por qué? No lo entiende. ¿Por qué hacerle daño, si no es por maldad? A su tío nunca le había gustado, siempre se burlaba del cariño que ella sentía por él, su más querido amigo. Entierra el rostro en la almohada y deja escapar un sollozo. Suave, blanda, limpia. No se parece en nada a las de su casa.

Su casa.

Otra sacudida. Siente un dolor en el pecho al darse cuenta de que el Bazar de Blake, el lugar que siempre ha sido la única constante en su vida, ya no es su casa y nunca volverá a serlo.

En sus padres no quiere pensar.

Se queda acostada, mirando al techo durante más de una hora.

Es entonces cuando, en algún lugar de la casa, oye que un reloj da la una y media, y empieza a estirarse.

Aparta las mantas y se alegra de ver que aún lleva puesto el vestido. Quiere decir que nadie ha intentado desnudarla. Ya es algo. Pero cuando se está poniendo los zapatos en los pies, todavía enfundados en las medias, se da cuenta de que debe volver. El vestido que lleva... Dora lo mira. Arrugado. Con el borde sucio. La manga está descosida. No le servirá indefinidamente.

Se acerca al tocador que está junto a la ventana y se mira en el espejo ovalado. Su piel olivácea está pálida, tiene manchas oscuras alrededor de los ojos. Intenta remeter un rizo suelto bajo la cinta verde que lleva en el pelo, pero no sirve de nada. Sin un cepillo para peinarse, será imposible domarlo. No, tiene que volver. Y cuanto antes mejor. Pero no va a arriesgarse a ver a Hezekiah, si puede evitarlo.

«Entrar, salir, ya está».

El señor Ashmole ha debido de oírla descender, porque cuando va por la mitad de la escalera aparece en el vestíbulo para saludarla. «Me ha estado esperando», piensa, y cuando la saluda al pie de los peldaños, no sabe qué decir. Él también parece haberse quedado mudo.

–¿Qué tal ha dormido? –pregunta al fin.

–He dormido –responde ella–. Eso ya es algo, supongo.

A pesar de todo, no puede disimular el malestar que se refleja en su voz, el recuerdo del papel que ha representado este hombre en el engaño de Edward, y el señor Ashmole tiene el detalle de ruborizarse. Mira a otro lado, hacia el reloj de viaje. Son casi las dos.

–Ha dormido usted profundamente.

Es una redundancia. El señor Ashmole parece darse cuenta también, porque gira con torpeza sobre sus talones. Y verlo la irrita.

–¿Qué han hecho con Hermes?

Su tono es cortante, acusador. El señor Ashmole levanta las manos con las palmas hacia ella y los dedos abiertos, a modo de defensa.

–La señora Howe lo tiene en el almacén frío. Está... –dice el señor Ashmole, buscando la palabra apropiada– conservado, hasta que usted decida qué quiere hacer con él. Puedo hacer que lo disequen, si lo desea.

Capta, en la voz de Ashmole, un matiz de ese sarcasmo al que ya está acostumbrada, pero el intento de dar un giro frívolo a la charla fracasa y Dora simplemente se lo queda mirando.

–Me gustaría enterrarlo.

El señor Ashmole entiende que la broma no ha sentado bien y asiente levemente con la cabeza.

–Tengo un jardín.

El tictac del reloj de viaje suena con fuerza en la caja, el crujido de los engranajes coincide a la perfección con los latidos de la sangre en su cabeza.

–Tengo que volver a la tienda –dice Dora–. A recoger mis cosas.

Él asiente de nuevo y señala detrás de ella.

–Su capa y sus guantes…

Dora se vuelve y los encuentra colgados en el inicio de la barandilla. Alarga la mano para cogerlos.

El señor Ashmole mira a Dora mientras esta se pone los guantes y se ciñe la capa alrededor del cuello. La joven advierte por el rabillo del ojo que el hombre parece debatirse en algún conflicto, porque mueve los dedos, abre la boca, la cierra y luego la vuelve a abrir.

–¿Quiere que la acompañe? –dice al fin, y ella no pierde la ocasión.

–No. –Su voz vuelve a ser cortante. Esta vez no lo pretendía–. No –repite más suavemente.

Desestimando el intento de Ashmole por ser galante, pasa por su lado, abre la pesada puerta ella misma y sale a la fría calle.

No sabe cuánto tiempo se queda frente a la puerta de la tienda. A Dora le parece que en un momento está en Clevendale y al siguiente delante de la desconchada fachada del Bazar de Blake, sin recordar cómo ha llegado allí ni cuánto tiempo ha tardado en recorrer el trayecto. Es como si estuviera totalmente aturdida, como si su cerebro hubiera registrado lo ocurrido, lo que se le había revelado en casa de sir William, pero su corazón fuera incapaz de aceptarlo. Comprende pero no siente, ve pero está ciega ante las consecuencias, y aun entendiéndolas, no sabe cómo obrar.

En cualquier caso, no puede quedarse allí todo el día.

«Entrar, salir. Ya está».

Dora se recobra y empuja la puerta. La campanilla tintinea. Casi siente alivio al ver que Lottie está sola en mitad de la tienda, con la escoba en la mano. Se miran un momento. Dora cierra la puerta.

–¿Dónde está? –pregunta.

El ama de llaves no consigue disimular el temblor de la barbilla.

–Ha salido otra vez –dice. Vacila–. No estoy segura de adónde ha ido.

Pero la verdad es que a Dora no le importa en absoluto dónde se encuentra su tío.

–Ha limpiado usted.

La estantería está de nuevo en pie y la cerámica rota ha desaparecido. El polvo también. Lottie se ruboriza.

–Siempre me decía que limpiara, ¿no?

Dora la mira. Lottie le devuelve la mirada. Como la primera guarda silencio, el ama de llaves se muerde el labio.

–Siento mucho lo de su páj...

–No –la interrumpe Dora–. No debemos hablar de eso. No quiero oírlo.

«No es verdad», se dice mientras sube al cuarto del desván. Pero ahora no puede pensar en eso. No debe. Ha venido a recoger sus cosas y a irse antes de que Hezekiah vuelva. No, no es el momento de dejarse llevar por las emociones.

Y con esa idea en la mente, recoge sus vestidos, la ropa interior, las camisolas. La bolsa de tela de alfombra de su madre (Dora tuerce el gesto al ver el desgarrón) todavía sirve, la ropa no se carerá por la abertura, pero pone en el fondo un vestido viejo por si acaso, y dobla lo demás encima.

Exhala un suspiro de alivio al encontrar sus gafas, milagrosamente intactas, pero se detiene al ver el monedero, la cajita de la cera y el duplicado de la llave del sótano. Así que lo ha descubierto. Entonces se detiene, consciente de lo que eso significa.

«Lo ha descubierto».

¿Qué diantres estaría buscando?

–¿Señorita?

Dora levanta la cabeza. Lottie está en la puerta, con el cuaderno de dibujo de Dora en las manos.

–Dejó esto debajo del mostrador. –El ama de llaves da un paso al frente–. Espero que no le importe, pero lo he estado mirando. Son... –Lottie respira hondo–. Son muy bonitos.

–¿Qué quiere usted, Lottie? –dice Dora, con la paciencia agotada ya. El dolor de cabeza, que ha empezado a insinuarse al salir de la otra casa, amenaza con clavarle las uñas en el cráneo–. Nunca había sido usted tan amable conmigo. ¿Qué es? ¿Culpa?

–Sí.

Dora parpadea. No esperaba esa respuesta. Ni tampoco Lottie, al parecer, porque se ruboriza profundamente. El cuaderno se le cae de las manos y queda sobre las tablas del suelo.

–¿Por qué?

Pero Lottie mueve la cabeza y a Dora le duele demasiado la suya para presionarla.

–Haga lo que quiera –murmura.

Mete el resto de sus cosas en la bolsa: el camafeo de su madre, un cepillo de pelo, los artículos de joyería, los diseños (la imitación de filigrana tiene un alambre suelto), tijeras, hilo… Lottie sigue junto a la puerta medio caída del desván.

Cuando Dora se decide por fin a mirar la jaula del pájaro y a coger una de las suaves plumas irisadas del interior, el ama de llaves vuelve a hablar:

–La está vendiendo.

Dora acaricia la pluma con cariño. Siente un nudo en la garganta y guarda la pluma en la bolsa antes de que el nudo se haga más grande y la ahogue.

–¿Vendiendo?

–La vasija.

El *pithos*. La causa de sus desgracias.

–¿A quién?

–No lo sé. Esta mañana ha venido un hombre a verla. La va a subastar.

–Entiendo.

¿Y qué le importa ya a ella? Como dijo sir William, no hay pruebas. Ni entonces ni ahora. Así pues, ¿qué diferencia supone para ella que Hezekiah la venda o no?

–He visto sus dibujos. En el cuaderno. –Lottie lo señala con la cabeza; aún está caído en el suelo–. Todavía… todavía no ha terminado de dibujarla, ¿verdad?

–No –dice Dora.

–¿Por qué la ha dibujado?

Dora respira hondo.

—Por mis joyas. Por... —se interrumpe y hace una mueca. Por Edward.

—Pues si quiere terminarla —sugiere el ama de llaves—, será mejor que se dé prisa. —Cuando Dora la mira por fin, Lottie parece seria—. Verá, señorita, Hezekiah quiere llevarla a la casa de subastas la semana que viene.

CAPÍTULO TREINTA Y NUEVE

Edward encuentra una carta en su alojamiento, reexpedida desde el taller de encuadernación con la letra rígida e insegura de Tobias Fingle. Al verla, se da cuenta de que lleva días sin ir al trabajo. ¿Tenía mucho que hacer? Evoca su pequeño despacho lleno de velas, la mesa lateral que utiliza para amontonar los libros que tiene que terminar, y por primera vez en su vida, se siente culpable de sus ausencias.

Los últimos días han sido una revelación. Tantas almas de esta ciudad han sufrido y siguen sufriendo de un modo que ni siquiera se atreve a imaginar. Piensa en Dora, en los hermanos Coombe, en Jonas Tibb, en los basureros nocturnos que arrojan excrementos al río, noche tras noche y día tras día. Piensa en el niño que vio desde el carruaje la noche de la fiesta, en el hombre desnudo de esa misma mañana. Edward es incómodamente consciente de las libertades de que ha disfrutado (y la razón de que haya sido así es su amistad con Cornelius). A decir verdad, su tormento acabó hace tiempo, de hecho hace años. No hay motivos para estar satisfecho ni para estar resentido. Ya no. Y el trabajo que se ha ido acumulando... Encargos que ha dejado sin terminar. No es de extrañar que los empleados del taller de encuadernación lo desprecien.

Antes de abrir la carta (una misiva de Gough, al parecer, porque lleva el sello de la Sociedad), Edward escribe a Fingle y le promete que estará en el taller al día siguiente. Después de todo, Dora no tiene ningún deseo de verlo, lo ha dejado perfectamente claro. No importa cuáles sean sus planes futuros, no importa lo que vaya a ocurrir entre Dora y él, tiene encargos que cumplir. Un día o dos sin verse les vendrá bien a los dos.

Echa arena en la tinta antes de sellar la carta. Luego rompe el lacre de la carta de Gough. Mientras lee esboza una sonrisa irónica.

Los científicos de Gough han confirmado todo lo que Hamilton ya le contó. El *pithos* procede del sur de Grecia y tiene señales que apuntan al Peloponeso. Aunque no se puede tomar como una prueba infalible (Gough advierte que la ciencia no ha progresado tanto como para eso), es una buena indicación. ¿Podría Edward tener la bondad de ir a verlo lo antes posible?

Si las cosas se hubieran desarrollado de otro modo, Edward ya estaría buscando el redingote que prácticamente acaba de quitarse. Pero ahora tiene asuntos más importantes que atender: su solicitud de ingreso en la Sociedad ha perdido importancia después de todo lo que ha visto y hecho estas últimas horas. Así que se acerca a la palangana y se toma el tiempo necesario para quitarse de la piel el hedor y el recuerdo de los muelles de Londres.

Sir William conduce a Edward a una habitación del fondo de la casa que, según le explica, está usando como despacho hasta que lady Hamilton decida redecorarla. Edward se sienta en un profundo sillón de cuero y mira a su alrededor.

Hamilton no ha escatimado el espacio. La pérdida de la mitad de su colección en el Colossus no parece haber hecho mella en la colección en general. Con una habitación de la casa transformada en pequeño museo, y esta otra en la que se exhiben varias de las piezas favoritas del diplomático (le señala una vasija muy parecida a la de Portland que vendió varios años antes, según él su mayor error), no puede negarse que ha sido un gran coleccionista durante media vida.

—La cerámica griega nunca ha sido mi preferida, ¿sabe? —dice Edward, aceptando sin vacilación el brandi que sir William le ofrece por encima del escritorio cubierto de cuero.

Aunque ya ha limpiado su cuerpo, sigue dando vueltas en la mente a lo que ha visto. Si bien el reloj acaba de dar la una, Edward no tiene reparos en beber algo bastante más fuerte que el té.

–¿No? –dice Hamilton, sentándose delante–. ¿Cuál es entonces?

–En realidad, ninguna en concreto. Leí demasiado cuando era más joven, todo lo que caía en mis manos. Lo que me emocionaba era la idea de entender el pasado a través de los objetos que se han conservado. Y aún me emociona.

Sir William sonríe.

–Tiene el corazón de un auténtico anticuario, señor Lawrence. Mi amor por las antigüedades se centra sobre todo en las de origen mediterráneo. Encuentro fascinantes los mitos y misterios de esa región.

La conversación se ha desviado demasiado pronto del motivo de la presencia de Edward en la casa. Piensa en el calificativo de Tibb («maldita») y toma un largo sorbo de brandi para reducir el nerviosismo. Nota la fuerza abrasadora con que el líquido le baja por la garganta y levanta la mano para calmar un acceso de tos.

Hamilton ríe por lo bajo.

–Mil seiscientos cuarenta y nueve. Un gran año. –Levanta su copa–. ¿Sabía que los antiguos griegos usaban el brandi como antiséptico y también como anestésico? Algunos alquimistas árabes de los siglos VII y VIII destilaban experimentalmente uvas y otras frutas para crear brebajes medicinales.

–No lo sabía –dice Edward con voz estrangulada. Le lloran los ojos.

–Pues ya sabe algo más de historia. Pero usted no ha venido para oír hablar de brebajes destilados. –Sir William adopta una expresión seria–. ¿Qué ha descubierto?

Durante unos minutos, Edward cuenta los acontecimientos de la noche anterior y de esa mañana: la muerte de Hermes, el descubrimiento de los cadáveres de los hermanos Coombe, los papeles que ha encontrado en la estufa, la misiva con la clave cifrada que lo ha conducido a Puddle Dock. Le cuenta la conversación con Jonas Tibb con todo el detalle posible, y Hamilton escucha en silencio todo el rato, apretándose la curva de los labios con sus largos dedos. Cuando Edward termina de hablar, sir William frunce el entrecejo y toma un largo trago de su copa.

–Pero ese Tibb, ¿no dijo nada del lugar en que los Coombe recogieron el cargamento cuando llegaron a Londres?

–No, pero como encontré muchas piezas en el sótano de la tienda...

Sir William sacude la cabeza.

–La tienda es sin duda alguna el lugar en el que se han ido amontonando estas piezas. Hezekiah debe de haber estado vendiéndolas en alguna otra parte; no se arriesgaría a hacerlo en su propia casa. ¿No ha oído decir que nunca hay que tirar piedras contra el propio tejado?

Edward asiente con la cabeza.

–Pues ya lo ve. ¿Y está seguro de que Tibb no dijo nada más?

–Me temo que no. Como afirmó categóricamente, le pagaban por no hacer preguntas.

–¿Y cree que se puede confiar en él?

–Yo diría que sí. Parecía un hombre simple. –Hamilton enarca las cejas–. Quiero decir que parece de necesidades sencillas. Debería haber visto el lugar –añade Edward–. No quería problemas. El oficio que tiene, por desagradable que nos parezca, es indispensable, eso seguro, pero imagino que ganará lo justo para vivir. El dinero que Hezekiah le daba suponía un gran estímulo para él.

Y entonces se le ocurre algo. Si se castigaba a Hezekiah, el bolsillo de Tibb no tardaría en quedar vacío, y eso sería culpa suya.

–Entonces estamos en un punto muerto –dice sir William–. Si no descubrimos dónde vende Hezekiah ilegalmente, o encontramos testigos de sus delitos, tendremos que esforzarnos para demostrar que ha habido juego sucio por su parte. Es una pena que los papeles que encontró no sirvan de nada. Lo poco que se puede distinguir en ellos no prueba nada sin el contexto. Es imposible interpretarlos. –Hamilton se pasa la lengua por los dientes–. Lo que daría por meter a Hezekiah en prisión. Siempre ha sido un canalla muy astuto.

Ambos toman otro trago. Esta vez el brandi entra con más facilidad.

–Tibb aseguró –dice Edward con algún titubeo– que Coombe estaba convencido de que el *pithos* estaba maldito.

Sir William le lanza una mirada distante por encima del borde de la copa.

–El coleccionismo de antigüedades consiste en encontrar indicios físicos del pasado. Y esto puede resumirse en la divisa adoptada por sir Richard Hoare: hablamos de hechos, no de teorías.

–Ese caballero habla como Gough –dice Edward.

Hamilton inclina la cabeza.

–Muchos comparten su punto de vista. No hace ningún bien perder el tiempo con esas cosas cuando los hechos están claros. Nosotros, como seres humanos, nos dividimos invariablemente en dos clases: los que creen en la magia y los que no. ¿Puede un objeto tener poder sobre el hombre? ¿O es solo coincidencia que ocurran cosas malas alrededor de ese objeto?

–Personalmente, creo que la línea que separa la casualidad del destino es muy delgada –dice Edward con tozudez.

Sir William se retrepa en su sillón.

–Por favor, señor Lawrence, no haga que mengüe la alta estima en que lo tengo.

–¿No acaba de decir que encuentra fascinante el mito y el misterio?

–Sí, pero me refiero solo a la idea, nada más. La realidad está a menudo enraizada en el mito. Helen, la madre de Dora, no creía en el mito de la Caja de Pandora, pero eso no significaba que la caja no existiera en una forma u otra, que es lo que se empeñó en demostrar. –Hamilton parece ver en el rostro de Edward una frustración creciente y le dirige una amable sonrisa–. El tal Coombe creía que el *pithos* estaba maldito. Yo no. El *pithos* no causó el naufragio. Lo hizo el mal tiempo. Tampoco causó el derrumbe de la excavación, hace años. Fue Hezekiah. Y este no estaba gobernado por una antigua pieza de arcilla, sino por la avaricia pura y dura.

Edward se queda en silencio.

–En casa de lady Latimer dijo que siempre había sabido que Hezekiah era un tramposo. Y ahora acaba de decir que era astuto. ¿A qué se refiere?

Sir William gira su copa casi vacía.

–¿Recuerda lo que dijo Dora anoche? Que sus padres y Hezekiah discutían mucho los días previos a su muerte. Constantemente, dijo, y tenía razón. Yo los oí en su tienda. –Hamilton se llena la copa y le ofrece la licorera a Edward, que declina la invitación–. Hezekiah estaba con el grupo cuando conocí a Elijah y a Helen en Nápoles. Me cayó antipático nada más verlo, pero lo soporté porque iba con ellos. Tengo entendido que Hezekiah vendió en su nombre algunas de las piezas más grandes y valiosas que encontraron, y le permitieron dirigir la tienda en nombre de Elijah cuando Helen y él estaban trabajando en el extranjero. No conozco todos los detalles. Sospecho que el orgullo hacía que Elijah no quisiera hablar mucho de la situación, pero Helen era un poco más abierta. Durante un tiempo sospechó que Hezekiah había estado vendiendo ilegalmente algunas de sus piezas. Las discusiones a que se refería Dora tenían que ver con el *pithos*. Hezekiah sabía que conseguirían más dinero vendiéndolo ilegalmente que si lo vendían por procedimientos legales. Verá, durante siglos, el contrabando de mercancías ha supuesto una alternativa barata a las importaciones caras. Los impuestos sobre las mercancías importadas las encarecen sobremanera. Pero las mercancías ilegales, de contrabando, suponen una solución al problema. El brandi —dijo sir William al tiempo que alzaba su copa—, el tabaco y el té se convirtieron en artículos populares en un mercado negro en alza. Y también, como ya sabemos, las antigüedades. Tanto el gobierno como la Compañía de las Indias Orientales están muy preocupados por la pérdida de dinero que supone el contrabando. Han calculado que durante los últimos cuarenta años se han pasado de contrabando un millón y medio de kilos de té al año, tres veces la cantidad que se vende legalmente. Si los atrapan… —Hamilton sacude la cabeza—. El apellido Blake estaba en peligro. Estar relacionado con algo así, aunque Elijah y Helen no fueran responsables de forma directa, podía significar la pena de muerte. No había dudas sobre eso. Así que puede entender por qué Elijah estaba furioso. La noche anterior a su fallecimiento, Elijah y Helen ordenaron a Hezekiah que se volviera a casa. —El diplomático mira a Edward con seriedad—. Como expliqué anoche, señor Lawrence, creo que Hezekiah Blake mató a los padres de Dora. Y estoy seguro de que también tenía intención de matar a Dora.

Edward apura el resto de su brandi y deja la copa cuidadosamente en el escritorio, delante de él.

—Bien, aquí hay algo que no entiendo —dice Edward, adoptando la misma expresión seria de sir William—. Si usted sabía que Hezekiah los había matado, ¿por qué no lo denunció en aquel momento?

Una expresión de dolor cruza las facciones de Hamilton. Deja también la copa y suspira.

–Temía que me preguntara usted eso. Pero, por favor, le suplico que no me juzgue con mucha dureza. Ya me juzgo yo bastante. Estoy profundamente avergonzado.

–¿Señor?

El diplomático se retrepa pesadamente en su sillón.

–Cuando anoche dije que no tenía pruebas, era cierto, por supuesto. Habría sido la palabra de Hezekiah contra la mía. Pero Hezekiah Blake no es tonto y ciertamente tampoco cree que yo lo sea, por desgracia. Dora y él se hospedaron en un hotel que yo les busqué cuando se cerró la excavación. La visité cada día, traté de ofrecerle consuelo, le di el camafeo que había llevado Helen. Por Dios, la pobre había cambiado casi de la noche a la mañana. Había sido una niña alegre, pero sufría mucho, lo cual es comprensible. Se volvió tan silenciosa, tan retraída... Dora se aferró a aquel camafeo como si fuera una tabla de salvación.

Sir William sacude la cabeza mientras recuerda. Edward siente una opresión en el pecho. Ha visto a Dora llevar el camafeo a menudo, pero nunca se le ha ocurrido pensar en el significado que tiene.

–Debió de ser horrible para ella.

–Sí. –Hamilton vacila–. Anoche percibí cierta hostilidad entre usted y Dora –añade, y Edward hace una mueca, sintiendo el aumento de su culpa.

–Durante la velada de lady Latimer descubrió que yo había estado escribiendo sobre la tienda, sobre el comercio ilegal de su tío. Traté de explicarle que no había mencionado nombres, pero no quiso escucharme. Le escribí una carta ayer por la mañana, pero no dio signos de haberla recibido. Así que, cuando volvimos a vernos...

–Entiendo. –Sir William curva los labios para esbozar una sonrisa irónica–. No puede culparla por su furia. –Edward no tiene ninguna excusa que pueda sonar aceptable–. Dele tiempo –añade amablemente Hamilton–. La verdad siempre sale a la luz. De una forma u otra.

Edward se dispone a apurar su copa, pero cuando se la lleva a los labios se da cuenta de que ya está vacía y la deja sobre el escritorio de sir William con más fuerza de la pretendida. Intenta esbozar una sonrisa e indica al diplomático que prosiga.

–¿Dijo que Hezekiah no lo tenía por tonto?

Hamilton carraspea.

–En efecto. Le pregunté cuáles eran sus planes. Le hice algunas preguntas no muy sutiles.

–¿Por ejemplo?

–¿Cómo escapó? –dice Hamilton abriendo las manos–. ¿Por qué no estaba su ropa sucia? ¿Por qué su herida parece un corte limpio? Sus respuestas fueron insatisfactorias y vagas. Obviamente, Hezekiah sabía que yo sospechaba de él, aunque nunca lo expresé abiertamente. Es más, lo que me dijo a continuación lo dejó muy claro.

–¿Y qué fue?

Sir William se pasa una mano por la mandíbula.

–Como ya sabe, he coleccionado un gran número de piezas de calidad a lo largo de los años. Muchas de ellas las vendí a otros compradores de ultramar. Sin embargo, hay leyes estrictas que prohíben la exportación de antigüedades en el reino de Nápoles. Pensé que, dado que yo tenía una estrecha relación con el rey, tal vez este hiciera una excepción conmigo. Pero rechazó mi petición. –Hamilton se sorbe la nariz–. Me temo que a pesar de todo, lo hice. Mis tratos eran muy discretos, así que no sé cómo se enteró Hezekiah. Pero supongo que un granuja siempre reconoce a otro, ¿verdad?

Edward mira atónito al diplomático.

–¿Usted hizo contrabando?

Sir William levanta un dedo y lanza a Edward una mirada penetrante.

–No. No. Rechazo esa acusación enérgicamente. Para empezar, los objetos eran míos. El dinero cambió de manos legalmente. Una gran parte de lo que coleccioné lo doné al Museo Británico. Me aseguré de que las mejores antigüedades mediterráneas llegaran a nuestras costas para ser celebradas y admiradas. Se las di al pueblo. Fue egoísta por parte del rey negar esa cultura al mundo. –Hamilton baja el dedo y hace una mueca–. Solo lamento la forma en que lo hice. Exportar antigüedades en Italia es un delito capital. Es ilegal. Yo soy o, mejor dicho, era el embajador británico en la Corte de Nápoles, y aquí en Inglaterra soy un miembro muy respetado de la nobleza. Supongo, señor Lawrence, que no es necesario que diga lo que habría significado para mí que Hezekiah hubiera hecho lo que insinuó, de manera más o menos delicada, que se disponía a hacer: notificarlo a las autoridades.

Edward parpadea.

—Entonces, ¿lo amenazó?

—No con tantas palabras, pero sí.

Los dos hombres se quedan en silencio. Edward está destrozado. Descubrir que un hombre al que admira ha infringido la ley no es moco de pavo, por muy bien que justifique el hecho. «Pero lo hecho, hecho está», se dice. Ahora lo importante es lo que está por venir.

—Usted permitió que Hezekiah se llevara a Dora a Londres —murmura Edward por fin.

La expresión de sir William se ensombrece.

—¿Cómo iba a impedirlo? Tras la muerte de sus padres, Hezekiah pasó a ser el tutor legal de Dora.

—Su posición en sociedad...

—Era de peso, sí, pero había que superar demasiados factores complicados. Era más seguro dejarlos partir.

Edward suelta el aire que ha estado reteniendo.

—¿No temía que Hezekiah aún quisiera hacerle daño?

—Desde luego que lo temía. Incluso hice que uno de mis hombres me informara ocasionalmente, sobre todo durante el primer año. Pero cuando pareció que Dora estaba a salvo en Londres, aunque fuera con él... —dice Hamilton, encogiéndose de hombros—. Han pasado doce años. Incluso empecé a dudar de mis sospechas iniciales de que Hezekiah quisiera hacer daño a Dora... Pensé que el hecho de que la joven quedara atrapada en el derrumbe tal vez no hubiera sido más que una coincidencia. Después de todo, acababa de bajar la escalera. ¿Cómo iba a saberlo Hezekiah? Pero su comportamiento reciente parece indicar lo contrario, ¿no cree? Los hermanos Coombe. El pájaro de Dora... —dice sir William, al tiempo que sacude la cabeza—. No, señor Lawrence. Estoy convencido de que Hezekiah la ha mantenido viva todo este tiempo por alguna razón. Pero no sé qué razón es esa.

CAPÍTULO CUARENTA

Ante la sorpresa de Dora, y por mucho que no le parezca la mejor idea, el señor Ashmole le ha permitido utilizar como taller la pequeña salita de la parte frontal de la casa. Han llevado un pequeño escritorio de otra habitación y, ahora, sus artículos de joyería están ordenados en los cajones y los restos de alambre, cintas y encaje dispuestos en los estantes. Aún queda mucho sitio para abrir cómodamente el cuaderno de dibujo. Dora acaricia el palisandro, suave y brillante, y huele la reciente capa de cera de la superficie pulida. Es la mesa más bonita en la que ha trabajado. La silla (de sedoso damasco) es la más confortable en la que se ha sentado para crear diseños. Nada que ver con su diminuto escritorio y el alto taburete. Nada que ver con el mostrador de la tienda. Este nuevo lugar los supera a ambos con creces.

Pero...

El papel que tiene delante está en blanco. La inspiración que la acompañaba el día que la señorita Ponsenby y los de su clase cruzaron las puertas del Bazar de Blake se ha esfumado. Un vacío apático y frustrante la reemplaza en el espacio de su mente.

Se sube las gafas por el puente de la nariz.

No es la primera vez que la inspiración la abandona. Invariablemente, todas las mentes creativas sufren esa ausencia de vez en cuando. Pero lo único que podría haberla consolado está enterrado bajo un rosal en el jardín del señor Ashmole, así que no tiene nada que la reconforte, nada que alivie su sequía creativa.

Dora pasa las páginas del cuaderno de bocetos con aire ausente y se fija en sus anteriores creaciones. Las más recientes las tiene el señor Clements (Dora anota que ha de volver para recogerlas, junto con el dinero que le deben), pero las otras las tiene ella: el collar de filigrana con la piedra de cristal (ya está arreglado y lo lleva al cuello), los tres pares de pendientes, la pulsera de latón Pinchbeck y granates, los dos broches Vauxhall, la cinta con un ágata para el cuello, todas las creaciones que llegaron antes.

Entonces ve los dibujos del *pithos*.

Aquí están los bocetos, los dibujos esquemáticos de los relieves. Y a continuación los relieves mismos. Los observa y se siente profundamente orgullosa de la forma en que ha captado los detalles. Eran cuatro en total, aunque solo pudo dibujar tres. Piensa en lo que le había dicho Lottie, que Hezekiah pronto se llevaría la vasija, que su oportunidad para terminar los dibujos se perdería para siempre.

«¿Y eso sería un grave inconveniente?», se pregunta. Había obtenido del *pithos* lo que quería. No necesita los bocetos; el único que se beneficiaría de ellos ahora es Edward. Cierra los ojos. La furia que siente por el engaño masculino sigue ahí, aunque se ha reducido, como si alguien hubiera puesto un paño frío sobre una quemadura.

«No es cierto lo que crees».

¿Y qué es lo que cree? Que él ha utilizado la historia de Hezekiah y su comercio ilegal para preparar un informe que promueva sus intereses profesionales. Sabe que esto es cierto. ¿Y qué más? ¿Qué otras intenciones tiene? ¿Llevar a su tío ante las autoridades y a ella con él?

Esta hipótesis no le cuadra. Va contra todo lo que opina de él como persona. Como amigo. Si no hubiera sido por Edward, no estaría ahora en Clevendale, a salvo de Hezekiah. Si hubiera querido hacerle daño, ya se lo habría hecho. Suspira y cierra el cuaderno. No, debe terminar por Edward, se lo debe. Después de todo, hizo una promesa.

Además, hay otra razón.

Se quita las gafas con cansancio y mordisquea una patilla.

¿Por qué ha tardado tanto Hezekiah en vender el *pithos*? ¿Qué diantres estuvo haciendo todo ese tiempo en el sótano? ¿Por qué registró su cuarto? ¿Por qué mató a Hermes? No lo entiende. No tiene ningún sentido. Para descubrirlo, tiene que volver, y pronto.

Da un respingo cuando se abre la puerta y se vuelve en la silla con una pregunta en la punta de la lengua. En el umbral está la señora Howe, que no se ha tomado con mucho entusiasmo que Dora vaya a convertirse, en el futuro inmediato, en un nuevo huésped de la casa. Tiene las cejas tan enarcadas que Dora teme que le lleguen hasta el nacimiento del pelo.

—Una tal lady Latimer ha venido a verla, señorita.

—¡Ah! —Dora se pone en pie—. Por favor —dice torpemente, porque no está acostumbrada a dar órdenes—, hágala pasar.

Y la señora entra, envuelta en plumas de un tono azul claro y oliendo profusamente a espliego. El lacayo Horatio está a su lado.

—¡Señorita Blake! —exclama la mujer, mientras la peluca blanca se balancea peligrosamente—. ¿Cómo es que me han hecho ir y venir por media ciudad?

—¿Disculpe?

Lady Latimer la mira con impaciencia.

—He ido a su tienda y allí una zafia empleada me ha dicho que usted había dado instrucciones de que enviaran a esta dirección a todos los clientes interesados por sus diseños. Como la he encontrado aquí, supongo que es correcto. —Al ver que Dora asiente con la cabeza, la mujer continúa—: Es de lo más inconveniente. ¿Tiene usted idea, señorita, del tráfico que hay a estas horas del día?

—Me temo que no lo sé, señora.

—Pues claro que no. —Lady Latimer mira alrededor, ve la otra silla de damasco y va directamente hacia ella. Horatio la sigue de inmediato. Cuando llega a la silla, el lacayo se inclina y le levanta las faldas—. Abajo —dice lady Latimer, y cuando se sienta, Horatio las suelta. La seda rosa revolotea antes de caer a sus pies.

Dora oculta la sonrisa con la palma de la mano y, de repente, siente una oleada de gratitud. Es la primera vez que sonríe en dos días.

—Bien, veamos —dice lady Latimer, mirándola—. Es un cuarto encantador, debo reconocerlo. —Dirige la mirada hacia la vitrina situada junto al escritorio de Dora—. Qué globos tan bonitos —comenta, señalando los globos terráqueos alineados en el interior. Luego vuelve a concentrarse en Dora—. Y ahora cuénteme, señorita, ¿cómo es que la encuentro aquí?

Tiene ya la excusa en la lengua, que por otro lado es verdad, o al menos una versión de la verdad.

–Tuve un desacuerdo con mi tío, lady Latimer. Pensé que sería mejor alojarme en otro sitio hasta que pueda establecerme por mi cuenta.

Lady Latimer agita una mano enjoyada.

–Ah, sí, está usted mucho mejor sin él. Ese establecimiento que se cae en pedazos no hace honor a su talento. Todo el mundo estaba poniéndola por las nubes al día siguiente de mi fiesta. –Frunce el entrecejo–. Aunque también hubo muchas quejas. Parece que muchos de mis invitados cayeron enfermos la mañana siguiente.

–¿De veras?

–¿No se ha enterado? Parece ser que fue por el ponche.

–Lady Hamilton no dijo nada.

Lady Latimer arruga la nariz.

–Emma no es muy partidaria del ponche. Ella prefiere el vino. Pero los que lo bebieron... bueno, el caso es que al día siguiente se sentían fatal. ¡Imagine lo que podría haberles pasado a mis macetas de helechos, Horatio! No quiero ni imaginarlo.

Dora decide que, dadas las circunstancias, es mejor no decir nada, pero piensa en el mono que vio con la cola metida en la ponchera y se pregunta si habrá tenido algo que ver.

Lady Latimer está mirando otra vez a su alrededor mientras asiente con gesto de aprobación, lo que hace que su ridícula peluca oscile peligrosamente. Horatio parece listo para cogerla al vuelo en cualquier momento.

–Su señor Lawrence tiene una hermosa casita.

Dora tose, por la mención del supuesto propietario y por la descripción. Ella no diría que Clevendale es una «casita». Aunque comparada con la casa de lady Latimer, debe de parecerlo.

–No es del señor Lawrence, señora. –La mujer parpadea–. Es la casa del señor Ashmole.

Un silencio.

–¡Ah! Entonces el señor Ashmole y usted...

El significado de la frase está muy claro.

–Por Dios, no, señora, en absoluto. –Dora vacila–. El señor Lawrence no podía ofrecerme su casa, porque vive de alquiler. Aquí al menos hay habitaciones de invitados y la señora Howe, el ama de llaves, sirve de carabina.

Lady Latimer parece aliviada.

«Como si mi doncellez pudiera correr peligro con Cornelius Ashmole», piensa Dora irónicamente. Recobra la compostura y carraspea.

–¿Y a qué debo el placer, lady Latimer?

–Ah, sí. –La mujer se arregla las faldas–. Me gustaría encargarle más piezas. Pero ahora que veo que está en una situación inestable, me sentiré más que feliz de esperar a que se haya establecido. ¿Tiene capital? –Dora vacila, pero la señora no parece darse cuenta–. En cualquier caso, estaría encantada de ofrecerle mi patrocinio. Le estoy muy agradecida, querida, por convertir mi disfraz en el mayor éxito de mi velada, y lamentaría mucho que se perdiera una mujer de su talento. Supongo que habrá más mujeres que se hayan acercado a usted para hacerle encargos.

Dora a duras penas consigue asentir con la cabeza tras oír el comentario de lady Latimer. ¿Patrocinio? ¿Lo dice de verdad?

–Muy bien. Pero por hoy, no la molesto más –dice lady Latimer, levantándose de la silla envuelta en una asfixiante nube de espliego–. Dejaré que lo piense, ¿qué le parece?

Dora no puede dormir. Se pasa horas dando vueltas y más vueltas. Su mente revolotea frenéticamente, como una mariposa atrapada en un tarro de mermelada.

Piensa en la oferta que le ha hecho lady Latimer. Por una parte está emocionada, pero la propuesta de la dama queda ensombrecida por todo lo demás. Dora no puede olvidar la pérdida de Hermes, la verdad sobre...

Cierra los ojos con fuerza. No puede ni pensarlo. Todavía no.

Cuando el reloj da la una, admite la derrota. Se levanta y busca el batín de su padre, que consiguió salvar de su cuarto del desván. Se ciñe el cordón alrededor de la cintura y frota las hombreras con los dedos. Trata de recordar cómo se sentía cuando Hermes se posaba allí y hundía las garras en la tela, pero ahoga un sollozo al darse cuenta de que el recuerdo ya ha empezado a desvanecerse.

Su intención es ir a la salita delantera para dibujar algo. Pero cuando llega al pie de la escalera, advierte un resplandor naranja en las baldosas. Se vuelve. Ve luz por debajo de la puerta del fondo, la que da a la biblioteca en la que entró el primer día que estuvo en la casa.

El señor Ashmole está despierto.

Durante un momento, vacila en la escalera. Por una parte no desea verlo ni hablar con él. Pero la compañía, aunque sea la del señor Ashmole, es mejor tónico que sus inquietos pensamientos, así que, a regañadientes, se dirige hacia allí por el pasillo y llama a la puerta.

Cornelius abre vestido con un batín parecido al de Dora, aunque más majestuoso y moderno. Está desabrochado a la altura del pecho y la joven no puede evitar fijarse en la piel suave, cincelada como un busto griego. Se ruboriza y desvía rápidamente la mirada.

—No se preocupe —dice él con aire cansado—. Ya sabe que no voy a tocarla. Pase —añade, volviendo a su sillón, al lado del fuego—. Cierre la puerta, ¿quiere?

Dora hace lo que le pide y lo sigue por la habitación. El hombre le señala el sillón gemelo.

—¿Bebe?

Levanta una licorera que contiene un líquido de color ámbar. «*Whisky* o brandi», piensa ella afirmando con la cabeza, con ganas de nublarse los sentidos. El señor Ashmole le sirve con generosidad y le alarga el vaso por encima de la alfombra de tigre. Dora toma asiento.

—¿Usted tampoco puede dormir?

Ashmole apoya la cabeza en el respaldo.

—Nunca puedo dormir.

Dora bebe un trago y hace una mueca.

—Ron —dice el señor Ashmole.

El fuego crepita. Una chispa cae al suelo, brilla un segundo y se apaga. El amigo de Edward la mira fijamente.

—Lamento lo de su urraca.

Un silencio.

Dora asiente con la cabeza.

El señor Ashmole se vuelve a mirar las llamas que bailan en el hogar. Al principio parece preferir el silencio, pero luego se vuelve en la silla y deja escapar el aire como si se dispusiera a iniciar una conversación.

—Cuando regresé del Grand Tour por Europa —dice— y fui a Sandbourne, escribí a Edward, al taller de encuadernación. Por entonces pertenecía a un comerciante llamado Marcus Carrow, un monstruo de hombre, aunque solo lo supe meses más tarde. –Dora acaricia su vaso–. Escribía todas las semanas. Nunca recibía respuesta. No se me ocurrió pensar que pasara algo. Pensaba... –dice Ashmole, frotándose los ojos con la mano–. Pensaba que habría hecho nuevos amigos y había olvidado nuestra infancia juntos en Staffordshire. Y eso me puso furioso. Me dolió. Después de todo lo que había hecho por él. Había compartido mis libros, mi hogar. Mi vida. Y mi padre le había dado los medios para ganarse el sustento por su cuenta, una vida mucho mejor, ¿y qué había hecho Edward? Coger lo que quería y no mirar atrás. –Tuerce los labios en una sonrisa. Vuelve a mirar a Dora y desvía la mirada–. Eso es lo que yo creía. No es sorprendente que me costara hacer amigos. He sido un tonto engreído toda mi vida. Detesté el tiempo que pasé en Oxford. Detesté que me enviaran a Europa. Oh, aprendí cómo funciona el mundo, eso es verdad. Conseguí una educación sólida, me moví en todos los círculos adecuados y también conseguí respeto. Entendí cómo funcionan las categorías sociales. Pero yo solo quería estar en casa. Con él. Y que me rechazara... me dolió infinitamente.

Dora ve que el señor Ashmole observa el vaso que tiene en el regazo.

–¿Cuándo se dio cuenta de que estaba enamorado de él?

Ashmole ríe por lo bajo, aunque no parece divertido.

–¿Cómo lo ha sabido? ¿Por el lacayo?

–Un poco antes, en realidad.

Por toda respuesta, el señor Ashmole sacude la cabeza y se lleva el vaso a los labios. Dora se da cuenta, por su incapacidad para mantenerlo derecho, que ha estado bebiendo desde mucho antes de que ella bajara por la escalera. El joven bebe un trago de ron, hace una mueca y silba entre dientes.

–Lo comprendí cuando lo encontré. Después de unos nueve meses, quizá diez, ahora no lo recuerdo, aún no había obtenido respuesta a mis cartas y no podía dejar las cosas así. Fue el orgullo lo que me lo impidió al principio, y nunca me perdonaré por eso. Si hubiera ido a buscarlo al ver que no respondía a mi primera carta... –Vuelve a sacudir la cabeza–. Al final vine a Londres y fui a buscarlo. Pero no estaba allí. «No, lo entendía. ¿Se había ido? No señor, no que yo sepa. Entonces, ¿dónde está? Oh, por ahí. ¿Por ahí? ¿Qué significa eso?». –El señor Ashmole toma otro sorbo de ron–.

Carrow se burlaba de mí, no le importaba que su misma vaguedad lo convirtiera en objeto de sospecha. Pero comprendí que no iba a responderme y me fui. Alquilé un cuchitril enfrente del taller de encuadernación y estuve al acecho. Nunca vi a Edward, pero había un hombre, que resultó ser Tobias Fingle, que se ausentaba del establecimiento durante una hora, todas las mañanas. Y siempre aparecía con alguna magulladura. Al cabo de una semana fui a verlo y le exigí que me contara qué estaba pasando allí dentro. Tardé tres días en conseguir que hablara. Recuerdo lo flaco que estaba. Al final, fue la comida lo que le soltó la lengua.

El señor Ashmole bebe un largo trago. Cuando baja el vaso, solo queda un dedo de ron.

—Resultó que el canalla del propietario maltrataba a todos sus empleados... pero Edward, por ser tan pequeño, era el que se llevaba la peor parte. Carrow los hacía trabajar hasta la extenuación sin pagarles y raramente los dejaba dormir, mucho menos comer. Ese año ya habían muerto tres muchachos, según me contó Fingle. Él mismo tuvo que tirar los cadáveres al río. En cuanto a Edward... nunca sabré cómo sobrevivió todos esos años. Carrow lo tuvo en una leñera, negra como la pez, durante días interminables.

Dora siente un escalofrío al recordar el lugar sombrío que vio aquel día en el taller de encuadernación. Piensa en las velas de su oficina, en la vacilación de Edward al bajar al sótano la primera noche y en su miedo a la oscuridad. Horrorizada, mira al señor Ashmole.

—¿Y qué hizo usted?

—Lo denuncié a las autoridades. Detuvieron a Carrow... lo ahorcaron en Tyburn al año siguiente.

—¿Y Edward?

El señor Ashmole entorna los ojos.

—Yo mismo lo saqué del almacén. Dios mío, debería haberlo visto. Esquelético y lleno de magulladuras. Lo llevé a la casa de campo de mi padre para que se recuperara... y ya conoce usted el resto.

Dora quería llorar. «Oh, Edward...».

—Él no habla de eso. Ya han pasado unos años y sigue sin mencionarlo. Una vez intenté que me lo contara, pero se fue y no volvimos a hablar durante una semana. Desde entonces, no he vuelto a mencionarlo. —El señor Ashmole la mira a la cara por fin—. Sé que Edward nunca corresponderá a mis sentimientos. Nunca me amará como yo a él. Pero supongo que seguía esperando que, quizás, un día... Y entonces apareció usted.

La mira durante un momento interminable que parece girar sobre sí mismo. Todos los celos y la decepción que siente Cornelius están concentrados en esa mirada. Luego vuelve la cara y se queda otra vez absorto, contemplando las llamas.

—No castigue a Edward por su ambición, señorita Blake. —Su voz es un murmullo, un hilo de seda—. No quería hacerle ningún daño con su informe. Todo lo que siempre ha deseado estaba a punto de hacerse realidad. Yo no debería haber puesto las cosas difíciles entre ustedes dos. Sé lo que usted significa para él. Tan probable es que él le haga daño como que se lo haga yo a él.

El fuego chisporrotea y a Dora se le encoge el estómago. El señor Ashmole vacía su vaso y ella espera a ver si habla de nuevo. Como sigue en silencio, Dora se levanta y deja su vaso, todavía lleno, en la mesita que está al lado del sillón.

—Me voy a la cama.

Al principio él no responde, pero cuando llega a la puerta, susurra su nombre, tan bajo que al principio Dora no sabe si lo ha imaginado.

—Él no lo sabe —dice el señor Ashmole—. No creo que se le haya ocurrido siquiera. No ha tenido tanta experiencia en la vida como para... —Se interrumpe y contiene la respiración—. No se lo dirá, ¿verdad?

Dora niega con la cabeza.

—Por supuesto que no.

Su anfritrión asiente con la cabeza.

Silencio.

Dora da media vuelta para marcharse, pero se gira una vez más hacia el señor Ashmole.

—No le he dado las gracias. Por alojarme. Ahora se las doy, gracias.

—Bueno. —Vuelve el rostro para mirarla—. No me ha quedado más remedio, ¿no cree?

Sarcástico otra vez. Pero ahora le gusta.

—Buenas noches, Cornelius Ashmole.

Una sombra de sonrisa.

—Buenas noches, Pandora Blake.

CAPÍTULO CUARENTA Y UNO

Hezekiah mira la llave de la caja fuerte Bramah que lleva en la mano. En el extremo tiene un disco giratorio, liso y negro. Vuelve a mirar la pared, que durante años ha sido para él una pared y nada más.

Al principio pensó que debían de referirse a otra, así que lo movió todo al centro de la estancia y recorrió las paredes desnudas con la mano. Pero no había cerraduras y, además, tenía sentido que fuera precisamente esta. Una habitación oculta... Nunca se le ocurrió que pudiera haber más espacio en el sótano, aunque ahora que lo piensa parece obvio. Hezekiah se maldice por no haberlo pensado antes.

«Utiliza la llave dorada y negra», decía la nota.

La llave Bramah, obviamente. Entonces, ¿por qué no puede encontrar la maldita cerradura?

Aprieta la pared con la mano y suelta un gruñido que le sale del fondo de la garganta. La pierna es un infierno. El dolor es insoportable y el olor también, pero no va a cejar ahora. Primero encontrará la forma de asegurar su fortuna y después, solo después, se pondrá en manos de un médico.

Hezekiah vuelve a gruñir. El sudor le cae a chorros por la espalda.

Debe de haberse equivocado en algo, piensa. Desesperado, pasa la mano por la pared irregular, arañándose las palmas con sus asperezas. Lo hace una vez y otra, y otra y otra, hasta que, jadeando, cambia de táctica. Se dirige cojeando hasta el extremo izquierdo, apoyándose en la pared, y comienza a recorrerla desde arriba hasta abajo. Se mueve con mucha lentitud, se traga la furia, la frustración, la impaciencia hasta que... ¡Por fin! Se detiene y vuelve a pasar la mano por el mismo sitio. Durante un segundo no nota nada o, más bien, nota la ausencia de algo. Se inclina a mirar.

Allí está. Una pequeña marca ovalada, del tamaño exacto que el disco de la llave Bramah.

El corazón se le ha acelerado.

¡Lo ha conseguido! ¡La ha encontrado! ¡Por el cielo, sabía que al final vencería!

Ríe, ríe como un demente, con carcajadas tan sonoras que hasta olvida el dolor de la pierna. Luego busca la llave, la introduce de lado, empuja...

Nada.

Lo intenta de nuevo.

Nada.

Una vez más.

Nada.

¡Nada, nada, nada!

No funciona. No se abre.

Saca la llave por última vez, aprieta el dedo contra la cerradura, varias veces, y entonces nota un saliente con la uña. Se detiene y se inclina para mirar mejor. Tarda un momento (la vista se le nubla antes de enfocarla) y entonces lo ve; una imagen en relieve. Un rostro con barba.

Se queda mirando la llave Bramah durante un momento inconmensurablemente largo y se fija en el disco liso. No hay ningún rostro.

No hay rostro.

Un gemido. Un suspiro.

Hezekiah se vuelve. El *pithos* está allí mismo. Alto, imponente y a la vez hermoso, y en su angustia le parece que a la tenue luz reinante se burla de él. Entonces da un grito y tira la llave al suelo, dándose cuenta de que, incluso muertos, Elijah y Helen han vuelto a frustrar sus planes.

CAPÍTULO CUARENTA Y DOS

La nota de Lottie llegó a mediodía, cuando Edward, Cornelius y Dora estaban tomando el té en el salón. Dora había saludado torpemente a Edward, incapaz aún de mirarlo a los ojos, y él estaba tan agradecido de que Dora hubiera decidido reconocerlo que al principio se había mostrado a destruir la frágil paz revelando hasta dónde habían llegado las infracciones de Hezekiah. Desde luego, era doloroso ver a Dora escucharlas en silencio, pero también era preocupante que ni siquiera se inmutara cuando contó la horrible forma en que habían muerto los Coombe, así que fue un alivio que llegara la nota. «Venga enseguida –decía–, él no volverá hasta la noche». Así que Dora recogió sus cosas, ató el cuaderno con un cordel, para que no se abriera con el vendaval que soplaba ferozmente desde la noche anterior, y Edward y Cornelius cogieron sus redingotes.

–¿Qué hacéis? –preguntó Dora cuando los dos hombres introducían los brazos en las mangas.

–Ir contigo –respondió Edward, colocándose el pañuelo en torno al cuello–. Después de todo lo que acabo de contar, ¿crees sinceramente que vamos a dejarte ir sola?

Dora se sentía insegura y se detuvo.

–¿Los dos? Preferiría ir sola.

–Vamos a ir de todos modos –dijo Cornelius, levantándose el cuello del redingote–. No hay discusión.

Edward vio las emociones que pasaban por el rostro de Dora y se dio cuenta de que la muchacha se debatía por encontrar una excusa.

Pero al cabo de un momento asintió con la cabeza y Cornelius pidió el carruaje; una hora más tarde estaban en la puerta del Bazar de Blake.

El ama de llaves los hace pasar. Edward se fija en su labio partido, en su ojo morado. La magulladura, deduce el joven por la tonalidad verde de los bordes, es de hace ya unos días. Obra de Hezekiah, sin duda.

—Ha ido a organizar la subasta, es todo lo que sé —dice la rechoncha ama de llaves mientras recoge los redingotes y la capa de Dora—. Me ha dicho que no lo esperase hasta la noche.

Edward la mira.

—¿La subasta?

—Esta mañana han venido a recoger los objetos más pequeños.

—¿Sabe dónde los han llevado? —pregunta Edward con creciente esperanza.

Si el ama de llaves lo sabe, podrán hacer algo, pero sus ilusiones se desvanecen cuando Lottie niega con la cabeza.

—Nunca me cuenta esas cosas. Pero Coombe lo sabe. Debería preguntárselo a él.

—Coombe está muerto.

Lottie se lleva la mano a la boca.

Cornelius mira a la mujer.

—Usted conocía bien a Coombe, ¿no?

El ama de llaves baja la mano y empieza a retorcerse las dos en el delantal.

—No muy bien, la verdad, pero sí lo suficiente para lamentarlo. ¿Cómo ha muerto?

Dora aprieta los labios.

—Hezekiah, por supuesto.

Lottie palidece, la barbilla le tiembla.

—Señorita, yo… lo siento mucho. Por todo. Debería habérselo contado.

—¿Contarme qué?

La voz de Dora es cortante y a Lottie se le llenan los ojos de lágrimas.

—Estaba buscando algo. Aquella noche, cuando registró su cuarto. Una nota. La encontró en la jaula.

Algo cambia en la expresión de Dora.

—Lottie —dice con voz ahogada—. Hable claro.

A Edward le parece que el ama de llaves está a punto de romper a llorar.

—Le pregunté por qué no había vendido la vasija. Me dijo que tenía algo dentro.

Cornelius cruza los brazos.

—¿Lo ves? ¿No te lo dije?

Dora no le hace caso.

—¿A qué se refería? —presiona, y Edward la ve tan tensa que teme que pueda romperse.

El ama de llaves respira con dificultad.

—Dijo que dentro de la vasija había una nota. Una nota escrita por sus padres, acerca de una fortuna que le habían legado. La nota explicaba cómo reclamarla.

Edward deja escapar el aire.

—Por el cielo.

Dora está muy quieta, con el rostro totalmente inexpresivo.

—¿Y la encontró? —dice en voz muy baja, tan baja que los demás deben hacer un esfuerzo para oírla—. ¿En la jaula de Hermes?

Lottie asiente con la cabeza.

—Pero ¿cómo? —pregunta, confusa.

—¿Dónde está ahora la nota? —interrumpe Cornelius.

Lottie lo mira.

—No lo sé. De verdad, juro que no lo sé.

Dora se queda en silencio durante un largo y doloroso momento. Edward ve latir la vena de su cuello. Quiere alargar la mano para cogerle la suya, pero instintivamente sabe que ella no se lo permitirá, así que lo único que puede hacer es mirarla mientras ella lo mira a él, a Cornelius y luego de nuevo a Lottie.

—¿Por qué me está contando esto? ¿Por qué nos ayuda?

El ama de llaves sacude la cabeza y el labio partido le tiembla.

—No tengo excusa por la forma en que la he tratado. Conocí a Hezekiah mucho antes de que él conociera a Helen, su madre. Yo lo amaba, ¿sabe? Y cuando vi lo destrozado que se quedó cuando Helen... La odié a usted porque la odiaba a ella. Pero eso fue un error mío, ahora lo sé.

Dora se queda mirando al suelo largo rato. Luego, finalmente, expulsa el aire que retenía.

—No pasa nada, Lottie.

–¿De verdad no pasa nada?

De repente, Dora parece cansada.

–Será mejor que continuemos. ¿Sería tan amable de servirnos un té?

Dora se instala en el suelo, delante del *pithos*, y desata el cuaderno con tanta furia que Cornelius y Edward se miran con preocupación.

–¿Le gustaría hablar de lo que ocurre? –tantea Cornelius, pero ella se limita a negar secamente con la cabeza.

–No, no me gustaría.

Edward abre la boca para responder.

–Es mejor que me concentre, por favor –dice Dora, con el lápiz sobre una página en blanco.

Edward vuelve a cerrar la boca. Dora hablará cuando esté preparada. Intentar obligarla no funcionará y, con pesar, Edward la ve dibujar, sabiendo exactamente lo mucho que le cuesta concentrarse. Entiende demasiado bien la necesidad de enterrar el dolor en el trabajo.

Mantenerse ocupado no duele. Mantenerse ocupado... no deja tiempo para pensar.

Cornelius ha empezado a dar vueltas alrededor del *pithos* y deja escapar un largo silbido.

–Es magnífico, ¿verdad? No me fijé bien en él cuando estuvo en casa de lady Latimer. –Luego vacila y echa un vistazo al dibujo de Dora. Se inclina sobre su espalda, apoyando las manos en las rodillas–. Edward tenía razón –murmura–. Esos dibujos son espectaculares. Es usted una artista extraordinaria, señorita Blake.

Dora detiene el lápiz sobre el papel y levanta la cabeza con las mejillas arreboladas.

–Gracias, señor Ashmole.

Edward se fija en el rubor de Dora y en la admiración que expresa claramente el atractivo rostro de Cornelius.

No se le ha escapado que la actitud de su amigo hacia Dora ha cambiado. Sabe que no había otra opción que dejarla en su casa, ya que quedarse con él habría contravenido por completo las convenciones sociales. La verdad es que, después de la discusión, algo así habría sido insostenible, pero desde que Dora está en casa de Cornelius, este ha empezado a ser menos grosero con ella y a mostrarse, si no amable, al menos complaciente. Edward siente un pinchazo de celos.

¿Habrá pasado algo entre ellos? La idea lo deja sin aliento.

–¿Qué representa esta escena? –pregunta Cornelius, señalando la sección del *pithos* que está dibujando.

A Edward se le empieza a revolver el estómago.

Dora se gira en el suelo.

–Es Atenea dando a Pandora todos los dones que Zeus creyó necesario que tuviera. Hay diferentes versiones del mito: unas dicen que los dones no se los dio una diosa, sino varias. Y también que se los entregaron los dioses. –Dora endereza la espalda y resopla con frustración. Se inclina a un lado para mirar de cerca uno de los detalles de la base–. Apolo le enseñó a cantar y a tocar la lira, Atenea le enseñó a bailar, Deméter a cuidar el jardín. Y al parecer, Afrodita le enseñó a bailar sin mover las piernas.

–Una hazaña impresionante, me atrevería a decir.

–Poco posible para cualquier otra mujer, diría yo… –Dora se interrumpe.

Cornelius frunce el entrecejo.

–¿Qué ocurre?

–Dios mío –susurra Dora–. Mirad aquí.

–¿Qué? –pregunta Edward.

–Venid a verlo.

Edward se acuclilla a su lado y tiene que tenderse boca abajo en el frío suelo para ver lo que Dora le señala.

Una serie de palabras en griego:

εδώ βρίσκεται η τύχη των κόσμων

Cornelius se agacha a su lado.

–¿Qué significa?

Dora se humedece los labios.

–*Edó brísketai he týche ton kósmon.*

–¿Perdón?

Un silencio.

–«Aquí está el destino de los mundos».

El aire palpita de un modo perceptible.

–Dora –dice Edward, olvidados sus celos.

Cornelius mira a Edward.

–La cerámica griega nunca tiene nada escrito, ¿verdad?

–En poquísimos casos –responde Edward–, y desde luego, nunca frases enteras.

–¿Qué masculláis? –pregunta Dora.

Edward respira hondo. ¿De veras es posible?

–¿No se te había ocurrido que quizá… ? –dice, esforzándose por encontrar las palabras.

Dijera lo que dijese Hamilton, aquí no hay discusión posible.

–¿Quizá qué?

Vuelve a intentarlo.

–Este *pithos* es tan antiguo que ni siquiera los científicos de Gough pudieron datarlo. Describe la historia de la creación de Pandora. Todas las cosas que han ocurrido, que están ocurriendo… –Edward empieza a enumerarlas con los dedos–. El hundimiento del Colossus, la enfermedad de tu tío, la muerte de los hermanos Coombe. Y también está este endiablado clima. ¡Incluso Bonaparte! La división en Europa, los problemas económicos, nuestras rutas comerciales… Estamos al borde de la invasión, lo dijo el mismo sir William. ¿No se os ha ocurrido a ninguno de los dos que estas cosas han sucedido por alguna razón? ¿Que este *pithos* podría en realidad ser la auténtica Caja de Pandora?

Cornelius lo mira como si se hubiera vuelto loco.

–Oh, Edward, no. ¿Es que has perdido la razón? ¡La Caja de Pandora es una fábula! Una fábula es una fábula, una simple historia que se cuenta para entretener.

–¡Pero todas las historias imaginadas proceden de una realidad concreta!

Cornelius se endereza negando con la cabeza. Edward se vuelve hacia Dora.

–Tú sí puedes concebirlo, ¿verdad?

Dora está atónita.

–Es una locura. No puede ser, sencillamente no puede. Pero…

Cornelius se cruza de brazos y la mira con frustración mal disimulada.

–No, ¿también usted? Sinceramente, creía que tenía más sentido común.

Pero Dora se está mordiendo el labio.

–Si mi madre me enseñó algo, es que buscara siempre la base histórica y objetiva del mito. Es ridículo pensar que el *pithos* lo creó un dios. Además –añade, señalando los relieves de la vasija–, ¿qué objeto mítico contaría su propia creación? Es una locura –añade con voz crispada–. Hay muchas maneras de explicarlo todo. Explicaciones lógicas. Pero aun así, Edward tiene cierta razón. –Vuelve a señalar la vasija y Edward agradece que Dora no haya rechazado la idea de plano–. ¿Por qué no se rompió, cómo ha sobrevivido intacta todos estos años, por qué Hermes le tenía tanto miedo? Los animales saben, siempre saben. ¿Qué poder tiene este objeto?

Cornelius está levantando las manos como quien parodia una rendición.

–Por el amor de Dios. Me habéis decepcionado los dos. Entre todos los absurdos descabellados… –Calla al oír abrirse la puerta del sótano. Lottie aparece con una bandeja. Cornelius baja la voz y mira con seriedad a Edward y a Dora–. Ya habrá tiempo de discutirlo más tarde. No me apertece ahora hablar de teorías sin sentido. Estoy seguro de que tengo mejores cosas que hacer con mi tiempo.

CAPÍTULO CUARENTA Y TRES

En los cuatro días que han transcurrido desde la última vez que estuvieron los tres en la tienda, Dora se ha concentrado en terminar los dibujos del *pithos*. Ha llovido, ha llovido tanto que los canalones gotean y la señora Howe tiene que buscar a alguien que los arregle. Y Dora, instalada en el asiento de la ventana de su nuevo dormitorio, que ofrece agradables vistas del jardín, mira los ríos de agua que la lluvia forma sobre los cristales.

No está vestida, así que no ha bajado a trabajar al piso de abajo. Le han dejado en la puerta una bandeja con la comida, reemplazando la del desayuno de esa mañana y la de la cena de la noche anterior; todo ha vuelto a la cocina intacto.

El señor Ashmole ya ha llamado tres veces a la puerta y las tres veces Dora ha guardado silencio.

Todavía no quiere hablar. No está segura de poder hacerlo.

Flexiona los dedos y empuña el lápiz. Sus primeros dibujos de los relieves individuales requieren más detalles, el perfil del *pithos* debe redibujarse por completo; y tiene que hacer tres bocetos más para que se vean los detalles de todos los lados. Luego, las palabras. Dora se inclina sobre el cuaderno que tiene en las rodillas, entorna los ojos tras las gafas mientras traza el giro de la kappa minúscula y añade las letras griegas finales de la frase.

«Aquí está el destino de los mundos».

Dora no sabe qué creer. Como le dijo a Edward, todo lo que ocurre tiene una explicación lógica. El Colossus, o para el caso cualquier otro barco, es susceptible de sucumbir bajo los elementos, y sobre todo en diciembre. Hezekiah se hizo la herida con un clavo oxidado y no se la curó debidamente. Las calles de Londres están llenas de suciedad y no es de extrañar que la herida se le infectara. Dora recuerda las palabras de Matthew Coombe el día que llevaron el *pithos* a casa de lady Latimer. «El maldito cargamento, eso es lo que me ha ocurrido». Bueno. Su herida también podría explicarse de la misma forma que la de Hezekiah, de eso está segura.

¿Qué más mencionó Edward?

Los tres hermanos Coombe, muertos a manos de Hezekiah. Dora hace una mueca. No, no se puede culpar de eso al *pithos*. ¿Napoleón Bonaparte? Sus actos son suyos. Muchas de las cosas que van mal en Europa son culpa suya, y lleva años amenazando con invadir Inglaterra. En cuanto al clima… vuelve a mirar por la ventana. Nieve, viento, heladas terribles. La lluvia no cesa. Pero es invierno, no se puede esperar que el clima sea cálido. Piensa brevemente en los invitados de lady Latimer, la indisposición general el día que siguió a la velada. Puede que fuera el mono. Y sin embargo…

¿Por qué Dora se siente dispuesta a creerlo?

¿Por un objeto de arcilla que ha sobrevivido intacto bajo tierra durante tantos miles de años? Algo sin precedentes. Si el *pithos* no hubiera estado expuesto a los efectos de la intemperie, no sería tan raro que se hubiera conservado tan bien. Pero la primera vez lo enterró un diluvio… Fue un milagro que no sufriera ningún daño entonces. Aunque hubiera sobrevivido intacto al diluvio, sus padres habían excavado a mucha profundidad para liberarlo de la tierra que lo había sepultado. Cuando la excavación se derrumbó, debería haber sufrido daños. Y si no entonces, la segunda inundación y la excavación posterior tendrían que haberle causado algún desperfecto. Y si no entonces, ciertamente tendría que haberse visto afectado por el naufragio, y si no entonces…

Dora sacude la cabeza. ¿Cómo podía explicarse todo eso?

Y el *pithos* le habló… ¿o no? Oyó voces. Llanto. Quizá lo imaginó, junto con las otras cosas.

Pero Hermes… No, él no lo imaginó. Hermes intuyó que allí pasaba algo. No quería bajar al sótano la primera noche, estaba inusualmente nervioso. Recuerda que salió volando cuando ella susurró el nombre de Pandora. Estaba ocupado picoteando la tapa antes de…

Dora deja el lápiz.

Así que era eso.

La nota debía de estar guardada en la tapa, enrollada o doblada y, en cualquier caso, tan pequeña que no la había visto entonces. Por eso Hermes se ponía tan a la defensiva cuando ella se acercaba a la jaula, por eso armaba tanto alboroto...

Dora cierra los ojos y se traga las lágrimas que han empezado a acumularse en ambos ojos.

Hezekiah mató a su mascota por un trozo de papel que no le pertenecía.

Se ha lavado, se ha vestido y ha comido. Son ya más de las seis y la lluvia ha cesado, así que se dirige al domicilio de Edward, sabiendo que ya debe de hacer un buen rato que el joven ha salido del taller de encuadernación.

La casera, una mujer gorda con varias papadas, la conduce hasta el diminuto descansillo del primer piso y Dora llama a la puerta, apretando el cuaderno contra el pecho.

–Dora –exclama Edward sorprendido–. ¿Qué haces...?

Edward se ruboriza. Tiene la camisa fuera del pantalón, el corbatón suelto en el cuello. El pelo rubio, mojado, se le ha pegado a las sienes y Dora se da cuenta de que lo ha pillado lavándose.

–Yo...

Dora intenta recomponerse. Tras las revelaciones del señor Ashmole sobre el pasado de Edward, no estaba segura de cómo comportarse con él, ni qué creer. Su furia de los días anteriores ya no es más que una molesta irritación y ahora que sabe más de él... bueno, las cosas han cambiado.

–¿Dora?

–Pensé que debías saber que he terminado los dibujos del *pithos*. Para tu...

Las palabras se le atascan en la garganta. Él parece despertar de golpe.

–¡Por supuesto! Por favor, por favor, pasa.

Se hace a un lado y Dora agacha la cabeza al pasar bajo el dintel.

Es la primera vez que ve su alojamiento. La serie de habitaciones no es mucho mayor de lo que era su cuarto del desván, pero todo está limpio, cálido y ordenado, sin ventanas con el marco desvencijado, sin vigas con carcoma. Dora percibe el olor mohoso de los libros, un asomo de cera de velas. Mira alrededor con interés, la estantería encajada en el entrante que hay junto a la pequeña chimenea en la que saltan alegremente las llamas, el escritorio pegado a la ventana, lleno de papeles con una caligrafía apretada y firme.

–Disculpa el desorden –dice Edward ruborizado, mientras se mueve por el cuarto, recogiendo calcetines, camisas y zapatos que amontona en los brazos–. ¿Me concedes un momento? Solo tengo que… –se interrumpe y entra en el dormitorio que hay a la izquierda, llevándose la ropa arrugada.

Dora se acerca al escritorio, saca los dibujos del *pithos* y los deja encima. Uno de los papeles de debajo se mueve y llama su atención. Una frase atrae su mirada y mueve los dibujos para verla mejor.

«Es fácil esconder piezas así en un establecimiento que ahora es conocido únicamente por la venta de falsificaciones. Aunque esté muy mal visto, las imitaciones son habituales en los círculos comerciales y por tanto las autoridades no suelen suponer que pueda haber artículos auténticos escondidos entre la quincalla de una tienda cuyo catálogo consta solo de falsificaciones. Y así es como funciona el mercado negro, un engaño dentro de otro engaño, el truco más viejo que conoce la humanidad».

–Me alegro mucho de que hayas venido –dice Edward detrás de ella–. He querido…

Se detiene al ver lo que Dora está leyendo y deja caer lánguidamente los brazos a los costados.

–Vaya –dice Dora con calma–. Así que es esto.

Edward ha palidecido hasta adquirir el color de la porcelana.

–Sí.

Se miran. Él hace ademán de adelantarse y Dora vuelve la cabeza.

–«Artículos auténticos escondidos entre la quincalla de una tienda cuyo catálogo consta solo de falsificaciones» –lee. Dora se vuelve para mirarlo y, a pesar de su anterior deshielo, aún siente en el pecho la puñalada de la traición–. Entonces, ¿hay más establecimientos de antigüedades como el Bazar de Blake? ¿De veras puedes afirmar esto y decir que no tiene que ver conmigo?

De un modo ù otro se las ha arreglado para conservar la calma, pero las palabras le hierven en la garganta. En la ventana se oye un repiqueteo de agua cuando empieza de nuevo a llover.

Edward se pasa una mano por los ojos y suspira profundamente.

–¿Que si hay otros como Blake? Sí, probablemente. ¿He usado tu tienda como inspiración? Sí, por supuesto que sí. Pero no te menciono explícitamente. Esa tienda podría ser una cualquiera.

Dora ahoga una risa amarga.

–Pero no lo es.

Edward se acerca a ella con aire de súplica.

–Prometí que te ayudaría, ¿no lo recuerdas? Estoy convencido de que esta es la única manera de hacerlo. Este informe asegurará mi admisión en la Sociedad, lo que significa que podré emplearte para que dibujes para mí. Te librarás de tu tío, de la tienda. Tendrás la independencia que tanto anhelas.

–¡Pero no necesito tu ayuda! –grita la muchacha–. ¿No lo he demostrado? Lady Latimer tiene fe en mí, ya me ha enviado varios clientes. ¡No te necesito, Edward, nunca te he necesitado!

–Tienes razón –dice él–. Ahora lo entiendo. Y lo siento. Pero no podía estar seguro de que triunfaras. Y aunque… –se interrumpe y se pasa una mano por el pelo–. Debes descubrir la verdad sobre tu tío de una vez para siempre. Sobre sus negociaciones, tus padres…

Dora ahoga una exclamación y se lleva las manos a los oídos. Edward habla más alto:

–¡No puedes eludirlo eternamente! Tienes que enfrentarte a él, Dora, debes hacerlo.

Es demasiado, demasiado. ¿Es que Edward no la ha visto tratando de sofocar sus emociones estos últimos días? ¿No sabe que aún no está preparada para afrontar el problema? Dora sacude la cabeza con un gemido y es entonces cuando se da cuenta de que está llorando.

–No –exclama–, no quiero oír esto. ¡No puedo oírlo!

Es como si hubiera reventado un dique dentro de su pecho. La lluvia golpea con fuerza la ventana y Dora baja las manos y aprieta los puños contra los costados. Se vuelve, mira a todas partes sin ver nada y Edward está diciendo su nombre una y otra vez. Y entonces el joven cruza el cuarto, se le acerca y ella no sabe qué hacer.

—Me has utilizado —dice Dora con voz ahogada—. Me has utilizado desde el principio.

Edward se queda petrificado.

—No, no, Dora. No es cierto, al menos no lo es de la forma que piensas...

—El señor Ashmole y tú habéis trabajado juntos, ¿verdad? ¡Os habéis estado riendo de mí a mis espaldas todo este tiempo!

Sabe que su actitud es irracional, que no han hecho lo que ella les reprocha, pero la vieja furia ha explotado y las palabras no cesan, parecen dispuestas a salir solas de su boca como cuchillos.

—¡No! ¡Maldita sea, nunca, nunca! —Edward le coge las manos y se las aprieta con fuerza—. ¿Cómo puedes pensar algo así? ¡Después de todo lo que hemos pasado juntos! Dora, lo que siento por ti...

Dora intenta alejarlo.

—Lo que sientes por mí no es nada más que...

Y entonces, de repente, Edward la besa.

La sorpresa de sentir la boca de Edward sobre la suya la deja paralizada. Al notar la caricia de los labios de Edward, ella entreabre los suyos, saborea la cerveza en su lengua. Y, de repente, es como si se hundiera en él, el dolor y la furia convertidos ya en otra cosa. Edward huele a cuero y a jabón, una mezcla cautivadora que le provoca una excitante sensación, un cosquilleo en nervios que ni siquiera sabía que tenía. El borde de la camisa le roza la muñeca y Dora introduce la mano debajo del tejido, palpa la lisa llanura de su estómago, acaricia la suave piel, fascinada por el hecho de que él se estremezca bajo su tacto. Subiendo la mano, roza con el dedo el pezón del muchacho, que traga aire y la besa con más fuerza. Ella le devuelve el beso, perdiéndose en la embriagadora sensación de estar con él.

—Dora, yo...

—Calla —susurra ella.

Esto es lo que necesita: que la acaricien, olvidarse de todo. Tira de la camisa con las manos, se la quita por encima de la cabeza y, cuando él se ve libre de la prenda, atrae a Dora contra sí y vuelve a besarla.

Edward le rodea la cintura con un brazo mientras con la otra mano le acaricia la mejilla. Dora tiene las manos atrapadas contra el pecho masculino. Como no puede hacer otra cosa con ellas, le acaricia la piel otra vez. Recorre con los dedos el cuerpo del joven y entonces, de repente, la textura de la piel cambia. Se detiene. Edward aún tiene los labios en los suyos.

No dice nada cuando ella se inclina hacia atrás para mirarlo mejor.

Una cicatriz, profunda y gruesa, cruza la parte derecha de la base del cuello de Edward. Dora advierte que él se queda sin aliento cuando la recorre suavemente con la yema del dedo.

Y en esa oscuridad, mientras la lluvia limpia las calles de Londres, Dora besa la piel herida de su pecho, le pregunta cómo ocurrió y él se lo cuenta, le cuenta todo, mientras la noche corre en pos del ocaso.

CAPÍTULO CUARENTA Y CUATRO

Cuando Edward abre los ojos, ve que Dora se ha ido.

Se estira en la cama y, por primera vez en su vida, se siente feliz. Se deleita unos momentos en la emoción que lo embarga, sonríe con la boca pegada a la sedosa almohada.

En la calle se oyen los ruidos de la ciudad que despierta, los gritos de los vendedores ambulantes que quieren hacerse oír por encima del fuerte viento. Oye el traqueteo de los carruajes, el chapoteo de las ruedas en los charcos que ha formado la lluvia. Pero la ausencia de Dora se abre camino hasta su estómago y se incorpora en la cama, frunciendo el entrecejo ante la tenue luz del amanecer.

–¿Dora?

Quizá esté en el otro cuarto. Se levanta, sale desnudo del dormitorio, se detiene en la puerta y ve que el otro cuarto está vacío.

¿Dónde estará? Se pregunta brevemente si habrá vuelto a Clevendale, pero por algún motivo, por algún motivo, no puede desprenderse de la sensación de que no ha ido allí, de que ha hecho exactamente lo que le dijo él la noche anterior que debía hacer.

«Debes descubrir la verdad sobre tu tío».

Se maldice entre dientes y corre a recoger sus ropas del suelo.

La puerta está cerrada con llave. No hay respuesta cuando llama. Ni Hezekiah, ni Lottie, ni Dora. Edward se queda allí un rato, escrutando la oscuridad de la tienda. No hay el menor rastro de movimiento, ninguna vela arde en los candeleros, y Edward siente que la queja de su estómago se transforma en un nudo de miedo.

No puede quedarse allí toda la mañana. ¿Y si Dora está dentro y Hezekiah le ha hecho daño? «Y si…». Pero se detiene, no quiere ni pensarlo.

Mira a su alrededor con aire furtivo. Nadie va a prestar atención, nadie lo oirá con el tráfico que circula por Ludgate Street. Con rapidez, antes de que le dé tiempo a cambiar de idea, golpea con el codo un panel de cristal de la puerta. Hace una mueca de dolor al oír que se rompe y vuelve a mirar alrededor para ver si alguien se ha dado cuenta.

Nadie lo ha visto. Nadie ha parpadeado siquiera.

Introduce la mano por el hueco a toda velocidad, localiza el herrumbroso cerrojo y lo descorre. Entra y oye la campanilla que tintinea sobre su cabeza. Cierra la puerta a sus espaldas.

La tienda está en sombras. Tarda un momento en acostumbrar los ojos a la oscuridad.

–¿Dora? ¿Lottie?

El vello de la nuca se le eriza.

Temblando, respira hondo y avanza lentamente hasta el centro de la tienda, mirando las puertas del sótano a través de los estantes.

Y se queda inmóvil. Están abiertas de par en par, pero no es eso lo que lo deja estupefacto. Las tablas del suelo…

–¿Qué diablos?

Echa a andar y vuelve a detenerse. Percibe algo, hace una mueca. Un olor. El mismo olor que el del cuarto de los Coombe.

Oye un crujido a su espalda. Siente un dolor cegador.

Y después, nada.

CAPÍTULO CUARENTA Y CINCO

Dora aprieta el bolso de red, sorprendida de que le pese tanto.

No esperaba que el señor Clements fuera tan generoso, pero cuando el joyero le abrió la puerta (había ido tan temprano que ni siquiera había llegado su lacayo de librea), parecía incapaz de ocultar su sorpresa y su nerviosismo.

–¡Se lo han llevado todo, señorita Blake! Casi no puedo creerlo. Empezaron a llegar a primera hora de la mañana del lunes. ¡Usted solo me dejó unos pocos diseños y cuando se acabaron, dejaron las vitrinas vacías! –Parpadea por encima de las gafas–. Está creando más, ¿verdad?

Dora le aseguró que sí, y le habló de los encargos que ya le habían hecho, que Lady Latimer en persona le había ofrecido patrocinarla y el señor Clements se excusó para entrar en la trastienda. Cuando volvió llevaba en las manos un monedero del tamaño de su puño, lleno de billetes y monedas.

Una vez fuera, Dora se abre el bolsillo del vestido y guarda dentro el monedero. El peso la obliga a caminar de lado, pero no le importa. No obstante, la idea de que puedan atacarla para quitárselo, aunque la posibilidad es bastante remota a esa hora tan temprana, le recomienda moverse con mucha cautela.

Durante un buen rato piensa en lo que hará a continuación. Ve un banco vacío en el patio de la catedral de San Pablo y se dirige a él. El banco está mojado, pero de todos modos se recoge la falda y se sienta.

El cielo amenaza lluvia otra vez. «Qué desgraciado es este país», piensa, evocando mentalmente el cielo cerúleo, la calidez de la brisa mediterránea, el mar verdiazul y las montañas alfombradas de cipreses. Todas las alegrías perdidas de su infancia. Lentamente, saca la pluma blanca y negra que había guardado entre la manga del vestido y la piel de la muñeca, y le da vueltas con el pulgar y el índice, observando con nostalgia cómo la luz refleja el recuerdo del color irisado de Hermes.

«No puedes eludirlo eternamente».

Dora sabe que Edward tiene razón... No puede posponerlo más tiempo. Se levanta del banco y echa a andar lentamente hacia el Bazar de Blake.

Piensa en el informe de Edward. Dejó que lo leyera, con las páginas dobladas entre las piernas desnudas de ambos. Se ruboriza al recordarlo.

—Ya ves —había murmurado él, apartándole un bucle del cuello. Luego posó los labios sobre la piel suave que había dejado al descubierto y Dora sintió escalofríos en el cuero cabelludo—. Tu nombre no está aquí. Ni tampoco el de él. Nunca te haría daño, Dora. No podría. Sería como hacerme daño a mí mismo.

Y a continuación la había besado y ella lo había atraído hacia sí.

CAPÍTULO CUARENTA Y SEIS

Cuando el joven despierta, solo ve negrura.

Le resulta familiar, es algo que pensó que había olvidado, pero ahí está de nuevo. Pensaba que ya había superado su antiguo pánico, ese miedo irracional a la oscuridad, pero renace otra vez y Edward empieza a temblar sin control.

Y el miedo es irracional. Se convenció de eso después de acostumbrarse a la leñera, con sus rincones, sus huecos, sus aromas y sus sonidos. «Razona –se dice–. No estás allí, no estás en el taller de encuadernación, Carrow no te ha encerrado con llave. Estás aquí».

Pero ¿dónde es aquí?

Levanta los brazos, golpea algo duro y grita de dolor. Trata de reprimir el terror que le recorre la columna vertebral.

«Inténtalo de nuevo».

Levanta una mano muy despacio. Roza algo. ¿Papel? ¿Es cuero? Cuando la levanta un poco más, toca algo frío y sólido con los dedos. Parpadea en la oscuridad y recorre aquella superficie con los dedos. Es... ¿un estante? Vuelve a levantar la mano y vuelve a tocar arriba y más arriba unos objetos que se le antojan iguales. Sí, son estantes. Muchos estantes. ¿Y más allá? Toca un techo con la mano. El corazón le da un vuelco.

Levanta la otra mano y repite la operación. Toca detrás de él. Lo mismo.

Lo mismo.

Olisquea, percibe el olor penetrante de las industrias, el inconfundible olor del aceite. Mueve lentamente el pie y oye el ruido que produce el tacón al tocar metal.

No es cualquier metal.

Es hierro.

Dios mío.

Está encerrado en la caja fuerte.

Presa del pánico, se pone a gritar, una vez, y otra y otra, y cuando se cansa de lanzar alaridos, se esfuerza por escuchar, pero solo hay silencio y eso no puede asimilarlo. Se le acelera el pulso, siente un sudor frío, empuja con la cabeza la plancha de hierro que tiene delante, trata de respirar, pero no puede, y se pone a jadear...

CAPÍTULO CUARENTA Y SIETE

Dora pisa cristales rotos con la bota. Levanta el pie y ve los fragmentos en el suelo. El corazón empieza a latirle con fuerza.

Se mueve lentamente con los sentidos alerta, poniendo un pie cautelosamente delante del otro, procurando no hacer ningún ruido. Entorna los ojos cuando reconoce en el suelo el grotesco pez de hierro de Hezekiah. Se acerca con cautela y reprime una risa de advertencia. El pez no se moverá. No la atacará. Pero entonces ve algo. Se agacha, doblando la punta de los pies.

Sangre. Hay sangre en la afilada curva de la aleta.

Dora traga saliva y se pone en pie. Se vuelve hacia el sótano y abre mucho los ojos.

Es como si alguien, al otro lado de las estanterías, empujara el suelo por debajo. Las tablas están astilladas, algunas arrancadas con los clavos todavía en su sitio. Se dirige hacia allí. Tablas partidas por la mitad, con los bordes desiguales, muchas podridas. Dora mira lo que hay debajo y solo ve piedra, lo cual es extraño.

Oye un ruido abajo. Las puertas del sótano están abiertas y al fondo se distingue una luz débil.

«Algo va mal, muy mal», se dice.

Cruza la tienda contra su voluntad, cruza las puertas del sótano con recelo y apoya la mano en la barandilla con temor. Oye otro ruido y esta vez puede distinguirlo: es ruido de tierra al removerla, acompañado del golpe de metal contra la piedra. Baja valientemente el primer peldaño de la escalera.

El sótano está bañado en la luz de las velas. En el centro se alza el *pithos* majestuoso, imponente como siempre, pero en torno a la base hay fragmentos de ladrillo y argamasa, unos pequeños, otros grandes. Da un respingo cuando alguien lanza otro ladrillo desde algún lugar situado más allá de la escalera.

Sigue descendiendo. Lo oye jadear, percibe el hedor pútrido de su herida, y cuando llega al pie de la escalera, lo único que puede hacer es mirar a su alrededor, consternada.

El suelo del sótano está cubierto de escombros. Lottie está tendida de costado junto a la pared del fondo, con los brazos y las piernas atados con cuerda de embalar. Cuando ve a Lottie, gime a través de la mordaza que le tapa la boca, mueve frenéticamente los ojos para que Dora mire detrás de ella.

Dora se vuelve.

–Por Dios bendito, tío. ¿Qué ha hecho?

La pared que se encuentra detrás de Hezekiah es pura ruina, aunque sigue entera. Hezekiah está en pie, erguido con dificultad por culpa de la pierna herida, sobre un montón de escombros. Con los nudillos ensangrentados, empuña un pico con fuerza. Dora huele ahora algo distinto en él, es ginebra, según cree. Y entonces comprende que está empapado de licor, que Hezekiah está peligrosamente borracho. No lleva peluca, tiene la piel sucia, la camisa desgarrada y ennegrecida. Está bañado en sudor y, cuando se miran, percibe en los ojos de su tío un odio puro y sin adulterar.

–Vaya, por fin has venido.

Su voz es un resuello nauseabundo.

–Hezekiah –dice Dora, y el sonido de su nombre en los labios de la muchacha parece aturdirlo.

Arrastra la pierna y se acerca a la luz. Tiene los ojos inyectados en sangre y parecen llevar dentro el espíritu de la locura. Levanta el pico con dificultad y apunta al rostro de Dora.

–¿Cómo osas hablar conmigo de igual a igual? –escupe–. ¡No vales nada! Como la puta de tu madre. ¡Mira a qué extremo me ha reducido Helen!

Levanta el pico; Dora trastabilla hacia atrás, levantando las manos para defenderse, y entonces se da cuenta de que tiene que calmarlo y tratarlo con dulzura si quiere conocer la verdad.

Si quiere salir ilesa de allí.

–¿Qué hizo? –pregunta–. ¿Qué hizo Helen?

–Ah, Helen –dice Hezekiah respirando con dificultad.

La mira parpadeando, como un niño confuso, y baja el pico, que araña el suelo con la implacable punta.

–Yo la conocí antes, ¿sabes? ¡Yo los presenté! –Ríe con amargura–. Quería impresionarla. Rodearla de regalos, eso hice. Pero ella eligió a Elijah y como la puta que era, se abrió de piernas con él antes siquiera de llegar al altar.

Su voz destila vitriolo. Dora trata de no inmutarse.

–Tuvo que ser doloroso.

–Lo fue. –Otra vez parece confuso–. Lo fue. ¿Cómo pudo tratarme así? ¿Después de todo lo que hice por ella?

Dora traga saliva y reza para poder calmarse.

–¿Qué hizo por ella?

La expresión de Hezekiah se vuelve nostálgica y, por un breve momento, Dora ve el fantasma del hombre que fue hace muchos años: joven y despreocupado. Incluso atractivo.

–Fui yo quien rastreó la historia geográfica de su precioso mito de Pandora. Pero no entendía la historia antigua con la que había que cotejar los indicios. Elijah, en cambio, era mucho más listo en ese sentido. Y entonces… –se interrumpe. Se le ensombrece la expresión–. Yo la quería. La quería, pero ella lo eligió a él. ¿Tienes idea de cómo me sentí? ¿Sabes lo que es que te utilicen de esa manera? –Dora niega con la cabeza. No encuentra las palabras–. Elijah –prosigue Hezekiah– pensó que dejarme dirigir la tienda era un acto de bondad. Una forma de ganarme la vida, dijo, en agradecimiento por haberlos unido. Como si yo tuviera que darle las gracias por eso, cuando él me la había arrebatado. ¡Lo único que siempre quise de veras! –Ríe con rencor–. Y aun así me utilizaron. Ella me utilizó. Mis conocimientos, mi habilidad. Pero me subestimaron, Dora. No sabían de lo que yo era capaz. Podría haberlos hecho ricos si no hubieran estado tan ciegos.

El veneno de su voz es suficiente para soltarle la lengua.

–¿Por qué los mató? –pregunta Dora con calma.

Hezekiah adopta una actitud desdeñosa.

–No tenían imaginación, no lo entendían. ¡Oh, lo que podríamos haber hecho! ¡La cantidad de dinero que habríamos ganado si lo hubiéramos vendido a mi manera! –Mira el *pithos*, detrás de Dora, y esta ve que está perdido en sus recuerdos, atrapado en un sueño–. Les conté lo que había hecho aquí, en la tienda. Las ventas que había conseguido. Pensé que estarían complacidos, pero me dijeron que me fuera. ¡Que me fuera! ¡Cuando había sido yo quien la había ayudado a descubrir dónde estaba ese maldito cacharro!

Sacude la cabeza. En alguna parte, a sus espaldas, a Dora le parece oír un grito.

–Fui a la excavación, traté de razonar con ellos, pero no hubo manera, dijeron que si intentaba algo me denunciarían. ¿Te lo puedes creer? –Hezekiah, con el rostro sudoroso, la mira con incredulidad–. De su misma sangre y amenazado con la horca. Fue la última ofensa. Tomé una decisión. Si yo no podía conseguir la vasija, entonces no la tendría nadie. –Mira a su sobrina una vez más, ahora con expresión altiva–. No fue difícil encontrar los puntos débiles de la excavación; no era muy estable desde el principio. El terreno se estaba hundiendo. Había planes para apuntalarlo, pero Elijah y Helen siempre habían sido impacientes. Hamilton dijo que era bastante sólido, que se mantendría en pie durante algún tiempo más, y puede que tuviera razón… si no hubiera sido por mí. –Hace una mueca–. No me costó nada derribar una pared de contención, una viga aquí, otra allá. Lo preparé todo. Una patada fuerte, un martillazo, eso fue lo que hizo falta. Pero quise darles otra oportunidad. Quise que razonaran. Así que me colé en los túneles mientras Hamilton dormía, sabiendo que estarían trabajando solos los dos. Estaban discutiendo, con la vasija entre ambos, todavía medio enterrada. Me escondí. –Hezekiah tiene los ojos vidriosos–. Helen lo sabía, sabía lo que iba a hacer. Qué lista era esa mujer. «Hezekiah quiere matarnos», había dicho, «¿y qué pasará entonces con Dora?». Elijah trataba de convencerla de que dejaran la excavación, pero Helen se negaba, dijo que no habían recorrido todo aquel camino para abandonar ahora la vasija. Y entonces, ¡ah, entonces! Hablaron de una colección privada, una fortuna que tenían en Londres, pero no dijeron dónde estaba. Vi que Helen sacaba un papel del bolsillo. Elijah le dijo que apuntara las instrucciones. Para ti, Dora. «Un método infalible», dijo él. ¡Una fortuna! Que me habían ocultado todo ese tiempo… Perdí los nervios. Volé hacia ellos. Helen sacó un cuchillo. –Hezekiah se acaricia con el dedo la cicatriz del rostro.

Dora traga saliva con dificultad, asqueada, mientras Hezekiah recorre la cicatriz con el dedo hasta llegar al final.

–¿Y qué ocurrió entonces?

Su tío esboza una sonrisa exenta de alegría.

–Le quité el papel y eché a correr. La tarde ya estaba avanzada. Habíamos contratado a gente de allí, así que la excavación estaba vacía. Mesimeri. Todo el mundo estaba durmiendo en las tiendas. Nadie me vio. Tiré una pared, algunas vigas… El ruido fue ensordecedor. Todo se vino abajo con mucha rapidez.

Se miran. Dora respira intranquila.

–¿Cómo supo que había una nota en el *pithos*? ¿Por qué ha querido recuperarla después de todos estos años?

Hezekiah suelta el pico de repente. Dora da un respingo al oír el ruido que hace al tocar el suelo.

–No dejaba de preguntarme por qué no corrieron detrás de mí. Por qué no intentaron recuperar el papel. Si lo hubieran hecho, me habrían atrapado, estoy seguro. Pero no vinieron, y en la conmoción que siguió, ni siquiera miré el papel. Y más tarde vi que se había roto, y que lo único que tenía yo era un trozo de papel en blanco. Cuando recuperaron los cadáveres, no muy lejos de la entrada, y no se encontró ninguna nota… entendí lo que Helen había hecho. En el momento en que las paredes se derrumbaron a su alrededor, debió de esconder la nota en la vasija, sabiendo que Hamilton se haría cargo de la excavación. Aunque Helen también sabía que podían entregarme la nota a mí. Pero lo que no pudo prever es cuánto se tardaría en reabrir la excavación. Un método infalible, naturalmente. –Hezekiah introduce la mano en el bolsillo del pantalón–. Doce años me ha costado conseguir la vasija. ¿Tienes idea de lo mucho que he sufrido? ¿Sabiendo que había una fortuna, pero no dónde?

Dora no puede contenerse más.

–¿Planeaba matarme a mí también? –pregunta con un susurro doloroso.

Hezekiah agacha la cabeza.

–¿Sinceramente? No. Ni siquiera me di cuenta de que estabas allí. Es una pena que Hamilton consiguiera sacarte, pero, en fin, lo hizo. Y has sido una molestia desde entonces.

–¿Y por qué me mantuvo con vida?

Vuelve a oír algo tras ella, otro sonido ahogado.

–Ah, Dora –dice Hezekiah con aire burlón. Se vuelve para coger una vela que tiene detrás–. He hecho muchas barbaridades en mi vida, pero matar a sangre fría a una niña no va conmigo. Además –entorna los ojos–, tú no sabías nada de esto. Nunca habrías sabido que existía una fortuna, de no ser por mí. No, no servía de nada matarte. Después de todo, me has resultado muy útil. –Ladea la cabeza–. Date cuenta, Dora, de que no hay manera de que demuestres nada de lo que acabo de decir.

Hezekiah saca lentamente la mano del bolsillo. En ella lleva un papel doblado, con el borde inferior roto. Está arrugado, amarillo por el paso del tiempo, pero Dora sabe qué es.

–La nota –murmura.

Hezekiah mira el papel y pasa un pulgar sucio por el lado amarillento.

–«A la atención de sir William Hamilton, en nombre de nuestra hija, Pandora Blake» –lee. Desdobla la nota y mira a Dora de nuevo–. Dime, Dora, ¿qué es la llave dorada y negra?

El hincapié que hace en las últimas palabras la pilla con la guardia baja. Mira a su tío con aire confuso.

–¿La llave dorada y negra?

–Ya me has oído.

Dora niega con la cabeza.

–No lo sé. La caja fuerte es negra y dorada...

–No es esa. Ya lo he probado.

Dora no dice nada. Hezekiah la mira fijamente durante un largo momento.

–Esta nota era para ti. Helen dice que uses la llave dorada y negra. Tenía que saber que eso significaba algo para ti.

A Dora le late el corazón con fuerza y no entiende qué es lo que su tío quiere de ella. Mira a Lottie, atada tan cruelmente a su espalda, el *pithos*, los escombros en el suelo... Confusa, niega una vez más con la cabeza.

–Pero para mí no significa nada –susurra.

Hezekiah vuelve a mirarla con fijeza. Luego levanta la mano y pone la nota ante sí como si fuera un libro de oraciones.

–Bueno, está bien. Si yo no puedo tener la fortuna de tus padres, tú tampoco la tendrás. Después de todo, aún me queda el *pithos*. Piensa en todo el dinero que ganaré solo con eso.

Hezekiah le dedica una sonrisa petulante, de suficiencia. Dora siente una punzada en el estómago y tarda un momento en entender lo que va a hacer su tío. Pero entonces ve que mueve la vela, que acerca la llama a una esquina del papel...

–¡No!

El papel arde ya. Hezekiah sonríe de oreja a oreja mientras lo ve arder y comienza a reír como un maníaco. Y al cabo de un momento, su risa alcanza una nota más aguda, cada vez más aguda. Horrorizada, Dora se da cuenta de que Hezekiah ya no se está riendo.

Está gritando.

Las llamas se le han extendido por el brazo con una velocidad inusual. El fuego le llega al pecho y le baja por las piernas. Desesperado, Hezekiah se tira de la camisa, pero tiene las manos envueltas en llamas y no consigue asirla. Dándose cuenta de que no sirve de nada, intenta correr, pero la pierna herida se lo impide y, cuando cae de rodillas, Dora es incapaz de apartar la mirada.

Observa lo que ocurre, petrificada. La piel de Hezekiah se ha cubierto de ampollas y el olor a carne quemada es tan fuerte que Dora tiene arcadas. El humo empieza a elevarse desde su cuerpo en volutas y cuando las llamas le llegan a la cara, Hezekiah alarga hacia ella una mano abrasada y temblorosa. Durante una décima de segundo, sus miradas se encuentran, pero las llamas lo envuelven ya por completo y Hezekiah grita desesperadamente, una y otra vez, debatiéndose en medio de las llamas.

Tras ella, Dora oye los gritos ahogados de Lottie. Volviendo en sí, Dora deja de mirar la antorcha humana, corre hacia el ama de llaves y le quita la mordaza.

–¡Señorita!

–Tranquila, Lottie, lo sé. Tenemos que salir.

–No –exclama Lottie mientras Dora le afloja las ataduras de los pies–. Su joven amigo. ¡Está en la caja fuerte!

Dora la mira fijamente. Hezekiah ha dejado de gritar. Ya solo quedan los chisporroteos de las llamas, el olor a carne quemada y el humo.

–¿Qué quiere decir?

–¡No hay tiempo para explicaciones! –grita Lottie–. Mire.

Y Dora mira. La barandilla de la escalera ha empezado a arder.

–*Theé mou...* –Con dedos temblorosos, Dora desata la cuerda que rodea las muñecas de Lottie–. ¡La llave, Lottie! ¿Dónde está la llave?

–¡Sigue en la cerradura!

Con el corazón en un puño, Dora corre hacia la caja fuerte Bramah, gira la llave y Edward cae al suelo, derrumbándose en sus brazos.

–¡Edward, lo siento! No sabía, yo…

Dora intenta levantarlo, pero el hombre pesa demasiado, no puede sola con él.

–¡Lottie! –grita Dora por encima del crepitar de las llamas, pero Lottie ya está al otro lado de Edward.

–Lo tengo –dice, y Edward se agita entre las dos.

–Dora…

–Edward, despierta –dice Dora mientras entre Lottie y ella lo arrastran,

Respira aliviada cuando, al pasar por delante del *pithos*, ve a Edward alargar la mano y utilizar la vasija para apoyarse y levantarse. Ya en las escaleras del sótano, las llamas amenazan con alcanzarlos a los tres, pero de alguna manera consiguen cruzar el fuego y subir por la escalera hasta llegar a la tienda dando traspiés. Finalmente, salen los tres juntos a Ludgate Street y respiran a bocanadas el aire frío de la mañana.

CAPÍTULO CUARENTA Y OCHO

Se apoyan en la pared de la tienda de un zapatero remendón y observan a los seis hombres que están sacando del bazar el cadáver de Hezekiah, encorvados bajo el peso de los restos carbonizados. Dora apoya el rostro en el hombro de Edward.

Él le coge la mano y le besa los nudillos. Con la otra mano, se acaricia la reciente herida de la nuca. Cuando la retira, tiene los dedos manchados de sangre.

–Deje que se lo mire –murmura Lottie a su lado, y él deja que le incline la cabeza para mirarle la lesión.

Su tacto no es ni rudo ni suave, sino algo intermedio, pero no le hace daño, y con un chasquido de la lengua, aparta las manos.

–La sangre hace que parezca peor de lo que es –dice–. Es un pequeño corte y se curará bastante bien. Tendrá un feo chichón durante unos días.

Edward se esfuerza por sonreír.

–Gracias, Lottie.

Lottie vacila. Edward mira el rostro amoratado del ama de llaves, su labio partido, la marca roja que le ha dejado la mordaza.

–¿Y usted se encuentra bien?

–Estaré bien, señor –dice, frotándose la nariz con el pulgar–. Ya encontraré algo. Conozco algunos sitios a los que puedo ir.

Dora levanta la cabeza.

–No, Lottie, no puede.

Lottie mira a otro lado.

–No tiene que preocuparse por mí, señorita.

Dora se vuelve hacia Edward, que le aprieta la mano, entendiendo lo que no le pregunta.

–Vendrá a casa del señor Ashmole, con nosotros. Al menos esta noche –dice el joven antes de que le pongan objeciones, y Lottie respira profundamente.

–Entonces iré a buscar mis cosas. Si está convencido.

–¿Es seguro entrar ahí? –pregunta Dora.

Los hombres que han sacado a Hezekiah son los mismos que han apagado el fuego antes de que se propagara. Las llamas han atacado la escalera hasta dejarla negra, pero no la han destruido ni se han extendido fuera del sótano.

–Es seguro –dice Edward.

Dora y Lottie se miran y el ama de llaves asiente con la cabeza, cruza la calle y desaparece en la tienda. Dora mira su espalda con una expresión preocupada, arrugando la frente.

–¿Qué ocurre? –pregunta Edward.

Ella no responde inmediatamente.

–Es un milagro que el fuego no haya llegado a la tienda, ¿verdad?

–Ya sabes que no creo en esas cosas.

–No –dice ella, apoyando otra vez la cabeza en su hombro.

En ese momento pasa un coche traqueteando; las ruedas saltan sobre los adoquines, los muelles de las ballestas crujen. Edward levanta la cabeza. Se queda mirando.

–Dora, ¿lo has visto?

Pero el carruaje ya se ha alejado y Dora se lleva la mano a la boca para ocultar un bostezo.

–¿Si he visto qué, Edward?

–Un anciano. Por la ventanilla.

Dora se da cuenta de que Edward sigue mirando el carruaje y le toca el brazo para llamar su atención.

–Edward, ¿qué pasa?

–¿Recuerdas si tú o tus padres conocisteis a un anciano con una larga barba blanca y ojos azules? ¿Sorprendentemente azules?

Dora frunce el entrecejo. Algo en su expresión dice que la descripción le resulta familiar, pero entonces suspira y niega con la cabeza.

–Nunca he conocido a nadie así. No personalmente, en ningún momento. Quizá mis padres, pero... –Lo mira detenidamente–.

Cuando nos conocimos, me dijiste que habías hablado con un caballero que dijo conocerme.

—Sí.

—¿Es ese el hombre al que te refieres?

—Sí.

—Eso me ha parecido.

Edward la rodea con los brazos y la atrae hacia sí. Se quedan abrazados durante un rato. El joven aspira el olor a humo de su cabello.

—Quiero saber qué buscaba —dice Dora en voz baja, apoyada en su pecho.

—Dora —dice Edward, pero ella ya se está separando de él, se endereza, lo lleva de la mano por la calle, lo conduce a la tienda.

—Tengo que saberlo, Edward.

Una vez dentro, le suelta la mano. Se da la vuelta y camina decidida por la tienda. Edward la sigue y dejan atrás las tablas levantadas, camino del sótano.

—Ten cuidado —advierte.

—Es seguro —responde Dora, pisando el primer peldaño—. Lo has dicho tú.

Edward no puede discutírselo, pero aun así la sigue de cerca, con la mano alargada hacia ella por si cae. Los peldaños, sin embargo, resisten y, cuando llegan abajo, echan un vistazo a su alrededor.

Las paredes del sótano están totalmente ennegrecidas. El escritorio ha quedado reducido a cenizas y la caja fuerte Bramah (Edward siente un escalofrío al verla) está cubierta de hollín. Pero de alguna manera, las velas siguen ardiendo en los candeleros, y el *pithos*...

Está intacto.

Tal y como Edward imaginaba.

Dora lo mira sin hacer comentarios, también parece haber aceptado que el *pithos* tiene una asombrosa capacidad para salir ileso.

Se da la vuelta.

—Ahí, Edward —dice, señalándole la pared reventada y el pico caído entre los escombros chamuscados—. Hezekiah estaba tratando de tirarla abajo. ¿Por qué?

Edward observa la pared con atención.

—Supongo que porque detrás hay algo que quería.

Dora asiente con la cabeza.

–Dijo que había oído a mis padres hablar de una fortuna, pero que no dijeron dónde estaba. ¿Y si la escondieron delante de sus narices?

Edward siente un escalofrío en la espalda.

–Una cámara secreta.

–Una cámara secreta –repite ella–. Pero él no pudo entrar.

–¿Por qué no?

–Porque no, esa es la cuestión. Vamos, ayúdame.

–¿Ayudarte?

Dora recorre la pared con las manos, la sección que sigue intacta, y de repente lo entiende.

–Mi madre no me lo habría puesto tan difícil. Hezekiah intentó echarla abajo porque no tenía los medios adecuados para atravesarla.

Edward se acerca a la muchacha.

–Entonces, ¿tengo que buscar una cerradura?

–Hum. Una cerradura, sí, pero una cerradura normal habría sido demasiado obvio. No, es algo más...

Edward recorre con los dedos la pared picada, que todavía está caliente, y deja rastros en el hollín. Se detiene. Empieza a limpiarla con la mano, tratando de quitar todo el hollín y Dora lo mira, conteniendo la respiración.

–Sí –susurra–. Sigue.

Y eso es lo que hace Edward, pero al cabo de unos minutos empieza a perder ímpetu. Parece que lo único que hace es cambiar de sitio el hollín. Pero entonces...

–¡Edward!

Dora está mirando un punto de la pared, a la altura de sus rodillas. Se agachan los dos y ven lo que parece un pequeño hueco ovalado en la piedra.

–¿Qué es?

Dora alarga el dedo. Lo introduce muy despacio en el hueco y vuelve a sacarlo.

En la yema del dedo se ve el perfil negro de un rostro.

El rostro de un hombre barbudo.

–Imposible –dice Edward.

Dora lo mira sonriendo. Es, cree Edward, la primera vez que ve su auténtica sonrisa.

–¿Sabes quién es?

—El anciano —dice Edward, como si no hubiera otra respuesta posible.

—Edward. ¡Es Zeus!

Edward parpadea.

—No lo entiendo.

—¡Es una llave! —Al ver la cara inexpresiva del joven, Dora se pone en pie—. Mira —dice, acercándose a la caja fuerte Bramah. Saca la llave de la cerradura y se la pone delante para que la vea—. Mis padres hicieron instalar esta caja hace años. Es a prueba de incendios y se cierra automáticamente, así que sabían que todo lo que guardaran aquí estaría a salvo. La llave es dorada y negra. Hezekiah me preguntó por una llave dorada y negra. Por esta llave, supongo —añade. Edward la mira. Oro, detalles de filigrana en la tija, un óvalo giratorio de azabache—. Y apuesto a que esta llave es la que probó Hezekiah. Pero no funcionó. ¡No era la llave indicada! No se dio cuenta de que había dos. Seguro que intentó acceder a la cámara por arriba, pero vio que estaba sellada con piedra...

—Trató de entrar rompiéndolo todo.

—Exacto.

—Muy bien —dice Edward—. ¿Y dónde está esa segunda llave?

Dora se da la vuelta y sube a toda prisa la escalera.

—¿Adónde vas? —grita Edward—. ¡Ten cuidado!

—La encontré —grita ella desde arriba— hace semanas, cuando estaba buscando unos viejos objetos de mi padre. Una llave dorada y negra, una llave con la que solía jugar de niña. Al principio no lo recordé, no podía pensar con claridad, no entendía a qué se refería mi tío...

Edward oye ruidos precipitados y el estrépito de objetos que ruedan por el suelo. Poco después reaparece Dora y baja saltando los peldaños. Edward la mira con el corazón en un puño.

—Por el amor de Dios, Dora —gruñe Edward—, ten cuidado...

Ella lleva la mano extendida.

En la palma hay una llave, casi idéntica a la de la caja fuerte que tiene en la otra mano. La única diferencia... Edward respira hondo.

Grabado en el azabache está el rostro de un hombre barbudo.

El rostro del mismísimo Zeus.

Encaja a la perfección.

Se oye un chasquido, una serie de zumbidos, el sordo chirrido de poleas y pesas. Y entonces una puerta grande, de más de medio metro de espesor, retrocede y se desliza hacia un lado, produciendo un ruido apagado cuando choca contra la piedra.

Dora levanta el candelabro en el que las velas arden alegremente. Da un paso adelante y Edward la sigue, sin dar crédito a sus ojos.

La cámara está llena de antigüedades.

Hay filas y más filas de cerámica y alfarería antiguas, urnas y ánforas de todas las formas y tamaños, cientos de platos pintados de rojo, blanco y negro. Minoicos, micénicos. Hay estatuas de mármol, cálices de cristal, bustos de porcelana, figurillas de terracota. Todas las riquezas que se puedan soñar, guardadas exclusivamente para Dora, en aquella habitación secreta.

–Cielo santo –susurra Dora con la voz quebrada–. ¿Cómo es posible? ¿Realmente todo esto es mío?

Edward, maravillado, sacude la cabeza.

–Pensaron en ti hasta el fin.

Dora, a su lado, tiembla y respira hondo.

–¿Vamos? –dice Edward, cogiéndole la mano.

Y juntos, como si fueran una sola persona, se adentran en la cámara.

Londres
Junio de 1799

Apreciado señor Lawrence:

Como director de la Sociedad de Anticuarios, es deseo del presidente que le exprese nuestra gratitud por habernos entregado el pasado 14 por la tarde su «Estudio de un pithos griego». No esperábamos recibir otro informe además del que inicialmente habíamos acordado y aunque sus descripciones caen en ocasiones en fantasías especulativas, me complace notificarle que este estudio, junto con el muy excelente informe que lo acompaña, titulado «Falsificaciones y mercado negro en el comercio de antigüedades», ha sido aceptado y en consecuencia ha sido usted admitido en esta Sociedad por treinta votos contra cinco. Deseo felicitarlo por formar ya parte de esta Sociedad como nuevo y respetado miembro de ella.

Los dibujos que acompañan el primer estudio son especialmente impresionantes. Estimulamos su asociación con su prometida, la señorita Pandora Blake, para trabajos futuros, y estamos ansiosos por ver su contribución a la Sociedad en el futuro. Esta Sociedad se siente agradecida a todas las personas que contribuyen a los progresos de la Ciencia, motivo por el cual se las admite en su seno.

Respetuosamente, su seguro y humilde servidor,

Richard Gough

Somerset Place
19 de junio de 1799

Blake and Lawrence

Comercio de Antigüedades Legítimas

Ludgate Street
Londres

Proveedores de objetos de bellas artes, muebles y ornamentos, ofrecemos un
refugio académico para los entendidos y curiosos. Un pequeño pero bien surtido
museo interior, con la pieza central más impresionante. Encuadernaciones
y embellecimiento de trabajos literarios por encargo. Gestión de excavaciones
en territorio nacional y en el extranjero. Alquiler de objetos decorativos
para toda clase de espectáculos y acontecimientos.

Para damas y caballeros exigentes,

Elegantes diseños de joyas de estilo anticuario, en oro y plata, con piedras
preciosas, marcasita y estrás, todo patrocinado por lady Isabelle Latimer. Objetos
disponibles y preparados en el honorable establecimiento Clements & Co.

Por favor, toque la campanilla.

NOTA DE LA AUTORA

El secreto de Pandora empezó como una idea fugaz que al principio no tenía relación alguna con ningún acontecimiento histórico. Sabía que quería escribir una obra de ficción que transcurriera en mi periodo favorito de la historia, la Inglaterra georgiana. Sabía que quería como heroína a una diseñadora de joyas. Hermes, la urraca, adquirió vida ya formada totalmente en mi imaginación. Pero también sabía que quería explorar el mito de la Caja de Pandora, por la única razón de que en ese momento me pareció una buena idea.

Saber que la Caja de Pandora no era en realidad una caja, como aseguró el filósofo holandés Erasmo, me dio que pensar, así que me puse a investigar qué objeto había sido. Los resultados sugerían que había sido una vasija, un ánfora, un *pithos*... En última instancia, se trataba de alfarería griega. Pero ¿cómo meter la alfarería griega en una novela que transcurría en el Londres georgiano?

Siempre he trabajado mejor utilizando un suceso histórico como ancla, así que empecé a buscar un hecho que cohesionara mis ideas iniciales. Imaginen mi júbilo cuando encontré parte de una carta escrita por un testigo anónimo, en el Volumen I de la revista británica *Naval News*, fechada en diciembre de 1798, en la que se detallaba el hundimiento del HMS Colossus, un barco de guerra que transportaba a bordo una gran parte de la preciada colección de cerámica griega del diplomático William Hamilton. En mi página web, www.susanstokeschapman.com, se puede consultar el pasaje de la carta.

Para los conocimientos de joyas de Dora, me fue de gran ayuda *Georgian Jewellery 1714-1830*, de Ginny Redington y Olivia Collings. Estoy en deuda con *Mythos*, de Stephen Fry, y *La caja de Pandora: aspectos cambiantes de un símbolo mítico* (2020, Sans Soleil Ediciones), de Dora y Erwin Panofsky. Para recrear el Londres georgiano me basé extensamente en *The Secret History of Georgian London,* de Dan Cruickshank; en *Georgian London: Into the Streets*, de Lucy Inglis; y en *Dr Johnson's London*, de Liza Picard. Para las escenas en el taller de encuadernación de Edward aproveché la página «The Guild of Theophilus» y sus brillantes recursos *online*.

La Sociedad de Anticuarios sigue siendo una institución floreciente en la actualidad y *Visions of Antiquity: The Society of Antiquaries of London 1707-2007*, publicado directamente por la Sociedad, me ayudó considerablemente en mi investigación. Otras fuentes útiles fueron: *A History of the Society of Antiquaries*, de Joan Evans; *Antiquaries: The Discovery of the Past in Eighteenth-Century Britain*, de Rosemary Sweet, y los ensayos recopilados en el volumen *London and the Emergence of a European Art Market, 1780-1820*, dirigido por Susanna Avery-Quash y Christian Huemer.

Sin embargo, como es inevitable en la ficción histórica, me he tomado libertades con ciertos hechos. Edward no habría podido ganarse la vida únicamente redactando informes para la Sociedad, ni tampoco habría podido pagar a Dora por los bocetos que le dibujara; aunque la Sociedad empleaba y pagaba a dibujantes para que hicieran bocetos exactos destinados a las publicaciones, no pagaban a sus miembros por preparar informes, ni tampoco financiaron excavaciones hasta muchos años después. En cuanto a la datación de hallazgos arqueológicos, los anticuarios del siglo XVIII habrían podido acercarse a una fecha relativa basándose principalmente en la tipología de un objeto, por ejemplo en la forma, el estilo, la decoración, etc. (que es el método que utiliza Edward para catalogar la colección Blake). La datación comporta otras técnicas: la más habitual es el análisis estratigráfico del suelo. La primera aplicación práctica de la estratigrafía a gran escala se debe al geólogo William Smith, en la década de 1790-1800, pero la excavación estratigráfica no se convirtió en una parte habitual del estudio arqueológico hasta la década de 1920-1930. Es poco probable que los miembros de la Sociedad o sus homólogos pudieran haber hecho análisis estratigráficos en 1790, pero como no es imposible, elegí aplicar ese método aquí. Es más, Richard Gough solo estuvo como director de la Sociedad de

Anticuarios desde 1771 a 1791. Sin embargo, Gough favorecía las antigüedades británicas por encima de los glorificados y socorridos objetos mediterráneos, lo que era necesario para la historia de Edward, así que decidí mantener a Gough en su puesto por esta razón. También quiero decir que Hamilton y su esposa Emma (junto con su amante, Horacio Nelson) no volvieron a Inglaterra desde Italia hasta el año 1801, pero pido que se me acepte como licencia poética haber adelantado su vuelta para que encajara en la narración.

Me tomé una pequeña libertad en la forma en que Matthew Coombe recupera el cajón del fondo del mar al principio de la novela. A finales del siglo XVIII, el mecánico alemán Karl Heinrich Klingert ideó un artefacto que fue el primero en recibir el nombre de «traje de buzo». Este traje consistía en una chaqueta y un pantalón hechos de cuero impermeable, un casco con una abertura y un frente de metal. Estaba conectado con un depósito de aire y con un farol que funcionaba bajo el agua. Pero el diseño de Klingert no se puso en práctica, a pesar de la detallada descripción que publicó en dos de sus libros, en 1797 y 1882 respectivamente. La historia del traje de buzo se puede encontrar en *Description of a Diving Machine*, una excelente publicación que incorpora ambos trabajos de Klingert, editada en 2002 por la Historical Diving Society.

AGRADECIMIENTOS

Al menos 75 000 palabras de esta novela se escribieron durante la pandemia de COVID de 2020. Aunque este período fue extremadamente sombrío para muchas personas, a mí me dio el tiempo libre que muchos escritores necesitan para ponerse a escribir, así que en ese sentido estoy agradecida a esos extraños y a menudo, para mí, solitarios meses. Esa época me enseñó otra clase de disciplina: escribía de modo diferente, investigaba de modo diferente y me extrañaría que *Pandora* se hubiera convertido en novela de no haber sido por esas diferencias. A pesar de todo, no podría haberla escrito sin el apoyo de muchas personas, así que haré una lista lo mejor que pueda, aunque si me dejo a alguien en el tintero, lo único que se me ocurre es disculparme y responsabilizar a una mente tensa y agitada tras la vorágine de la publicación.

Gracias a Michael Fardell de la Historical Diving Society por sus consejos sobre naufragios durante la primera parte de mi investigación, y a Kate Bagnall y Dunia Garcia-Ontiveros, de la Sociedad de Anticuarios, por responder a muchas preguntas difíciles sobre varios procedimientos concretos de la Sociedad.

A mis primeros lectores, William Gallagher, Mike Jennings y los miembros de mi Grupo de Escritores de Leamington, que me ayudaron a decidir si continuar o no, así como a mis espléndidos betas Hayley Clarke, Heddwen Creaney, Sarah Penner y Carly Stevensson, por sus comentarios, que fueron de increíble ayuda, sobre el primer borrador; gracias a ellos salió el segundo.

Gracias también a Elizabeth Macneal por su paciencia y generosidad cuando le pedí consejo, así como a Jonathan Davidson, Emma Boniwell y Olivia Chapman, de Writing West Midlands, por sus incesantes ánimos y orientaciones.

A los jueces del Lucy Cavendish Fiction Prize y de Bath Novel Award por ver el potencial de *Pandora*; me siento muy agradecida por el apoyo que recibí y, sin esos premios, no me cabe duda de que la historia de Dora y Edward habría tardado mucho más tiempo en encontrar el hogar perfecto.

A mi maravillosa agente Julier Mushens, sin cuyo incansable entusiasmo, visión y brío profesional, nada de esto habría sido posible. Por todo lo que has hecho por mí y por lo que harás por mí en el futuro, tienes mi gratitud más sincera, y seguiré estando abrumada por ello. Qué afortunada soy por tenerte de mi parte.

A mi también maravillosa editora Liz Foley, que a menudo parecía entender los matices de la novela mucho mejor que yo y por tanto hizo que fuera mucho mejor que si solo hubiera dispuesto de mis propios recursos. Mi agradecimiento igualmente para Mikaela Pedlow y Mary Chamberlain, por su ojo de lince, a Suzanne Dean por diseñar los maravillosos dibujos interiores de estilo georgiano que tan bellamente encajan en la novela, y al resto del increíble equipo de Harvill Secker y Vintage, por convertir *Pandora* en un libro físico con una fenomenal campaña de *marketing* que superó todo lo que pudiera haber esperado. Gracias también a Micaela Alcaino por crear una portada tan asombrosa. Qué forma tan brillante de lanzar al mundo a una principiante.

Mi más profundo agradecimiento a Barry Lambe, que me animó desde el principio y me empujaba siempre que empezaba a flaquear, y a Jean Grant, una señora encantadora cuya pasión por las antigüedades me inspiró en parte la idea, aunque me entristece decir que no podrá leer la novela que le he dedicado.

A Richard, siempre.

Y finalmente a mi madre, Sally, que nunca, jamás, dejó de creer en mí.

Esta primera edición de *El secreto de Pandora*,
de Susan Stokes-Chapman, se terminó de imprimir
en *Grafica Veneta S.p.A. di Trebaseleghe* (PD) de
Italia en marzo de 2023. Para la composición del
texto se ha utilizado la tipografía Sabon diseñada
por Jan Tschichold en 1964.

Duomo ediciones es una empresa comprometida
con el medio ambiente. El papel utilizado para
la impresión de este libro procede de bosques
gestionados sosteniblemente.

PEFC/18-31-226

Este libro está impreso con el sol. La energía
que ha hecho posible su impresión procede
exclusivamente de paneles solares.
Grafica Veneta es la primera imprenta
en el mundo que no utiliza carbón.